T0246844

EL
CABALLERO
DE
ALCÁNTARA

EL CABALLERO DE ALCÁNTARA

Vida y misión del caballero don Luis María de Monroy

JESÚS SÁNCHEZ ADALID

Editado por HarperCollins Ibérica, S.A.
Núñez de Balboa, 56
28001 Madrid

El caballero de Alcántara
© Jesús Sánchez Adalid, 2008
© 2019, para esta edición HarperCollins Ibérica, S.A.
Publicado por HarperCollins Ibérica, S.A., Madrid, España.

Diseño de cubierta: CalderónStudio

ISBN: 978-84-19883-96-4

Para Alejandro García Hernández

Levantó la cabeza el poderoso
que tanto odio te tiene; en nuestro estrago
juntó el consejo, y contra nos pensaron
los que en él se hallaron.
«Venid, dixeron, y en el mar ondoso
hagamos de su sangre un grande lago;
deshagamos a estos de la gente,
y el nombre de su Cristo juntamente,
y dividiendo de ellos los despojos,
hártense en muerte suya nuestros ojos».

Vinieron de Asia y portentoso Egito
los árabes y aleves africanos,
y los que Grecia junta mal con ellos,
con los erguidos cuellos,
con gran poder y número infinito;
y prometer osaron con sus manos
encender nuestros fines y dar muerte
a nuestra juventud con hierro fuerte,
nuestros niños prender y las doncellas,
y la gloria mancha y la luz dellas…

Fernando de Herrera
Canción *Por la victoria de Lepanto*, año 1572

Aventuras de don Luis
Maria Monroy de Villalobos,
caballero de Alcántara, que
fue enviado por nuestro
señor el rey don Felipe II a
Constantinopla en secreta
misión para espiar en la
corte del gran turco, tres
años antes de la gloriosa y
memorable victoria cristiana
en Lepanto.

PRÓLOGO

Yo, Luis María Monroy de Villalobos, estuve cautivo del turco, y aún prosiguiera mi penar en aquella Constantinopla, que llaman ellos Estambul, si no hubiera sido Nuestro Señor servido que no me faltara la ocasión de escapar a tan desafortunada vida para contarlo ahora. Pues quisiera yo que, como fuera mi desventura primero, y después mi fuga, oportunidad para sacar provecho a favor de la causa de nuestro rey católico, no diera en olvido esta historia, pudiendo servir de ejemplo y edificación a quien convenga saberla.

Mas esto escribo no por ensalzamiento de mi persona ruin, sino para alabanza y gloria de Aquel que todo lo puede, quien tuvo a bien librarme de peligros y cuitas, trayéndome a mi patria y hogar, donde ahora recibo muchas mercedes que no merezco, y la encomienda de algunos trabajos; como el de contar mi peripecia para que venga a noticia de muchos, según me han dado larga licencia y mandato quienes tienen potestad dello.

Soy de Jerez de los Caballeros y recibí las aguas del

13

bautismo en la iglesia de San Bartolomé Apóstol, patrón de mi noble ciudad. Me regaló Dios con la gracia de tener padres virtuosos y de mucha caridad, siendo yo el tercero y el más pequeño de sus hijos; me crie colmado de cuidados en la casa donde vivíamos, que era la de mi señor abuelo don Álvaro de Villalobos Zúñiga, que padeció asimismo cautiverio en tierra de moros por haber servido noble y valientemente al invicto emperador, hasta que fue liberado por los buenos frailes de la Orden de la Merced, gracias a lo cual pudo rendir el ánima al Creador muy santamente en el lecho de su hogar, arropado por aquellos que tanto le amaban: hijos, nietos y criados.

No tan felizmente acabara sus días mi gentil padre, don Luis Monroy, el cual era capitán de los tercios y fue muerto en la galera donde navegaba hacia Bugía con la flota que iba a recuperar Argel de las manos del Uchalí. Los turcos atacaron harto fuertes en naves y hombres, hundiendo un buen número de nuestros barcos, y mi pobre padre pereció a causa de sus heridas o ahogado, sin que pudieran rescatar su cuerpo de las aguas.

También iba en aquella empresa mi hermano mayor, Maximino Monroy, que con mejor fortuna se puso a salvo a nado, a pesar de tener destrozada la pierna izquierda, hasta que una galera cristiana lo recogió. Mas no pudo salvar el miembro lacerado y desde entonces tuvo que renunciar al servicio de las armas para venir a ocuparse de la hacienda familiar.

Mi otro hermano, Lorenzo, ingresó en el monasterio de Guadalupe para hacerse monje de la Orden de San Jerónimo, permaneciendo hoy entregado a la oración y a los muchos trabajos propios de su estado: caridad con los pobres y piedad con los enfermos y peregrinos que allí van a rendirse a los pies de Nuestra Señora.

A mí me correspondió obedecer a la última voluntad de mi señor padre, manifestada en el codicilo de su testamento, cual era ir a servir a mi tío el séptimo señor de Belvís, que, por haber sido gran caballero del emperador y muy afamado hombre de armas, le pareció el más indicado para darme una adecuada instrucción militar. Pero, cuando llegué al castillo de los Monroy, me encontré con que este noble pariente había muerto, dejando la herencia a su única hija, mi tía doña Beatriz, esposa que era del conde de Oropesa, a cuyo servicio entré como paje en el alcázar que es cabeza y baluarte de tan poderoso señorío.

Era yo aún mozo de poco más de quince años cuando, estando en este quehacer, Dios me hizo la gran merced de que conociera de cerca en presencia y carne mortal, y le sirviera la copa, nada menos que al césar Carlos, mientras descansaba nuestro señor en la residencia de mis amos que está en Jarandilla, a la espera de que concluyeran las obras del austero palacio que se había mandado construir en Yuste para retirarse a bien morir haciendo penitencia.

Cuando me llegó la edad oportuna, partí hacia Cáceres para ponerme bajo el mando del tercio que armaba don Álvaro de Sande y dar comienzo en él a mi andadura militar. Ahora me parece que proveyó el Señor que yo hallase al mejor general y la más honrosa bandera para servir a las armas, primero en Málaga, en el que llaman el Tercio Viejo, y luego en Milán, siguiendo la andadura de mi señor padre, en aquellos cuarteles de invierno donde se hacía la instrucción.

A finales del año de 1558 se supo en Asti que había

muerto en Yuste el emperador nuestro señor y que reinaba ya su augusto hijo don Felipe II como rey de todas las Españas. Era como si se cerrara un mundo viejo y se abriera otro nuevo. De manera que, en la primavera del año siguiente, se firmó en Cateau-Cambrésis la paz con los franceses.

El respiro que supuso esta tregua para los ejércitos de Flandes y Lombardía le valió a la causa cristiana la ocasión de correr a liberar Trípoli de Berbería que había caído en poder de los moros en África auxiliados por el turco. Para esta empresa se ofreció el maestre de campo don Álvaro de Sande, que partió inmediatamente de Milán con los soldados que tenía a su cargo.

Se inició el aparato de guerra con muchas prisas y partió la armada española de Génova bajo el mando del duque de Sessa. Nos detuvimos en Nápoles durante un tiempo suficiente para que se nos sumaran las siete galeras del mar de Sancho de Leiva y dos de Stefano di Mare, más dos mil soldados veteranos del Tercio Viejo. El día primero de septiembre llegamos a Mesina, donde acudieron las escuadras venecianas del príncipe Doria, y las de Sicilia bajo el estandarte de don Berenguer de Requesens, más las del papa, las del duque de Florencia y las del marqués de Terranova.

Tal cantidad de navíos y hombres prácticos en las artes de la guerra no bastaron para socorrer a los cristianos que defendían la isla que llaman de los Gelves de tan ingente morisma como atacaba por todas partes desde África, así como de la gran armada turca que desde el mar vino en ayuda de los reyezuelos mahométicos, de manera que sobrevino el desastre.

Corría el año infausto de 1560, bien lo recuerdo pues yo tenía cumplidos diecinueve años. ¡Ah, qué mocedad para tanta tristura! Habiendo llegado a ser tambor mayor del tercio de Milán a tan temprana edad, se me prometía un buen destino en la milicia si no fuera porque consintió Dios que nuestras tropas vinieran a sufrir la peor de las derrotas.

Deshecha la flota cristiana y rendido el presidio, contemplé con mis aún tiernos ojos de soldado inexperto y falto de sazón a los más grandes generales de nuestro ejército humillados delante de las potestades infieles; así como la inmensidad de muertos —cerca de cinco mil— que cayeron de nuestra gente en tan malograda empresa, y con cuyos cadáveres apilados construyeron los diabólicos turcos una torre que aún hoy dicen verse desde la mar los marineros que se aventuran por aquella costa.

Salveme yo de la muerte, mas no de la esclavitud que reserva la mala fortuna para quienes conservan la vida después de vencidos en tierra extraña. Y quedé en poder de un aguerrido jenízaro llamado Dromux arráez, que me llevó consigo en su galeaza primero a Susa y luego a Constantinopla, a la cual los infieles nombran como Estambul, que es donde tiene su corte el gran turco.

En esa gran ciudad fui empleado en los trabajos propios de los cautivos, que son: obedecer para conservar la cabeza sobre los hombros, escaparse de lo que uno puede, soportar alguna que otra paliza y escurrirse por mil vericuetos para atesorar la propia honra, que no es poco, pues no hay buen caballero cristiano que tenga a salvo la virtud y la vergüenza entre gentes de tan rijosas aficiones.

Aunque he de explicar que, en tamaños albures, me benefició mucho saber de música, ya que aprecian sobremanera los turcos el oficio de tañer el laúd, cantar y recitar poemas. Les placen tanto estas artes que suelen tratar con miramientos a trovadores y poetas, llegando a tenerlos en alta estima, como a parientes, en sus casas y palacios, colmándolos de atenciones y regalándoles con vestidos, dineros y alhajas cuando las coplas les llegan al alma despertándoles arrobamientos, nostalgias y recuerdos.

En estos menesteres me empleé con tanto esmero que no solo tuve contentos a mis amos, sino que creció mi fama entre los más principales señores de la corte del sultán. De tal manera que, pasados algunos años, llegué a estar muy bien considerado entre la servidumbre del tal Dromux arráez, gozando de libertad para entrar y salir por sus dominios. De modo que vine a estar al tanto de todo lo que pasaba en la prodigiosa ciudad de Estambul y a tener contacto con otros cristianos que en ella vivían, venecianos los más de ellos, aunque también napolitanos, griegos e incluso españoles, y así logré muchos conocimientos de idas y venidas, negocios y componendas. De esta suerte, trabé amistad con hombres de doble vida que eran tenidos allí por mercaderes, pero que servían en secreto a nuestro rey católico mandando avisos y teniendo al corriente a las autoridades cristianas de cuanto tramaba el turco en perjuicio de las Españas.

Abundando en inteligencias con tales espías, les pareció a ellos muy oportuno que yo me fingiera aficionado a la religión mahomética y me hiciera tener por renegado de la fe en que fui bautizado. Y acepté, para sacar el mejor provecho del cautiverio en favor de tan justa causa. Pero entiéndase que me hice moro solo en figura y apariencia, mas no en el fuero interno donde conservé siempre la devoción a Nuestro Señor Jesucristo, a la Virgen María y a todos los santos.

Esta treta me salió tan bien, que mi dueño se holgó mucho al tenerme por turco y me consideró desde entonces no ya como esclavo sino como a hijo muy querido. Me dejé circuncidar y tomé las galas de ellos, así como sus costumbres. Aprendí la lengua alárabe y perfeccioné mis conocimientos de la cifra que usan para tañer el laúd que llaman *saz*. Pronto recitaba de memoria los credos mahométicos, cumplía engañosamente con las obligaciones de los ismaelitas, no omitiendo ninguna de las cinco oraciones que ellos hacen, así como tampoco las abluciones, y dejé que trocaran mi nombre cristiano por el apodo sarraceno Cheremet Alí. Con esta nueva identidad y teniendo muy conforme a todo el mundo, hice una vida cómoda, fácil, en un reino donde los cautivos pasan incontables penas. Y tuve la oportunidad de obtener muy buenas informaciones que, como ya contaré, sirvieron harto a la causa de la cristiandad.

No bien había transcurrido un lustro de mi cautiverio, cuando cayó en desgracia mi amo Dromux arráez, que era visir de la corte del gran turco. Alguien de entre su gente le traicionó y sus enemigos aprovecharon para sacarle los yerros ante la mirada del sultán. Fue llevado a prisión, juzgado y condenado a la pena de la vida. Cercenada su cabeza y clavada en una pica, sus bienes fueron confiscados y puestos en venta todos sus siervos y haciendas.

A mí me compró un importantísimo ministro de palacio, que había tenido noticias de mis artes por ser muy amigo de cantores y poetas. Era este magnate nada menos que el guardián de los sellos del gran turco, el *nisanji*, que dicen ellos, y servía a las cosas del más alto gobierno del gran turco en la Sublime Puerta.

Cambié de casa, pero no de oficio, pues seguí con mi condición de trovador, turco por fuera, y muy cristiano por dentro, espiando lo que podía.

Y ejercí este segundo menester con el mayor de los tinos. Resultó que el primer secretario de mi nuevo amo era también espía de la misma cofradía que yo, aunque no supe esto hasta que Dios no lo quiso. Pero, cuando fue Él servido dello, llegó a mis oídos la noticia de que el gran turco tenía resuelto atacar Malta con toda su flota.

Pusieron mucho empeño los conjurados de la secreta hermandad para que corriera yo a dar el aviso cuanto antes. Embarqueme aprisa y con sigilo en la galeaza de un tal Melquíades de Pantoja y navegué sin sobresaltos hasta la isla de Quíos.

Ya atisbaba la costa cristiana, feliz por mi suerte, cuando se cambiaron las tornas y se pusieron mi vida y misión en gran peligro. Resultó que los griegos en cuyo navío iba camino de Nápoles prestaron oído al demonio y me entregaron a las autoridades venecianas que gobernaban aquellas aguas. Estos me consideraron traidor y renegado, poniéndome en manos de la justicia española en Sicilia, la cual estimó que debía comparecer ante la Santa Inquisición por haber encontrado en mi poder documentos con el sello del gran turco. Repararon también en que estaba yo circuncidado y ya no me otorgaron crédito.

Intenté una y otra vez darles razones para convencerlos de que era cristiano. No me atendían. Todo estaba en mi contra. Me interrogaron y me sometieron a duros tormentos. Pero no podía decirles toda la verdad acerca de mi historia, porque tenía jurado por la sacrosanta Cruz del Señor no revelar a nadie que era espía, ni aun a los cristianos, salvo al virrey de Nápoles en persona o al mismísimo rey.

Los señores inquisidores siempre me preguntaban lo mismo: si había apostatado, qué ceremonias había practicado de la secta mahomética, qué sabía acerca de Mahoma, de sus prédicas, del Corán, si había guardado los ayunos del Ramadán... Y todo esto haciéndome pasar una y otra vez por el suplicio del potro.

Como no viera yo salida a tan terrible trance, encomendeme a la Virgen de Guadalupe con muchas lágrimas y dolor de corazón. «¡Señora —rezaba—, ved en el fondo de mi alma. Compadeceos de mí, mísero pecador! ¡Haced un milagro, Señora!».

Sufría por los castigos y prisiones, pero también me atormentaba la idea de que se perdería la oportunidad de que mis informaciones llegaran a oídos del rey católico para que acudiera a tiempo a socorrer Malta.

En esto, debió de escuchar mi súplica la Madre de Dios, porque un confesor del hábito de San Francisco me creyó al fin y mandó recado al virrey. Acudió presto el noble señor que ostentaba este importante cargo y, por ser versado en asuntos de espías, adivinó enseguida que no mentía mi boca, así como que mi alma guardaba un valiosísimo secreto.

El aviso que traía yo de Constantinopla advertía de que en el mes de marzo saldría la armada turca para conquistar Malta, bajo el mando del *kapudan* Piali bajá, llevando a bordo seis mil jenízaros, ocho mil *spais* y municiones y bastimentos para asediar la isla durante medio año si fuera preciso, uniéndoseles al sitio el *beylerbey* de Argel Sali bajá y Dragut con sus corsarios.

21

Si se ganaba Malta, después caerían Sicilia, Italia y lo que les viniera a la mano.

Por tener conocimiento el rey católico de tan grave amenaza gracias a esta nueva, pudo proveer con tiempo los aparatos de guerra necesarios. Cursó mandato y bastimentos a los caballeros de San Juan de Jerusalén para que se aprestaran a fortificar la isla y componer todas las defensas. También ordenó que partiera la armada del mar con doscientas naves y más de quince mil hombres del tercio, a cuyo frente iba don Álvaro de Sande.

Participé en la victoria que nos otorgó Dios en aquella gloriosa jornada, y dejé bien altos los apellidos que adornan mi nombre cristiano: tanto Monroy como Villalobos, que eran los de mis señores padre y abuelo a los cuales seguí en esto de las armas.

Salvose Malta para la cristiandad y la feliz noticia corrió veloz. Llegó pronto a oídos del papa de Roma, que llamó a su presencia a los importantes generales y caballeros victoriosos, para bendecirlos por haber acudido valientemente en servicio y amparo de la santa fe cristiana.

Tuvieron a bien mis jefes hacerme la merced de llevarme con ellos, como premio a las informaciones que traje desde Constantinopla y que valieron el triunfo. Tomé camino pues de Roma, cabeza de la cristiandad, en los barcos que mandó su excelencia el virrey para cumplir a la llamada de Su Santidad. Llegamos a la más hermosa ciudad del mundo y emprendimos victorioso desfile por sus calles, llevando delante las banderas, pendones y estandartes de nuestros ejércitos.

Tañía a misa mayor en la más grande catedral del orbe, cual es la de San Pedro. Con el ruido de las campanas, el redoblar de los tambores y el vitorear de la mucha gente que estaba concentrada, el alma se me puso en vilo y me temblaban las piernas.

Aunque de lejos, vi al papa Pío V sentado en su silla con mucha majestad, luciendo sobre la testa las tres coronas. Habló palabras en latín que fueron inaudibles desde la distancia e impartió sus bendiciones con las indulgencias propias para la ocasión. Y después, entre otros muchos regalos que hizo a los vencedores, Su Santidad dio a don Álvaro de Sande tres espinas de la corona del Señor.

Con estas gracias y muy holgados, estuvimos cuatro días en Roma, pasados los cuales, nos embarcamos con rumbo a España, a Málaga, donde el rey nuestro señor nos hizo también recibimiento en persona y nos otorgó grandes honores por la victoria.

Permanecí en aquel puerto y cuartel el tiempo necesario para reponer fuerzas y verme sano de cierta debilidad de miembros y fiebre que padecía, valiéndome también este reposo para solicitar de su majestad que librara orden al Consejo de la Suprema y General Inquisición y que se me tuviera por exonerado, siendo subsanada mi honra y buen nombre de cristiano en los Libros de Genealogías y en los Registros de Relajados, de Reconciliados y de Penitenciarios, para que no sufriera perjuicio alguno por las acusaciones a que fui sometido por ser tenido como renegado y apóstata.

Hicieron al respecto los secretarios del rey las oportunas diligencias y, sano de cuerpo y subsanado de alma, me puse en camino a pie para peregrinar al santuario de Nuestra Señora de Guadalupe, como romería y en agradecimiento por la gracia de haberme visto libre de tantas adversidades.

Cumplida mi promesa, retorné felizmente a Jerez de los Caballeros, a mi casa, donde tiene su inicio la historia que ahora escribo, obedeciendo al mandado de Vuecencia, por la sujeción y reverencia que le debo —mas no por hacerme memorable— y para mayor gloria de Dios Nuestro Señor, pues la fama y grandeza humanas de nada valen, si no es como buen ejemplo y guía de otras vidas. Harto consuelo me da saber el bien que asegura Vuecencia que ha de hacer a las almas esto que ahora escribo. Plega a Dios se cumpla tal propósito.

De Vuestra Excelencia indigno siervo,

LUIS MARÍA MONROY

LIBRO I

Donde cuenta don Luis María
Monroy de Villalobos el regreso
a su casa, en la muy noble ciudad de
Jerez de los Caballeros, después
de haberse visto libre del penoso
cautiverio en Constantinopla.

1

Amanecía débilmente cuando alcancé a ver las torres y campanarios de mi amada ciudad. Había yo caminado durante toda la noche para evitar el calor, por senderos que desdibujaban las sombras, y me pareció que nacía el sol en el horizonte para alumbrar la hermosura de Jerez de los Caballeros, regalándome con la sublime visión de las murallas doradas y los rojos tejados, en medio de los campos montuosos. Una gran quietud lo dominaba todo.

Crucé la puerta que dicen de Burgos y ascendí lentamente por las calles en cuesta. Los perros ladraban al ruido de mis pasos. Cantaban los gallos. Los campesinos salían a sus labores y las campanas llamaban a misa de alba. Los quehaceres cotidianos, ruido de esquilas, martilleo en los talleres, pregoneros y escobones rasgando las piedras de los portales rompían el silencio.

Más de diez años habían transcurrido desde mi partida. Era yo tierno mozo entonces, cuando salí de mi casa, y ahora retornaba hecho un hombre, crecidas las barbas sin arreglo, sucios cuerpo y rostro por el polvo de los caminos y ajadas las ropas tras tan largo viaje. Nadie me reconoció, aunque algunos se me quedaban mirando. Al atravesar los familiares lugares donde pasé la infancia, brotaban en mi alma los recuerdos. Sentí un amago de congoja, por el tiempo dejado atrás y que ya no retornaría. Pero, llegado a la puerta de mi casa, me sacudió un súbito gozo, como si me brotara dentro una fuente que me animaba. Y se me hizo presente la memoria del penoso cautiverio como algo consumado, muy lejano, como si hubiera sido padecido por otra persona, no por mí.

La entrañable visión del lugar donde me crie permanecía inalterada, asombrosamente idéntica al día que me marché. Me fijaba en la pared soleada, en los rojos ladrillos de los quicios de las ventanas, en las negras rejas de forja, en los nobles escudos donde lucían, bien cinceladas en granito, las armas de la familia.

Golpeé la madera del recio portalón con la aldaba y la llamada resonó en el interior del zaguán, retornando a mí como un sonido profundamente reconocido. Al cabo se oyeron pasos adentro. Una viva emoción cargada de impaciencia me dominaba.

Abrió un muchacho de familiar aspecto. Me miró, y con habla prudente preguntó:

—¿Qué desea vuestra merced a hora tan temprana? No se hace caridad en esta casa hasta pasado el mediodía.

—No pido caridad —respondí sonriente—. Vengo a lo que es mío…

Me observó circunspecto el zagal y, arrogante, añadió:

—Si sois peregrino o soldado de paso, habré de ir a preguntar a mi señor padre. Aguardad aquí.

—Ambas cosas soy —asentí—, peregrino y soldado. Aunque no ando de paso, sino que vuelvo a mi casa.

—¿Eh? —musitó sobresaltado él.

—Soy don Luis María Monroy de Villalobos —añadí—. En esta casa nací hace veintiocho años.

Al muchacho se le iluminó el rostro. Quedó atónito, mudo, y se apartó para franquearme el paso.

Avanzaba yo por el zaguán en penumbra, cuando le volvió la voz y me dijo con mucho respeto:

—Pase, pase vuestra merced, que le esperan, señor tío. —Y empezó a anunciar a gritos, mientras correteaba—: ¡Es don Luis María! ¡Es el cautivo!…

Vislumbré al fondo la luz del patio y avancé con pasos vacilantes, arrobado, buscando la puerta que daba a las estancias donde mi familia solía hacer la vida. En el austero comedor, unas velas encendidas iluminaban el cuadro de la Virgen de las Mercedes, auxilio de cautivos, que mandó colgar allí mi abuela.

Al pie de la bendita imagen, arrodillada, una dama oraba. Mi presencia y los gritos del muchacho la sobresaltaron.

—¡Es el cautivo! ¡Es el cautivo!…

Ella me miró de arriba abajo, con gesto de perplejidad. Mis ojos se cruzaron con los suyos. Era tal y como la recordaba, a pesar de que su rostro se había tornado más sereno con los años y el cabello ya no era castaño, sino gris.

—¡Señora madre! —exclamé llevado por natural impulso.

—¡Hijo de mi alma! —respondió ella, extendiendo los brazos hacia mí.

Nada hay como retornar al regazo de una madre

29

después de haber sufrido harto. ¿Tal vez alcanzar el cielo…?

—¡Hermano! ¡Hermano mío! —exclamó alguien a mis espaldas, sacándome del arrobamiento.

Me volví. Era mi hermano Maximino, al cual reconocí enseguida, aunque había engordado bastante desde la última vez que le vi. Ya no era aquel muchacho de cabellos oscuros y rizados, más bien menudo, pero robusto y ágil. Ahora tenía la barriga abultada, canas en las sienes, la barba en punta, como la de nuestro abuelo, la expresión exaltada y aquella cojera tan particular, adelantando la pierna de madera con donaire, tratando de disimular el defecto, pero sin poder controlar el golpeteo seco del miembro inerte en las losas del suelo.

—¡Maximino! —grité yendo a su encuentro—. ¡Hermano!

Nos abrazamos. Estaba muy emocionado y parecía no querer que le vieran las lágrimas, pues se pasaba los dedos por los ojos a cada momento.

—¡Vive Cristo! ¡Qué alegría! —exclamaba—. ¡Te creíamos muerto! Tu madre ha sufrido mucho… ¡Todos hemos sufrido, diantre! ¡Vives, hermano mío! ¡Qué alegría!

—¡Gracias a Dios, aquí estoy! —decía yo, en el colmo de la felicidad, al verme regalado con sus muestras de cariño—. Dios os pague tantas atenciones. Gracias por haber rezado tanto por mí. La Virgen María no me dejó de su mano…

—Mira, hermano —dijo él, echándome el brazo por los hombros y conduciéndome cariñosamente hacia unos niños que no nos quitaban los ojos de encima, entre los cuales estaba el que me abrió la puerta—. Estos son mis hijos; dos varones y tres hembras, cinco en total: Alvarito, que es el mayor, el que te ha recibido, que va a cumplir once años por Navidad; el segundo, Luis, como nuestro señor padre, como tú, nueve años tiene; y las hembras, Encarnación, Isabel de María y Casilda, de seis, cinco y tres años la más pequeña. ¡Y viene el sexto de camino! —Me señaló a una mujer junto a los niños—. Es doña Esperanza de Paredes, mi señora esposa.

—¡Oh, Maximino, qué bendición! —exclamé mientras me iba a besar la mano de mi cuñada y a abrazar a mis sobrinos.

—No puedo quejarme —dijo él—. Y hoy nos ha hecho Dios a los de esta casa la mayor de las mercedes, trayéndote aquí, sano y salvo, convertido en un héroe, capitán de los tercios de su majestad. ¡Bendito sea Dios!

Mi señora madre se adelantó entonces y propuso:

—Recemos para dar gracias.

Todos nos arrodillamos delante del gran cuadro de la Virgen de las Mercedes que presidía el salón y se rezó la salve devotamente.

Después del «amén», Maximino dijo:

—Y ahora, vamos a celebrarlo. ¡Bebamos vino y holguemos! Que no es día hoy de trabajar en esta casa.

Dicho esto, se fue hacia la servidumbre y les mandó que mataran y pelaran unos gallos del corral, que abriesen la tinaja del mejor vino y que fueran a comprar unos quesos, panes tiernos, dulces y demás cosas necesarias para dar un banquete.

Más tarde, cuando se hubo dispersado ya la muchedumbre curiosa de los vecinos y la casa se quedó al fin en calma, fuimos los familiares a recogernos en la parte más íntima y confortable, frente a la chimenea. Allí hubo de nuevo abrazos y volvieron las emociones y las lágrimas, pero también hubo bromas y risotadas. Después se comió bien y se brindó con buen vino. La conversación se extendió durante todo el día. Estaba yo ebrio de felicidad.

Conté lo que me pareció oportuno de mi peripecia mientras ellos me escuchaban sin pestañear, especialmente los niños. Preferí no relatar las penas y aderezar mi historia con cierta fantasía, para dulcificarla.

Mi madre me explicó luego cómo fueron los últimos días de la vida de mi señora abuela, que había muerto recientemente, con mucha serenidad, rodeada de sus nietos y bisnietos, y atendida por los sacerdotes.

Conversamos durante todo el día. A última hora de la tarde llegaron algunos parientes y se unieron a la fiesta. Se cenó abundantemente. Especialmente yo, que traía hambre atrasada. Las aves en escabeche y las chacinas en aceite me devolvieron los sabores de la infancia. Mi hermano abrió una botella de licor excelente y encendió la chimenea, pues a pesar de ser otoño temprano había refrescado. Trajeron los criados los sillones más cómodos a la pequeña sala interior y nos sentamos todos al amor de la lumbre.

Un delicioso sopor me embargaba y deseaba permanecer muy quieto, en silencio, gozando del reencuentro con mi hogar. Pero unos y otros me asaltaban constantemente con preguntas. Tenían mucha curiosidad acerca de mis aventuras y querían que les contase todo esa misma noche.

2

Al sentirme en la quietud del hogar, reparé en que mi cuerpo arrastraba una fatiga de meses, o de años. También mi alma necesitaba descanso. Llegó un momento en el que me parecía que permanecer detenido, solo y en silencio, eran las únicas cosas buenas y hermosas. Mi mente estaba tan embotada, que algunas veces tuve la sensación de vivir sumido en una especie de amodorramiento, aunque estuviese levantado y entretenido en cualquier menester, ya fuera leer, conversar e incluso el domingo en la iglesia.

En cambio, durante las noches no podía dormir profundamente y, aunque lograra conciliar el sueño, me asaltaban las pesadillas. Con frecuencia me despertaba desasosegado y empapado en sudor. También a veces me parecía estar todavía en el cautiverio o en la guerra, al abrir los ojos en la total oscuridad de la alcoba, sin saber dónde me hallaba, en una confusión grande.

Después, durante el día, tenía que atender a las visitas que llegaban para manifestar su parabién. Resultaba una enorme pesadez repetir las mismas historias una y otra vez, especialmente en aquel estado de pereza permanente que me embargaba. Había parientes y amistades que venían no por mero cumplimiento, sino con sincero ánimo de agradar; me traían regalos y expresaban su alegría por mi liberación, así como el agradecimiento porque hubiera yo sufrido tantos infortunios por una causa que consideraban propia. Pero también llegaban otros con el único propósito de matar su aburrimiento; hacían preguntas faltas de discreción y se prolongaban molestándome demasiado tiempo, empleándose para sonsacarme detalles de la vida de los turcos o aguardando con morbosa curiosidad a que les contase mis aprietos entre ellos.

Menos mal que mi madre estaba muy atenta para cuidarme en toda ocasión, y me libraba de aquellos inoportunos despidiéndolos con cualquier excusa.

—No les hagas caso —me aconsejaba luego—. ¿No ves que no tienen mejor cosa que hacer? ¡Que se busquen la diversión en otra parte! ¡Fisgones!

—Es de comprender, señora —observaba yo—. La gente ha sido siempre muy aficionada a conocer las cosas de los cautivos. Les atrae mucho eso. ¿No recuerda vuesa merced acaso cómo sucedía lo mismo cuando los frailes de la Merced rescataron al señor abuelo?

—Por tal motivo, precisamente, estoy preocupada. Mi señor padre se volvió loco después de haber sufrido sus prisiones. Temo que, recordando todo una y otra vez, acabes tú de la misma suerte. Lo que a ti te conviene ahora es olvidar. Has de hacerte aquí una nueva vida. Aquello pasó y no hay por qué volver a ello. Contándolo no harás sino traerlo continuamente a la memoria y mortificarte innecesariamente.

—Madre —le expliqué—, no crea vuestra merced que sufro yo gran tribulación o que tengo lastimada el alma por haber sido cautivo. Ya le conté la manera en que viví entre los turcos. Si Dios tuvo a bien disponer para mí aquella vida sería para que sacase yo el mejor provecho de ella. Y cumplí con ello lo mejor que pude. No siento vergüenza alguna. Gracias a mi cautiverio pude servir a la causa del rey católico.

—Ya lo sé, hijo. Aun así, ha de ser mejor para ti olvidar lo que puedas. Lo pasado, pasado es.

Durante algún tiempo disminuyeron las visitas. Procuraba seguir los consejos de mi señora madre y olvidarme del cautiverio. Mas… ¡habían sido tantos años! A veces me sorprendía a mí mismo pensando en turco. Y no faltó alguna ocasión en la que saludé o respondí a alguna pregunta en dicha lengua. A los míos esto no les disgustaba. Como tampoco que cantase coplas a la manera de los moros o que recitase poemas. Les hacía gracia.

—¡Anda, canta en turco! —me pedían.

Pero no me faltaron las complicaciones.

Por la Epifanía bautizamos al sexto hijo de mi hermano Maximino, un varón que nació antes de Nochebuena. Para celebrarlo, se hizo una gran fiesta en la casa y se invitó a gente muy principal de la ciudad.

A los postres del banquete, me rogaron que tocara la vihuela. Como estaban el comendador de Santiago y otros caballeros muy estirados, sentí cierto pudor y me negué al principio. Pero, cuando insistió mi hermano, que era quien mandaba en la casa, no me quedó más remedio que obedecer.

Me resultó fácil recordar un viejo romance que conocían todos:

La mañana de San Juan,
al tiempo que alboreaba,
gran fiesta hacen los moros,
por la vega de Granada…

Como había corrido el vino, se animaron los más de ellos a cantar y a hacer acompañamiento con las palmas, de manera que estuvo la concurrencia muy holgada durante un buen rato. Proseguí luego con algunas canciones de Navidad y también les gustaron mucho.

Pero, como se me agotara el repertorio porque no me acordaba de muchas coplas completas después de tanto tiempo, me dio por cantar en turco una canción que aprendí en Constantinopla de música alegre, divertida, y con una curiosa letra que habla de mujeres hermosas que bailan junto a una fuente. Aunque a ellos les daba igual lo que dijera, porque ninguno de los presentes sabía una sola palabra del turco.

Al sonido de la música tan diferente, se hizo un gran silencio en el salón, y noté cómo algunos caballeros se miraban entre sí perplejos o se daban con el codo. Solo entonces reparé en que pude haber ofendido a alguien. Pero ya no me pareció oportuno dejar repentinamente la copla, de manera que proseguí hasta completarla a pesar de la tensión.

Cuando hube concluido, Maximino, que se había percatado del trance, se fue hacia la mesa y se puso a escanciar vino a todo el mundo, mientras proponía un brindis por nuestro señor el rey, para hacer olvidar la cosa.

—¡Hala, señores, bebamos un trago de este buen néctar! ¡Por su majestad!

Secundó el brindis el prior de Santiago, pero ya percibía yo que no habían quedado conformes.

Bebimos y me pareció que uno de los caballeros, un tal don Rafael Casquete, me miraba de mala manera, con cierta suficiencia. No hice caso, pensando que eran suposiciones mías, y procuré poner mi atención en otra cosa.

Al cabo agradecí que me reclamara mi madre para que fuera a la estancia donde se divertían las damas, porque empecé a sentirme un tanto incómodo.

Una vez donde las mujeres, me reconforté, regalado con muchos cumplidos y atenciones, pagándome ellas con lisonjas lo cantado y, como era de esperar, queriendo saber cosas acerca de mi cautiverio.

Una tal María de Vera incluso se puso muy insistente, haciéndome preguntas sobre las turcas: si eran bellas y galanas, qué vestidos usaban, si tenían alhajas, y si era verdad que se ponían tocados, pañuelos o velos, según contaban quienes habían estado allí.

Diles yo las explicaciones que me parecieron convenientes y las aderecé con anécdotas y detalles ocurrentes, para tenerlas contentas, satisfaciendo su natural curiosidad.

Pero, estando en esto entretenidos, se oyeron de repente recias voces como de riña en la sala de los hombres.

—¡Fuera de esta santa casa! —escuché gritar a Maximino enérgicamente—. ¡A la calle!

Se hizo un tenso silencio.

Acudí enseguida y encontré a mi hermano muy alterado, dando puñetazos en la mesa, con el rostro enrojecido de cólera.

—¿Qué sucede? —pregunté.

—¡Nada! —contestó él—. Que don Rafael Casquete se va ahora mismo. ¡Vamos, recoja vuestra merced su capote y a la calle!

El Casquete alzó la testuz con gesto arrogante y salió de la estancia sin rechistar. Los demás permanecían con gesto grave, mientras contemplaba yo atónito la escena, sin comprender nada.

Detrás de aquel caballero salieron algunos señores más, que se excusaron poniendo como motivo lo tardío de la hora. Pero se veía que no estaban ya a gusto, después de tan desagradable espectáculo. Entre ellos se fue el prior, visiblemente afectado.

Al cabo, estábamos solos Maximino y yo en el salón. Bebía él un vaso de vino tras otro y bufaba de rabia.

—Hipócritas, sepulcros blanqueados, zorros… —decía entre dientes.

—¿Se puede saber qué ha pasado aquí? —le pregunté de nuevo.

Me miró con una expresión rara, como si también tuviera algo en contra de mí. Y contestó secamente:

—¡Nada de nada! ¡Ese condenado Casquete, que es un metomentodo! Como los de su casa; como lo eran su padre y su abuelo. ¡Enredadores! ¿O no conoces acaso a los Casquete?

—Pero… ¿Qué ha dicho? ¿Te ha faltado en algo?

—Nada claro ha dicho, pues es cobarde como una rata, pero ha hecho insinuaciones que no me han gustado. ¡Eso es todo!

—¿Insinuaciones? ¿Sobre qué?

—Nada de particular. Y tú —dijo, clavando en mí sus fieros ojos—, bien podías haberte ahorrado la dichosa coplita sarracena. ¿No sabes cómo son esos alcahuetes? ¿No te das cuenta de que andan porfiando si eres o no moro? ¡No les des motivos, por los clavos de Cristo! ¡Más te valdrá andarte con cuidado aquí o nos pondrás en entredicho a toda la familia!

3

Fue penoso descubrir que mi casa no era el hogar feliz que me pareció al principio, recién llegado. A medida que pasaban los meses, iba percibiendo con mayor certeza que Maximino gobernaba el mayorazgo sin previsión, método ni orden; y que vivía completamente despreocupado de la familia, no poniendo el cuidado y el miramiento que exige la educación de los hijos, la atención de la esposa y el manejo de la servidumbre. Ni siquiera se comportaba públicamente con el decoro que le debía a la hidalguía y la honra de los apellidos que ostentábamos.

Pronto me percaté de que mi hermano no era hombre de trato fácil. Había heredado Maximino, además de la hacienda, muchas otras cosas de nuestro noble predecesor, don Álvaro de Villalobos. En el semblante y la figura se parecía tanto a él, que daba hasta escalofríos verle junto a un retrato suyo que colgaba de la pared del recibidor. Y supongo que a él le placía sobremanera esta semejanza que todo el mundo le ponderaba, porque se recortaba la barba de igual modo que nuestro abuelo e incluso vestía en algunas ocasiones con el jubón de tafetán negro que le perteneció en vida, aunque tuvo que taparse con un adorno la roja cruz de Santiago que lucía don Álvaro bordada en el pecho, ya que mi hermano no era miembro de la Orden. Y posiblemente era esta la causa de su hondo disgusto y su variable temperamento.

Achacaba Maximino no ser caballero de Santiago a la nefasta influencia de los Casquete, que gozaban de mucho poderío entre la jerarquía del priorato de Tudía. En esto también resonaba la herencia de nuestro señor abuelo, que profesó durante su vida una manifiesta animadversión hacia ese linaje jerezano, al que solía hacer causante de todos los males.

Pero, si bien heredó Maximino de don Álvaro de Villalobos el porte, la presencia y el temperamento, de suyo levantisco y arrogante, no recibió de su noble sangre ninguna de las virtudes que adornaban su persona. Pues fue nuestro abuelo un hombre inteligente, astuto, que sabía bien salirse con la suya y escapar airoso de cualquier circunstancia. Mi hermano, en cambio, fue siempre un fracasado.

Ya le dio la espalda la fortuna en su mocedad, cuando a temprana edad fue con nuestro padre a pelear contra el moro en Bugía. Allí se dejó la pierna izquierda y, con ella, cualquier oportunidad para seguir la carrera de las armas, que era lo que más le llamaba en este mundo. Y tuvo que venirse al señorío a ocuparse de cosas que nada le placían, como eran el gobierno de las haciendas, siervos y ganados. Con desgana se empleó en tal menester y descuidó muchos asuntos de importancia: percibir las rentas, pagar los diezmos y tasas y tener contentas a las autoridades. En vez de ello, no hizo sino ganarse enemigos, malvender las posesiones y malgastar los dineros.

¡Y si fuera solo eso! Cosas peores hacía. Empecé a darme cuenta de que mi hermano, aun gozando de una maravillosa familia, era un hombre muy solo en el fondo, cuya única y más asidua compañera resultó ser la bebida.

Me hice consciente de ello a medida que transcurrían los meses. En toda ocasión tenía él una excusa para darse al vino: a la mañana, porque hacía frío; al ángelus, para recobrar el ánimo; en el almuerzo, para acompañar las viandas; a la tarde, por aquello de cerrar los tratos en la taberna, donde a fin de cuentas acababa estando él solo con el vaso; en la cena, para festejar la jornada; y por la noche, con el fin de dormir bien, según decía.

Como me apercibiese yo de que se pasaba mucho tiempo empinando el codo y que con frecuencia llegaba dando traspiés, le llamé la atención un día muy suavemente, hablándole con delicadeza. Le conté que había visto grandes y nobles hombres, en el ejército, que malograron sus vidas bebiendo sin mesura; los cuales perdían el arrojo, la figura y hasta la razón, dejándose ir la oportunidad de alcanzar altos cargos que, por sus ilustres apellidos y por las recomendaciones que los beneficiaban, les habrían pertenecido de no ser por haber consentido en que la gustosa afición al vino se les convirtiera en vicio.

Escuchando estas explicaciones, se me quedó él mirando con unos ojos muy abiertos, enarcando las cejas y apretando los labios por lo que supe que no le había sentado nada bien el consejo.

—¿Qué quieres decir? —inquirió con gesto adusto.

—Nada. Solo quería manifestarte que estoy algo preocupado por ti. Me ha parecido advertir que bebes demasiado vino.

—¿Me estás llamando borracho? —Se enardeció aún más.

—No, hermano, quiero decir que…

—¿Me meto yo acaso en tus asuntos? —rugió.

—Bueno, bueno, no he dicho nada —contesté, zanjando la cuestión, temeroso de enojarle más.

A partir de aquel día, noté que Maximino estaba más frío y distante conmigo. Y maldije el momento en que tuve la ocurrencia de iniciar tal conversación con él. Mi hermano no tenía la humildad requerida para estar sujeto a obediencia, ni era hombre dado a escuchar consejos, ni a reflexionar con calma. Supongo que esa mala actitud suya le valió el rechazo de la Orden de Santiago cuando solicitó ser caballero, y no las malas artes de los Casquete, como él suponía, aunque también influyera la inquina de estos.

4

Poseíamos una heredad en el valle que dicen de Matamoros, al pie de las sierras, que distaba poco más de una legua de Jerez de los Caballeros. Los pastores vinieron a dar la queja de que el lobo no dejaba de perjudicar al ganado, y me pareció que sería una buena ocasión para organizar una cacería y alejar con ello a Maximino de la rutina de beber y no hacer nada de provecho.

—¿Cazar lobos? —observó desdeñoso cuando se lo propuse—. ¿Nosotros? ¿Y por qué no se preocupan de eso los administradores y menestrales de la finca, que es su obligación?

—Vamos, hermano, que es primavera y nos hará bien un poco de ejercicio. Los campos están preciosos, han florecido las jaras y el sol luce radiante. ¿No recuerdas acaso cuando íbamos de cacería con nuestro señor padre? ¿Has olvidado lo bien que lo pasábamos?

—Entonces tenía yo mis dos piernas —contestó pesaroso—. ¿Dónde voy ahora en pos de lobos con una pata de palo?

—Pero... ¡si iremos a caballo! Los ojeadores batirán

los montes y nosotros aguardaremos al pie de las sierras con los perros, para perseguir a las piezas por los valles. ¿O tampoco puedes cabalgar? ¿Tan viejo te has hecho con poco más de treinta años? ¿Te vas a pasar el resto de la vida de casa a la taberna y de la taberna a casa?

Clavó en mí su fiera mirada y temí que zanjara la conversación, como aquella otra vez que le recriminé lo mucho que bebía. Pero, gracias al cielo, no me salió mal la estrategia y conseguí despertarle el orgullo, en vez de la ira.

—¡Nadie cabalga en Jerez como Maximino Monroy de Villalobos! —exclamó ufano.

—Pues vamos a verlo, hermano. No tendremos mejor ocasión que esta para airear nuestras monturas. ¿Mando que junten a los ojeadores y que preparen la jauría?

—Mándalo, que ya estoy deseando ir al lobo. Ahora se va a saber en esta casa lo que has aprendido tú por esos andurriales con el tercio, así como lo que yo no he olvidado, aunque te creas que ando mano sobre mano.

Me alegré mucho al verle poner interés en algo, fuera del vino. Le tenía yo gran estima a Maximino, a pesar de su mal genio, y deseaba más que nada ayudarle en lo que fuera posible, pues me daba la sensación de que todo lo que le sucedía era a consecuencia del sufrimiento por haber perdido la pierna y quedar inútil para la vida militar. Eso lo había convertido en un hombre huraño, encerrado en sí mismo, sombrío, malhumorado y aficionado a ver solo el aspecto más desfavorable de las cosas. Se me hacía que el ejercicio, la vida al aire libre y tener algo en que distraerse le haría recobrar el amor propio y las ganas de vivir.

***

Había en los altos de nuestra casa unas dependencias que conservaban para mí un recuerdo entrañable. Se trataban de lo que llamábamos familiarmente «los doblados de don Álvaro», por ser las habitaciones donde nuestro señor abuelo guardaba sus más estimadas pertenencias: armas, arneses, aparejos, guarniciones y utensilios propios de las artes de la caza, como eran pihuelas, capirotes y señuelos de cetrería, picas, cuchillos de montear, ballestas y arcabuces. El acceso era por unas viejas escaleras de madera carcomida, cuyos peldaños crujían a cada paso, y que conducían a un largo pasillo del piso superior del caserón, que estaba deshabilitado. Al final, una sólida puerta cerrada con siete llaves conducía a tan reservadas dependencias, que comunicaban por la parte de atrás con unas destartaladas galerías que daban al último patio.

Cuando Maximino y yo subimos allí para preparar los aperos de la caza, me di cuenta de que mi hermano no frecuentaba aquel lugar que tanto nos atrajo en nuestra infancia. La herrumbre, la carcoma y las telarañas lo dominaban todo: espadas, puñales, alabardas, lanzas, corcescas, arcabuces, ballestas y dardos. Los cueros de grebas, brazaletes, coseletes y guantes estaban tiesos, acartonados, y los olores de la pez y la grasa envejecidas permanecían prendidos en el aire inmóvil y viejo.

—¡Vive Dios, cómo está todo! —exclamé al ver tan lamentable panorama.

Mi hermano, que se empleaba en abrir los postigos polvorientos para que penetrase la luz, paseó la mirada triste por la estancia y dijo a modo de excusa:

—Son cosas viejas que tienen ya poca utilidad.

—¡Qué lástima! —me lamenté—. Con un poco de

cuidado se podría haber mantenido todo esto. ¿No recuerdas con qué cariño se aplicaba nuestro abuelo a limpiar, engrasar, pulir y conservar sus queridos enseres? No permitía a nadie que entrara aquí sin estar él presente. ¡Oh, Dios, mira su armadura preferida comida por el orín! Él la llevó en la toma de Argel, cuando siguió en hueste al emperador... ¡Era su más preciado recuerdo!

—¿Es un reproche? —replicó Maximino—. ¿Me haces a mí culpable de que las cosas envejezcan? ¡Esa armadura tiene más de setenta años!

—El hierro y el acero, bien tratados, pasan en servicio de hijos a nietos —repuse—. Basta con aplicar grasa a tiempo. Pero, ahora, ¿quién puede arreglar ese desperfecto?

Él hizo un movimiento brusco, como despechado, y se fue hacia la armadura para frotarla con su pañuelo. La herrumbre estaba tan prendida que tuvo que emplearse para lograr apenas retirar el polvo. Jadeaba, furioso, mientras trataba de solucionar algo que él mismo se daba cuenta de que no tenía ya remedio. Y como el arnés descansase sobre un antiquísimo bastidor de paja, se deshizo este y cayeron las piezas al suelo levantando un gran estruendo, separándose cada una por su parte.

Maximino se enojó aún más por este estropicio y, en vez de recoger la armadura, empezó a dar patadas a los elementos dispersos mientras gritaba fuera de sí:

—¡Son solo cacharros viejos! ¡No tengo la culpa! ¿Soy acaso el culpable de todo lo malo que pasa? ¿Es que eres tú el hombre perfecto? ¿A eso has venido, hermano, a darme lecciones? ¿A echarme en cara mis errores?...

—¡Eh, no hagas eso! —le recriminé—. ¡Es la querida armadura de don Álvaro de Villalobos! ¡Respeta la memoria de nuestro señor abuelo! ¡Era un caballero!...

—¿Qué quieres decir? ¿Que no lo soy yo? ¿Acaso no soy yo caballero? ¿Es eso lo que piensas? Me has llamado borracho, descuidado, vago... Y ahora insinúas que actúo sin nobleza...

—¡No, Maximino, por el amor de Dios! —exclamé, yéndome hacia él para sujetarle por los hombros, tratando de calmarle—. Yo no te he llamado tales cosas... ¡Dios me libre de ello! ¡Quiero ayudarte!

—¡Suéltame! ¡No necesito tu ayuda! —rugió, a la vez que recogía la espada de don Álvaro del suelo.

—¡Qué haces, insensato! —inquirí, temeroso de que fuera a hacer una locura.

Él se quedó entonces muy quieto, mirándome, sosteniendo la espada por la empuñadura.

—¿También piensas que soy un asesino? —me preguntó con gesto de perplejidad—. ¿Has creído que iba a herirte? No hice sino recoger la espada de nuestro señor abuelo, precisamente por respeto a su memoria. Baste que esté la vieja armadura por los suelos, pero su espada es otro cantar...

Sonreí, muy avergonzado por mi absurda sospecha. Le dije:

—Perdóname, hermano. He sido un necio... ¡Ven a mis brazos!

Nos abrazamos. Resoplaba él y sollozaba.

—No me juzgues, Luis de María, ¡por los santos clavos de Cristo!... No estés atento a todo lo que hago. Haz tu propia vida y déjame vivir en paz. Tú has hecho lo que has querido, no te inmiscuyas en mis asuntos o no respondo...

—Sí, sí, Maximino —asentí—. Tienes toda la razón. Te ruego que no me lo lleves en cuenta. No sé qué me impulsó a decirte tantas necedades… ¡Perdóname, hermano!

—Hagamos un trato —procuró, con gesto sincero—. Vayamos a esa cacería y divirtámonos juntos. ¡A ver si quiere Dios que traigamos al menos un par de lobos grandes como no se han visto en Jerez! Comamos y bebamos luego como buenos hermanos… Y después, Dios dirá… Prometo reflexionar acerca de todo esto…

—Lo que tú digas, hermano mío. Sea como tú mandas, pues eres el mayor y el jefe de esta respetable casa. Dispón lo que te parezca oportuno y… ¡evitemos los disgustos, por Santa María bendita!

Felices por aquel repentino acuerdo, nos abrazamos de nuevo. Y nos pusimos enseguida manos a la obra, intentando reunir lo que podría servirnos de lo que había en los doblados de don Álvaro. Mientras, recordábamos muchas cosas de la infancia: las ocurrencias de nuestro abuelo, las partidas de caza con nuestro padre, las noches pasadas en los bosques el día anterior a la cacería, escuchando el aullido de los lobos…

Agradecido por ver que mi hermano empezaba a entrar en razón, rogaba a Dios que fuera servido concederme la merced de que llegase él a encaminar del todo sus pasos, comportándose como el caballero que debía ser y abandonando sus torcidas costumbres.

5

Todavía permanecían sumidos los montes en la oscuridad cuando, con los primeros ladridos de los perros, los caballeros empezaron a temblar. Supimos entonces que los alimañeros y ojeadores ya habían dado con las guaridas de los lobos allá arriba, en los roquedales que coronaban las sierras, porque se oían las voces alertando a los careas que batían las laderas, zaleando la maleza con sus bastones para mover las piezas hacia los lugares donde estábamos apostados los cazadores.

Con la primera luz del día, llegó el momento tan esperado, calculado con toda precisión por los capataces, expertos loberos que tenían bien aprendido desde niños su oficio, a fuer de haberlo desempeñado mil veces, desde que fueran al monte primero con sus abuelos, luego con sus padres y ahora con sus hijos. Requería este viejo arte suma atención, sagacidad, temple, valor, conocimiento del terreno y fortaleza de piernas, a más de una fina sapiencia de los hábitos de esta fiera, que es la más astuta y cautelosa de cuantas hay en los campos.

Aguardábamos Maximino y yo en una fría vaguada, angosta y húmeda, adonde conducía como único paso un barranco profundo. Por haber llovido fuerte un rato antes, estábamos empapados, tiritando, pues era marzo y las madrugadas resultaban aún frescas.

Dejamos pasar sin daño alguno a unos jabalíes que casi se nos echaron encima y un rato después a un gran ciervo de altiva testa. Era cosa de estar muy quietos sin descuidar lo que allí nos llevaba, cual eran los lobos que, espantados de sus altos dominios, habían de escapar por fuerza metidos en la hondonada hacia la que les conducían perros y hombres que peinaban el bosque.

Salió el sol y, como no se viera pasar nada mayor que alguna liebre despavorida, mi hermano empezó a desanimarse. Se agitaba y no paraba de echar mano al odre de vino que llevaba colgado al cinto, del que estaba más pendiente que de lo que se moviera por delante de sus ojos. Temí entonces que, echada a perder la jornada de caza, no se pudiese llevar a efecto mi plan de tenerlo contento y entretenido para sacarle de los vicios.

Pero, en esto, se oyó un fuerte estrépito de pasos, fragor en la espesura y rugido de canes.

—¡Atento! —le grité a mi hermano.

De repente, irrumpió desde unas rocas, a nuestro costado, un muchacho muy sofocado, que de un salto cruzó el despeñadero de parte a parte, yéndose luego a poner a nuestras espaldas avisando:

—¡Ahí está el lobo, señores! ¡Delante de vuestras mercedes!

No hizo falta montarse en los caballos. Bastó avanzar unos pasos para ver cómo dos alanos acosaban y sujetaban a un lobo enorme.

—¡Tuyo es, hermano! —le grité a Maximino.

Olvidándose de su cojera, se abalanzó empuñando la espada.

—¡Pon cuidado! —le advertí—. Mejor será la ballesta…

—¡Qué ballesta ni que…! —gruñó—. ¡Vas a ver cómo lo remato así, a mano!

Se aproximó a la refriega entre lobo y perros, buscando la manera de cobrar la presa, y hundió la espada en el cuerpo de la fiera a la altura de las costillas, atravesándola de parte a parte, hendiendo piel, carne y junturas, certeramente y sin miramientos por el propio riesgo. De manera que se revolvió el lobo girando sobre sí, herido de muerte, arrastrando a los enormes alanos que lo asían por el pellejo. Mi hermano perdió pie en el impulso y cayó sobre las bestias que rugían ferozmente lanzando dentelladas a diestro y siniestro.

Temí que resultase perjudicado y me apresuré a rescatarle del apuro. Pero él, fuera de sí, me gritó:

—¡Déjame solo! ¡Esto es cosa mía!

Como había soltado la espada, que estaba clavada en el lobo, desenvainó el cuchillo que llevaba amarrado en la pierna sana y remató a la alimaña con diestra cuchillada en el pecho, por la que se desangró al momento.

—¡Bien, hermano! —le felicité—. ¡Qué maestría!

—¿Has visto? —contestó, ufano, jadeante—. ¿Creías acaso que no sería capaz? ¡Poco conoces a Maximino Monroy!

El muchacho que había acarreado al lobo con sus alanos también estaba asombrado y exclamaba:

—¡Eso es maña, señor! ¡Menuda pieza!

—Vamos, zagal —replicó Maximino—, sujeta de una vez a los alanos, que me van a estropear la piel del bicho.

Me sentí feliz al verle así, loco de contento, sacudiéndose el polvo de los gregüescos y ajustándose la pierna de madera, orgulloso por la hazaña.

A mediodía, contaba el lance Maximino a todo el mundo a voz en cuello, exagerando cuando podía:

—Entonces, viendo que me podía matar ese demonio, esa fiera corrupia, eché mano al cuchillo y... ¡zas!

Todos, capataces, ojeadores y careas, aplaudían y le vitoreaban.

—¡Viva don Maximino! ¡Viva!...

Se habían marchado las nubes y lucía un bonito día de primavera, con brillante sol y colores nuevos en los campos. Regresaban ya los perros con ladridos cansinos, a la llamada del cuerno, y los manilleros acudían con las mulas que portaban la comida y los serones donde habían de llevarse luego los animales muertos.

Cinco piezas fueron cobradas: el enorme lobo que abatió Maximino, el cual era macho, una loba vieja y tres zorros de mediano tamaño. También, por ser marzo el mes en que afloran las camadas, los alimañeros se hicieron con cuatro lobeznos bien gordos que estaban ya casi en edad de dejar la teta.

La jornada de caza fue pues gloriosa. Los pastores estaban encantados al saber que por lo menos de momento podían tener a salvo el ganado.

Más tarde, una vez en el caserón que poseíamos al pie mismo de la sierra, desde donde se divisaba casi toda la heredad por estar edificado sobre un promontorio, nos aplicamos al vino y al rico almuerzo que llevábamos para la ocasión. Allí Maximino presumía de nuevo, como un héroe, delante de su hijo Alvarito, el cual estaba muy atento a su padre, con los ojillos brillantes por la emoción. Y también gozaba mucho mi sobrino porque le habíamos obsequiado con el más lustroso de los lobeznos, al cual tenía amarrado con una cuerda a la reja de la ventana.

Así pasó la feliz jornada. Y todavía hubo tiempo por la tarde para echar al vuelo las aves de presa y cobrar algunas perdices y una robusta avutarda que cazó un azor en la llanura.

A la puesta del sol, se hizo fiesta en el caserón, comimos de nuevo, bebimos y conversamos junto a las brasas.

—Qué bien que hayas vuelto —me decía Maximino—. Hoy lo he pasado estupendamente contigo, hermano. Como cuando éramos pequeños...

Apuraba él un vaso tras otro y a mí no me preocupaba demasiado, pues le veía radiante, encantado, saludable y sonrosado por el sol y el ejercicio.

—¿Ves cómo te habías de alegrar? —le dije—. La caza es un arte que templa el cuerpo, sosiega el ánimo y propicia la camaradería. Además, proporciona carne para la mesa y pieles tan necesarias, al tiempo que les sirve a los amos para visitar sus dominios recorriendo haciendas e inspeccionando siervos y ganados.

—¡Humm...! —exclamó irónicamente—, ¡hay que ver lo sabiondo que te has vuelto por esos mundos de Dios! ¡Anda, échate un trago de este vino y déjate de requilorios!

—Maximino —le dije cariñosamente, poniéndole la mano en el hombro—, nada desearía menos que importunarte. Yo quiero que seas feliz y me duele agobiarte. Pero...

—¿Pero qué? ¿Qué diantre pasa ahora?

—Bebes demasiado, hermano. No te enojes por lo que te digo. Es por tu bien.

—¿Otra vez con esa cantinela, Luis María? —replicó algo molesto—. Hemos pasado la jornada en el campo, respirando este aire puro, mojándonos bajo la lluvia y secándonos después al sol. Ahora cae la noche. El cielo está precioso y lucen las estrellas. Hoy maté un gran lobo, a pesar de mi pobre pata de palo. Nunca pensé que haría tal hazaña desde que aquellos condenados moros de Bugía me destrozaron la pierna dejándome hecho un medio hombre para los restos. Hoy soy feliz, ¡por los clavos de Cristo! ¿No puedo emborracharme como hacen los señores cuando las suertes les sonríen? ¡No te preocupes por mí! Mañana trataré de empezar una vida nueva. ¡Por esta! —juró besándose la cruz que llevaba colgada al cuello.

—Me alegra oírte hablar así, hermano. Cierto es que tenemos derecho a divertirnos de vez en cuando.

—¡Naturalmente! Estás en casa, Luis María. Has salvado el pellejo y eres un héroe. ¡Brindemos! Y canta una copla, hermano mío… Pero que no sea de turcos, ¿eh?…

Canté para complacerle. Nos rodeaban los criados y los menestrales, que aprovechaban la ocasión para llenarse la panza con carne asada y buen vino. El fuego crepitaba bajo la chimenea y el tocino asado sobre las brasas exhalaba su apetitoso aroma. El pequeño Alvarito observaba asombrado los movimientos de su lobezno cuando no permanecía atento a las conversaciones de los mayores: historias de guerra, de monterías, de bandidos, leyendas, sucesos demasiado fantasiosos y algún que otro disparate. Aquello me recordaba mi propia infancia, cuando nuestro padre nos llevaba allí mismo a pasar la noche, después de la jornada de caza.

Pero, cuando más a gusto estábamos, sumidos en el placentero sopor que nos proporcionaban la fatiga, la comida, la bebida y el calorcillo de la lumbre, vino el demonio a echar a perder la jornada.

Salió afuera Maximino a evacuar y al pronto se le oyó gritar como un loco. Nos sobresaltamos los que estábamos dentro y fuimos a ver qué pasaba.

—¡Mal nacido! —rugía mi hermano, mientras agarraba por las ropas a uno de los zagales—. ¡Hijo de ramera! ¡Cómo se te ha ocurrido hacer tal cosa...!

Resultó que el muchacho, aquel que nos careó el lobo hasta el puesto donde hacíamos el aguardo, se había entretenido cortando la cabeza, rabo y manos de los animales muertos, lo cual enardeció mucho a Maximino, que vio estropeadas las piezas cobradas, cuando él tenía planeado llevarlas a Jerez para darse el pisto delante de sus amigotes exhibiéndolas en la taberna.

Viéndole tan desatado zarandeando al zagal, que parecía que iba a pegarle, medié queriendo saber la razón del desaguisado.

—¿Por qué has hecho tal cosa, muchacho? ¿Qué motivo tenías para mutilar las piezas? —inquirí interponiéndome.

Un anciano alimañero me dio la explicación:

—Señores, tengan compasión del zagal, que es mi nieto. Él no ha hecho sino lo que es costumbre en estas tierras: a quien propiciare la muerte del lobo le corresponde un salario de veintidós ducados por orden de su majestad, los cuales ha de pagar el concejo de la ciudad cada vez que se le lleven las manos, cabeza, y rabo de la alimaña muerta. Ese rapaz, que sabe de ese derecho, ha querido cobrarse lo que le corresponde. No hay más intención que esa, nobles señores.

—¡Pero si el lobo lo maté yo! —replicó Maximino.

—Yo se lo careé a vuestras mercedes —repuso el muchacho.

—¡Hijo de mala madre! ¡Piojoso! —le gritó mi hermano, mientras echaba mano de su bastón y la emprendía a golpes con él.

Como viera yo que el castigo era desmedido e injusto, tercié sin pensármelo y quise sujetar a Maximino:

—¡Basta! ¡Déjalo ya!

Pero él estaba fuera de sí, como un loco, con el rostro desencajado, mientras descargaba tremendos bastonazos sobre la criatura.

—¡A este frescales lo mato yo! ¡Qué te has creído, asqueroso ratero! ¡Toma, toma y toma…!

Ante tal crueldad, y temiendo que le causara daño grave, se me despertó un irrefrenable ánimo de acudir en socorro del pobre muchacho. Salté sobre mi hermano y le arrebaté el bastón.

—No consentiré que le pegues más. ¿Has perdido el juicio, Maximino?

—¡Esto es cosa mía! —replicó él a voces—. ¿A qué te metes tú?

—¡No, no es cosa tuya, hermano! Quienes hemos sido cautivos sabemos mucho de palizas, injusticias y humillaciones. ¡Nadie ha derecho a maltratar a otros! ¡He dicho que dejes en paz al zagal!

Mi hermano, bufando, rojo de rabia, se abalanzó sobre mí para agarrarme por el cuello. Le esquivé, vaciló y apoyó mal la pierna de palo, de manera que se tambaleó durante un momento y luego fue a caer de bruces.

—¡Canalla! —me gritaba removiéndose en el suelo, tratando de ponerse en pie—. ¡Mal hermano! ¡Fuera de mis tierras! ¡Márchate, turco del demonio! ¡Renegado!…

Me dolían aquellas palabras como puñales clavados en el pecho. Y me avergonzaba sobremanera que la servidumbre contemplara tan lamentable escena. Así que les ordené:

—¡Idos todos de aquí! ¡Marchaos a vuestras casas!

Obedecieron y subieron a sus mulas apresuradamente, aterrados, confundidos, partiendo sin apenas detenerse a recoger sus enseres. Quedamos allí mi hermano, mi sobrino y yo, muy en silencio.

—Vamos a dormir, Maximino —le dije—. Mañana será otro día.

Pero él no quería atender a componendas. Trataba de colocarse la pierna y no atinaba, nervioso, irracional como un demente. Gemía cual niño enrabietado, sin alzar hacia mí la mirada torpe y ofuscada.

—Hermano, por el amor de Dios, cálmate —le rogué.

—¡Fuera! —gritó—. ¿No me has oído? ¡Vete! ¡Me has deshonrado delante de mi hijo! ¡No quiero volver a verte!

Temí que la cosa llegara a mayores. Monté en el caballo y busqué el camino para abandonar la heredad. Era ya noche cerrada y cabalgué en la oscuridad con una tristeza y un desasosiego muy grandes en el fondo de mi alma.

6

Tamaño disgusto se hizo sentir pronto en la vida de la familia.

Muy lejos de cambiar sus hábitos, Maximino se volvió aún más taciturno y reservón. A mí me retiró del todo la palabra. Sentarse con él a la mesa cada día resultaba tan penoso como un velatorio. Bajaba mi hermano la cabeza y no abría la boca sino para llenarla de comida, o apurar vaso tras vaso, pues no mudó lo más mínimo su vicio, más bien agravose en él. A menudo llegaba muy tarde, tambaleándose. Buscaba yo encontrarme con la mirada de sus ojos vidriosos y apesadumbrados, y él rehuía todo trato. Manifestábame manso, humilde y considerado, para no herir más su pundonor, por si lo que le pasaba era a causa de la vergüenza. Pero no se daba por resarcido, de manera que cada vez veía yo alejarse más la ocasión de enmendar el acaecimiento del día de la cacería.

Hablé con mi señora madre del asunto, con mucho tiento, para no hacerla sufrir. Era ella tan perspicaz, que ya se había percatado por sí misma de lo que sucedía entre nosotros, sin necesidad de que nadie le diera explicaciones.

—Me temo que lo de Maximino es asunto muy enredado —me dijo circunspecta—. A tu hermano se le metió el demonio en el cuerpo cuando perdió su pierna en Bugía. Es muy duro eso para un hombre. ¡Mala hora aquella! Aquí no queda más que conformarse cristianamente. Si Dios quiere, será el tiempo lo que sane su alma. Pero no te afanes tú en lo que no está en tus manos, pues no harás sino empeorar las cosas.

—No podemos quedarnos así, mano sobre mano, madre —repliqué—. O Maximino acabará echándose a perder sin remedio.

—No todo en la vida tiene arreglo —observó resignada—. Ya puse yo el empeño de una madre para que tu hermano comprendiera que no iba por buen camino y, ya ves, nada logré. Dios te premiará a ti por haberlo intentado, hijo. No te exasperes por ello. A cada uno le corresponde vivir su propia vida y caminar por su propia senda.

—Pero… ¡madre!, cómo voy a estarme así en la casa, día tras día, sin que mi propio hermano me dirija la palabra. ¡Es un mal ejemplo para sus hijos y para toda la servidumbre!

—Déjalo estar, hazme caso, Luis de María. Déjalo o no harás sino empeorar la situación. Tú atiende a lo tuyo y procura no tener pendencias con él. Disfruta de la vida, hijo mío querido, que bastante sufrimiento has tenido en tu cautiverio.

Dicho esto, me besó con mucha ternura. Y mientras sentía su abrazo, comprendí que el corazón de una madre alberga siempre su propio padecimiento por los avatares de los hijos, así como una comprensión diferente, dilatada y sufrida de las cosas.

Andando el tiempo, empecé a tener la sensación de que a Maximino se le iba pasando el enojo. Obedecer el sabio consejo de nuestra señora madre resultó al fin ser lo más inteligente. Obraba yo como si nada hubiera pasado. Saludaba siempre con cortesía a mi hermano, le trataba con cariño y procuraba no inmiscuirme en sus asuntos, entretanto me dedicaba a los míos propios, cuales eran: ir de caza, visitar a parientes y amigos y gozar de una existencia tranquila, en tanto podía, contemplando el paso sereno de los días y las estaciones del año, en la hermosura de la ciudad o junto a la bella calma de los campos, dorados por el estío, húmedos en otoño, umbríos y verdes en invierno y exultantes de luz y color llegada la primavera. ¿Qué más se le puede pedir a la vida?

Pero, por ventura, no está nuestro camino en este mundo pavimentado únicamente con delectaciones y lisonjas, porque es menester cada día comprender que vivir no es tarea fácil y que aquí andamos solo de paso.

Y a mí me llegaba la hora de emprender de nuevo la marcha.

No se había cumplido todavía un año desde mi llegada a casa cuando se presentó un correo que traía una carta muy historiada, con los lacres, sellos y adornos de la Orden de Alcántara, la cual, según dijo el mensajero, solo podía ser entregada en persona y en privado al capitán don Luis María Monroy, debiendo llevarse de vuelta el documento con acuse de recibo.

—Heme aquí —dije—. Soy el destinatario.

61

Abrí la misiva, delante de él, como me pedía. Y la leí inmediatamente:

Frey Francisco de Toledo, comendador de Acebuche, tesorero de Alcántara, a don Luis María Monroy de Villalobos.

Señor:
Según escribe el bienaventurado doctor san Hierónimo, ninguna cosa hay en la nobleza más digna de ser codiciada como que los nobles sean obligados a no degenerar de aquella virtud de sus hazañas pasadas; cuanto más vuestra merced, entre otros, por haber servido con mucho denuedo y valentía a las cosas de nuestra fe católica, trayendo a Su Majestad noticias de las malignas intenciones del turco de venir a poner sitio a la isla de Malta, lo cual le valió a la cristiandad gloriosa victoria en tan memorable jornada.

Y por cuanto se haya oído a la boca del ilustrísimo maese de campo don Álvaro de Sande contar en muchas y diversas ocasiones las penalidades sufridas por vuestra merced en el empeño de traer el aviso desde Constantinopla, donde erais cautivo, con muchos peligros y sacrificios, me complace por la presente cumplir el mandato del muy ilustre señor comendador mayor de esta orden y caballería de Alcántara, en la que tengo yo mi encomienda menor, rogándoos venir a este sacro convento de San Benito, por si Dios fuera servido y el capítulo lo tuviera por oportuno, andar los pasos prescritos para que vuestra merced vistiese el hábito blanco de esta venerable orden y lucir en los pechos la noble cruz flordelisada en seda verde de Alcántara para siempre servirla.

Además de por orden de mi señor comendador mayor, cumplo yo el encargo de escribir esta por lo que me une a su excelencia el duque de Oropesa, don Fernán Álvarez de Toledo, mi caro hermano, en cuyo señorío y casa fue paje vuestra merced en su mocedad, por ser pariente de su ilustre esposa, doña Beatriz de Monroy.

Pues, noble capitán, por todo lo ya dicho, busque la más propicia y pronta ocasión para venir a esta santa morada respondiendo al llamado de tan venturoso y cristiano porvenir.

La vida de vuestra merced guarde y guíe Nuestro Señor.

De Alcántara, a 20 de octubre de 1567

7

Resulta prodigioso comprobar en la vida de qué manera, a la par que unos caminos se cierran, se abren otros. Ya venía yo dándome cuenta de que, por mucho que pusiera empeño en ello, no hallaría en mi casa la paz y el acomodo que un hombre necesita para ser feliz. A mi hermano le estorbaba mi presencia. Aunque no hubiera discusiones entre nosotros —porque rehuía yo la ocasión de propiciarlas—, estaba a ojos vistas que él se encontraba incómodo teniéndome cerca. Sentíase tal vez juzgado por mí, y además empezaba a manifestar ciertos recelos porque tratara yo con su esposa e hijos. Lo cual era lo peor.

Mi madre me lo advirtió:

—Me temo que la distancia entre Maximino y tú ha de ir a más. Desde que recibiste esa llamada de los de Alcántara, está nervioso y mohíno. Le duele mucho que te hayan considerado tanto, cuando a él, pobre mío, los de Santiago le han cubierto de desprecios. El día que llegó la carta, al ver cómo nos alegrábamos todos, tu hermano sufrió mucho. Compréndelo, hijo, su honra está herida.

—¿Y qué puedo hacer yo?

—¿Qué? ¡Dios mismo ha venido a poner remedio! ¡Ha sido como un milagro! ¿Qué has de hacer sino acudir a ese requerimiento? ¡Es toda una deferencia, hijo! Un privilegio que muchos quisieran para sí.

—No me había planteado tomar el hábito de Alcántara —repuse—. Me ha cogido de sorpresa...

—¡Pues he ahí el milagro! ¿Qué vas a hacer aquí? ¿Piensas pasarte la vida como un segundón, sin hacienda propia, sin beneficios, sin más oficios que la caza y los libros...? Por mucho que a mí, como madre, me duela tenerte lejos, ¿qué más se le puede pedir a la vida? Es el propio comendador mayor de la Orden quien te ha mandado llamar. Eso significa que te tienen en muy alta consideración. ¿Vas a despreciar la oportunidad?

Me quedé pensativo. Había sucedido todo de una manera tan repentina que apenas tuve tiempo para reflexionar. Me halagaba mucho aquella carta y, verdaderamente, era como si la solución de mi porvenir viniera sola a mis manos, como decía mi señora madre. Pero, a pesar de haber transcurrido ya casi un año, aún tenía presentes y frescas las fatigas de los peligros y cautiverios pasados.

Por otra parte, había algo que no dejaba de atormentarme. Bien sabía yo que, aunque mis hazañas me honraban —como bien manifestaba la carta de don Francisco de Toledo—, siempre pesaría sobre mí la sombra de mi larga estancia entre los turcos, el haberme dejado circuncidar y los procesos y acusaciones de la Santa Inquisición. Ello me había valido los rumores y las desconfianzas de algunos envidiosos de mi ciudad, los cuales, habiendo tenido noticias de mis prisiones, las habían divulgado por ahí, causándome mucho dolor y el desprecio de los que no querían bien a nuestra familia, como los Casquete. Temía que estos, u otros de su misma condición, pudieran entorpecer mi futuro con malas artes, propagando infundios y ensuciando mi nombradía.

Estos y otros temores ensombrecían mi alma. Me costaba tomar una determinación y me pasaba las noches en vela, dando vueltas y vueltas en mi cabeza a mil preguntas: ¿Qué había de ser de mi vida? ¿Debía ir a hacerme caballero de Alcántara? ¿Estaba ciertamente mi honra en peligro a causa de los cargos de la Inquisición? ¿Mejorarían o empeorarían mis relaciones con Maximino? ¿Hacía bien o mal estándome en mi propia casa?...

Padeciendo tal incertidumbre, y temiendo que me faltara el ánimo necesario para decidirme, resolví ir a solicitar el consejo de don Celerino, un sabio clérigo de edad provecta que fue mi preceptor en la infancia y del cual aprendí entonces no solo a leer y escribir, sino todo un particular orden del mundo, los grandes hechos del pasado, las historias de ilustres hombres, las gestas guerreras de David, la destrucción de las murallas de Jericó, las leyes que dominaban los vicios humanos y los desórdenes que echaban a perder las vidas; todo ello entre antiguos fragmentos latinos de Demóstenes, Cicerón, Virgilio u Horacio y también de aquellas entretenidas obras de Sófocles, Aristóteles y Eurípides.

Nunca podré agradecer lo suficiente a la memoria de mi noble padre el haber tenido el acierto de ponerme a tiempo en manos de aquel hombre sabio, que supo como nadie inducirme a amar la recta virtud por encima de cualquier otra cosa mundana, por mucho que, mísero de mí, no fuera yo capaz de obedecer en mi azarosa existencia a todas sus buenas enseñanzas.

Vivía por entonces don Celerino casi retirado, en una pequeña casa cercana a la parroquia de San Bartolomé. Le cuidaba su hermana que se alegró mucho al verme.

—¡Dios sea bendito! ¡Si es el nieto de don Álvaro de Villalobos! —exclamó alborozada—. ¡Qué contento se ha de poner mi hermano!

Estaba ya casi ciego el viejo sacerdote, tal vez por tanto leer. Me apenó verle allí tan menguado, consumido, sentado junto a un ventanuco, con sus grisáceos ojos velados, el rostro blanco, macilento, y un acusado temblor en las manos.

—Don Celerino —le dije—, soy Luis María Monroy, hijo de don Luis, ¿se acuerda vuestra reverencia de mí?

Me buscó con la mirada estéril y extendió las manos sarmentosas.

—¡Ah…! ¡El cautivo! —exclamó—. ¡El cautivo liberado!

—El mismo —asentí, sorprendido porque supiera de mi peripecia.

—Déjame que te abrace, hijo —me pidió—. ¡Oh, qué crecido estás! —observó asombrado—. Supuse que estarías hecho un esqueleto… ¿Te daban de comer esos condenados moros?

—Claro, padre. De no ser así habría muerto. ¡Fueron tantos años…!

—Como tu abuelo, hijo. Te ha correspondido seguir la suerte de don Álvaro. Pero Dios ha cuidado de ti mejor que de él, por lo que me han contado, ya que perdió él la razón en el trance. ¿Cómo estás tú? Ha tiempo que llegaste, según supe. ¿Por qué has tardado tanto en venir a verme?

67

—He tenido que visitar a toda la parentela —me excusé—. Perdone vuestra reverencia el retraso. Heme aquí.

—¡Ay, qué alegría me das! Para mí ya son pocas las nuevas… ¿Sabes cuántos años tengo?

—No, pero han de ser muchos, pues ya fue vuestra reverencia preceptor de mi señor padre, antes que mío y de mis hermanos.

—¡Ochenta! —dijo perdiendo los ojos ciegos en las alturas—. Cualquier día de estos me voy… ¡Cuando Dios quiera! ¿Qué hago aquí ya?

—Ayudarme a mí, padre, pues necesito el sabio consejo de vuestra reverencia para saber qué he de hacer con mi vida.

—¡Anda! —respondió con circunspección—. ¿Así estamos, hijo? Pero… si lo tienes todo: nombradía, gloria y esa libertad que ahora estrenas como si fuera nueva. Deberías estar como pájaro al que le han abierto la jaula… ¿No eres feliz acaso?

—No es eso, padre. No me quejo. Cierto es que soy un hombre afortunado y doy constantemente gracias a Dios por haberme conservado la vida.

—¿Entonces?

—He de tomar una decisión muy importante y me atormentan las dudas. Necesito de vuestra sabiduría.

—Pobre de mí —repuso humildemente—. ¿En qué puedo yo aconsejar a tan noble caballero? No soy sino un pobre siervo de Dios que se ha pasado toda la jornada trabajando y solo espera ya merecer el descanso del sueño. No valgo para nada…

Le conté todo lo que me había sucedido últimamente. Él me escuchaba con mucha atención, pensativo, mientras sujetaba entre los temblorosos dedos un pequeño crucifijo de plata. De vez en cuando, interrumpía mi relato para hacerme alguna pregunta. Me di cuenta de que, aunque su cuerpo estaba torpe y castigado por los muchos años, su mente permanecía despierta, con aquella agudeza que yo recordaba en él.

Cuando hube concluido, sin ocultarle nada de lo que me pasaba con mi hermano, le leí la carta que envió el comendador de Alcántara. Y entonces noté que se crecía, orgulloso, feliz porque le hubiera comunicado tan importante secreto.

—Humm... —dijo con espanto, poniéndome la mano en el antebrazo—. Si se enteran los Casquete de que te han llamado los de Alcántara les comerá la envidia... ¡Con la inquina que os tienen a los Villalobos!

—Nadie ha de saber que he recibido esta carta —le rogué.

—Descuida. Lo guardaremos como secreto de confesión.

—¿Y bien, don Celerino? ¿Qué piensa vuestra reverencia que he de hacer? ¿He de irme de mi propia casa?

Entrelazó los dedos con ambas manos, como tratando de frenar su acusado temblor y, solemnemente, sentenció:

—Horacio dejó escrito: «*Coelum, non animum mutant qui trans mare currunt*» (Los que corren tras los mares cambian de clima, mas no de ánimo). Y el gran Séneca dejó dicho: «*Felicitas non in loco sed in persona est*» (La felicidad no está en el lugar, sino en la persona). Quieren decir estos sabios pensamientos que la dicha no se alcanza por cambiar de lugar, de casa o de ocupación. Quien se lleva a sí mismo, lleva consigo su estado de ánimo. A pesar de lo cual, cierto es que, en un momento u otro de nuestras vidas, soñamos con algo que en el fondo sabemos falso: si yo me fuera a otra parte, si cambiara de casa, si comenzara de nuevo, si dejara atrás este o aquel problema…

—Comprendo eso que dice vuestra reverencia —observé—, pero siento que aquí no progresaré. Además, mi presencia puede empeorar las cosas en mi familia. Ya le he explicado que no pude enmendar a mi hermano… Y temo que las habladurías de unos y otros terminen perjudicándome.

—¿Recuerdas a Epicteto, hijo? —me preguntó.

—¡Cómo iba a olvidarlo! Vuestra reverencia nos hizo aprender de memoria sus sabios versos. En muchas ocasiones me han servido para conservar la calma ante las adversidades.

—En el último capítulo de su *Enquiridión* encontrarás la respuesta a esos temores que ahora te conturban, Luis de María. Verás de qué manera el filósofo te hará comprender que el entusiasmo unido a la paz del espíritu es la mejor forma para decidirse en cualquier determinación de la vida.

Se puso en pie, trabajosamente, y meditó durante un momento, como recordando. Después recitó de corrido, sacando el mayor provecho a su prodigiosa memoria:

Ya recibiste los preceptos todos
con que debieras tú de muchos modos
abrazarte, y con ellos defenderte
y en tu debilidad fortalecerte.
¿Qué otro maestro esperas
para desengañarte de quimeras?
Ya no eres niño, ya no eres mancebo,
pasose el tiempo de la vida nuevo,

vino la edad madura;
las canas no es color de la locura.

¿Por qué no te haces cuenta de estas cosas
y, siendo provechosas,
las dilatas, llevado de tu engaño,
de un día en otro, de uno en otro año?
¿No ves que no aprovechas ni mejoras
perdiendo, ciego, irrevocables horas?
¿No ves que de los hombres más vulgares
viviendo en ocio bruto no difieres,
pues no sabes si vives o si mueres?

Determínate ya para ponerte
en opinión de sabio, y de perfecto
varón, a sola la razón sujeto.
Propón por blanco a tu vivir lo bueno,
lo perfecto y lo santo:
lo respetarás tanto
que tengas por exceso y por pecado
el quebrantar su límite sagrado;
y cuando se ofreciere
cosa que por molesta te ofendiere,
o se ofreciere cosa,
por ser apetecible, peligrosa,
apresta tu valor a la batalla,
que igualmente en el bien y el mal se halla
mientras viva en la tierra quien es tierra,
y apresta tus defensas a la guerra.

Entonces el olímpico certamen
empieza enfurecido,
donde volver atrás no es permitido,

y viene a ser forzoso
el perder o ganar premio glorioso:
vencer o ser vencido,
premiado o abatido.

Ten aquestos preceptos
en la misma obediencia que las leyes
tienes de los monarcas y los reyes;
y advierte que no pueden ser violados
sin incurrir en culpas y pecados;
y, para obedecerlos, no hagas caso
de los dichos del vulgo novelero,
que ya dije primero
que cuidar dellos es cuidado vano,
pues no está el acallarlos en tu mano.

Cuando hubo concluido tan aleccionador recitado, me preguntó:

—¿Has comprendido?

—Sí —asentí—. Es verdad que nada dentro de mí va a cambiar aunque yo mude de lugar. Pero puede cambiar mi actitud, mi ánimo, si estoy resuelto a afrontar mi vida sin dejarme vencer por mis percepciones negativas o por las habladurías de la gente.

—Eso es —añadió—. Epicteto acaba de recordarte que a nadie debes culpar de tus desventuras, ni siquiera a ti mismo. En vez de formular quejas y buscar excusas, toma la realidad como es y endereza tu vida empezando por encaminar tus pasos hacia lo que se te pone por delante. Marcha pues a donde te parezca oportuno y no temas por lo que pueda o no pueda sucederte, pues eso solo a Dios le corresponde saberlo.

LIBRO II

En que hace relación don Luis
María Monroy de la ausencia que
hizo de su casa para solicitar
ingreso en el sacro convento
de San Benito de Alcántara, donde
tiene la susodicha Orden la cabeza
de su priorato mayor y el noviciado
para aprender la Santa Regla.

8

Cuando se es joven, los días son largos y el pasado queda muy pronto atrás. Abandoné yo mi casa con mayor pena que esperanza, pero tardó poco mi alma en darse cuenta de que siempre es mejor apretar el paso y seguir el camino que echarse a su vera para ver el discurrir de la vida con la indolencia propia de quien no sabe hacerse dueño de su destino. Y con esa resolución que otorga Dios a los que le confían su porvenir, resolví ir a poner mi persona y suerte bajo la obediencia de la Orden de Alcántara, para mejor servirle a Él, que es el dueño de cuanto hay en cielo y tierra, y al rey nuestro señor temporal, único gran maestre y cabeza de las cuatro órdenes de caballería españolas, cuales son: la de Montesa, la de Calatrava, la de Santiago y la susodicha de Alcántara.

Para cumplir con ese menester, reuní mis escasas pertenencias, caballo, montura, armas y armadura, y dejando la quietud de aquella santa vida familiar —con sus gozos y bretes—, me fue forzoso poner tierra de por medio, por la vía que llaman «de la Plata», que es la natural ruta que une el sur con el norte, senda obligada de pastores y rebaños trashumantes, peregrinos, mercaderes, tropas de soldados y tropillas de aventureros, buscavidas y gentes transeúntes sin hacienda, oficios ni beneficios fijos.

Discurre tan transitado camino por bellos parajes donde abundan la encina, el alcornoque, el madroño y la jara; serpentea esquivando los montes y atraviesa dehesas pobladas de arboleda, en cuyos suelos las piaras de negros cerdos hozan hendiendo la tierra con sus agudos hocicos y husmean buscando las bellotas que engordan sus ricas carnes; luego se endereza el itinerario por los llanos, por tierra de labor, dejando atrás extensos trigales, majuelos y olivares; pasa por hermosas y pobladas ciudades: Zafra, Los Santos, Villafranca y Almendralejo; deja hacia oriente la altura imponente del castillo de Alange, encomienda de Santiago, y vuela sobre el río Guadiana por el viejo puente romano, en Mérida. Los bosques se espesan después, cerro tras cerro, hasta que se divisa Cáceres. ¡Qué maravilla! Los cielos estaban azules, los frutales en flor, el tomillo y el cantueso perfumaban el aire, y la calzada me llevaba entre cercas de piedra, huertos y casitas de campesinos, mientras me deleitaba con la portentosa visión a lo lejos de las torres y las murallas elevadas y gallardas de la ciudad sobre su loma.

Pasado Cáceres, abandoné la antigua vía militar que prosigue en dirección a Salamanca y encamineme hacia poniente, por llanos y berrocales. Visité Arroyo de la Luz y Brozas, desde donde, en apenas media jornada de camino, llegueme hasta alcanzar a ver la villa de Alcántara.

***

A orillas del río Tajo, se alzan las murallas y el castillo que edificaran los moros siendo señores de España. De aquellos tiempos quedan aún en pie algunos viejos caserones de ladrillo, cuyos tejados de grandes saledizos, sobre entramados de madera y mampuesto, conservan la imagen de las construcciones de los ismaelitas. Pero abundan ya los palacios de buena fábrica, de piedra y granito, que en las fachadas lucen nobles balcones y recias portadas, sobre las cuales se contemplan los escudos de los linajes de glorioso pasado.

Toda la villa está rodeada de torres y baluartes, que se levantan sobre el altozano que mira al río, donde cruza el más grandioso y bello puente que pueda verse en parte alguna, mandado edificar por los emperadores romanos, y que en esta cristiana era fue coronado con el remate de un portentoso arco de triunfo que exhibe orgulloso el blasón del invicto césar Carlos. Tiene seis ojos el puente, que descansan en cinco pilares, erguidos sobre las aguas profundas, oscuras y turbulentas del Tajo. En la orilla opuesta, las laderas de los montes son abruptas, pedregosas, y las veredas se pierden por una inmensidad de bosques que se adentran, sierra tras sierra, en los territorios del reino de Portugal.

Hay en Alcántara hermosas iglesias, conventos de frailes y monjas murallas adentro y ermitas en los alrededores. Queda en pie todavía el que llaman el Convento Viejo, dentro del castillo, aunque en muy mal estado, derruido en algunas partes, abandonado y a merced de los menesterosos y gentes de mala vida que habitan en él. Se puede ver la forma que tenía la iglesia, donde están sumidos en el olvido los sepulcros de los maestres y caballeros de tiempos lejanos, que moraron en esta primera casa de la Orden durante más de doscientos cincuenta años. Además de este, hay otro convento que sirvió de morada a los caballeros, también abandonado hoy, por hallarse edificado lejos de la villa, en un lugar malsano e inhóspito.

Pero nada en Alcántara puede compararse al sacro convento nuevo de San Benito, que es cabeza y sede principal de la susodicha Orden, donde residen hoy los freiles, caballeros y clérigos.

Quedeme yo ciertamente admirado por la grandeza de este edificio, sólido y majestuoso, todo él de buena piedra labrada, construido por los más notables alarifes del reino.

Todavía por aquel tiempo estaban las obras inconclusas, permaneciendo compuestos los andamios, donde trabajaban los canteros bajo la atenta supervisión de los maestros.

Sería la hora sexta cuando llegué frente a la fachada principal, a cuyo flanco hacía guardia un joven caballero que vestía el blanco hábito de la Orden, armado con adarga y lanza corcesca.

—Alto, ¿a quién busca vuestra merced? —me preguntó.

—Traigo carta de presentación para el prior —respondí.

Avisó el guardián a un mozo que atendía la portería, el cual corrió presto a buscar al portero.

—Tome asiento vuestra merced mientras aguarda —me dijo amablemente el guardián—, que ya me ocupo yo del caballo.

En el amplio y austero recibidor no había más mobiliario que un recio banco, en el cual me senté. Reinaba una gran quietud entre aquellas adustas paredes de piedra, bajo los techos altísimos.

En esto, apareció un freile anciano por la puerta principal que se dirigió a mí y, sin mediar más palabra, me alargó la mano pidiendo:

—A ver esa carta, señor caballero.

Le extendí el pliego con la recomendación de don Francisco de Toledo y el freile la leyó con semblante grave. Cuando sus ojos se fijaban en los últimos párrafos, empezó a sonreír con una rara mueca, me miró de arriba abajo y observó:

—Vaya, un Monroy, ¡qué sorpresa! Ha tiempo que no pisaba un vástago de tan linajudo apellido esta casa. ¡Oh, aquel frey Alonso de Monroy Sotomayor, clavero que fue de la Orden, qué indómito y bizarro caballero!

Hecho este cumplido recibimiento, me informó el portero de que el prior andaba de viaje, visitando las encomiendas, y que no regresaría hasta pasadas un par de semanas.

—¿Y qué hago yo entonces? —pregunté pasmado.

—Pues hospedarse vuestra merced en esta santa casa —contestó él—, que para ese menester cuenta con holgada hospedería, según manda la regla de san Benito. No podrá pasar de la clausura adentro, pues se reserva ese espacio para los que visten el hábito. Pero podrá vuaced participar en el oficio, que es público en la iglesia principal, y matar el tiempo en la biblioteca del convento, la cual es harto completa, muy rica tanto en libros de fe como profanos. A ningún alma le viene mal un sano retiro de quince días, para reflexionar en calma, entregada a la oración y la lectura, que son ambas ocupaciones edificantes.

9

Obedeciendo al sabio consejo del portero, me acogí a la santa hospitalidad del convento. Acudía al rezo del oficio a las horas canónicas y me deleitaba escuchando el canto de los salmos por los freiles arriba en el coro, lo cual elevaba el alma y ayudaba mucho a rezar. Resonaban dulcemente las notas del salterio y a ellas se acomodaban las voces graves, melodiosamente aunadas, que sin ninguna prisa iban entonando los versos latinos en perfecta armonía, llenándolos de profundo sentido en cada alabanza, miserere o exaltación.

Como no estaba yo sometido a la disciplina de la regla monacal, disponía de todo el tiempo de la jornada para hacer lo que me viniera en gana. Aunque no podía penetrar en el reservado ámbito de la clausura, donde desenvolvían la vida cotidiana los freiles profesos y novicios, se me permitía recorrer los huertos, pasear por los claustros, así como salir y entrar en la hospedería, que era donde me aposentaba en una reducida pero confortable celda.

También, como oportunamente me recomendara

el portero el día de mi llegada, pude acudir cada día a la biblioteca para entretenerme entregado a los muchos e interesantes libros que allí había. La misma regla de san Benito prescribe la lectura a ciertas horas de la mañana, todos los domingos y en las épocas de ayuno, por lo que los freiles consagraban una parte de su tiempo al trabajo de inclinarse sobre los grandes y gruesos códices que contenían obras de los Padres de la Iglesia, como asimismo las de los escritores profanos.

Trabé buena amistad con el bibliotecario mayor, frey Mateo de la Laguna se llamaba; era clérigo de mucha edad pero muy despierto y con una prodigiosa memoria. Nada más tener noción de que yo era un Monroy, se sorprendió mucho, como cuantos ancianos en el convento iban enterándose de mi apellido.

Por el bibliotecario supe muchas cosas de mis antepasados. Me contó la historia de don Hernando de Monroy, apodado el Bezudo, el cual fue hijo de don Rodrigo de Monroy y de doña Mencía Alonso de Orellana. Este aguerrido militar, famoso por su gran fuerza física, participó en la guerra de Granada con sus huestes y mesnadas, ganándose fama de buen luchador y arriesgado capitán. Resultó que este famoso caballero era mi tatarabuelo, por ser el padre de doña Beatriz de Monroy, mi abuela paterna.

Pero en el sacro convento de San Benito había dejado especial recuerdo aquel don Alonso de Monroy y Sotomayor, hijo del señor de Belvís, que llegó a ser clavero de la Orden de Alcántara, cargo que desempeñó hasta su muerte.

—¡Oh, cómo lo recuerdo! —me dijo frey Mateo—. Era el clavero un caballero alto de cuerpo y muy membrudo. ¡El hombre más recio que he visto! Llegó a ser famoso por su gran fuerza física, su habilidad con las armas y su indómito y rebelde espíritu, que le hizo enfrentarse nada menos que al maestre de Alcántara, que por entonces era don Gómez de Solís, contra quien estuvo en lid por las rentas y beneficios de la Orden. ¡Qué tiempos aquellos! ¡Cuánta pendencia! Recuerdo que era yo apenas un muchacho imberbe de catorce años cuando conocí a don Alonso de Monroy, que ya peinaba canas, y era aún el más fornido caballero que pudiera verse…

Se me despertaba una gran curiosidad al saber esas viejas historias que nadie en mi familia relataba, supongo que a causa de cierta vergüenza por tratarse de una saga de pendencias sin cuento. Aunque ahora, pasado un siglo, ¿a quién podían perjudicar ya las banderías y guerras nobiliarias de los antepasados?

A finales de marzo regresó al fin el prior para celebrar la Semana Santa en el convento. Por entonces ostentaba ese cargo frey Miguel de Siles, el cual era hombre impetuoso, enérgico y autoritario. Me recibió en su despacho el sábado anterior al Domingo de Ramos y leyó delante de mí la carta que me envió don Francisco de Toledo, visiblemente admirado. Con agradable llaneza me dijo:

—El ingreso en nuestra Orden no ha de ser por motivos mundanos, como ganar aína fortuna y gloria. La regla de san Benito que obedecemos nos manda seguir la única finalidad de la vida monástica: el perfeccionamiento del cristiano.

—Lo sé —asentí—. He venido aquí con el solo propósito de servir a Dios y a la causa de nuestro católico rey.

—Confío en que sea tu corazón el que habla y no tu boca sin la aquiescencia del fuero interno.

—Vuestra paternidad sabrá que he sido cautivo —le dije—. Quien ha padecido esa situación, con el sufrimiento que conlleva, y ha sobrevivido, no tiene en el corazón otra cosa que agradecimiento al Creador. No he venido aquí con ánimo de engaño.

—Buena cosa es eso, señor Monroy, y me alegra escucharlo en estos difíciles tiempos. No todos los jóvenes de nobles linajes acuden a vestir los hábitos de las órdenes de caballería con sinceras y pías intenciones, sino que abundan también pretendientes con otros propósitos de los que guiaron el pensamiento de nuestro fundador san Benito. A los conventos acuden toda suerte de náufragos de la vida: muchachos díscolos desechados por sus casas, mozos segundones enviados al claustro para que no graven las haciendas familiares y muchos aprovechados que pretenden el beneficio perpetuo de las encomiendas sin ánimo de virtud y piedad.

—No es mi caso. No he dado yo pasos algunos para buscar el ingreso en la Orden. Fue don Francisco de Toledo animado por mi general don Álvaro de Sande quien tuvo a bien hacerme la propuesta.

—Lo sé. —Sonrió por primera vez, aunque de forma levísima—. Ambos caballeros me han informado muy bien acerca de vuestra merced. Ya tengo noticia de que es disciplinado y capaz de sufrir abnegadamente cualquier contrariedad. Mas no basta eso para ser freile de esta santa Orden. Se precisa además conocer bien la regla y manifestar como candidato el deseo ferviente de ingresar en esta religión y caballería. Por lo cual se impone un tiempo de noviciado, aquí, en el sacro convento de San Benito de Alcántara. Por otra parte, la existencia del claustro, con sus votos y ascetismo, la vida en común, reglamentada para el servicio de Dios y para el trabajo, y la disciplina severa tienen que imprimir por fuerza en aquel que mora aquí una manera especial de ser.

—¿Cuánto ha de durar ese tiempo de noviciado que se pide?

—El que sea necesario. Para unos se precisa más tiempo y para otros menos. Pero, en todo caso, la estancia aquí no ha de ser menor a un año antes de profesar.

—¿Sin salir?

—Sin salir.

—¡Uf! —suspiré—. ¡Otro cautiverio!

—¡Ja, ja, ja…! —rio de buena gana él, por fin—. ¡No se desanime vuestra merced, hombre! ¿Qué es un año para la vida entera de un hombre joven?

—No sé… —repuse—. No creo que tenga yo vocación…

—¿Vocación? No siempre se ha de contar con vocación, pues son muchas las posibilidades que ofrece esta orden y caballería. Ya digo que la vida en el convento instaura una especial manera de ser en los caballeros. Creará determinados hábitos e inclinaciones, sembrará conocimientos, desarrollará facultades peculiares y fomentará las privativas virtudes de vuestra merced. Aquí se perfecciona el uso de las armas, se aprenden la música y el canto, se desenvuelven diversos oficios en los talleres… Los hábitos no impiden a nuestros caballeros ceñir la espada, ni que entiendan de ganados, de comercio o del cultivo de los campos tanto como cualquier villano. Tenga vuaced en cuenta que la Orden cuenta con muchas encomiendas y haciendas para su gobierno. Los priores y comendadores deben ser caballeros instruidos en los negocios que han de tener entre manos. Por no hablar del asunto de la guerra. Si hemos de estar preparados para la paz, ¡cuánto más para la guerra!, que es el motivo que dio origen a esta orden y caballería ha cientos de años. Tenemos la obligación de defender la Santa Cruz frente a los infieles.

—Comprendo —observé, queriendo mostrarme sincero—. Pero he de decir con toda honestidad que no tengo intención de ser clérigo.

—No es preciso ser clérigo para ingresar en la Orden. De todos es sabido que en esta religión y caballería hay miembros laicos. Además, se pueden alcanzar los cargos en el gobierno de la misma sin ser clérigo. Solo se requiere tal estado para los ministerios, digamos, eclesiásticos, como el de prior o sacristán. Los caballeros laicos pueden casarse. Además, su santidad Paulo III ya concedió a los miembros legos la relajación del voto absoluto de castidad hace más de treinta años.

—Eso ya lo sé, señor. Solo quería manifestar mi deseo de ser caballero, mas no clérigo.

—Bien —dijo con solemnidad—. Dé vuestra merced por aceptada la petición. Ahora solo falta que cumpla con lo que pide la regla.

—¿Qué he de hacer? —pregunté.

—¿Está vuaced dispuesto a obedecer desde este momento las leyes y jerarquías de nuestra religión y caballería?

—Lo estoy.

—Pues téngase, señor Monroy, por admitido en este sacro convento. A partir de ahora me debéis sumisión y obediencia.

85

—Conforme. Diga vuestra paternidad lo que se pide de mí —dije humildemente.

El prior se fue hacia el amplio ventanal que se abría en una de las paredes de su despacho. Desde allí se divisaban las huertas, los campos y los montes.

—Son muchos los trabajos que puede hacer un novicio durante su estancia aquí, hasta el día en que se le haga miembro aspirante recibiendo el hábito. Además de aprender la regla, rezar los oficios y cumplir con el horario mandado, es preciso practicar las artes de las armas, ejercitarse y acudir a la biblioteca. Por lo demás, ¿qué sabe vuestra merced hacer de particular?

—He sido músico —respondí—. Sé tocar diversos instrumentos, conozco la cifra y no se me da mal cantar.

—Humm… Buena cosa es esa y de muy grande utilidad para un convento. Pero… —añadió pensativo— no es conveniente empezar la casa por el tejado. Aquí tenemos por norma dar comienzo a la vida monacal poniendo a prueba la humildad del novicio. Así que creo que le resultará más beneficioso a vuaced ocuparse en tareas menos elevadas. Se pondrá al servicio del freire despensero en las cocinas.

—¿Eh? —repliqué contrariado—. Mi humildad está suficientemente probada. ¿Olvida vuestra paternidad que he sido cautivo? ¿Qué es eso sino ser esclavo?

—Pues, por eso mismo —sentenció impertérrito—, me parece que lo mejor será que se obligue vuestra merced a obedecer por propia decisión y convencimiento; no por fuerza de las cosas, que es a lo que se plegó entre infieles. Pues no es lo mismo humillarse por penitencia y cristiana obediencia que por no tener más remedio. ¿Comprende vuaced?

—Comprendo —asentí—. Hagamos como mande vuestra paternidad y no se hable más.

—Me alegro por vuestra buena disposición. Vaya pues al freile hospedero y que le aloje como a lo que es desde ahora, novicio de esta orden. Que ya mandaré yo que se le tenga por tal a partir de hoy.

10

Acomodeme a mi nueva vida con el arresto y la humildad que se me pedían y no tardé en darme cuenta de que, como supuse, aquella sujeción que requería la regla que regía la Orden de Alcántara no dejaba de ser una suerte de cautiverio que, aunque voluntario, suponía renunciar a la libre disposición del propio tiempo y a la independencia de poder ir uno a donde quisiera y cuando quisiera. Para mí era bien conocida la situación de estar permanentemente bajo la autoridad de otros, ya fuera en la milicia o en la esclavitud, y llovía sobre mojado. No voy a decir que me desesperase al principio, porque estando bien alimentado, vestido y bajo techo, ningún cristiano debe perder la conformidad. Pero ganas me daban de renunciar al hábito que se me prometía por mor del encierro y poner tierra de por medio para respirar el aire del albedrío que tan poco había disfrutado a lo largo de mi azarosa existencia. A pesar de lo cual, hice uso de la resignación y me eché las cuentas de que peor andarían otros.

Monótonos transcurrían los días en el convento.

Todavía era noche oscura cuando tañía la campana, y aquel de los hermanos a quien por turno correspondía este menester iba de celda en celda despertando a los compañeros para que acudiéramos a la oración matutina. Pronto era roto el silencio de los corredores por los pasos somnolientos y torpes que se dirigían a la iglesia, en tanto la pálida luz del farol hacía parecer fantasmas a las blancas figuras encapuchadas de los freires.

Día tras día, semana tras semana, se acude en el convento de San Benito al templo a determinadas horas para el rezo común: maitines, laudes, prima, tertia, sexta, nona, vísperas y completas. Las horas canónicas regulan la vida del cenobio, dividiendo los trabajos del día e interrumpiendo el descanso de la noche. Añádase a esto la misa solemne que diariamente se celebra de madrugada. Para quien no tiene costumbre, esta rutina llega a hacerse penosa y hasta agobiante a veces, aunque he de reconocer que a mí me maravillaban los salmos, entonados con mucho arte por el coro siguiendo el armonioso acompañamiento de los instrumentos musicales.

Algo apartadas del convento propiamente dicho, se hallaban las cuadras, talleres, graneros y otros edificios donde se realizaban diversos trabajos. Con su hábito de faena, los hermanos legos trabajaban los huertos, pastoreaban el ganado o se ocupaban de tejer la lana y el cáñamo.

Como a mí me correspondió estar en la cocina, hube de aprender a moler el grano, amasar el pan, cuidar de los fogones y otros menesteres más agradables, como atender a las cosas de la bodega, donde la Orden guardaba deliciosos vinos que exhalaban su apetecible aroma desde los pellejos y las tinajas.

Además de estas labores menos nobles, desempeñaban los freires diariamente las propias de su caballería, cuales eran las que tenían que ver con el uso de las armas: esgrima, equitación y estrategia militar. Asimismo, la regla de san Benito prescribe la lectura a ciertas horas de la mañana y todos los freiles se entregaban a los trabajos de la biblioteca diariamente, no solo a leer, sino también a copiar textos, redactar cartas y hacer cuentas. Se recibían lecciones de Historia y de Geografía, algo de Gramática, Retórica y Aritmética. Y era obligado aprenderse la regla de memoria.

Cada día, después de la oración de prima, se celebraba el capítulo, en el cual se reunían todos los freires, caballeros y clérigos, presididos por el prior. Comenzaba este acto con la lectura de la vida de los santos del día, después se exponían y comentaban determinados fragmentos de la regla y por último se daban noticias de la Orden. Si estaba presente algún comendador, prior u otro cargo, presentaba las nuevas habidas en sus territorios.

En cuanto al menester del yantar, también era la campana la encargada de llamar a los freires al refectorio, lo cual era dos veces al día, excepto en tiempo de ayuno, que avisaba solo una vez. Situábase cada cual en su sitio, en las largas y angostas mesas, esperando a que hiciera su entrada el prior; iniciábase a su llegada el benedícite y respondíamos todos al canto muy devotamente. Mientras se comía, un lector leía desde el púlpito en voz alta y no se oía en el comedor otra cosa que este recitar y el ruido propio de los platos y cubiertos. He de decir que el sustento era bueno, abundante y bien cocinado: casi siempre legumbres y verduras, aunque también carnes, tocino e incluso pescado en salazón y a veces fresco. No se regateaba el pan ni el vino y los domingos caía algún dulce. Comen aprisa los freires y en el mayor orden.

Siempre después de la cena, que es muy temprana, la regla consiente algún esparcimiento. Como era primavera cuando llegué, el buen tiempo permitía los paseos por el jardín. La conversación entonces era muy animada y en ocasiones se armaba un buen jolgorio, natural, por otra parte, dado el recogimiento y el trabajo del resto de la jornada.

Había por entonces en el convento media docena de aspirantes muy jóvenes, de edad de entre dieciséis y veinte años, que estaban siempre dispuestos a divertirse. Parecían muchachos de escuela a la hora del recreo; corrían, reían y se entregaban a jugar a cualquier cosa, olvidados por un momento de los asuntos graves de la Orden. No pocas veces tenía que intervenir el maestro de novicios para amonestarlos.

A más de estos ratos, no había demasiado tiempo para holgar en el sacro convento. Pronto acudía la campana de la iglesia a su tañer de la tarde para llamar a las últimas oraciones. En el oscuro templo, solo los cirios ponían algo de luz para hacer clarear las grandes hojas de los libros del coro. Eran las completas las oraciones que precedían al descanso nocturno. Recuerdo bien aquellas palabras del rezo que iniciaba el lector:

Hermanos, velad y orad,
porque el enemigo, como león rugiente,
llega en busca de su presa...

Semana tras semana se repetía esta existencia monótona. Apenas se notaba dentro el cambio de estaciones si no fuera por los aromas que llegaban desde los campos: flores, heno, tierra mojada… Contaba yo los días de mi encierro y suspiraba ansiando el momento de recibir el codiciado hábito de Alcántara y con él mi libertad.

11

Llegado el verano, resolvió el prior sacarme de las cocinas. Según me dijo, había tenido ya tiempo suficiente para comprobar que me manifestaba obediente por propia decisión y convencimiento, no por fuerza de las cosas, como cuando fui cautivo de infieles. Pero tal vez no reparaba él en que mi sujeción humilde obedecía más bien a mi denuedo por causar los menores problemas, para que meditasen pronto que era meritorio del hábito y no se prolongase demasiado mi encierro. Sobre todo, desde que me di cuenta de que el freile despensero era un lego que, siendo buen conocedor de su oficio, se consideraba indispensable en la casa y manifestaba un endiablado temperamento, no consintiendo que se le contradijese lo más mínimo en su exasperante manía de hacer las cosas siempre de la misma manera, sometiendo a los que trabajábamos en la cocina a la tiranía de una rutina angustiosa. Por eso, resolví dejar a un lado las ideas propias y me dispuse desde el principio a decir amén a todo, para no enfrentarme a tan difícil hombre que de suyo resultaba una criatura incontentable.

Sería este acatamiento mío desde el principio la causa por la que el prior tuvo a bien sacarme de esta tiranía y destinarme al fin a los menesteres del coro, los cuales eran mucho más acordes con mis habilidades personales.

Me llamó a su despacho y, muy cariñosamente, me dijo:

—Hermano, se ve que tu largo cautiverio te ha servido para templar el alma y ser hombre de probada paciencia. Loables virtudes son esas para ser miembro de esta orden. No resulta fácil hacer buenas migas con el despensero de esta santa casa; más bien, diríase que es imposible. A nadie pondera él sus valores. Pero, preguntado acerca de tu actitud, sencillamente se ha callado, lo cual te reconoce el mayor de los méritos. ¡Enhorabuena, señor Monroy! Andamos por buen camino hacia ese hábito de caballero.

Me sentí feliz al ver que mi estrategia de ser dócil y cauto daba resultado. Y no me alegraba tanto porque se avecinara la hora de vestir el hábito como por verme libre de aquel déspota cocinero que ya empezaba a sacarme de quicio.

En el coro me fue mucho mejor. Nada difícil me resultaba aprender los cantos y, como ya sabía tañer la vihuela, el laúd y otros instrumentos, enseguida aprendí a tocar el órgano manual, el salterio, la mandora, la flauta y el orlo. Con ello el maestro de capilla se puso muy contento, ya que era un freile muy instruido que había aprendido estas artes en la catedral de Sevilla, donde se inició desde niño junto a los más afamados maestros. Como era tan esmerado, agradeció sobremanera mi dedicación, y juntos pusimos empeño en mejorar la música en el convento, sobre todo en las fiestas y ceremonias que exigían una mayor brillantez y solemnidad en los actos de culto. Incorporamos algunos jóvenes novicios y muchachos de la calle que tenían aptitudes para el coro, y no tardaron en felicitarnos los superiores por el beneficio que reportaron a la liturgia nuestros esfuerzos.

El verano avanzaba y aquella vida conventual, a pesar del encierro, empezaba a desvelar para mí ciertos encantos: la lectura sosegada, el cultivo de las ciencias y las artes, el retiro de los afanes del mundo, la oración, el perfeccionamiento en la equitación y la esgrima, la fortaleza física que se nutría de una sana alimentación y un ejercicio moderado, constante… En fin, me daba cuenta de que la realidad del sacro convento de San Benito, como alma y fundamento de la Orden, no era un mero capricho, sino una necesidad y una escuela para los freires que proporcionaba incontables beneficios a la religión y caballería de Alcántara.

Fue por entonces que empezaron a llegar pésimas noticias de los Estados de Flandes, los cuales estaban muy alterados por causa de los herejes que seguían oponiéndose continuamente a la única y verdadera fe. Por más que nuestro católico rey enviase comisarios que propusiesen los medios de convivencia, no se alcanzaba el acuerdo ni la sumisión de aquellos. De manera que, más por razón de Estado que por determinación de ánimo, resolvió nuestro señor don Felipe II mandar allá un nutrido ejército bajo la autoridad superior del gran duque de Alba, don Fernán Álvarez de Toledo, el cual acudió con mano dura a sofocar la rebelión, degollando a sus cabezas, los condes de Hagamont y Hornos, así como a dieciocho señores más en la plaza Mayor de Bruselas. Pero no bastó el escarmiento, y hubo de dar batalla más tarde en Groninga y en Gemningen, donde al fin fueron vencidos los herejes. Aunque no por ello se logró la paz definitiva en aquellas tierras, quedando los pueblos inquietos, lastimados y con vivos odios que más tarde transmitieron a sus hijos y nietos.

No hubo semana durante los meses de junio y julio que no se recibiesen nuevas en el convento acerca de las pendencias de Flandes. El prior nos daba cumplida relación de los sucesos y nos pedía que orásemos y ofreciésemos nuestras penitencias activas y pasivas a Dios para que fuese servido auxiliar al rey en sus denuedos por la causa de la fe católica.

Pero no intuíamos que, en aquel infausto año de 1568, no habían sino comenzado las desgracias que afligirían de tal manera a nuestro señor don Felipe que pudiera llegar a pensarse que se había dado diligencia al demonio para mortificarle.

No bien acabábamos de terminar las fiestas de Santiago apóstol, las cuales se celebraban con mucho regocijo en la Orden, cuando llegó de la corte un correo dando cuenta de un tristísimo acaecimiento. Debió de viajar el real mensajero durante toda la noche, porque no había amanecido aún cuando empezó a doblar la mayor de las campanas muy gravemente. Nos sobresaltamos.

—¡Alguien muy principal ha muerto! —gritó uno de los guardianes en el pasillo—. ¡Acudamos a capítulo!

Saltamos del lecho y cada uno se echó por encima de los hombros lo que pudo. En la sala capitular estaban ya las velas encendidas y el prior aguardaba con rostro sombrío a que acudiesen los freiles, caballeros, legos y novicios. Nos fuimos situando en nuestros lugares habituales en el mayor de los silencios. Las llamas oscilantes proyectaban las oscuras sombras en las paredes mientras el tañido de la campana, profundo, triste, pausado, resultaba inquietante.

Se elevó una oración de invocación al Espíritu Santo, como solía comenzarse el capítulo, y después, con apesadumbrada voz, el prior nos hizo saber que había muerto el príncipe don Carlos, el heredero.

Al momento se levantó en la sala un denso murmullo a causa de la sorpresa, pero enseguida fue acallado por una orden recia del clavero.

—¡Silencio, hermanos! Escuchemos de boca del padre prior la carta que le manda nuestro señor el rey para anunciarle tan pesarosa nueva.

Desenrolló frey Miguel de Siles el pliego real y, con temblorosa voz, lo leyó de corrido:

Reverendo y devoto padre prior del convento de San Benito de la Orden de Alcántara, cuya administración perpetua yo tengo por autoridad apostólica.

Sábado que se contaron 24 de este mes de julio antes del día, fue Nuestro Señor servido de llevar para sí al Serenísimo Príncipe don Carlos, mi muy caro y muy amado hijo, habiendo recibido tres días antes los Santos Sacramentos con gran devoción. Su fin fue tan cristiano y de tan católico príncipe que me ha sido de mucho consuelo para el dolor y el sentimiento que de su muerte tengo, pues se debe con razón esperar en Dios y en su misericordia que le ha llevado para gozar de Él perpetuamente. De ello he querido advertiros como es justo para que hagáis la demostración de lutos y otras cosas que en semejantes casos se acostumbra y suele hacer.

De Madrid a 27 de julio de 1568 años.

Yo, el Rey.

Por mandato de Su Majestad, Francisco de Erasso.

12

Para dar pronto cumplimiento al mandato de su majestad, el prior de Alcántara despachó correos a todas las encomiendas y a los visitadores que se hallaban recorriendo los diversos territorios de la Orden. Se mandaba que cuantos comendadores, priores, capellanes, freiles, clérigos y caballeros tuvieren salud suficiente para viajar y no se lo impidiesen otras obligaciones de mayor grado se pusiesen enseguida en camino hacia el convento principal con el fin de participar en las ceremonias que se preparaban para rogar por el alma del malogrado príncipe y honrar su augusta memoria con las demostraciones de lutos y duelos que convenían en tal caso.

No tardaron en acudir al convento muchos miembros principales de la Orden con sus séquitos: el comendador mayor, el rector del Colegio de Salamanca, los priores de Magacela, Zalamea, Santibáñez y Rollán, y todos los comendadores menores, arciprestes y caballeros desde sus encomiendas.

Por no haber espacio suficiente en las dependencias conventuales, se levantaron tiendas de campaña en los aledaños y el freile hospedero tuvo que emplearse a conciencia durante aquellos días proveyendo los abastos necesarios, agua, alimentos y leña, no solo para los ilustres visitantes, sino también para sus acólitos, ayudantes y servidumbres.

Con todo, a pesar de haber tanto gentío congregado, reinaba un silencio grave en Alcántara, en obediencia al triste doblar de la campana que cada día recordaba durante tres largas horas el motivo principal de la reunión. Los caballeros se saludaban con afecto y solemnidad, pero conversaban a media voz, evitando los alardes de entusiasmo, las sonrisas y cualquier espontánea manifestación de regocijo que pudiera brotarles del alma por el reencuentro con sus viejos camaradas.

El luto decretado interrumpió cualquier trabajo que no fuera estrictamente necesario para el buen funcionamiento de la vida del convento, de manera que se ordenó al arquitecto Pedro de Ibarra, que dirigía las obras en la iglesia principal y en el claustro, que mandara detener los oficios de los maestros canteros, alarifes y artesanos. Tampoco fueron los ganados a pastar a los campos durante tres días y tuvieron que conformarse solo con el agua de los abrevaderos, aunque se permitió a los pastores que ordeñaran a las hembras, no fueran a reventarles las ubres, y porque se necesitaba leche fresca para el desayuno de tantos comensales.

Mas no por quedar paradas las obligaciones ordinarias se suspendió la disciplina en la casa; por el contrario, se estableció un riguroso horario que imponía la sucesión de rezos, velas de armas y estandartes, ceremonias de duelo y demostraciones de quebranto, por el respeto y acatamiento debido a nuestro rey, señor y gran maestre, y para unirnos a su dolor por la pérdida del serenísimo hijo.

Celebrose finalmente solemnísimo funeral en la iglesia Mayor, con profusión de cirios, sahumerios y cantos de misereres. También se hicieron alardes militares y estuvieron tronando los cañones un buen rato, lanzando salvas a los cielos.

Pero, concluidas las honras fúnebres, no autorizó el prior que partieran enseguida los huéspedes de regreso a las encomiendas y menesteres propios de sus cargos, sino que quiso sacar provecho de la estancia en el convento de lo más granado de la Orden y acordó que se hiciera solemne investidura de caballeros, lo cual, siguiéndose el natural curso del año conventual, correspondía hacerse para el mes de septiembre. Aunque se contaban quince días de agosto, no le pareció ser excesivo el adelantamiento de la fecha.

Cuando el prior me llamó a su despacho para anunciarme que me sería impuesto el hábito el domingo siguiente, me quedé tan sorprendido que fui incapaz de responder. Y al verme él permanecer en silencio durante un largo rato, preguntó algo desconcertado:

—¿No te alegras, Monroy?

—Bien sabe Dios que sí —respondí—. Lo que ocurre es que no me lo esperaba tan pronto. Vuestra paternidad me dijo que mandaban las leyes que el novicio permaneciera en el convento durante al menos un año, antes de ser hecho caballero.

—No, no he dicho que vayas a ser investido caballero, pues eso supondría ir en contra de la regla de la Orden. Pero las definiciones que se aprobaron el pasado año del Señor de 1567 permiten que se dé el hábito de Alcántara al novicio siempre que se cumplan una serie de condiciones, cuales son: que sea persona honesta y de buena fama, que sepa leer bien, cantar canto llano, ser competente en Gramática y de dieciocho años cumplidos. A más de esto, deben apreciarse en el aspirante virtud y buenas costumbres y ha de ser limpio de linaje; es decir, hijodalgo de padres, a modo y fuero de España, y naturalmente, descendiente de cristianos viejos, sin que se hallase que tiene mezcla de conversos, judíos, moros o herejes, ni tampoco de penitenciados por el Santo Oficio por cosa de fe.

Escuchar esta última explicación me sobresaltó. Y debió de acudirme el rubor a las mejillas, pues sentía en ellas un calor grande, así como un sudor frío me recorrió la espalda. Pues, como conté en su momento, nunca olvidaba que hube de comparecer ante la Santa Inquisición en Sicilia acusado de renegado y apóstata.

Adivinando tal vez mi pasmo, el prior me dijo:

—¡Eh, no te apures, hombre de Dios! Con creces cumples todos esos requisitos. El maestro de novicios y yo, en lo que nos compete, estamos de acuerdo en que eres honesto, y apreciamos en tu persona virtud y buenas costumbres. ¿Qué te preocupa?

Permanecí durante un momento en silencio dominado por mis temores. Bien sabía que ahora pedirían informes al Registro de Relajados, Reconciliados y Penitenciados de la Inquisición, donde figuraba mi nombre y circunstancia.

—¿Nada dices? ¿Qué te sucede? —inquirió el prior al estar yo mudo y desconcertado—. Vamos, habla sin miedo.

Al fin, resuelto a enfrentarme a lo que Dios tuviese dispuesto, respondí con un hilo de voz:

—Padre prior, he de decir algo…

—Di lo que sea menester.

—Ha de saber vuestra paternidad —expliqué completamente azorado— que yo fui cautivo de turcos.

—Eso es público —asintió él—. Mas Dios se sirvió de esa circunstancia desgraciada para hacer grandes beneficios a la causa cristiana a través de ti. No ha de servirte para vanagloria, Monroy, pero eres tenido por héroe. Escapaste del cautiverio y trajiste un aviso muy útil, gracias al cual pudo aprestarse Malta a su defensa y se libró de caer en manos del gran turco. Tal hazaña te honra y te ha proporcionado la invitación de importantes caballeros para ingresar en esta Orden.

—Sí, padre —repuse—. Pero hay cosas de mi persona que no puedo ocultar en esta circunstancia y que he de confesar ahora a vuestra paternidad. En esa azarosa vida mía...

Me costaba tratar acerca de ese asunto.

—Y bien, di pues, nada has de temer —me apremió él.

—Cuando fui cautivo del turco padecí toda clase de humillaciones y adversidades. No es fácil esa situación, créame vuestra reverencia. Los infieles tratan a los cristianos cautivos como personas que no tienen derecho a vivir. Por eso, una y otra vez te urgen para que renuncies a tu fe verdadera y te adhieras a la de ellos. No es que yo me hiciera turco, ¡eso nunca!, pues siempre en mi interior fui fiel a mi origen y creencias; pero externamente fingí serlo, me dejé circuncidar y participé en sus ritos como uno más. Por esta razón, cuando al fin me vi libre del cautiverio, vine a caer de nuevo en sujeción, mas esta vez en manos de cristianos, que me tuvieron por renegado y me entregaron al Santo Oficio, el cual me juzgó en Sicilia. Los inquisidores me absolvieron, cuando hube abjurado de la circuncisión y solicitado la reconciliación con la Iglesia. Pero esta absolución fue bajo la fórmula *ad cautelam*, es decir, quedando pendiente de mi ulterior modo de vida. Y en eso me hallo. Debía confesarlo, pues no sería honrado callarlo en esta circunstancia.

Supuse que el prior se escandalizaría por mi relato. Pero, en vez de ello, sonrió ampliamente, como si estuviera sumamente satisfecho.

—No esperaba menos de ti —dijo, yéndose hacia el escritorio. Abrió uno de los cajones y extrajo un documento—. Esto es una carta del inquisidor general. En ella nos da cumplida cuenta de que ha sido solventado cualquier inconveniente que pudiera afectarte en lo que al Consejo de la Suprema y General Inquisición compete, así como que se ha librado orden a los Libros de Genealogías y registros de Relajados, de Reconciliados y de Penitenciados para que se salve lo que pudiera comprometer a tu honra. Eres hombre limpio de polvo y paja. Nada has de temer.

Suspiré aliviado y, con emoción, pregunté:

—¿A quién he de agradecer el buen oficio de lograrme esa merced tan grande que jamás podré pagar?

—Nada menos que a su majestad el rey en persona.

—¡Vive Dios!

—Sí, Monroy. Fue nuestro señor el rey quién medió para que no sufrieras perjuicio alguno por el Santo Oficio. Él tuvo a bien dar las órdenes oportunas y que se lograra el testimonio de personas muy influyentes en tu favor. Don Álvaro de Sande intervino y asimismo tu señor tío el conde de Oropesa. Nada se halló que pudiera comprometerte y aquello no es óbice para que hoy tomes el hábito de Alcántara.

13

Los cuatro novicios que íbamos a recibir el hábito al día siguiente estuvimos velando las armas delante del altar de la Virgen durante toda la noche. De madrugada llamó la campana más temprano que de ordinario, a pesar de ser domingo. Entonces vino el padre maestro a decirnos que se nos permitía ir a refrescarnos a la fuente, para sacudir la modorra. Pero no pudimos tomar alimento alguno, pues el ayuno exigido era muy riguroso.

Aunque no había aparecido aún el sol en el horizonte, hacía mucho calor. Los gorriones despertaban en las arboledas y llenaban el aire inmóvil, tórrido, con su piar estridente, alborotados por el alegre repique. También se agitaron los caballos en los establos y se los oía resoplar y golpear el suelo con los cascos. No tardaron en aparecer los freires que se encaminaban hacia el templo, vistiendo con orgullo las brillantes armaduras de parada, sobre las cuales resplandecían las capas blancas con sus cruces flordelisadas de sinople.

Después de la misa solemne, frente al altar de la

Vera Cruz, el prior ocupó un sillón forrado con terciopelo carmesí, sentándose los caballeros de mayor antigüedad a los lados en taburetes más modestos. Entonces se nos llamó a los aspirantes para que avanzáramos hasta situarnos arrodillados sobre un tapiz que había en el suelo, tal y como se ensayó la tarde anterior.

Se leyó en alta voz lo que se llamaba el «establecimiento», que era el pergamino que contenía las pragmáticas de la Orden, detallando las obligaciones, derechos y prerrogativas de los caballeros. Todo esto se completó con el rezo de una plegaria guerrera extraída del Antiguo Testamento:

Bendito sea el Señor, que creó mis manos para la batalla y mis dedos para la guerra.
Él es mi salvación, Él es mi refugio, Él me liberó.

Concluido el rezo, se aproximaron los padrinos y se pusieron a mis costados. Me hizo Dios la merced de que fueran estos los más nobles y reputados caballeros de cuantos allí estaban: frey Francisco de Toledo y frey Juan de Zúñiga.

Se me tomó juramento en forma y respondí con la mayor firmeza y seguridad:

—¡Sí, juro!

A lo que el prior sentenció:

—Si faltareis a vuestro juramento, Dios y nosotros os lo demandaremos.

Acto seguido, ordenó el heraldo:

—¡Levantaos, novicio de Alcántara!

Echáronme los padrinos el manto blanco sobre los hombros, ciñéronme la espada y calzáronme las espuelas.

Mientras, el prior dijo:

—*Et induat te novum hominem, qui secundum Deus creatus est in justitia, et in sanctitate et veritate. In nomine Patris, et Filii, et Spiritus Sancti. Amen.*

Uno de mis padrinos, don Francisco de Toledo, me llevó a ocupar el último asiento y me indicó:

—Siempre que os reunáis con otros caballeros de la Orden seréis en todo el último, hasta tanto venga otro a quien por antigüedad precedáis.

Dicho lo cual, me besó en la mejilla y lo mismo hicieron, uno por uno, el resto de los cofrades.

El órgano tronaba allá arriba, con una solemnísima melodía de trompetas que me llegó al alma. Sentí una gran presión en el pecho y, sin que pudiera evitarlo, me brotaron muchas lágrimas. Me acordaba de mi señor padre, pues me habría gustado que estuviera allí en persona presenciando el acto. Pero me consolaba pensar que tuviera licencia del Todopoderoso para verlo desde los cielos.

Acabada la ceremonia, salimos todos del claustro y, desnudadas las espadas y puestas en alto, se gritaron vítores:

—¡Viva el rey! ¡Viva la Orden y Caballería de Alcántara! ¡Viva, viva, viva…!

Según era costumbre, correspondía después celebrar un banquete para festejar el ingreso de los nuevos caballeros, pero pesaba aún la reciente muerte del príncipe Carlos y el luto debido exigía recato, así que se sirvió una sencilla colación a base de migas, tocino frito, tasajos y queso, sin que faltara una ración moderada de buen vino.

En torno al mediodía se disolvió la reunión y partieron los freiles que habían de retornar a sus encomiendas. Se sucedieron los abrazos y las despedidas. Se veían alejarse las comitivas por los caminos, en todas direcciones, mientras la campana del convento llamaba a la oración de vísperas.

Concluido el rezo, el prior anunció solemnemente desde su cátedra que esa misma tarde recibiríamos los nuevos caballeros nuestros destinos. Me dio un vuelco el corazón, al presentir que para mí llegaba el final del encierro.

En el austero despacho del prior reinaba la penumbra. La ventana estaba abierta y solo alumbraba la escasa claridad del ocaso, que brillaba en un horizonte rojo como ascuas en la lejanía de los montes. Penetraban en la estancia los aromas del estío y el dulce rumor de las esquilas de los rebaños de cabras que regresaban a los apriscos.

—¿Estás contento, frey Luis María Monroy? —me preguntó el prior.

—Soy feliz —respondí—. Lo digo sinceramente.

—Me alegro mucho, hijo. ¡No sabes cuánto! Te mereces el honor de pertenecer a esta Santa Orden en la que podrás servir a Dios y a su majestad como es menester. ¿Estás dispuesto a saber tu destino?

—Hoy he jurado obediencia a mis superiores y acatamiento de la regla —contesté sumiso.

—Bien, no hay pues por qué demorarse más. Te diré enseguida lo que se pide de ti. Pero, antes, dime: ¿esperas algo en concreto?

—¿Algo en concreto? No sé a qué se refiere vuestra paternidad…

—Quiero decir que tal vez sueñas con asentarte en una de nuestras encomiendas, servir en el ejército de su majestad, permanecer en los dominios de la Orden…

108

Vestir el hábito de Alcántara ofrece muchas posibilidades.

—No sé —dije algo confuso—. Cuando vine aquí no traje ninguna idea previa. Me pareció bien ser caballero, pero no me he planteado nada más. Vuestra paternidad me dirá dónde puedo ser más útil.

—¡Ah, bien, bien! —suspiró—. Mejor que sea así. Veo que no nos hemos equivocado al pensar en tu persona para una misión de altura.

Cuando terminó de decir aquello, el prior se me quedó mirando fijamente a los ojos y permaneció en silencio durante un momento que se me hizo eterno como si quisiera él escrutar mis pensamientos. Mientras, yo era todo impaciencia.

Al cabo, enarcó una ceja y, con semblante muy grave, añadió:

—No se te pide cualquier cosa, hijo. Dios pone en tus manos un negocio ciertamente difícil que confiamos sabrás llevar a buen término. Se trata de una secretísima misión que solo pueden saber quienes están en ello.

De nuevo se quedó en silencio y una vez más me penetraba con sus agudos ojos.

—Dígame ya de qué se trata, padre prior —le rogué ansioso—. Me muero por saberlo.

—¡Ojalá pudiera decírtelo en este momento! —exclamó un tanto azorado—. Y esa es la pena, pues ni yo mismo lo sé…

—¿Entonces? No comprendo… ¿Qué he de hacer? —pregunté en el colmo del desconcierto—. ¿Qué misión es esa?

—Es asunto complejo —contestó circunspecto—. Solo puedo decirte lo que a mí compete, lo cual es muy poca cosa. Han llegado órdenes desde lo alto a este convento reclamando un servicio de tu persona cuyos detalles son riguroso secreto de Estado. Únicamente puedo revelarte lo que se me pide a mí: que te mande acompañar al comendador frey Francisco de Toledo, tu padrino, a un largo viaje.

—¿A un largo viaje? ¿Con qué destino?

—De momento a Castilla, donde tiene su corte nuestro señor el rey. Allí sus secretarios te dirán lo que se pide de ti. Y después… ¡Sabe Dios! ¡Oh, hijo, cuánto se espera de vos! No nos dejes mal, Monroy. Ya que ha de ser de mucha importancia la encomienda, de tan alto como llega. Y todo lo bueno que hagas redundará en beneficio de esta orden y caballería. Rezaremos por ti.

—¿Y cuándo he de partir a ese viaje?

—Mañana muy temprano. Nos ordenan que haya premura en todo esto. Por eso irás con frey Francisco de Toledo, al cual llama su majestad para encomendarle nada menos que el gobierno del virreinato de las provincias del Perú, allá en las Indias. Aprovecharás el viaje hasta Madrid y allí recibirás tu propio encargo.

—¿Habré de ir a las Indias con frey Francisco de Toledo?

—¡Oh, no! Supongo que no se trata de eso. Pero… no te impacientes. Tómate el asunto con serenidad y fortaleza de espíritu. Según tengo entendido, el propio frey Francisco de Toledo te irá explicando por el camino algunas cosas. Te pongo pues en sus manos. Obedece en todo y estate atento a sus consejos. A él le debes la confianza que se deposita en ti, que no ha de ser menuda: él te propuso para esta misión.

—¿Y qué he de llevar a ese viaje?

—Poca cosa: tus armas, tu caballo, el libro de oraciones y el alma muy dispuesta a lo que Dios sea servido pedirte. ¡Él te guarde!

LIBRO III

De la visita que hizo frey Luis
María Monroy al monasterio de
Guadalupe, donde saludó a Nuestra
Señora y de lo que allí aprendió
sobre sedas, terciopelos y brocados,
así de cómo viajó a Segovia para
atender al mandato de su majestad.

14

Hicimos el viaje hacia Madrid por la que llaman la ruta de las Buenas Posadas, pues se cuentan por el camino once ventas hasta Segovia, en las cuales el viajero puede encontrar el mejor de los acomodos. Pero poco pude gozar de tan afamados alojamientos, porque don Francisco de Toledo resolvió ir haciendo penitencia, en austeridad y silencio, para —según decía— aprestar el ánima y disponerla con el fin de afrontar las importantes encomiendas que nos aguardaban.

—Iremos cual peregrinos —me explicó nada más salir de Alcántara—. Pan, vino y poco más ha de ser nuestro sustento, que ya dice bien el proverbio: que con ellos se anda el camino. Nada de posadas ni de lujos. Pernoctaremos al raso, bajo las estrellas, que es verano y los cielos limpios nos han de mostrar la grandeza infinita del firmamento. Y tampoco conversaremos mientras cabalgamos. Se hablará solo lo imprescindible. Nos vendrá bien el silencio a ambos para meditar y ponernos a bien con el Todopoderoso. Tú acabas de tomar hábito, lo cual no es responsabilidad menuda, y te aguarda una ardua misión que cumplir. Por mi parte, he de reflexionar mucho acerca de lo que Dios me reserva allá en las Indias. Si no es con su ayuda no podré afrontar tan grande encomienda. Así que a ambos nos resultará este viaje una ocasión oportuna para purgar pecados, haciendo sacrificio y oración mientras vamos de camino. ¿De acuerdo?

—Sea como dice vuestra excelencia —otorgué.

—Bien, pues no se hable más.

Dicho lo cual, cerró la boca y fue como si se desplegara un frío y tupido telón entre nosotros. Cabalgábamos a buen paso, delante él, siguiéndole yo. Y en pos nuestro su menguada servidumbre; para ser un caballero tan importante, apenas su ayudante y un par de mozos que le cuidaban las armas, la montura y el ligero bagaje. La parquedad de palabras impuesta en tan reducido grupo de viajeros daba licencia para muy poco: alguna que otra pregunta rápida seguida de una somera contestación, simples gestos de las manos o leves indicaciones con movimientos de cabeza.

En tal adustez de trato, escasa idea podía hacerme yo acerca del ilustre comendador que se había convertido en mi padrino y superior inmediato. Le conocía desde hacía pocos días y mi conversación con él no pasó del saludo inicial, cuando llegó al convento. Ahora, que habíamos de compartir las largas leguas de camino, le daba por ahorrar la plática, así que me causó una impresión nada agradable. Me pareció de principio un hombre sombrío, de genio áspero, del cual difícilmente podría brotar una frase dulce o amable, menos una lisonja. Ya su presencia resultaba distante: el rostro grave, la barba y el bigote oscuros, veteados por hilos de plata, los ojos pequeños, hundidos, la mirada lejana y algo perdida; delgado, alto, de pálida piel, reconcentrado y de movimientos comedidos. Supuse que se trataba de unos de esos seres impenetrables que rehúsan la cercanía del prójimo.

Avanzábamos en silencio por el camino que discurría al pie de los montes hacia el levante. Los arroyos se veían muy secos, las tierras pardas y polvorientas. En las laderas crecían las jaras, el cantueso que tenía perdidas sus flores y las amarillentas retamas. Las chicharras prestaban su voz al verano severo que parecía agotar la vida bajo el sol implacable. Más adelante, proseguía el itinerario por parajes muy agrestes, entre tupidos bosques cuya sombra se agradecía. Fuimos adentrándonos en la espesura de castaños, madroños, quejigos y encinas carrascas, subiendo y bajando por las sierras. Después el enriscado camino serpenteaba descendiendo por una ladera. Entonces mis ojos, al otear la lejanía, descubrieron repentinamente la visión de algo conocido:

—¡Oh, el santuario de Guadalupe! —exclamé llevado por la emoción—. ¡No sabía que pasaríamos por aquí!

El comendador me miró con gesto de extrañeza y, rompiendo la penitencia, ordenó:

—Descabalguemos. Cae la tarde y pronto anochecerá. Pernoctaremos aquí, en este monte, pues no será ya hora de ir a pedir hospedaje en el monasterio. No quiero perturbar el descanso de los monjes con una llegada inoportuna, a deshora.

Contemplaba yo la hermosura del santuario allá abajo y me sentía feliz al saber que a la mañana siguiente podría abrazar a mi hermano fray Lorenzo, que era monje de San Jerónimo.

—¡Qué alegría! —comenté, olvidado del todo del silencio prescrito—. ¡No sabía que pasaríamos por Guadalupe!

—Es parada obligada en esta ruta —observó frey Francisco—. Es menester encomendarse a María Santísima. Y además hay una tercera razón: un negocio que debemos gestionar allí. Mas ya te explicaré en su momento de qué se trata.

Aproveché que se le veía propicio a la conversación y, deseoso de comunicarme, le expliqué:

—Tengo un hermano que es monje en el monasterio.

—Ya lo sé.

—¿Podré verle?

—Sí.

—¡Oh, bendito sea Dios! Me alegro tanto…

—Bien —dijo adusto—. Retornemos al silencio y a la oración.

—¿Rezamos juntos? —propuse, queriendo parecer cercano.

Pero él contestó secamente:

—No. Rece cada uno lo suyo por su parte. Ya habrá tiempo de unirse al coro del monasterio mañana. Separémonos ahora y retirémonos a la soledad de estos parajes hasta que sea de noche.

Le vi alejarse por entre unos peñascos escarpados y comprendí que retornaba a su mudez, pasado aquel solaz de conversación.

Me fui entonces a buscar la compañía de los sirvientes, que aliviaban el peso de los caballos y preparaban el modesto lecho retirando las piedras del suelo.

—¿Siempre es así vuestro amo? —les pregunté, sin reparar en mi indiscreción.

—¿Así? —contestó el ayudante—. ¿Cómo así?

—No sé... Es muy poco hablador.

—Ah, se refiere vuestra merced a eso —dijo con una media sonrisa—. Bueno, no siempre es tan silencioso. Cuando la ocasión lo pide, habla lo que sea preciso.

Para no parecer imprudente, decidí zanjar el asunto. Recogí mi breviario y me fui a rezar debajo de una encina. Pero, sentado en un peñasco, me distrajo enseguida la soberbia visión del inmenso santuario que se alzaba al pie de las montañas. Con la última luz de la tarde los muros parecían dorados, resplandeciendo por encima de ellos las claras yeserías de pulcros estucos, los esmaltes verdeazulados de los chapiteles y los detalles policromos de las chimeneas. Alcanzaba a oír el tañido alegre de la campana, persistente, neto, que llamaba a la oración de vísperas dejando que su eco se ahogara en el valle.

En esto, me sacó de mi arrobamiento el ruido de unos golpes que sonaban no muy lejos de donde me hallaba. Pero aún me sobresalté más cuando escuché una voz que se lamentaba:

—¡Ay, Señor! ¡Señor!...

Decidí ir a ver, por si alguien necesitaba ayuda. Anduve buscando por entre los roquedales, hasta que me topé repentinamente con una escena sobrecogedora. El comendador estaba puesto de hinojos delante de una cruz hecha con dos palos y se disciplinaba propinándose recios latigazos con un flagelo de cuero y cuerda trenzada. En su espalda desnuda, blanca, destacaban los moratones.

Me detuve sin decir nada. Pero él se percató de mi presencia. Alzó la mirada muy triste hacia mí y me dijo con voz lastimosa:

—Hay que espiar los pecados, muchacho. El espíritu está pronto, pero la carne es débil. No quería presentarme ante Nuestra Señora sin hacer penitencia. Y tú, ¿quieres hacerme una merced?

—Vuestra excelencia dirá lo que pide de mí —respondí solícito.

—Pínzame los verdugones para que brote la sangre. —Me alargó una pequeña cuchilla.

Con sumo cuidado, fui haciendo minúsculas incisiones en la piel amoratada. La roja sangre corrió pronto en densas y brillantes gotas por la espalda.

Él permanecía impasible, orando:

—Señor, soy un pecador. Tened piedad y misericordia de mí. No merezco tus favores, Dios mío.

Estupefacto, contemplaba yo a tan grande caballero, que se humillaba con el rostro por tierra, arrugado sobre sí mismo, empapado en sangre y sudor, tembloroso y vencido por el arrepentimiento.

En mi desconcierto, la duda brotó espontáneamente: o era un gran santo frey Francisco de Toledo o, ciertamente, un gran pecador.

15

Encontré a mi hermano Lorenzo mucho más grueso que la última vez que le vi. Unido esto al aire monacal que suele adquirirse en la clausura, me parecía un santo varón que poco recordaba al muchacho que se crio conmigo.

Cuando se lo dije, enseguida replicó:

—También tú estás muy cambiado. ¡Qué gran verdad es eso de que vivir es un soplo! Al verte así, con ese hábito de caballero de Alcántara, más maduro y con los ademanes propios de tu estado, he sentido que toda una vida ha pasado.

—¡Oh, hermano, apenas tenemos treinta años! Si es voluntad de Dios, nos queda mucho aún por vivir...

—Verdad es eso. Por cierto, ¿qué te trae por aquí? Supongo que no habrás hecho este largo viaje solo para verme.

—Me alegro harto por este encuentro, hermano. Pero, a decir verdad, estoy en Guadalupe obedeciendo órdenes de mis superiores. He de cumplir una misión y, según mandan quienes tienen potestad para ello, he de empezar por aquí.

—¿De qué se trata? Si puede contarse.

—¡Ojalá pudiera decírtelo! Mas, tan secreto es el negocio, que ni yo mismo, que he de llevarlo a cabo, sé todavía lo que debo hacer.

—¡Qué cosas! —suspiró—. Cierto es que anda el mundo muy revuelto. Los demonios protestantes siembran la cizaña en toda Europa, los enemigos de la cristiandad crecen por doquier y el turco no da respiro a nuestro rey en el Mediterráneo. Solo Dios será capaz de aventar el trigo y separar la parva… En tal estado de cosas, es de suponer que su majestad quiera contar con las órdenes militares para llevar a buen fin sus propósitos. No me extraña que se reclamen los servicios de caballeros jóvenes e intrépidos como tú, hermano mío.

—Se hará lo que se pueda —observé con modestia.

No fue hasta el tercer día de nuestra estancia en Guadalupe que frey Francisco de Toledo no tuvo a bien llamarme para darme explicaciones. Su ayudante vino a avisarme de que el comendador me aguardaba en uno de los despachos del monasterio y se me mandaba que acudiese solo.

Cuando entré en aquella reducida dependencia, me encontré con una agradable sorpresa: era la primera vez que le veía sonreír, aunque se notaba que le costaba.

—Muchacho —me dijo sin más preámbulos—, tengo cincuenta y tres años cumplidos. He servido a la santa Orden de Alcántara durante treinta y tres. Recibí este hábito poco antes de partir hacia la campaña de Argel con nuestro señor el invicto césar Carlos, y profesé como caballero durante la guerra contra los protestantes de la Liga de Esmalcalda cuando tenía más o menos tu edad. Jamás me he arrepentido de servir a Dios y al rey llevando a los pechos la verde cruz que nos representa. He sido primero comendador del Esparragal y después de Acebuche, he administrado Eliche y Castilleja, tras lo cual he desempeñado diversos cargos: visitador, procurador en Roma, tesorero en Alcántara, clavero… No te cansaré. Ahora, se me manda ir a lejanas tierras para gobernar en nombre de su majestad las provincias del Perú. No me apetece ir allá, lo digo de corazón, pues quisiera envejecer y morir aquí, en mi tierra de origen. Pero un cristiano no debe hacer solo lo que le viene en gana. Bien sé que somos peregrinos en este mundo y que, aun en el lugar más amado y tranquilo, somos seres de paso. Asumo pues ese destino. Desde aquí iré a presentarme en la Corte para recibir las instrucciones que el rey quiera darme. Pero antes, en este santuario de Guadalupe, he de cumplir un encargo que se me hace. Y que también te afecta a ti. ¿Estás dispuesto a saber de qué se trata?

—Ardo en deseos, excelencia.

—Bien —dijo con circunspección, mirándome muy fijamente a los ojos—. Es un asunto complejo, pero trataré de explicártelo en la medida que me corresponde, pues hay una parte en todo esto que es muy reservada, en la cual no tengo licencia para darte más detalles.

Me había hecho ilusiones de conocer al fin el alcance y entresijo que guardaba la misión que se me encomendaba, en medio de tanto secreto. Pero me daba cuenta de que el misterio iba a durar más de lo que pensaba. Eso empezaba a exasperarme.

—Este santo monasterio donde nos hallamos —prosiguió el comendador—, tan querido y beneficiado por nuestros cristianos reyes, guarda en sí muchos tesoros: obras de arte, cuadros, esculturas, rica alfarería… Aquí la belleza ensalza a Dios, a su divina Madre y a los santos por medio de la mano de ingeniosos y hábiles creadores que trabajan constantemente las diversas materias para expresar con su maestría lo que lengua alguna puede explicar ni ensalzar: el misterio grandísimo de la fe.

Escuchaba yo muy atento, lleno de curiosidad, deseoso de saber adónde conduciría aquella larga perorata.

—De entre todas las artes —prosiguió él—, hay una que destaca desde hace siglos en este santo lugar: la bordaduría. Ese oficio, antiguo, exquisito, delicado y sumamente necesario, tiene aquí sus más primorosos maestros. Este santuario, donde se honra a Dios y a María Santísima en solemnes oficios, ante la presencia de emperadores, monarcas, nobles caballeros y damas venidos desde toda la cristiandad, ha menester de contar con los ropajes litúrgicos adecuados para que los sacerdotes puedan ejercer el ministerio del altar como corresponde al lugar. Así que funciona en el monasterio desde hace siglos un taller de bordados como no hay otro en parte alguna del mundo. ¿Lo sabías?

—Claro, excelencia —asentí—. Conozco bien el monasterio, pues, como bien sabéis, un hermano mío es en esta santa casa monje de San Jerónimo.

—Lo sé y en ello también obra la Providencia. Pues aquí precisamente empieza tu misión, en el conocimiento de las artes que en Guadalupe se cultivan. Habrás de aprender sobre telas, tejidos, hilos, sedas y demás, así como acerca de la riqueza y variedad de las técnicas y habilidades de costureros y bordadores. Los maestros del taller de bordaduría del monasterio te enseñarán.

—¿Eh? —exclamé en el colmo de la extrañeza—. ¿A mí? Pero… ¿Es que la misión consiste en ser bordador?

—¡Ah, ja, ja…! —rio al fin el adusto comendador—. Los caballeros de Alcántara solemos saber un poco de todo: de números y cálculos, de ganados, de labores agrícolas… Mas no se cuenta entre nuestros oficios el de bordadores. ¡Ja, ja, ja…! ¡Qué ocurrencia!

—¿Entonces? Realmente no comprendo por qué he de aprender de esas cosas…

—Humm… Es de entender tu estupor, muchacho. Si a mí me hubieran hecho semejante encomienda a tu edad, me habría sorprendido de la misma manera. Pero para eso precisamente estoy yo aquí, contigo, para darte cumplidas explicaciones de tan raro encargo. Hasta donde me han dado licencia para ello, como es natural. Pues toda misión secreta, como la misma palabra indica, guarda su parte oculta para quienes no han de estar en ello. Por lo tanto, presta suma atención a lo que he de decirte.

—Soy todo oídos.

—Muy bien —dijo aproximándose a mí cuanto podía—. Resulta que hay escondidas y graves razones de Estado que reclaman de ti un servicio harto difícil en Venecia. Mas no has de ir allá como caballero de Alcántara, ni como soldado, ni siquiera como simple súbdito del rey de las Españas. Porque habrás de entrar en aquella república y salir después veladamente, de tapadillo, oculto bajo otra identidad, sin que nadie sepa quién eres, excepto los que estamos ahora en ello.

—Comprendo —dije—. Se me pide que vaya a espiar al servicio de nuestro rey. Ya conozco ese oficio.

—Eso es. Y esa es la razón por la que se te pide que adquieras conocimientos sobre telas y bordados. Te camuflarás haciéndote pasar por uno de tantos comerciantes que van al Levante a hacer negocios. Dado que viviste largo tiempo en tierra de moros, primero en Susa de Tunicia y después en Constantinopla, hecho cautivo del turco, eres el más indicado por conocer aquellas lenguas y costumbres. Ser hombre docto en tejidos te resultará muy útil para que no te descubran, pues si así fuera se daría al traste con todo el plan.

—Pero… ¿qué he de averiguar en concreto?

—Esa pregunta excede de mis competencias —observó—. Mi tarea termina aquí, poniéndote en manos de los maestros del taller de bordaduría. El resto te lo revelarán en Madrid los secretarios de su majestad.

—Entiendo —asentí—. Solo me gustaría saber una cosa más, si pudiera decírmela vuestra excelencia.

—Pregunta lo que quieras —otorgó—. Si está en mi mano resolver tus dudas…

—¿Quién me propuso para esta encomienda?

—Don Álvaro de Sande. ¿Quién si no? Él te tiene en gran estima. Me escribió hablándome de tus virtudes, de tu valentía y aguda inteligencia, las cuales te valieron para escapar del turco y acudir presto a avisar de que el enemigo planeaba atacar la isla de Malta. ¿Quién mejor que un hombre probado, como tú, para algo semejante?

—¡Mi maestre de campo, don Álvaro de Sande! —exclamé—. ¿Qué es de él? ¿Goza de salud a pesar de sus muchos años? —quise saber.

—No le falta, aun teniendo casi cumplidos los

ochenta. Por estas fechas debe de estar ya camino de Milán para hacerse cargo del gobierno de aquellas provincias.

—¡Qué valor!

—Ciertamente. Hombres como él es lo que necesita nuestro rey. Por eso, tú y yo no hemos de arredrarnos ante lo que se nos ponga por delante.

—Que cuente conmigo su majestad —dije.

—Así me gusta, muchacho. Y ahora dime: ¿recuerdas bien la lengua turca?

—Perfectamente. Podré pasar inadvertido, pues ninguna costumbre de los infieles se me escapa. Conozco sus principales oraciones y hasta en mis intimidades puedo parecer uno de ellos. Me dejé circuncidar para así poderles espiar mejor fingiéndome moro, según me mandó el jefe de los espías de Constantinopla.

—Sí —asintió—. He tenido conocimiento de los perjuicios que ello te reportó después, en manos de la Santa Inquisición.

—¿Cuándo habré de partir? —pregunté impaciente.

—La cosa pide premura. Lamentablemente, no hay tiempo para acomodar este negocio con el cuidado que requiere cosa tan aventurada. Su majestad teme que los turcos estén preparando algo y necesita prontas informaciones. Así que, en apenas una semana, deberás aprenderte lo de las telas. Después irás a Madrid y allí se te darán las demás instrucciones.

16

¿Poco más de una semana para adquirir los conocimientos necesarios acerca de los tejidos y sus labores? ¡Qué engañado estaba en esto el comendador! Ni cien días bastarían para saber lo más mínimo necesario en tal menester y poder pasar, cuanto menos, por alguien medianamente plático. Pues hay oficios que solo se aprenden de niño, como novicio al que le salen los dientes y empieza a dar sus primeros pasos en el obrador donde ha de pasarse luego el resto de su vida. De manera que no hará buen pan sino el hijo de panadero o el que se cría en tahona, ni buen vino quien no crece en el lagar, ni forjará templado acero el que no alcanza el uso de razón entre las ascuas y humos de la fragua, ni sabrá tallar con primor la madera sino el mozo que se arrima al ebanista… Y así podría seguir enunciando cuantos oficios hay que requieren pericia, práctica y soltura. Mas, de entre todos ellos, hay algunos que son de suyo muy difíciles y piden mayor atención y talento. Son estos los que, además de tarea manual, maña y entendimiento, exigen al artesano que reciba el soplo de ese misterioso don, al cual solemos llamar ingenio. Cuando esto sucede, se supera la simple maestría y el trabajo de las manos lo consideramos arte.

Y si por arte entendemos, por antonomasia, cualquier actividad humana dedicada a la creación de cosas bellas, en el taller de bordaduría del monasterio de Guadalupe alcanzaba esa palabra su más perfecto sentido. En efecto, allí no se trataba solo de manejar telas y telares, sino que las habilísimas manos de los bordadores componían sobre los tejidos las más bellas y ricas escenas: auténticos cuadros en miniatura, a base de hilos de oro, plata y cobre, con figuras humanas, edificios, cielos azules, plantas, flores y frutos. ¡Una maravilla!

El propio frey Francisco de Toledo se daba cuenta, como yo, de la delicadeza y complejidad de este trabajo, cuando ambos visitábamos el taller acompañados por el prior del monasterio.

En un gran edificio próximo al santuario, se sucedían las dependencias donde se realizaban con suma calma y atención las diversas tareas: cardado, hilado, tinte, tejido, armado de bastidores, disposición de husos, ruecas, bolillos y, por último, la más noble de las labores, cual era el bordado, fin y culminación del esfuerzo de tanto personal. La luz entraba a raudales por los amplios ventanales y arrancaba destellos de las composiciones que eran verdaderas joyas.

Fray Hernando de Ciudad Real, el prior de Guadalupe, explicaba, mientras recorríamos admirados el taller, la importancia de tan sublime oficio:

—En un santuario como aqueste necesitamos hermosear la liturgia como bien merecen las diversas fiestas y celebraciones que manda la Santa Iglesia. Ya desde antiguo se consideró muy conveniente dotar a la sacristía de los ornamentos y ropajes litúrgicos adecuados a tal fin, para lo cual se tuvo a bien instaurar una auténtica escuela de bordaduría. Vean, vean vuestras mercedes cómo se aprende aquí tan delicado oficio.

El prior estaba muy orgulloso por contar en su monasterio con quienes decía ser los más grandes maestros en el arte del bordado. De entre ellos destacaba la singular figura de Pero López, hermano que era nada menos que del letrado don Gregorio López, consejero de Indias, fiscal y visitador de la Casa de Contratación de Sevilla.

—Vengan, vengan vuestras mercedes —nos dijo el prior—, que se lo presentaré. Es un hombre de gran sencillez, a pesar de ser el más cotizado bordador del reino y de tener un hermano ilustre.

En un extremo del taller, bajo una ventana y rodeado por varios aprendices, trabajaba el tal Pero López. Al vernos aproximarnos a él, se puso en pie enseguida e hizo una cumplida reverencia.

—Helo aquí —señaló el prior—. El maestro de los maestros. Él dirige la escuela y nada de aquí se hace sin su anuencia.

El director de la bordaduría era un hombre menudo, en extremo humilde, de aspecto débil, cuyo rostro desaparecía detrás de unos grandes anteojos de gruesas lentes. Pálido, de miembros pequeños y manos delicadas, parecía todo él creado para dedicarse al oficio que desempeñaba. Así, tan sonriente, sosteniendo la aguja, con los brillantes dedales puestos, la barbita de chivo blanca y un largo delantal azulón, ofrecía una presencia verdaderamente curiosa.

—Maestro Pero —le pidió el prior—, muestre vuestra merced a estos caballeros sus más célebres trabajos.

—Con sumo gusto —respondió él con solicitud—. Tengan vuacedes la bondad de acompañarme.

Fuimos atravesando unos largos corredores y después un bellísimo claustro donde rumoreaban las fuentes y crecían los limoneros. Por el camino, el prior nos explicó que no se requería ser fraile para trabajar en los talleres del monasterio. De hecho, el maestro Pero era laico con mujer e hijos. Esto favorecía la continuidad del oficio, pues, aunque siempre hubo monjes en la bordaduría, la presencia de aprendices que heredaban las habilidades de sus padres y abuelos garantizaba la transmisión y el perfeccionamiento de las técnicas.

Ya en la sacristía, aquel menudo hombre tiró de uno de los pesados cajones de una inmensa cómoda. Y con sumo cuidado extrajo los envoltorios de telas que contenían los preciados ornamentos.

—Vean —explicó el prior—. Este es el llamado Terno Rico, obra del maestro Pero.

Asombrados, contemplábamos los suntuosos brocados y los faldones, bocamangas y capillos de las dalmáticas, así como las cenefas de las casullas.

—¡Maravilloso! —exclamó el comendador—. ¡Verdaderamente sublime! ¿Cuánto tardó vuestra merced en aprender el oficio, maestro Pero?

—¡Oh, toda mi vida! —contestó él—. Apenas tendría yo diez años cumplidos cuando ya venía aquí a ver las labores siendo monaguillo. Luego fue fray Gonzalo de Burgos quien me enseñó a dar las primeras puntadas. Y ahora, que ya voy siendo viejo, me va faltando la vista, ¡cuando más la necesito! ¡Ay, quiera

Nuestra Señora darme salud!, y poder yo enseñar a los jóvenes que vienen detrás.

Para comenzar a aprender yo lo que necesitaba sobre telas, hube de ponerme bajo la instrucción del maestro Pero, el cual consideró más oportuno que fueran primeramente los sastres quienes me ilustraran acerca de los diversos géneros. De este modo, encomendó a un tal Agos Tinsauzelle que me mostrara cuantos tejidos había en los almacenes del taller, con el fin de indicarme las diferencias entre ellos, sus procedencias, precios y calidades. Este maestro sastre era de origen flamenco. Hombre rubicundo, membrudo y de piel sonrosada, se dispuso diligentemente a enseñarme.

Aquí empezó mi calvario, pues nunca pensé que fuera tan enorme y variado el número de telas que podían darse. Inició su lección el extranjero poniendo delante de mis ojos los tejidos más antiguos: el ricomás, delicada tela morisca hecha con sedas e hilos de oro; el viejo tartarí, tan codiciado; el marromaque que ya difícilmente podía encontrarse; el zarzahán, también conocido como zarzahaní; las llamadas telas imperiales, que tenían más de cien años, y el riquísimo baldoque, llamado asimismo balanquín o balduquino.

Ya con esto tenía yo suficiente. Porque todas me parecían ser iguales o al menos semejantes. Pero mi desconcierto no había hecho nada más que dar comienzo. Al día siguiente, el maestro Agos se puso a explicarme con denuedo las diferencias entre los diversos terciopelos.

—Mucha atención ahora —me decía con su grave acento extranjero—, pues estas telas son las que se

132

adquieren en esos mercados de Levante. Aquí llegan desde todas las procedencias: de los cercanos telares de Sevilla, Valencia o Toledo; pero también, los más caros y codiciados géneros, desde Venecia, Nápoles y Florencia.

Comenzó el maestro aleccionándome sobre lo que se llamaba la estofa, que en general comprende las labores de cualquier tejido, sea de seda o lana, con figuras incorporadas de suyo desde el telar. De entre ellas, destacan los terciopelos, originarios de Oriente y conocidos ya desde muy antiguo.

—¿Ves? —me explicaba el belga extendiendo varias de esas telas ante mí—. Este es el más llano terciopelo, se trata de una estofa de pelo corto. Pero también está esta otra, la felpa, cuyo pelo es largo. Allá en Venecia y en toda Italia a este género se le llama *velluto*, es decir, velludo, por el vello… ¿Comprendes?

Eso parecía ser sencillo. Mas la cosa se complicaba cuando el velludo era labrado, cortado o en brocado, según los dibujos, el fondo o la urdimbre, o si tenían o no oro, seda u otros elementos.

Al tercer día llegó el turno de los rasos, tafetanes y cendales. La cuarta jornada versó sobre los tisús, en los que, por esa suerte de capricho de los tejedores, todo el dibujo anverso pasa al reverso. Y contábanse ya cinco días de lecciones, a cual más complicada, cuando todo empeoró a cuenta de los diversos brocados, que son esas sedas combinadas con hilos u hojuelas de oro y plata. En algunos de ellos, la urdimbre forma ciertos salientes a modo de pequeñas anillas que los entendidos han venido a llamar oro anillado y plata anillada, según el metal noble de la hilatura. Pero está asimismo el brocatel, que es la estofa con anverso y reverso que tiene dos tramos y dos urdimbres, ya sean de algodón o lana.

Al sexto día mi cabeza estaba hecha tal lío que de nada sirvió que el maestro Agos se afanara mostrándome las diferencias entre los codiciados damascos, las débiles y transparentes gasas y el afamado gro, ese raro tafetán que se hace tanto en Nápoles como en Francia.

—¡Basta! —exclamé desesperado—. ¡No puedo más!

—Pero... —observó él—. No podemos dejarlo, cuando apenas nos queda un día para completar la semana...

—¡No, no, no puedo! ¡Es humanamente imposible aprenderse todo esto en tan poco tiempo!

—Cierto es —asintió él—. Mas... ¿qué podemos hacer? Aún nos queda explicar los adornos y aderezos a base de hilos, mostacillas, lentejuelas, canutillos, esmaltes, broches, flecos, perlas, piedras preciosas...

—¿Qué? ¡Oh, Santo Dios! —suspiré completamente agobiado—. ¡Si no me acuerdo ya de nada del principio!

—Pues habrá que volver a empezar —dijo él, sin inmutarse.

—Nada de eso —repliqué—. Me doy por vencido. Lo he intentado y veo que soy incapaz. Hemos de hablar ahora mismo con frey Francisco de Toledo. Él comprenderá que, dada la complejidad de este menester, no se pueda aprender en tan poco tiempo.

Cuando le expliqué al comendador el problema, al principio se negaba a admitir mis razones. Pero, una vez que el maestro Tinsauzelle se dedicó con toda paciencia a hacerle ver que lo que pretendíamos era absurdo, frey Francisco se quedó muy pensativo, y en su rostro se gravó un vivo gesto de perplejidad.

—¡Qué desastre! —suspiró—. No pensé que fuera tan difícil...

—Excelencia —le rogué—, créame, ¡por el amor de Dios! ¡Lo he intentado con todo mi empeño!

—Es una gran contrariedad —observó—. Precisamente ahora, ¡con el poco tiempo que tenemos! Mañana domingo, después de la misa del alba hemos de partir para Madrid. ¿Cómo les explicamos a los secretarios de su majestad que no hemos cumplido ese requisito?

Estaba presente también el prior del monasterio, el cual, al ver al comendador tan preocupado, intervino:

—¿Tan importante es que frey Monroy sepa de telas? ¿Por qué precisamente de telas?

—Es un asunto muy reservado —contestó el comendador—. Solo puedo decir que es imprescindible tal requisito. Insistieron sobremanera en ello.

—Nadie puede aprender en apenas siete días un oficio que requiere tanta pericia —repuso el prior—. Los secretarios del rey comprenderán que no se debe pedir lo imposible a los servidores de su majestad.

—Sí —replicó frey Francisco—. Pero el caso es que su misión debe seguir adelante...

—Pues búsquese una mejor solución —propuso el prior—. No es mi intención inmiscuirme en tan graves asuntos de Estado, pero se me ocurre que se podrá hallar otra persona entendida en telas que sea capaz de realizar el cometido de la misión.

—¡Oh, no, no, de ninguna manera! —negó enérgicamente el comendador—. Ha de ser un miembro de la Orden de Alcántara, y nadie como él reúne las demás condiciones…

Dicho esto, frey Francisco se quedó durante un momento sumido en sus cavilaciones. Pasado el cual, dando un respingo, exclamó:

—¡Vive Dios! ¡Ya está! ¿Cómo no se nos había ocurrido antes? —Y dirigiéndose al prior, inquirió—: ¿Quién es el que más sabe de telas en el monasterio?

—El maestro Pero López, sin duda —respondió el prior.

—Pues ya tengo la solución —dijo rotundo frey Francisco—. El maestro vendrá con nosotros a Madrid y les propondremos a los secretarios reales que acompañe a frey Monroy para asesorarle en lo que precise su misión.

—Pero… —replicó el prior—. ¡Eso no puede ser! El maestro Pero es débil, enfermizo y corto de vista. No tiene edad para emprender un viaje como ese.

—Pues entonces será el maestro Agos Tinsauzelle el que irá con nosotros —repuso el comendador—. Es más joven y también sabe del oficio.

—¡Oh, tampoco! —negó el prior—. Es aquí sumamente necesario. Nadie como él puede continuar los trabajos de la sastrería.

—¡No se hable más! —sentenció frey Francisco—. Es cosa de sumo interés para la causa del rey católico. Ha de ir con nosotros a Madrid. No veo otra solución posible.

—Un momento, un momento, no nos precipitemos —rogó soliviantado el prior—. Hemos de pensar en lo que ha de ser más conveniente… —Meditó durante un instante en el que todos estuvimos pendientes de él—. Se me ocurre que… —dijo mirando a Tinsauzelle—. Maestro, ¿quién es vuestro subalterno más inmediato en la sastrería?

—Hipacio Ramírez, ¿quién si no? —respondió el maestro sin pensárselo demasiado.

—Hipacio, claro, el maestro Hipacio —asintió el prior.

—¿Sabe suficientemente de telas ese Hipacio? ¿Podrá ser útil? —inquirió con impaciencia el comendador.

—Oh, naturalmente —contestó el flamenco—. Pero…

—¿Pero qué? —le preguntó el prior.

—Bueno, ya sabe vuestra paternidad… —respondió Tinsauzelle—. El maestro Hipacio…

—Diga, diga vuaced —le apremió el comendador—. ¿Qué le sucede?

—¡Nada, nada le sucede! —terció el prior impetuosamente—. Digamos que de vez en cuando se priva un poco.

—¿Se priva? ¿Qué quiere decir vuestra paternidad? —preguntó frey Francisco.

—En fin, le gusta el vino —reveló apurado el prior.

—¡Oh, eso no importa! —exclamó sonriente el comendador—. ¿A quién no le gusta el vino?

—Le gusta demasiado —añadió el belga.

—No importa, eso no importa… —repuso el prior, deseoso de resolver la cuestión cuanto antes—. Si sabe lo suficiente sobre el menester que precisamos, nada importa que le guste el vino. ¡Ande, maestro, vaya vuestra merced a por Hipacio y tráigalo acá inmediatamente!

No tardó Tinsauzelle en acudir acompañado por su ayudante. Hipacio Ramírez era un hombre gordezuelo, de mediana estatura, pelo rojizo y rostro salpicado de pecas. Sonreía con cierta apariencia bobalicona, pero en sus ojos brillaba el asomo de un fondo inteligente, esa especie de chispa que posee la gente perspicaz y algo irónica.

—Maestro Ramírez —le dijo el prior nada más verle entrar—, mañana emprenderá vuaced un largo viaje con estos caballeros. No se demore y vaya a preparar lo que sea necesario.

—¿Yo? —contestó el sastre, frunciendo el ceño y mudando la inicial sonrisa en una mueca de contrariedad—. ¿Adónde he de ir?

—¡A donde sea menester! —le dijo displicente el superior del monasterio—. No es cosa de dar explicaciones ahora. Se necesita de vuaced y basta. En un momento se le dirá lo que debe hacer.

—Pero bueno… —replicó él—. ¡Habrase visto! Yo soy un hombre libre y no un monje sometido a obediencia. A mí se me explican las cosas y luego decido…

—Es un trabajo —intervino el comendador dulcificando el tono—, un servicio a su majestad que ha de reportaros cuantiosos estipendios.

—¡Ah! —exclamó Hipacio—. En ese caso… ¿Cómo de cuantiosos serán esos estipendios? Sepa vuestra señoría que aquí gano cinco ducados al mes y el sustento, que no es poco.

—Hablamos tal vez de cien ducados para el viaje y una gratificación de quinientos, cuando sea cumplido el servicio —le dijo frey Francisco.

—¿Tanto? —exclamó Tinsauzelle, abriendo unos enormes, azules y espantados ojos—. ¡Yo iré a ese viaje!

—¡Oh, no, por el amor de Dios! —rugió el prior—. ¡Irá el sastre Ramírez y no se hable más! ¡No compliquemos la cosa!

—¡Hecho! —asintió Hipacio, loco de contento—. Es justo lo que necesitaba: ¡un viaje! ¡Gracias, Santa María!

—Pues corra vuaced a preparar el hato —le apremió frey Francisco—, que partiremos mañana a primera hora del día.

Salió a todo correr de la estancia el maestro Ramírez y quedamos los demás allí, mirándonos las caras.

—¿Podemos fiarnos plenamente de ese hombre? —le preguntó el comendador al belga.

—Humm... —respondió él.

—Ramírez no ha de crearos complicaciones —salió al paso el superior—. Se ha criado aquí, en el monasterio. No es hombre de mundo; solo conoce estos muros y la villa de Guadalupe. Es dócil, sumiso, inteligente... Y, lo mejor de todo, sabe a la perfección su oficio. Conoce las telas como el mejor de los sastres. ¿Qué más se le puede pedir? Vayan tranquilas vuestras mercedes, que no se arrepentirán.

17

Hízose el viaje sin mayor contratiempo que una tormenta septembrina que nos apedreó con granizo y luego nos dejó caer encima un frío aguacero, pero pudimos secarnos las ropas al amor de la lumbre en unas ventas de mucha fama que hay en Torrijos, las cuales estaban abarrotadas de soldados, peregrinos y estudiantes, que a esas alturas del estío iban a sus asuntos o venían ya de regreso. Desde allí hasta Madrid se cuentan dos jornadas de camino a buen paso, por una transitada carretera recorrida por interminables recuas de mulas y un sinfín de carretas y carretones que discurren en filas muy ordenadas, en busca de los mercados del sur.

Cabalgaba el comendador delante, como era su costumbre, silencioso y sumido en sus cavilaciones. Detrás de él iba yo, procurando que Hipacio no me arrastrase a la conversación, por aquello de aprovechar el viaje para reflexionar y orar, según mandaba la regla. Pero el sastre, que era muy aficionado a la plática, no se conformaba yendo con la boca cerrada y de vez en cuando se ponía a cantar unas coplas la mar de graciosas que me sacaban de la meditación y me movían a risa:

La bella mal maridada
de las lindas que yo vi.
Acuérdate cuan amada,
señora, fuiste de mí...

—¡Se quiere callar vuestra merced de una vez! —le espetó el comendador—. ¡Basta de tonterías!

—Vaya genio tiene —murmuraba Hipacio, sin alterarse—. Solo pretendía alegrar el camino...

Era la última hora de la tarde cuando divisamos Madrid a lo lejos. El aire caliente, tormentoso, levantaba polvo molesto en la carretera. Se veían las hileras de los montes, y en el fondo aparecía la villa. El camino se iba abriendo paso entre huertas y viñas donde brillaban la dorada fruta y la uva en sazón. Cruzamos el río Manzanares por un puente, desde el cual vimos el agua mansa correr, reflejando las alamedas de las orillas. Bulliciosas lavanderas hablaban a voz en cuello mientras recogían la colada puesta a secar en los arbustos.

Animado por la curiosa escena, el sastre no pudo evitar que le brotara de nuevo el deseo de cantar:

Lavaba la moza hermosa
junto al laurel y la rosa...

—¡Calle, hombre de Dios! —le mandó frey Francisco—. Que nos van a tomar por gente vil e indecorosa.

—Pues no sé qué de malo puede haber en cantar...

—¡En boca cerrada no entran moscas!

Más adelante se pasaba por un arrabal de casas pobres, de madera y adobe, y después por una amplia calzada, donde los edificios eran más sólidos; casonas con grandes portones, entradas de carros, cobertizos y cuadras. Luego se bordeaba un tramo de la muralla y empezaban a abundar los talleres, los negocios, sastrerías, sombrererías, armerías…

Una hermosa puerta conducía directamente al ámbito de los caserones de mejor fábrica, los conventos, las iglesias y los majestuosos y sobrios palacios. Al final del barrio noble se alzaba el Real Alcázar.

—Hemos llegado —dijo el comendador—. Como no podemos perder ningún día, pues el tiempo apremia y nos aguardan con impaciencia, iremos ahora mismo a dar aviso de nuestra llegada y a pedir audiencia a los secretarios de su majestad.

Como quien conocía bien las dependencias de aquellos alcázares, frey Francisco se adentró por una de las puertas sin que ninguno de los guardias le dijese nada. Pero a nosotros nos pidió que le aguardásemos en la plaza de armas.

Arriba, en las almenas, los centinelas se daban las novedades con monótonas voces. Se había hecho de noche y los sirvientes encendían las llamas de los faroles. El aire era caliente, sofocante, y traía aromas de tierra mojada.

—Se me pone la carne de gallina solo de barruntar que estoy a un tiro de piedra del rey nuestro señor —comenté, pues no podía pensar en otra cosa que en eso.

—¿Eh? —exclamó sobresaltado Hipacio—. ¡Pero qué dice vuaced! ¿El rey? ¿Aquí?

—Pues claro —respondí—. ¿Dónde estamos sino en los palacios de su majestad? ¿Ves aquellas torres y aquellas ventanas? Son las más altas y nobles. Seguramente han de ser las dependencias reales.

—¡Ay, madre mía!

—Pero… ¿No sabías acaso, Hipacio, que veníamos a palacio?

—¡Qué voy a saber yo! Si con ese señor comendador no se puede decir ni esta boca es mía. Solo se me dijo que veníamos a Madrid. Mas… ¿a ver a su majestad? Si yo no he ido en mi vida miserable más allá de Trujillo a comprar telas al mercado de los jueves… ¡Qué voy a saber yo!

Estando en esta conversación, regresó frey Francisco visiblemente azorado.

—No se despacha aquí —anunció—. El rey nuestro señor hállase en Segovia. Aunque es noche cerrada, hemos de continuar el viaje hasta allá. No es cuestión de demorarse. Los secretarios nos aguardan con impaciencia. Pernoctaremos por el camino en cualquier sitio y, mañana, si Dios quiere, podremos presentarnos para ventilar los asuntos que nos traen.

18

En el alcázar de Segovia despachó con los secretarios reales primeramente el comendador, sobre sus propios asuntos, como era de comprender. Estuvo toda la mañana en las dependencias del palacio, mientras yo esperaba mi turno en un recibidor austero, donde un enorme reloj señalaba las horas, eternas, con un monótono y metálico tictac.

Por fin apareció un escribiente con papel y cálamo y me hizo muchas preguntas. Anotó cuidadosamente mi nombre, apellidos, lugar de nacimiento, orígenes, linaje, estudios, habilidades y aficiones. Una y otra vez me hacía repetir las mismas cosas, hasta que estaba completamente seguro de la contestación para escribirla pacientemente.

—¿Trae vuestra merced carta de presentación?

—Vengo con su excelencia el comendador frey Francisco de Toledo —respondí.

—Eso ya se sabe —dijo fríamente—. Me refiero a si trae vuestra merced algún documento de los superiores de Alcántara.

—He aquí el suplicatorio hecho por el reverendo padre prior del convento de San Benito, en el cual solicita de su majestad que me sea concedida la licencia para salir de dicho convento.

—¿A ver?

Le extendí el documento y él lo leyó con sumo detenimiento.

—Bien —dijo—. ¿Algo más?

—No, señor —contesté—. Solo se me ha comunicado que debía comparecer ante los secretarios reales.

—¿Se pide de vuestra merced algún servicio en concreto? —insistió.

—Es cosa reservada, según se me ha dicho.

—Bien. En ese caso, aguarde vuaced a que se le llame.

Y dicho esto, desapareció por donde había venido. Pasó el mediodía y me atenazaba el hambre, pues no había probado alimento desde la tarde anterior, dadas las prisas del comendador. El reloj persistía en su aburrido ritmo y yo no tenía mayor entretenimiento que dar vueltas en la cabeza a mis pensamientos cargados de incertidumbre.

En esto, se abrió la puerta y entró un mayordomo que venía a acomodar en el recibidor a alguien que, como yo, debía aguardar su turno para los despachos. Era este un joven caballero que vestía el hábito de San Juan. Me puse en pie. Ambos nos saludamos como corresponde.

—Frey Luis María Monroy de Villalobos —me presenté—. Novicio de Alcántara.

Él sonrió y me miró fijamente. Era alto, de amplios hombros, fornido, de buena presencia y cierto porte arrogante; el pelo rizado muy negro, igual que los ojos, penetrantes y vivos.

145

—Soy frey Juan Barelli —dijo con marcado acento italiano—, del convento de San Juan de *Ierusalem*, de la ínsula del Malta; *tuitio fidei et obsequium pauperum*.

Había dispuestas varias sillas en aquel recibidor. Nos sentamos casi al mismo tiempo, el uno al lado del otro. Ninguno dijo nada más. Él se entretenía observando un cuadro viejo y oscuro en el que estaba pintado un santo. Y yo perdía la mirada en el único ventanuco que se abría a los patios.

Supongo que ambos estábamos igualmente algo desconcertados.

De soslayo, volví a fijarme en él. Debía de tener mi misma edad o quizá era algo más joven que yo. Su piel curtida delataba una recia vida al aire libre, o tal vez muchos días a bordo de un barco. Pero también pensé que el broncíneo aspecto podía deberse a las largas horas de guardia en las almenas de aquella lejana isla fortificada.

Las últimas palabras dichas por el caballero que ahora permanecía silencioso y meditabundo, situado a mi costado, resonaban en mi mente: «*Tuitio fidei et obsequium pauperum*», todo por la fe y la atención a los pobres. Era el lema de la vieja, legendaria, Orden Hospitalaria de San Juan de Jerusalén, cuyo hábito él vestía.

Me sabía yo al dedillo la magnífica historia de esa orden de caballeros. Fue fundada por el bienaventurado Gerardo allá por el siglo onceno en Palestina, tierra de nuestro Señor Jesucristo, para proteger a los cristianos de Oriente. Después, cuando cayó Tierra Santa en manos de los infieles mahometanos, pasó a instalarse en la isla de Chipre y más tarde en la de Rodas. Tras un asedio terrible del turco Solimán II, el gran maestre Felipe de Villiers abandonó las fortalezas con honores de guerra. Fue el invicto emperador Carlos quien dio luego a los valientes caballeros una nueva isla, la de Malta, en el año del Señor de 1530. Nunca abandonó la Orden de San Juan su vocación hospitalaria y combatiente. Su flota de galeras no era grande, pero resultaba eficacísima y era la más disciplinada de la cristiandad; daba custodia a los mercaderes que navegaban a Siria o Palestina y protegía muchas plazas importantes de las costas frente a la piratería, el corso y el constante asedio del turco. Era, pues, para nuestros reinos esa isla de Malta un enclave estratégico de primera magnitud, por recalar siempre allí las escuadras que iban a dar guerra al turco y por ser la punta de lanza de las campañas contra Túnez y Argel.

Por eso, cuando se tuvo noticia en diciembre de 1564 de que la flota del gran turco se preparaba para atacar Malta, el rey Felipe II corrió en socorro de los caballeros hospitalarios. El propio papa Pío IV llamó a toda la cristiandad para que se uniera en aquella hora difícil y acudiera a defender la bienaventurada isla.

Me honraba haber sido elegido por la fortuna para saber en Constantinopla, cuando fui cautivo, el guardadísimo secreto del día y la hora en que la flota turca tenía previsto arribar a la costa maltesa y dar comienzo a su asedio. Quiso Dios que pudiera yo escapar llevando a la cristiandad el preciado tesoro de tan inestimable noticia. Gracias al aviso que di al virrey de Sicilia, pudo aprestarse el gran maestre, Juan de La Valette, y mandar hacer los aparatos de guerra necesarios para la defensa.

El 29 de junio desembarcaron en Malta los primeros seiscientos hombres que venían a dar auxilio, al mando de don Juan de Cardona, y consiguieron peligrosamente llegar al burgo, pues ya desde el 18 de mayo la escuadra turca había alcanzado la costa y comenzaba el ataque.

Los sitiados se defendían con denuedo. El 7 de septiembre desembarcó al fin la flota cristiana que enviaba el rey católico. Iba yo en una de las naves y participé en aquella hora gloriosa bajo el mando de mi general don Álvaro de Sande, hombre ya de avanzada edad, de más de setenta y cinco años, pero más valiente y arrojado que el más mozo de los soldados. Siete días duró el fiero combate, y el 14 de septiembre la flota turca se retiró con numerosísimas bajas, entre las cuales se contaba la del corsario Dragut.

La victoria llenó de alegría a toda la cristiandad. Hasta el mismísimo papa nos recibió en sus palacios de Roma y nos bendijo.

El caballero que estaba a mi lado, aunque ignoto para mí, debía de conocer muy bien toda esa historia. Era muy posible que, por su edad y por estar ya autorizado para vestir el hábito de San Juan, hubiera estado presente en aquella jornada de tan feliz memoria.

Me asaltó el deseo de preguntárselo. No por presumir de que había sido yo quien llevó el aviso, sino por compartir el recuerdo de unos pasados y célebres hechos que a buen seguro habíamos vivido en posiciones cercanas.

Pero, justo en el momento que me decidí a hablarle, se abrió la puerta e irrumpió el mayordomo para avisar:

—Frey Luis María Monroy de Villalobos, tenga la bondad de acompañarme vuestra caridad, es llegado su turno.

Después de un largo corredor, atravesamos un amplio salón decorado con lujo. El mayordomo golpeó con los nudillos una puerta y pidió permiso para entrar. El escribiente que me interrogó un rato antes me recibió en un despacho pequeño. Solo me dijo:

—Su excelencia el secretario de Estado don Antonio Pérez tiene la gentileza de recibiros.

Descorrió una cortina y me indicó con un gesto de la mano que pasara a una estancia contigua. Era un despacho mucho más grande, donde se hallaba sentado, tras una enorme mesa abarrotada de papeles, un caballero esbelto, de nariz fuerte, barba y bigote cortos, castaños, y una mirada un tanto lánguida.

Se puso en pie y se aproximó a mí diciendo con estudiada cortesía:

—He aquí el caballero de Alcántara. ¡Bienvenido!

Contesté con una cumplida reverencia.

El escribiente se marchó sin volver a correr la cortina, pero cerró la puerta del primer despacho tras de sí. El secretario y yo nos quedamos solos, el uno frente al otro.

Se acercó él a mí un poco más y, enarcando una ceja con aire interesante, me dijo:

—Y ahora que nadie nos oye, ¿será vuestra merced capaz de mostrar tanta sinceridad como si se hallara ante un confesor?

Debió de notar que me inquietaba una pregunta así, hecha por alguien a quien acababa de conocer, porque se apresuró a explicar, con una sonrisita que manifestaba suficiencia:

—Mi leal caballero de Alcántara, está aquí vuestra merced para recibir secretísimas informaciones que atañen a los más graves asuntos de Estado. Como se ha de comprender, no se elige a cualquiera para tal menester.

Su majestad ha depositado en mi persona toda su confianza para los negocios en Italia y Oriente. De manera que en este momento es como si vuestra merced estuviera ante el mismísimo rey de las Españas, salvando el respeto que merece su augustísima persona, a quien Dios guarde.

—Comprendo, excelencia —respondí—. Estoy a la total disposición de su majestad y, por lo tanto, a la de vuestra señoría. No he venido a otra cosa sino a cumplir con lo que se me mande.

—Bien, bien… —asintió—. Pues vayamos a ello, que la cosa apremia. Ni que decir tiene que todo lo que aquí se ha de hablar es cosa muy reservada al servicio más inmediato de su majestad. Por ello, entienda vuestra merced que está bajo juramento desde este preciso instante. Dios habrá de demandárselo si falta en esto.

—Puede el rey nuestro señor confiar plenamente en mí y vuestra señoría. Dese por hecho el juramento desde ahora —afirmé, mirando hacia el crucifijo que estaba sobre la mesa.

Conforme el secretario, inició un exhaustivo interrogatorio, semejante al que me hizo anteriormente el escribiente. Volvió a preguntarme sobre mis orígenes, familia, educación, aficiones… Insistía una y otra vez en las cuestiones relativas al servicio de las armas y le interesaba mucho saber quiénes habían sido mis superiores en esto. Luego dio paso a cosas más íntimas: si era yo aficionado al vino, al juego, a las mujeres galantes o públicas, si tenía amantes, queridas, enamoradas o si frecuentaba casas de lenocinio, tercerías o alcahueterías. Quiso saber también si era dado a las pendencias, si tenía enemigos, deudores o adeudados; si estaba obligado por promesas, si tenía bienes dados en prenda;

cuál era mi fortuna, mis derechos y prebendas; los favores que había recibido de vivos y muertos...

Mientras yo hablaba, él tomaba notas y se quedaba pensativo, mirándome muy fijamente, como si quisiera leer mis pensamientos. Con frecuencia, me hacía volver a repetir algo que ya le había contado antes. Pero, como viera que no me contradecía en la segunda versión, musitaba satisfecho:

—Bien, bien...

Más exasperante aún resultó el cuestionario que me hizo sobre los años de cautiverio. Quería saber con todo detalle lo que había hecho yo en ese tiempo, mes a mes. Y anotó los nombres de todas las personas que traté en Constantinopla, mis amigos, o simples conocidos; aunque, más que nada, se interesó por mis posibles enemigos. Y parecía muy contento de oír que casi nadie allí podía mirarme mal. De nuevo repetía:

—Bien, bien...

Con mucha paciencia, se aplicó finalmente a lo que a mi falsa conversión a la secta mahomética se refería. Me preguntó por los ritos y costumbres de los turcos y por sus creencias e instrucciones religiosas. Hube de recitarle el credo de Mahoma que recordaba a la perfección:

—*La illaha illa allah Muhamed Resoul Allah...*

Y los rezos más frecuentes:

—*Bismillah al-Rahman al-Rahim...*

—¡Oh, maravilloso! —exclamó—. ¿Puedes hablar su lengua?

—La entiendo, la pronuncio y la escribo. Sé de memoria poemas, canciones, proverbios y dichos. Excelencia, ya os he dicho que viví allá más de un lustro. Cuando aprieta la necesidad, se aguza el ingenio.

—Bien, bien…

Repasó las notas que había tomado. Precisó algunos detalles, hizo un par de preguntas más y después se quedó sumido en sus cavilaciones.

Por mi parte, esperaba ansioso a que concluyera la audiencia, pues me moría de hambre. Así que me sentí muy aliviado cuando dijo:

—Mi caballero de Alcántara, solo me queda averiguar de vuestra persona un pequeño detalle…, pero de suma importancia.

—Vuestra señoría dirá de qué se trata.

—Bien… es delicado…

—Pregunte vuestra señoría lo que desee saber.

—No es cosa de preguntar, sino de ver —dijo con su media sonrisa tan inquietante dibujada en la cara llena de suspicacia.

—¿De ver?

—Sí, de ver. Necesito que me mostréis vuestro miembro viril.

Me quedé extrañado al principio. Pero pronto comprendí el porqué de su curiosidad.

—Mi circuncisión es perfecta —dije—. Ningún musulmán dudaría de ella.

—Caballero —insistió—. He de comprobarlo…

No sin pudor, accedí a lo que me pedía.

—Bien, bien… —dijo, muy conforme, mientras observaba mis partes pudendas. Y con aire compadecido, añadió—: Debe de ser duro tener que portar esa marca de por vida…

—Señoría —observé—, ¡Dios salve mi alma…! Nunca tuve intención de guardar la secta de Mahoma. Si me dejé hacer esto fue para poder tener acceso a los secretos de los turcos haciéndome pasar por uno de ellos sin despertar sospechas. Dios quiso que aquel sacrificio mío me valiera después la honra de prestar tan grande servicio a la causa cristiana.

—¡Oh, claro, claro…! Mi querido caballero de Alcántara, no se hable más de este asunto. Nada queda ya por saber de vuestra persona para el menester que ha de serle encomendado.

—Ardo en deseos de saber en qué consiste.

—Y ha llegado el momento de revelároslo —dijo circunspecto—. Pero, antes, vuestra merced y yo hemos de tomar algún alimento, pues ha mucho tiempo ya que pasó la hora del almuerzo sin que hayamos cumplido con esa vital necesidad. Y bueno es decir aquello de que «si es menester trabajar, antes se ha de yantar». ¿No os parece?

—Sea, señor. No os ocultaré que tengo apetito.

El secretario hizo sonar una campanilla que tenía sobre la mesa y acudió enseguida el subalterno, a quien dio la orden de que se nos sirviera el almuerzo.

No tardó en venir un criado empuñando un curioso carrito donde estaban dispuestas en sus platos y fuentes diversas viandas: huevos fritos, jamón, chuletillas de cordero, almendras tostadas y pan tierno. También venía una jarra grande y dos copas.

—Es vino de Cigales —explicó el secretario—, no hay otro mejor en Castilla. Lo traen cada año para su majestad, y él, que sabe que me place tanto, me reserva algunos cántaros. Pruébelo vuestra merced y verá —me ofreció.

—Delicioso —dije, en honor a la verdad, después de catarlo.

—Dejadnos solos —ordenó él a la servidumbre.

Recuerdo que comí con avidez, delante de su aten-

153

ta mirada. Sin embargo, el secretario apenas mojó un pedazo de pan en la yema del huevo y se llevó a la boca una lasca de jamón. Bebía, eso sí, abundantemente, con pequeños y delicados sorbos, y llenaba una y otra vez las copas.

—Ahora debe vuestra merced poner toda su atención —me mandó—. Ha llegado el momento en el que se ha de desvelar el secreto.

—Soy todo oídos —dije, soltando sobre el plato el hueso de la última chuleta.

—Bebamos un trago más de este vino —propuso—. A ambos nos ayudará, pues el asunto es serio.

Bebimos y permanecí muy aplicado a la escucha.

Me explicó que debía hacer un largo viaje. Embarcaría primeramente en Valencia lo antes posible con destino a Sicilia. Debía entrevistarme allí con el virrey para recibir instrucciones y después una galeaza me recogería para cruzar el estrecho de Mesina y navegar a lo largo del Adriático hasta Venecia. Era en esta ciudad donde daba comienzo la misión, la cual consistía en hacerme pasar por mercader turco y conseguir información sobre una importante familia de judíos del gueto. Dichos hebreos eran conocidos como los Nasi, pero en realidad se apellidaban Mendes, y procedían de Portugal, donde ejercieron el comercio enriqueciéndose enormemente. Abandonaron Lisboa para escapar de la Santa Inquisición, pues fueron considerados marranos, es decir, judíos en apariencia conversos que seguían practicando su religión en secreto.

—¿Qué he de averiguar acerca de esos hebreos? —le pregunté.

—En principio todo lo que le sea posible a vuestra merced. El conocimiento de las aficiones, intereses e intenciones de los Mendes es de suma importancia para los negocios de su majestad. Esa familia vive hoy en Constantinopla y es muy poderosa e influyente en la corte del gran turco. Pero no os resultará fácil entrar en contacto con ellos sin la información que habréis de recabar en Venecia.

—Comprendo… Entonces se trata de acercarme a ellos de la manera que sea. Lo cual, si he entendido bien lo último que se me pide, supone que habré de ir a Constantinopla después de Venecia.

—Solo si vuestra merced está seguro de que podrá acceder a ellos.

—¿Y cómo lo sabré?

—Las circunstancias hablarán por sí solas. De eso se trata precisamente. Desde aquí, es muy difícil saber cuál es la actitud de los Mendes al día de hoy. Pero sus permanentes contactos comerciales con Venecia son el mejor cauce de información acerca de ellos. Vuestra merced, haciéndose pasar por mercader, podrá averiguar muchas cosas en los puertos y lonjas.

—¿Me espera alguien allí, en Venecia? —quise saber.

—Naturalmente. Siempre ha contado su majestad con buenos enlaces en la serenísima república. Actualmente no hay embajador español allá, pues el nuevo está recién nombrado y se halla todavía en España. Pero el secretario de la embajada, de nombre García Hernández, es un caballero que merece toda la confianza. A él le debemos las informaciones más útiles sobre el Levante. Deberá vuestra merced ponerse en contacto con él con el mayor sigilo, para que le diga puntualmente lo que ha de hacer y le entregue la cifra.

—¿La cifra? —pregunté—. ¿Qué es eso?

—¡Oh, claro, cómo habría de saberlo vuestra merced! —exclamó, con una enigmática sonrisa—. Se trata de un código secreto que se utiliza para enviar los mensajes sin que nadie pueda leer su contenido; una clave para enviar los avisos con seguridad.

—Entiendo.

—Bien —añadió—. Solo me resta pues decir que vuestra merced tendrá compañía en la misión. Su majestad, como gran maestre de todas las órdenes militares y caballerías, no permite que ningún caballero miembro de la Orden salga solo a empresa alguna. Así que he resuelto que vuestra merced vaya con otro compañero. Se trata de un freile de la Orden Hospitalaria de San Juan. Podéis confiar plenamente en él, pues es hombre de muy probada virtud. Vuestras caridades harán el viaje juntos y podrán auxiliarse en cualquier peligro.

Enseguida comprendí que se refería al caballero de San Juan que acababa de conocer y que aguardaba su turno en el recibidor. Pregunté:

—¿Cuándo habré de unirme a él?

—Mañana mismo. Pues todavía queda a ambos por hacer algo importantísimo, sin lo cual no se podrá dar ni un solo paso.

—¿De qué se trata?

—Mañana lo sabrá vuestra merced. Es cosa muy reservada y, como digo, de suma trascendencia —manifestó, con gran solemnidad—. A primera hora de la mañana deberá vuestra merced estar aquí de nuevo. Yo mismo le acompañaré a un lugar donde se cumplimentará ese primordial requisito. Después partirá inmediatamente con destino a Valencia para embarcarse.

19

Apenas había amanecido cuando una alegre campana repicaba en una de las torres de la catedral de Segovia convocando a los canónigos al rezo de laudes. El comendador frey Francisco de Toledo, el sastre Hipacio y yo íbamos camino del alcázar, acudiendo puntualmente a la cita con el secretario don Antonio Pérez, como se nos ordenó el día anterior.

—Entremos primeramente a orar en la catedral —propuso el comendador—. Tenemos tiempo.

Estuvimos arrodillados los tres delante del altar mayor mientras los clérigos entonaban la salmodia.

—Pidamos a Dios que nos dé fuerzas en lo que nos pone por delante —murmuró frey Francisco.

En ese momento me embargó una sensación rara. No sabría decir si era temor o una viva emoción por lo que el destino pudiera depararme. Noté cómo el corazón se me agitaba dentro del pecho y empezaba a latir con fuerza. Después pareció faltarme el aire y se me escapó un suspiro.

El comendador se volvió hacia mí y, mirándome

con unos penetrantes ojos cargados de comprensión, dijo:

—No te preocupes. Todo saldrá bien.

Nos santiguamos y salimos los tres de la catedral. Un vientecillo frío anunciaba el otoño. Y el cielo, recién amanecido, estaba cubierto de nubes.

Cuando llegamos a la puerta principal del alcázar, ya estaba el secretario de Estado esperándonos, dentro de su carroza, que custodiaban cuatro alabarderos. Entonces sucedió algo desagradable. Don Antonio Pérez asomó la cabeza apartando la cortinilla de la ventana y, al vernos ir hacia él, se agitó nerviosamente. Descendió del carruaje y gritó enfurecido:

—¡Pero qué es esto! ¡Quién diablos es ese hombre!

Se refería a Hipacio. Al parecer no había tenido conocimiento de que el sastre vendría conmigo.

El comendador dio las explicaciones oportunas:

—Me pareció oportuno que frey Monroy fuera acompañado por alguien que supiera de telas. Este hombre es un experimentado sastre del monasterio de Guadalupe.

—¡Oh, no, no…! ¿Qué burla es esta? —replicó fuera de sí el secretario.

—Déjeme vuestra señoría que se lo explique —le rogó frey Francisco, asiéndole por el antebrazo.

Lo llevó consigo aparte y se los vio discutir durante un buen rato. Al cabo, el secretario se calmó algo, pero seguía visiblemente contrariado. Subió a su carroza y cerró la portezuela con violencia.

—¡Vamos! —le gritó al cochero.

Los caballos emprendieron el trote tirando del vehículo. El comendador, Hipacio y yo nos pusimos tras él dispuestos a seguirle sobre nuestras cabalgaduras.

—Ayer se me olvidó decirle lo del sastre —me confió frey Francisco—. Hube de tratar acerca de tan variados asuntos con los secretarios que se me olvidó… Ha sido un error. Pero no te apures, hay en estos reinos quien manda más que ese Antonio Pérez…

—¿Adónde vamos, excelencia? —le pregunté.

—A lo que llaman el Bosque de Segovia. Alguien nos espera allí —respondió misteriosamente. Noté que no quería darme más detalles.

Cabalgamos hacia el sur a buen paso durante un par de horas, sin más descanso que una breve parada junto a una fuente. El camino discurría por bellos pinares y a veces se adentraba por la espesura de un apretado bosque de rebollos y encinas, donde crecían entrelazadas las retamas y las zarzas. Por encima de las copas de los árboles, asomaban las cimas ásperas y pedregosas.

Al llegar a un promontorio, divisamos desde la altura un valle donde amarilleaban los pastizales en los claros. También se veían algunos edificios, que sobresalían entre nutridas arboledas. A lo lejos, las montañas altísimas arañaban los cielos.

—Hemos llegado: ¡he ahí Valsaín! —señaló el comendador.

Delante de nosotros, la carroza del secretario emprendió una cuesta suave levantando polvo tras de sí, velozmente. Los jinetes picamos las espuelas de nuestros caballos. Al acercarnos, pudimos contemplar un hermoso palacio circundado por una sólida muralla con aspilleras y garitas de centinelas, cuyos torreones se elevaban por encima de unos magníficos tejados de negra pizarra.

Maravillado al ver tan soberbia residencia, pregunté:

—¿Es el palacio del secretario de su majestad?

—¡Qué más quisiera él! —contestó con ironía frey Francisco.

Llegamos a una plazoleta. Se detuvo el carruaje e hicimos lo propio los que íbamos a caballo. Descabalgamos frente a un arco de la muralla, entre dos columnas, donde varios guardias de librea nos dieron el alto. El secretario dijo algo a un oficial y se abrió enseguida la gran puerta claveteada que daba paso a los primeros patios. Apareció ante nosotros una gran fachada con galerías, columnatas y ventanales.

—Aguarden aquí vuestras mercedes —nos rogó don Antonio Pérez.

En los jardines, los arrayanes, lozanos y bien cortados, trazaban perfectos rectángulos, en medio de los cuales se levantaba una gran taza de mármol embellecida y animada por el vivo chorro de un surtidor de agua clara.

—Yo entraré con vuestra señoría —le dijo el comendador al secretario, con voz cargada de autoridad.

—Haga vuestra excelencia como desee —otorgó él—. Pero el sastre habrá de irse inmediatamente. ¡Ese hombre no entrará aquí! —añadió despectivamente.

Hizo una señal el comendador a Hipacio y este obedeció sin rechistar. Un guardia le acompañó hasta la salida.

Me quedé solo en aquel inmenso patio, viendo a frey Francisco y al secretario ascender por las sobrias escalinatas hacia la puerta principal del palacio, por donde se perdieron.

Reinaba una quietud enorme. El rumor de la fuente apaciguaba mi espíritu, intranquilo por la inminencia de la misión y por el misterio que rodeaba aquella visita. Me entretuve siguiendo con la mirada un oscuro mirlo que volaba de ciprés en ciprés, emitiendo su agudo trino que resonaba en las galerías.

Pasó un buen rato y nadie apareció por allí, excepto uno de los alabarderos, que me saludó desde lejos con un taconazo, mientras cruzaba el patio de parte a parte.

De repente, sentí pasos a mis espaldas y me volví. Un caballero de aspecto distinguido se aproximaba.

—Veo que es vuesa merced caballero de Alcántara —me dijo.

—Novicio —repuse.

—Bien, venga conmigo vuestra caridad.

La autoridad y la presencia de aquel hombre me hicieron obedecerle sin rechistar. Anduvimos por el centro de los jardines y bordeamos la fuente. Después de pasar por debajo de un arco de piedra labrada, dejamos atrás el patio y las galerías para ir a encontrarnos con un bosquecillo umbrío que estaba al otro lado del palacio. Entonces, al reparar en que me alejaba del lugar donde me habían ordenado esperar, dije:

—He de estar atento a mi superior, frey Francisco de Toledo.

—No ha de preocuparse por eso vuestra caridad —observó él—. Fíese de mí y venga conmigo.

En esto, vi venir hacia nosotros un par de enormes mastines de pelo claro, que ladraban y rugían amenazantes.

—Pierda cuidado —indicó el caballero—. Son canes nobles. No tema vuestra merced.

Pero los perrazos se me echaban casi encima, así que desnudé la espada.

—¡No, no! ¡Envaine vuaced ese acero! —me gritó el caballero—. Que ya digo que no hay cuidado.

161

En efecto, los mastines se pusieron a mi lado, me olisquearon y se fueron por donde habían venido. Los seguí con la mirada y descubrí a unos veinte pasos de donde me hallaba la noble presencia de un hombre completamente enlutado, de mediana estatura, bien parecido y rubicundo, que me observaba estando muy quieto, de pie, bajo un pino. Tenía en la mano un largo bastón en el cual se apoyaba elegantemente.

A mis espaldas, el caballero que me guiaba me indicó:

—Es su majestad, nuestro señor el rey.

Me dio un vuelco el corazón. De momento, paralizado, no supe qué hacer. Después me arrojé al suelo de hinojos. No me atrevía a levantar la cabeza, mientras sentía cómo aquellos augustos pies venían hacia mí.

—Álzate, muchacho —me dijo una voz cálida—. No te arrodilles sino ante el Dios Altísimo.

Me puse en pie, pero seguía inclinado, puestos los ojos en sus calzas y sus zapatos negros.

—Vamos, basta de reverencia —ordenó su majestad—. Hablemos como ha de hacerse entre cristianos. No temas mirarme a la cara, muchacho, hombre soy como tú. Dios está en los cielos y en todas partes, mas nos, reyes o súbditos, somos polvo de la tierra.

Alcé hacia él la mirada, con reverente temor. Solo durante un momento me atreví a fijarme en su rostro. La tez era clara, los ojos grises y la frente ancha, algo del rubio cabello asomaba desde un bonete negro. Únicamente el cuello en gola de encaje, almidonado, y los puños eran inmaculadamente blancos en su ropa tan negra.

—¿Cuál es tu nombre, muchacho? —me preguntó sin alzar demasiado la voz—. Nos lo han dicho, mas no lo recordamos.

—Luis María Monroy de Villalobos, para servir a Dios y… y a Vuestra Majestad…, señor.

—Caballero de Alcántara —observó—, como tantos fieles servidores de la causa cristiana y de nuestros reinos. ¡Dios te bendiga por llevar ese santo hábito! Y ahora, dinos: ¿has comprendido bien lo que has de hacer en Levante?

—Creo que sí, señor.

—Bien, paseemos pues por el jardín juntos y te explicaremos lo que queremos que hagas. No nos quedaremos tranquilos hasta que todo esté bien atado. Este negocio nos interesa mucho.

Iba yo muy nervioso caminando a su lado. Él, tan derecho en su augusto porte, se detenía de vez en cuando y me daba explicaciones con mucho detenimiento, con habla sosegada y susurrante.

—Esos hebreos, los Mendes, sirvieron a nuestro augustísimo padre el emperador, haciéndole préstamos que fueron muy bien devueltos con sus intereses por las imperiales arcas. Después temieron a la Inquisición, porque no eran cristianos verdaderos. El demonio se les metió en el cuerpo y ahora sirven a nuestro mayor enemigo, que es el gran turco…

Me dijo su majestad que el clan de los Mendes era gobernado por José Nasi, el cual se había convertido en uno de los magnates más poderosos de Constantinopla, merced a su inmensa fortuna. Pero que, en el fondo, era una mujer, su tía doña Gracia Nasi, la que influía en él.

—Según nuestras informaciones más fiables —me confió el rey—, esa judía añora su tierra de origen, Portugal, y no le importaría regresar trayéndose consigo a todos sus parientes y lo que pudiese acarrear de sus cuantiosos bienes. Si fuera así, nosotros estaríamos encantados, pues su cuantiosa fortuna nos resultaría muy provechosa en estos tiempos difíciles. Pero ese regreso de los Nasi a Portugal, si pudiera llevarse a efecto, requeriría una operación muy difícil, un plan perfectamente concebido para que el gran turco no se enterase y lo entorpeciese. Por eso, lo más importante de tu misión será averiguar si ellos albergan estas intenciones en verdad. Es decir, si estarían dispuestos a volver con toda su fortuna a nuestros reinos.

Se detuvo y perdió la mirada en el vacío, pensativo. Había algo melancólico en él. Daba la sensación de que todo esto le causaba tristeza. Sentí que debía confortarle en lo que estaba en mi mano y le dije:

—Confiad en mí, majestad. Haré todo lo que pueda para averiguar lo que se me pide.

Se volvió hacia mí y sonrió levísimamente.

—Será lo que Dios quiera —sentenció—. No dudo en que harás como dices, mi intrépido caballero de Alcántara. Pero será lo que Dios quiera…

—Amén —asentí.

—Mira, muchacho —añadió—, en este momento lo que más nos importa es que ese José Nasi y su tía doña Gracia lleguen a comprender que nos estaríamos resueltos a facilitarles las cosas en su vuelta. ¡Ay, si quisieran ser cristianos, cuánto nos podrían ayudar!

—He comprendido, señor.

Clavó en mí sus pupilas grises y me puso la mano en el hombro. Sentí esa presión y me estremecí.

—Sé que podrás hacerlo, muchacho —me dijo paternalmente—. Será lo que Dios quiera… El peligro que corre la causa cristiana es muy grave. Momento es de hacer uso de todas las armas a nuestro alcance. ¿Comprendes eso?

—Sí, señor. Vuestra majestad tendrá la información que precisa.

—Dios te bendiga, muchacho —rezó—. Sea Él servido de guardar tu vida de todo peligro.

Dicho esto, hizo una señal al caballero que aguardaba algo alejado, acariciando a los mastines.

—Doctor Velasco —le ordenó—, ve a llamar al gran prior.

Mientras iba el servidor a cumplir el mandato, el rey me explicó:

—Ya sabes que irá contigo un caballero de San Juan de Jerusalén. Confío en que habrá perfecta avenencia entre vosotros, como auténticos hermanos. Nos somos el maestre mayor de todas las órdenes y caballerías. Para nos, todas ellas son una sola y única, sin diferencia ni distinción, pues una sola es la causa a la que sirven. Ese freile de San Juan lleva una misión tan importante como la tuya. El uno al otro podéis confiaros vuestros secretos siempre que lo consideréis conveniente. No pongáis en peligro vuestras vidas sin motivo justo. Ayudaos y sosteneos mutuamente. ¿Comprendido?

—Comprendido, señor.

En esto, llegaron dos freiles del hábito de San Juan. Uno de ellos era el caballero que aguardó junto a mí en el recibidor del alcázar el día anterior. El otro era el gran prior de la Orden de Malta, don Antonio de Toledo, pariente del comendador frey Francisco, que venía también tras ellos, junto al secretario don Antonio Pérez.

—Todo está ya hablado —dijo el rey—. La misión comienza en este momento. Proveedles de los dineros que necesiten y organizadles el viaje hasta Valencia, donde las instrucciones precisas ya habrán llegado con el fin de que se provea la embarcación que ha de llevarlos al Levante. Que un capellán los confiese para que partan en gracia de Dios.

Nos inclinamos reverentemente.

—¡Santa María os valga! —exclamó, alzando la mano con gran majestad.

Dicho esto, nos dio la espalda y se perdió por el bosque, acompañado por los mastines.

LIBRO IV

En el que se hace relación de la partida de nuestro caballero a Sicilia primero y después a Venecia, y los varios acaecimientos que le sucedieron en aquella serenísima república.

20

A orillas del mar Tirreno, en la costa norte de Sicilia, está la pequeña y dorada ciudad portuaria de Cefalú, enclavada entre las aguas y una imponente roca de paredes escarpadas que le sirve de abrigo y refugio. Este inmenso promontorio, de pura piedra, resulta una visión escalofriante desde el mar. Ya los antiguos griegos se sorprendieron y quisieron ver en él una cabeza gigantesca, la del dios al que llamaban Céfalo, del que toma nombre el lugar.

La ciudad y el puerto se repliegan en la falda del colosal peñasco, en cuya cumbre se alza el viejo castillo donde se encierran las tropas y la población cada vez que aparecen en el horizonte las amenazantes escuadras corsarias del turco.

La ensenada de Cefalú, cerrada al sur por la inexpugnable roca fortificada, tiene dos playas grandes, abiertas, llenas de pedruscos ennegrecidos por las algas, y un puerto natural al pie mismo de las casas. A nuestra arribada, se alineaban en él un centenar o más de veleros, con sus arboladuras desnudas, como un bosque en otoño. Desde allí, crecen las murallas por todas partes, formando un laberinto a trechos, con arcos, escaleras, baluartes y torreones circulares, garitas arpilleradas y puestos de vigía altísimos, construidos con largos troncos ensamblados. Pero todo estaba un tanto ruinoso y en desorden, abarrotado de las reliquias de una permanente lucha violenta y tenaz: casamatas derruidas, cañones desmontados y signos de incendios recientes.

Nada más desembarcar, supimos en el mismo puerto que se había sufrido un feroz ataque de piratas unos días antes. Fuera del recinto de la ciudad se observaban las huellas de la refriega: torrecillas negras a causa del humo, embarcaciones destrozadas o quemadas y muros con grandes boquetes abiertos. El barrio de pescadores, por donde anduvimos con los pies hundidos en la arena limpia, estaba desolado y triste. Los hombres reparaban sus barcazas y las mujeres cosían las redes. Un ruidoso revolotear de gaviotas gritonas rompía la calma y el abatimiento de la mañana soleada.

—¡Qué desastre! —comentó Juan Barelli—. Hora es ya de que esos demonios dejen en paz mi bendita tierra. No hay verano que se libre de los asedios; si no es en junio ha de ser en septiembre…

El caballero de Malta era siciliano, precisamente de Cefalú, por lo que los secretarios del rey y el gran prior de San Juan resolvieron que ese puerto debía ser nuestra primera escala.

Caminaba él delante, muy decidido, mientras se iba lamentando al ver los destrozos hechos por los piratas:

—¡Malditos! ¡Malditos sarracenos! ¡Demonios ladrones! *Figli di puttana!*…

Atravesamos una puerta que comunicaba el muelle

principal con la ciudad. Dentro había una segunda muralla, más baja que la primera, con más restos de fortificaciones y caserones de piedras doradas por el sol de los siglos, así como antiguos paredones ennegrecidos por el aire del mar.

—Por aquí —indicó Barelli, señalando una amplia calle que ascendía muy derecha.

Llegamos al centro de una plaza donde se erguía una orgullosa catedral antiquísima, en torno a la cual se agrupaban elegantes palacios de amplios ventanales, donde colgaban coloridos tapices que lucían escudos de armas. Como en cualquier otra parte, aquel núcleo en torno al templo principal constituía la parte más noble de la ciudad.

Al contrario que en el puerto, reinaba allí el orden y todo tenía cierto aire de inocencia, de beatitud. Había puestos de apetitosa fruta, verduras y pescado. Paseaban los señores pacíficamente y los militares, despreocupados. Algunos clérigos cruzaban en grupo y los niños los seguían bulliciosos. Sobre todo el conjunto, la imponente, altísima y omnipresente roca parecía un paredón construido por gigantes venidos desde otro mundo.

Atravesamos la plaza y nos adentramos por otra calle más ancha y casi desierta. Los escasos transeúntes nos miraban curiosos.

Se detuvo Barelli delante de un hombre de larga barba blanca y le llamó:

—*Signore degli Cuarteri.*

—¿Eh? —exclamó el hombre, sorprendido—. *Oh, Alessandro Barelli! Il piccolo Alessandro!*

La poca gente que por allí había, que parecía estar al tanto de lo que pasaba, empezó a aproximarse.

—*Il piccolo Sandro!* —gritó una mujer—. *È vero! Ma…! Guardate! È Sandro! Sandro Barelli!*

Enseguida acudieron más vecinos. Las voces de la mujer y el bullicio alegre que se formó alertaron a los que estaban en las casas. Algunas puertas y ventanas se abrieron.

El caballero de San Juan avanzaba brioso y ufano entre sus paisanos que le aclamaban alegres y que, como se apreciaba, hacía bastante tiempo que no le veían.

—Me fui de aquí con catorce años —me explicó, mientras doblábamos una esquina y ascendíamos por una calleja muy empinada.

—También yo salí muy mozo de casa —dije—; más o menos con esa edad.

Llegamos a una plazuela, frente a un caserón. La efusiva mujer que nos acompañaba, vociferante, aporreó el portón y gritó a voz en cuello:

—*Signore Barelli! Il vostro figlio! Signore, è il piccolo Sandro!*

Salió al balcón una doncella, y al cabo estaba toda la familia en la puerta. El padre del freile de Malta era un hombre en extremo vigoroso, que más parecía su hermano. Abrazó a su hijo con lágrimas en los ojos.

—*Sandro, Sandro, Sandro…!* —gemía, cubriéndolo de besos.

Definitivamente, reparé en que allí nadie le conocía como Juan, por lo que supuse que había adoptado ese nombre al profesar como caballero de la Orden Hospitalaria que se amparaba bajo el patrocinio de San Juan.

Entramos en la casa, un edificio noble, no demasiado grande, pero con mucha servidumbre. Se notaba que los Barelli eran gente principal en Cefalú. Abundaban los buenos tapices y el mobiliario lujoso. De las paredes colgaban cuadros de santos y retratos de orgullosos antepasados que vestían armaduras de parada o suntuosos ropajes con cierto aire oriental, medallones sobre el pecho y brillantes anillos en los dedos.

Pronto se reunió un nutrido grupo de personas en un salón grande: los abuelos, los cuatro hermanos —tres hembras y un varón adolescente—, los sobrinos y parte de la vecindad. Se abrazaban tiernamente. Había lágrimas, vocerío, bromas y risotadas. Era gente impetuosa y alegre. También nos besuqueaban a Hipacio y a mí, como si fuésemos de la casa, a pesar de que nos veían por primera vez en su vida.

El abuelo vestía como la vetusta parentela de los cuadros, tan suntuosamente que parecía estar aguardando al pintor para retratarse, aun siendo media mañana de un día corriente. Autoritariamente, el patriarca de la casa mandó a los criados traer el mejor vino. Se brindó a la manera siciliana y después se comió bien. Conversamos durante todo el día, pues tenían una curiosidad insaciable.

Juan les contó que nos había recibido el rey. Se emocionaron y brotaron de nuevo las lágrimas. El más viejo de los Barelli se santiguó y volvió a besar a su nieto. Entonces este le explicó solemnemente y con mucho detenimiento que su majestad le había parecido el más augusto y serenísimo príncipe que pueda contemplarse; de faz bien parecida, nobilísimo porte, apostura, talante enteramente varonil…

—*Oh, grazie a Dio! È formidabile!* —exclamaba el abuelo.

A última hora de la tarde se cenó copiosamente, se

173

bebió un excelente licor y la servidumbre cerró las puertas de la casa. Fue cediendo la euforia y, más reposadamente, prosiguió la conversación. Entonces pude saber muchas cosas del freile de Malta que antes él no me había contado, a pesar de haber hecho juntos tan largo viaje.

Su madre, que murió en el parto del último de los hijos, era griega de origen, de lo que ellos llamaban la Morea.

—Mi padre la conoció andando en corso por aquellos mares en la galeota de mi abuelo —explicó Barelli, sin ocultar el orgullo de su estirpe—. La familia de mi madre es gente muy principal allá. Un tío mío gobierna la Iglesia de los griegos en la provincia; es el arzobispo de Patras.

De este modo, me enteré de que los Barelli eran corsarios al servicio del virrey de Sicilia. Se habían pasado la vida navegando por las aguas de Grecia, por Berbería y más lejos, en los mares que hay más allá de la isla de Creta, logrando así su fortuna.

—Pero ahora corren malos tiempos —observó apesadumbrado el abuelo, en perfecto español—. Los turcos y moros andan harto fuertes en naves y dominan el Mediterráneo. ¡Quiera Dios que acabe pronto su señorío! A ver si el rey de España acude presto a ponerles coto de alguna manera. Porque ahora vivimos de las rentas…

21

Paseábamos Barelli y yo por el borde de la muralla de Cefalú.

La mañana era clara y el cielo azulísimo se confundía con el mar. Los barquichuelos de los pescadores regresaban arrastrando las redes, después de hacer su faena de madrugada, no muy lejos del puerto, por miedo a la piratería.

—¿Así que hablas griego? —le pregunté.

—¡Claro! Es mi lengua materna.

—Ahora comprendo por qué te han elegido para esta misión —dije—. Yo puedo pasar por turco y tú por griego. No nos resultará difícil camuflarnos en el Levante.

—Así es. Los secretarios de su majestad han preparado esto a conciencia. No creas que vamos a la buena de Dios. Lo primero que hemos de hacer es ir a Mesina, donde está el virrey. Él nos indicará la mejor manera de viajar hasta Venecia y nos comunicará la primera parte del plan. Una vez que abandonemos Sicilia, nadie ha de saber quiénes somos en realidad. A partir de ese momento, tú y yo pasaremos por mercaderes en todas partes.

Hablando de estas cosas, ascendimos desde los adarves por una empinada escalera que serpenteaba, peñas arriba, hasta la cima de la inmensa roca que coronaba el pueblo. En lo más alto permanecía en pie una vieja fortaleza asentada sobre las ruinas de una remota ciudad griega.

—Esto es muy bello —comenté—. ¡Qué altura y qué inmensidad de mar!

—Toda Sicilia perteneció a los helenos en el pasado —explicó él—. Aunque, como España, también a los sarracenos durante algún tiempo. Con razón se dice que aquí se unen Oriente y Occidente.

—Es una lástima que todo ese hermoso pasado sea sepultado ahora bajo la pesada losa del imperio de los agarenos.

—En estos tiempos que nos ha tocado vivir, se debate el mundo entre dos fuerzas contrarias cuyo campo de batalla es la anchura de este *mare nostrum*. Por estas costas anduvieron griegos y romanos primero. En los tiempos apostólicos, los discípulos del Señor, san Pedro y san Pablo. A buen seguro hicieron escala aquí de camino a Roma, donde sufrieron su martirio. Santos, hombres sabios, guerreros, normandos, cruzados… ¡Siempre la cristiandad se jugó aquí su porvenir!

Expresaba estas cosas él con la mirada perdida en la lejanía del horizonte, hacia el Levante. Una claridad deslumbrante lo envolvía todo. El mar estaba en calma y las gaviotas se elevaban en el aire nítido. Al pie de la altísima roca, a una distancia vertiginosa, el pueblo parecía más pequeño y su majestuosa catedral resultaba insignificante a vista de pájaro.

Barelli me habló de su familia. No habían tenido una vida fácil, aun siendo gente rica y principal en Cefalú. Durante generaciones, vivieron sometidos a la mayor incertidumbre, por lo que pudiera arribar desde aquel mar tan dilatado e inquietante, en cuyas lejanas costas hacían la vida las más diversas gentes: griegos de la Morea, turcos, sarracenos, corsarios, piratas… Comprendí que los Barelli pertenecían por entero al Mediterráneo. Habían desenvuelto su existencia con un pie en Levante y otro en Sicilia. Su sangre y herencia estaban mezcladas. Sus rasgos, el color de su piel, sus ropas y ademanes hablaban de ello. Como el padre y el abuelo, el caballero de Malta era arrogante e intrépido, pero de lágrimas fáciles, las cuales le afloraban con solo contemplar la extensión de aquellas aguas tan azules que constituían su verdadera patria.

Allí la vida ofrecía muy pocas opciones: hacerse a la mar a pescar o echarse a la aventura del corso. Barelli no había tomado ninguno de los dos caminos. Su hidalguía no le permitía ejercer el oficio más común de su pueblo y era esta una época poco oportuna para los corsarios sicilianos, porque el Mediterráneo estaba saturado de turcos. Ser caballero de una orden militar era el refugio perfecto para alguien tan intrépido.

En la vecina isla tenía la cristiandad su avanzadilla merced a la leal Orden y Caballería de Malta que custodiaba el sur de los dominios católicos. Resistían a los piratas de Berbería y formaban un valioso contingente en las grandes expediciones que hizo el invicto emperador Carlos V a Túnez y Argel. En estos tiempos de tantos peligros, equipaban cada vez más galeras para cazar a los corsarios turcos y custodiar las naves del rey Felipe II. Por eso Solimán quiso apropiarse de la isla

177

y mandó reunir todas las fuerzas de su imperio para sacar a los ahora caballeros de Malta de su refugio. Mas quiso Dios que no lo consiguiera. Y ahora se servía el rey católico de los caballeros hospitalarios para las misiones más arriesgadas y secretas.

22

Fuimos hasta Mesina en uno de los barcos de los Barelli, siguiendo la costa. A estribor divisábamos los puertos y los pueblos fortificados; a babor, las islas que llaman Eolias, que surgían repentinas del mar Tirreno, fantasmagóricas, lanzando algunas de ellas blanquecinos humos a los cielos desde sus volcanes.

Alguien me avisó de que se veían delfines, y me maravillé cuando los descubrí surgiendo una y otra vez entre las olas.

Arribamos a nuestro puerto de destino a la caída de la tarde. Los galeones de bandera española se alineaban en los muelles y los esquifes no paraban de ir y venir trayendo y llevando pertrechos. Las atarazanas estaban completamente abarrotadas de gente: marineros, soldados, mercachifles...

Las campanas de todos los templos doblaban lastimeramente y las banderas estaban a media asta.

—Alguien muy importante ha entregado el ánima —comentó el maestre de la nave—. Hay señales de luto por todas partes.

Nada más desembarcar, nos enteramos de que había muerto en España la reina doña Isabel de Valois.

Pensé en que la desdicha parecía ir en pos de su majestad para no permitirle reposo ni consuelo. No bien se habían cumplido los duelos por el malogrado príncipe Carlos y volvían a caer los negros paños sobre el reino con la muerte de la esposa de don Felipe.

A pesar de estar atendiendo a las honras fúnebres, el virrey nos recibió nada más saber que solicitábamos audiencia, sin hacernos esperar ni un solo día. Se holgó mucho por nuestra llegada y nos comunicó gentilmente que nos esperaba ansioso, desde que tuvo noticias muy reservadas de la misión que nos habían encomendado los secretarios de Estado.

—Ayer precisamente recibí los dineros que envió el tesorero general, don Melchor de Herrera, por medio del intendente de las galeras de Levante —nos explicó, mientras sacaba de un arcón una talega repleta de monedas—. Son quinientos escudos, doscientos cincuenta para cada uno. Con esto debéis apañaros hasta que en Venecia se disponga otra cosa. ¿Os han dicho lo que debéis hacer allí?

—Sí —respondí—. Nuestro contacto es el secretario de la embajada en la serenísima, García Hernández se llama. Pero no nos especificaron la manera de ponernos en contacto con él. Según nos ordenó el secretario de su majestad, vuestra excelencia debería solucionarnos ese menester.

—En efecto —asintió con circunspección—. Es muy importante que no acudáis directamente a la embajada. Nadie deberá veros en compañía de españoles, pase lo que pase. De lo contrario, sospecharán y se echará todo a perder. En cualquier lugar y circunstancia ambos debéis aparecer como mercaderes del Levante.

—Lo sabemos —afirmó Barelli—. Esa es la clave de esta misión. Pero necesitamos saber quién es nuestro primer contacto en Venecia.

—Todo está previsto —contestó el virrey—. Buscaréis hospedaje al norte de la ciudad, en las vecindades del barrio de los hebreos, conocido como «el gueto». Allí están las atarazanas donde tienen sus almacenes los mercaderes turcos. No os resultará difícil dar con un marchante judío de nombre Simión Mandel, que secretamente trabaja a sueldo de la embajada de España para los negocios de los espías. Podéis confiar en él. Os indicará la manera de poneros en contacto con García Hernández. Pero…, como es de comprender, no debéis revelarle nada acerca del asunto que os lleva allá.

—Descuide vuesa excelencia —le tranquilicé—. Eso es cosa muy sabida. En ningún caso podemos desvelar nuestro secreto.

—Bien —dijo él—. Pues no se hable más del asunto. Mañana debéis estar en el puerto a media mañana. Una galeaza griega os recogerá y os llevará veloces a Venecia, sin apenas hacer escalas.

—¿Mañana? —exclamó Barelli.

—¿A qué esperar? —repuso el virrey—. Es octubre; pronto el otoño cambiará los vientos. No podemos arriesgarnos a que pase un solo día más.

Dicho esto, nos entregó el dinero y nos rogó que hiciéramos las partes allí mismo. Así lo hicimos, dividiendo por mitad el montante después de reservar diez escudos para pagar los sueldos de Hipacio, pues no se le había dado un céntimo desde que salió de Guadalupe.

—Me gustaría invitaros a cenar —se excusó el virrey—, mas no puedo dejarme ver en lugares de regocijo durante el luto. Así que id vosotros a una hostería que está ahí cerca, donde os indicará mi criado. ¡Comed y bebed a mi salud! Decid que vais de mi parte, que ya mandaré yo que se pague lo debido. ¡No escatiméis, muchachos!, que os aguardan seguramente privaciones y peligros.

Salimos de allí la mar de contentos, sintiéndonos hombres ricos por llevar con nosotros tal cantidad de dinero. Le dimos al sastre lo que le correspondía y le dejamos irse a su aire, mientras nosotros íbamos a cumplir con la invitación del virrey a la hostería que nos indicó su criado, que era el mismo lugar donde debíamos alojarnos.

El mesonero nos trató como a príncipes, al saber quién nos enviaba a su negocio. Nos sirvió verduras escabechadas, berenjenas, calabacines, cebollas, pescado en adobo y todo el vino que nos cupo en la tripa. Fue una fiesta después de tantos días de viaje. Tanto me animé que saqué la vihuela y me puse a cantar. Y pronto se reunió en torno nuestro el personal que había en la hostería, señores de mucha distinción, por ser aquel el sitio de mayor postín de Mesina.

Pero, precisamente por tratarse de un hospedaje de muy buena fama, el dueño cerraba pronto, para que el ruido no molestase a los viajeros que se retiraban a dormir.

Me daba pena acabar tan temprano la fiesta y le propuse a mi compañero de aventuras:

—Anda, Barelli, vamos a beber un poco más por ahí.

Dudó él por un momento y luego dijo:

—Mañana hay que madrugar. Aunque... ¡un día es un día, qué diantre!

Dimos con un tabernucho mugriento que servía un vino fuerte y aromático, de esos que animan a conversar. Resultaba agradable, reconfortante, contarse la vida y compartir la emoción de embarcarse al día siguiente para dar comienzo a nuestra misión.

—¿Tienes miedo? —me preguntó, con los ojos brillantes.

—¿Y tú? —contesté.

—Dilo tú primero, que la pregunta se me ha ocurrido a mí.

—Un poco —dije con cierto pudor.

—¿Un poco o mucho?

—Bueno..., mucho.

—Yo también —confesó, llevándose el vaso a los labios para apurarlo de un trago—. Pero es mi oportunidad y no podía desaprovecharla —añadió—. Esos endiablados turcos han arruinado las vidas de mi gente. Mi tío es el arzobispo de Patras y constantemente nos escribe para pedir dinero. Los recaudadores del sultán los aprietan para sacarles a los griegos lo que no tienen. Hace poco le dieron una paliza delante de todo el pueblo, para humillarle y atemorizarlos más.

—¿Cómo consienten en tener tales amos? —le pregunté—. ¿Por qué no se rebelan? Los españoles nos alzamos en su día contra los moros y los echamos de nuestros reinos...

—No creas que eso es fácil en Grecia. El gran turco es muy poderoso. Gobierna su imperio por medio de los jenízaros que son crudelísimos, impíos, sanguinarios, feroces como lobos... Los cristianos llevan ya muchos años sometidos. Las nuevas generaciones no conocen más gobierno que el de los bajás que manda el sultán. Pero… ¿quién sabe? Quizá ha llegado el tiempo de hacer algo…

—¡Hay que ayudarlos! —exclamé.

—En eso estamos —dijo, entre dientes, con rabia—. Sí, hay que ayudarlos. Quiera Dios que haya llegado el momento…

Salimos de la taberna para ir ya a recogernos en la hostería, pues era muy tarde. Las calles estaban oscuras, sin apenas faroles encendidos. Nos perdimos.

—Es por aquí —decía Barelli.

—No, hombre, no… —negaba yo—; por allí…

Buscábamos una iglesia conocida para dar con la plazuela donde estaba el hospedaje, pero habíamos bebido demasiado y además no se veía casi nada. Nos cruzábamos con sombríos hombres embozados en sus capas que parecían fantasmas.

—Debemos tener cuidado —me susurró Barelli—. Hay muchos ladrones en Mesina.

No bien habíamos doblado un par de esquinas después de que hiciera esta advertencia, cuando sucedió lo que es ley en estos casos. Dicen que los rateros huelen el dinero. Y así debe de ser, porque de repente se nos pusieron delante tres rufianes que nos gritaron, apuntándonos con sus cuchillones:

—¡La bolsa a cambio de la vida!

Quedamos paralizados. La borrachera se me pasó al instante y maldije la hora en que se me ocurrió salir de la hostería para tomar los últimos tragos. Ya lo veía todo perdido: sin el dinero que nos había dado el virrey, no se podría llevar a efecto la misión. Un fracaso y una vergüenza.

Apenas sacudía mi mente, como un relámpago,

tan funesto pensamiento, cuando a mi lado Barelli estiraba una pierna rapidísima, fulminante, y sacudía una patada en la entrepierna a uno de los asaltantes, al tiempo que gritaba hecho una fiera:

—¡Os mato yo!

Si no lo hubiera visto y me lo hubieran contado, no lo creería. Sacó la espada con la rapidez de un rayo e hirió al segundo de los ladrones en el pecho. El tercero titubeó un instante y luego salió por pies, perdiéndose en la oscuridad.

Desenvainé mi acero, pero nada quedaba por hacer, pues mi compañero se bastaba solo pateando a los rufianes:

—¡Yo os mato! ¡Hijos de ramera!

—¡Justicia! ¡Justicia! ¡Justicia!... —gritaba yo.

Pero no apareció autoridad alguna por aquel solitario lugar. Así que, temiendo que vinieran más forajidos en socorro de los que yacían desangrándose en el suelo, le dije a Barelli:

—Vamos, déjalos ya, que no pueden causarnos mayor mal. No vayan a llegar otros…

Anduvimos de nuevo algo perdidos, pero al fin dimos con el puerto y ya no nos fue difícil encontrar la hostería.

Con tanto sobresalto, ni él ni yo pudimos pegar ojo, tratando de poner en claro las ideas.

—Menos mal —dije—. ¡Qué desastre ha estado a punto de ocurrirnos!

—Mejor muertos que pasar la vergüenza de tener que concluir la misión antes de empezarla —repuso él.

—¡Qué rápido eres!

—Me crie teniendo que hacer frente a los amigos de lo ajeno.

Nos sorprendió la madrugada en esta conversación. Hicimos el hato y fuimos en busca de Hipacio.

Asomaba el sol en el horizonte del mar, cuando estábamos los tres en el lugar del muelle que nos indicó el virrey, donde nos aguardaba ya la galeaza que habría de llevarnos hacia Levante.

23

Navegamos a sotavento, suavemente, en la luz incierta del amanecer, cuando un marinero anunció desde proa:

—¡Venecia!

La visión parecía surgir de la bruma, como una suerte de fantasía. Las torres, cúpulas y casas brotaban de las mismas aguas, como si flotaran en la superficie, a modo de una inmensa balsa sobre la cual se sustentara la ciudad. No creo que haya lugar más extraño en el mundo.

Llegados frente al puerto, había tantas naves allí alineadas que no se pudo hacer el atraque. Mandó aviso el maestre a las autoridades y no tardaron estas en reclamar la tasa y los permisos oportunos. A mediodía saltábamos a tierra Barelli, Hipacio y yo, después de ser transportados por uno de los barquichuelos que se ofrecían para cubrir la media milla que nos separaba de los muelles.

—No ha de olvidarse desde este momento que ya no somos españoles —les recordé—, sino mercaderes de Levante, de los muchos que merodean en este célebre emporio donde se halla gente de todo género.

—No se hable pues a partir de ahora en cristiano entre nosotros —añadió Barelli—. Finjamos conocer la lengua española para los tratos. Pero, en lo demás, hagamos uso del turco y del griego.

—Señores —repuso azorado Hipacio—, yo no sé esas lenguas. Solo conozco el cristiano y algo de los latines por los menesteres de la santa madre Iglesia.

—Pues te callas y en paz —le dije—. Tú no tienes por qué fingir ser turco ni griego. En el Levante hay muchos cristianos que van a hacer sus negocios y nadie les pide explicaciones. En lo que nos trae acá, tú solo has de preocuparte por asesorarme en los géneros textiles. Para lo demás, obra con prudencia y baste con que piensen que eres un hombre reservado y de pocas palabras.

—Sea como manda vuestra merced —otorgó—. Y plegue a Dios que ello me libre de complicaciones, porque estoy cagadito de miedo.

—No hay por qué temer —le dijo Barelli—. Tú a lo tuyo y nosotros a lo nuestro. Se te paga por aconsejar en lo de las telas; así que, en lo demás, chitón.

Con estas determinaciones y, como pedía el oficio, ataviados a guisa de gente de Levante, nos encaminamos por delante de los almagacenes del puerto para buscar una renombrada fonda donde solían acomodarse los más importantes mercaderes de Oriente que venían a hacer tratos a Venecia.

—¿La casa de Ai Mori? —le preguntó Barelli a un alguacil, pues así se llamaba el sitio.

Salió de su garita el guardia y nos dio las explicaciones oportunas, sin llevar cuentas con nada más. Lo cual me tranquilizó mucho, porque andaba yo temeroso de que nuestras indumentarias fueran excesivamente llamativas. Pero estaba a ojos vistas que nadie repararía en las ropas allí, ya fueran cristianas, griegas o turcas, pues se veía gente con las más extrañas apariencias por todas partes.

—Aquí pasaremos desapercibidos; el personal es variopinto —comenté, mientras íbamos en la dirección que nos indicó el alguacil.

—Sí —asintió Barelli—. Pero no dejemos de poner cuidado.

No bien habíamos recorrido cincuenta pasos, cuando nos vimos sorprendidos por la estrambótica disposición de la que, como digo, debe de ser la ciudad más rara del mundo. Apenas se encuentran calles, travesías o correderas. Hay plazas delante de las iglesias, pero se llega a ellas por una suerte de canales, a cuyas orillas dan los umbrales de las puertas de los palacios y casas. De manera que por las vías principales de Venecia no discurren caminantes, bestias ni carruajes, sino chalanas, bateles y gabarras.

—¡Si no lo veo no lo creo! —exclamó Hipacio, tan asombrado como estábamos los tres—. ¡Parece obra del demonio!

—O de los mismísimos ángeles —repuse—. Pues ya es mérito edificar todo esto sobre el agua. Cuando se sabe que solo el Señor Jesucristo pudo caminar sobre ellas.

—¿Cómo se las apañarán para echar los cimientos? —se preguntaba el sastre—. ¿Por dónde llevarán a pacer los ganados?

—No hay ganados —explicó Barelli—. Esta gente no vive de otra cosa que del comercio. ¿Pues no veis el lujo de sus casas? Todo el mundo es rico aquí.

—¡Vive Dios! —gritó Hipacio—. ¡Mirad dónde transportan el vino!

Una barca se había detenido cerca de nosotros y despachaba delante de un gran caserón. El barquero mantenía el equilibrio perfectamente mientras descargaba pellejos de vino. Atónitos contemplábamos la escena: el que debía de ser el dueño de la casa sacó una jarra, la llenó, cató la mercancía e hizo un gesto aprobatorio; después pagó y el repartidor siguió su camino, canturreando feliz mientras remaba.

Un poco más adelante vimos escenas parecidas con fruteros, pescaderos, carniceros y demás mercachifles.

—Resulta curioso —observé—, mas no ha de ser cómoda aquí la vida.

—Eso lo iremos comprobando con el tiempo —dijo Barelli—. Hemos de pasarnos en Venecia todo el otoño y el invierno.

—¿Y tenemos dineros para tantos meses? —preguntó Hipacio, que no estaba al tanto de los menesteres principales de la misión, pues le informábamos de muy poco.

—Dios proveerá —contesté.

—Pues, ea, que provea —asintió encantado el sastre—. Que no hay nada más placentero que conocer mundo.

—No hemos venido a holgar —replicó el de Malta—, sino a servir a su majestad.

Después de dar vueltas y revueltas por un laberinto en el que una y otra vez nos topábamos con los canales que no podíamos atravesar, resolvimos embarcarnos en una chalana para ir más derechos al destino, siguiendo el consejo de un veneciano que se percató de nuestro despiste. El batelero, gobernando su pequeña embarcación con mucha destreza, nos llevó por un ancho río que surca Venecia por mitad, a la manera de una rúa mayor muy transitada por barquichuelas de todos los tamaños que transportaban personas y mercancías.

De esta forma, navegando, fuimos a parar al embarcadero que está junto al puente que dicen de los Judíos, por estar cerca el barrio de los hebreos. Echamos de nuevo allí pie a tierra y al fin pudimos ir caminando hasta las atarazanas donde tienen sus hospedajes y almacenes los mercaderes de Levante.

La fonda de Ai Mori resultó ser un caserón enorme en cuyos bajos podían guardarse embarcaciones y mercancías, mientras el piso alto servía de refectorio y alojamiento. Regentaba el negocio un turco alto, fuerte, de sonora voz y amigable trato, que nos recibió encantado.

—Aquí no ha de faltaros de nada, amigos —nos dijo—. Si necesitáis algo, no tenéis más que pedirlo. Puedo proporcionaros, además de las alcobas, almacenes y transportes. Y también criados para que os sirvan. Hace más de veinte años que tengo esta casa abierta para atender a los que vienen a la serenísima a hacer sus negocios. Podéis pagarme en ducados venecianos, en aspros turcos o en moneda española. Y también puedo ofreceros cambio con muy poco recargo.

Ya podía ser solícito el tal Mori, pues cobraba bien caros sus servicios. Fijamos el precio y tuvimos que pagar por adelantado un mes antes de aposentarnos.

Como necesitábamos estar a solas Barelli y yo para tratar de las cosas secretas de la misión, dejamos a Hipacio aplicándose a un buen plato de lentejas y nos fuimos a comer nosotros a una de las muchas tabernas que había cerca.

Todo Venecia es un ir y venir de gentes que van de los puertos a los mercados y de estos a aquellos. También se ve personal desocupado, holgazaneando o dispuesto a ofrecerse para cualquier menester.

—¿Y ahora qué hemos de hacer? —me preguntó el de Malta, cuando estuvimos acomodados frente a una mesa donde nos sirvieron buen vino y un guiso a base de pescado.

—¿No te explicaron lo que nos tocaba hacer aquí? —le contesté.

—No. Eso había de correr por cuenta tuya, según me dijeron.

—Pues poco puedo yo hacer para sacarte de dudas —observé—. Salvo hacerte partícipe de lo único que sé, cual es que debemos esperar a que venga alguien a ponerse en contacto con nosotros.

—¿Alguien? ¿Quién?

—Alguien de parte de la embajada de España en esta república. ¿No recuerdas lo que nos dijo el virrey de Sicilia? El secretario es un tal García Hernández. Pero no debemos en modo alguno ir a presentarnos a él, sino aguardar a que mande recado, para no despertar sospecha.

—¡Qué incertidumbre! —suspiró.

24

Pasamos una primera semana distraídos visitando la ciudad y sus mercados. El clima de Venecia no es demasiado saludable a causa de la humedad y el maloliente vaho que emiten los canales, pero termina uno acostumbrándose. Y resulta entretenido deambular por las calles prestando atención a la especiería y la variedad y riqueza de los objetos de todo género que se exhiben en cualquier parte. Aunque no cultivan la tierra ni tienen ganados, los venecianos son muy buenos fabricantes de tapices, los más hermosos del mundo, así como de soberbias telas de seda carmesí, terciopelo y tejidos de lana de diversos colores, con frecuencia bordados con oro salpicado de perlas y pedrería. También son inmejorables artífices del vidrio, la platería y el azabache.

Admirado por tan abundante y preciada mercancía, Hipacio preguntaba:

—¿Cuándo vamos a comprar? Hay todo género de telas aquí, sedas, damascos, terciopelos… ¡Mirad qué maravilla!

—A su tiempo se harán los negocios —contestaba yo—. Ahora contentémonos contemplando todo esto.

Pero la saturación de cosas bellas, tesoros y colores termina por cansar la vista. Sin nada mejor allí que hacer, finalmente estábamos aburridos por no tener más oficio que ver y holgar. El tiempo pasaba y nadie venía en nuestra busca.

—¿Y si fuéramos nosotros a dar aviso de que ya estamos aquí? —insistía una y otra vez Barelli—. Puede ser que no estén enterados de nuestra llegada.

—No, no, no —negaba yo—. No nos precipitemos. Los secretarios de su majestad pusieron empeño en advertirnos de que no debíamos impacientarnos en ningún caso. Un paso mal dado puede dar al traste con todo el plan.

—Pero… El tiempo pasa y…

—Paciencia, Barelli. Dejemos que todo transcurra según lo dispuesto. Aguardemos a que vengan a darnos razón.

Transcurrió una semana más, en la que ya nos parecía que lo teníamos todo más que visto, y el único que se ponía en contacto con nosotros era el dueño de la fonda, que, extrañado, no tuvo reparo alguno al decirnos:

—Señores, veo que no os decidís aún y, a pesar de que lleváis aquí quince días, no compráis nada. ¿Buscáis algo en concreto? ¿Puedo asesoraros? Mirad que en Venecia hay de todo…

—Esperamos todavía mejores precios —observé, para salir del paso.

—Ah, claro, señores. Vosotros sois los únicos dueños de vuestro dinero. Pero, ya sabéis, si en algo puedo ayudaros, no dudéis en reclamar el socorro de mi gran experiencia. ¡Veinte años llevo entre mercaderes! De aquí nadie se va descontento.

Cuando estuvimos a solas Barelli y yo, él me dijo:

—¿No empezará a sospechar el Ai Mori este?

—No tiene por qué. Si nos pregunta es llevado por su curiosidad de negociante. Nada tenemos que temer.

Pasados otros cinco días, y cuando ya se contaban veinte desde nuestra llegada, se presentó en la fonda alguien preguntando por Cheremet Alí, que era el nombre de turco con el que me identifiqué.

—Señor —me avisó uno de los sirvientes de Ai Mori—, aquí hay un hebreo que te busca

—¿Un hebreo? —dijo Barelli—. ¡Por fin! Debe de ser el marchante que esperábamos. Vamos allá.

—No —repuse—. Mejor iré yo solo. Ese hombre pregunta por mí.

—¡Iremos los dos! —replicó él con ímpetu—. Esto afecta a ambos. Hipacio se quedará aquí.

—Bien, no vamos a discutir ahora precisamente —otorgué.

Cuando bajamos al recibidor nos encontramos con un hebreo de muy buen aspecto, de unos treinta años, ojos oscurísimos y pelo negro, fuerte y rizado. Sonriente, se presentó:

—Soy Simión Mandel. ¿Quién de vuestras mercedes es el señor Cheremet Alí?

—Servidor —dije—. Le esperábamos impacientes.

—He tenido dificultades —contestó, sin dejar de sonreír.

En esto, irrumpió impetuosamente el dueño de la fonda y exclamó:

—¡Oh, señor Mandel, cuánto honor! ¿Qué le trae

por esta humilde casa? Hace tiempo que no teníamos la dicha de ver a vuestra merced.

—He estado viajando —respondió el hebreo—. Pero hoy tengo un importante asunto que tratar con el señor Cheremet Alí, tu huésped.

—¡Maravilloso! —dijo Ai Mori, henchido de satisfacción—. Me alegro muchísimo de que estos honorables señores, a quienes sirvo desde hace tres semanas, hayan dado al fin con lo que buscaban. Pero, ¡Alá sea bendito!, nada más lejos de mi intención que interrumpiros. Quedad solos y haced con tranquilidad buenos tratos, que ya me encargaré yo de que os sirvan un refresco a base de agua fresca almizclada y endulzada con miel de azahar.

—Muchas gracias por esa atención, hospedero —repuso Mandel—, pero no tenemos tiempo. Nos aguarda una ardua jornada de negocios y hemos de irnos inmediatamente al establecimiento de los hermanos Di Benevento. Nos esperan impacientes.

—¡Oh, claro! —exclamó el hospedero—, los Di Benevento… ¡Qué magníficos terciopelos! Id, id con Alá y que todo salga según vuestros deseos, señores.

Nos disponíamos a salir de la fonda cuando, antes de llegar a la puerta principal, el tratante hebreo se detuvo e indicó con delicadeza:

—No quisiera ser descortés… ¡Cielos, no se ofendan conmigo! Pero no es necesario que vayamos todos a los almacenes de los hermanos Di Benevento. Bastará con que el señor Cheremet Alí me acompañe.

—¿Eh? —protestó airado Barelli—. ¡Nada de eso! En este negocio estamos él y yo de la misma manera. No me quedaré aquí.

—Yo también iré —dijo Hipacio—. He de ver esos terciopelos.

—¡Tú te callas! —le grité al sastre.

—¡Es mi trabajo! —replicó él—. ¿A qué he venido yo a Venecia si no?

Comprendí que podían complicarse las cosas si nos poníamos a discutir. Así que le dije a Mandel:

—Si no te importa demasiado, mis compañeros vendrán también.

—Sea —otorgó él, algo azorado—. Pero partamos ya, que se hace tarde.

Cuando salimos, nos encontramos amarrada frente a la puerta una de esas barcas alargadas que usan los venecianos para ir de una parte a otra de la ciudad navegando por los canales.

—Vamos, subid —nos dijo el hebreo.

Una vez embarcados todos, Barelli le preguntó impaciente:

—¿Quién te envía?

—Nada puedo decir —contestó Mandel entre dientes.

Me di cuenta de que mi compañero estaba demasiado nervioso y comencé a inquietarme. El barquero soltó la amarra y dos remeros hicieron que la embarcación se deslizase con ligereza. Noté por un levísimo gesto de Mandel que no debíamos hablar delante de ellos.

—Tranquilicémonos —propuse para desviar la conversación—. Disfrutemos del paseo. Mirad qué bellos puentes y edificios.

—¡Maravilloso! —suspiró Hipacio, entrecruzando sus dedos gordezuelos sobre la barriga abultada—. Pero ya ardo en deseos por ver esas telas.

—Qué telas ni que… —balbució Barelli, rabioso—. Esto no me gusta nada… ¿Adónde demonios nos lleva el judío este?

—¡Barelli, por Dios! —le traspasé con la mirada.

—¡Mierda! —rugió.

Mandel forzó la sonrisa cuanto pudo, enseñando todos sus blancos dientes, y dijo displicente:

—Señores, no os preocupéis. Confiad en mí. —Hizo un guiño y un disimulado gesto, para hacernos comprender que el barquero y los remeros no debían ser testigos de la discusión—. Todos los negocios que haremos esta mañana serán satisfactorios. No hay motivo para inquietarse.

Fuimos ya en silencio hasta detenernos frente a un bello edificio en cuya fachada lucían tapices, flámulas y gallardetes de todos los colores.

—Hemos llegado, señores —anunció el hebreo—. He aquí el establecimiento de los Di Benevento.

Nada más entrar en el almacén, quedamos deslumbrados por la belleza y el colorido de cuanto allí había: esculturas de bronce, muebles, cortinajes, alfombras, cuadros, telas de los más diversos géneros, almohadones, vidrios, vajillas…

—¡Bienvenidos! ¡Bienvenidos, caros señores! —Se apresuraron a recibirnos media docena de sirvientes, solícitos, elegantes, ataviados cual si fueran príncipes.

Al momento acudieron también los dueños del negocio, los Di Benevento, que eran cuatro hermanos de muy buena presencia, distinguidos y de movimientos delicados.

Simión Mandel nos presentó a ellos y luego indicó:

—Tenemos toda la jornada para hacer negocios con tranquilidad. Hoy el establecimiento, por gentileza de los Di Benevento, permanecerá cerrado para la calle y abierto únicamente para nosotros. Así que podéis tomaros tiempo para admirar el género.

—¡Oh, qué gentileza! —gritó Hipacio, que estaba como fuera de sí entre tanto lujo.

El que parecía ser el mayor de los hermanos, llamado Aldo di Benevento, nos dijo en perfecto español:

—Ahora se os servirá comida y un buen vino, amigos. No tenemos prisa. Id mirando por donde queráis, estáis en vuestra casa, y si veis algo que os interesa no tenéis más que decirlo.

—¡Maravilloso! —exclamó el sastre—. Empezamos por esos famosos terciopelos.

—Hay tiempo para todo —dijo amablemente Aldo—. Ahora tomemos unos tragos.

Uno de los criados repartió copas y escanció un delicioso vino, que era de un color rojo, muy brillante, aromático y algo dulce.

—¡Excelente! —afirmé, tras degustarlo.

—Es del Véneto, *della* Valpolicella —explicó, Benomi, otro de los hermanos.

—¡Riquísimo! —exclamó Hipacio, después de apurar la copa entera.

—¿Un poco más? —le ofreció Aldo.

—¡Naturalmente! —asintió el sastre con la avidez dibujada en el menudo rostro de brillantes ojillos.

En esto se aproximó un criado y le dijo algo al oído al mayor de los Di Benevento.

—Señores —indicó el mercader—, la persona que aguardábamos ya ha llegado por el canal que da a la parte trasera de la casa y está en la trastienda.

—¿Aguardábamos a alguien? —preguntó Barelli.

—Sí, claro —contestó Mandel—. Los tratos que nos traen aquí precisan la intervención de alguien que debía reunirse con el señor Cheremet Alí en privado.

—¿Eh? —replicó el de Malta—. ¿Con el señor

Cheremet Alí solamente? ¿Y yo? ¿Es que yo no pinto nada aquí?

—Comprendan, señores, que tengo órdenes —repuso tímidamente el hebreo, sin abandonar su habitual sonrisa, pero visiblemente nervioso.

—¿Órdenes? —contestó airado Barelli—. ¡Estoy viendo que aquí no pinto nada!

Me inquieté una vez más a causa de la intemperancia de mi compañero. Y con suavidad, para no enfadarle más, le propuse:

—Hermano Barelli, vayamos tú y yo un momento a un lugar reservado y pongámonos de acuerdo, con el permiso de estos señores.

Salimos de la casa mi compañero y yo y fuimos a la estrecha calle que discurría paralela al canal, la cual estaba muy concurrida, abarrotada de mercancías y gente que vendía de todo. En medio de aquel bullicio, le dije:

—¿Qué te pasa, hermano? Te veo soliviantado y molesto…

—¡Cómo no había de estarlo! —respondió—. No se cuenta conmigo. Ni se me nombra siquiera.

—Esperemos a ver qué pasa —dije, para tranquilizarle—. Dejemos que todo discurra por su orden, compañero. En esto estamos ambos de igual manera, cierto es, pero no sabemos aún qué hemos de hacer. No seamos impacientes y confiemos en el plan previsto. No te ofendas, hermano. Si ahora quieren tratar conmigo debe de ser por alguna razón importante. Quizá mañana te reclamen a ti.

—Está bien… —cedió al fin—. Pero aquí hay cosas que no me gustan nada…

—Regresemos al negocio. Entraré yo para tener

conversaciones con esa misteriosa persona y tú aguarda disimulando, como si te interesaras por los terciopelos. No olvides que en todo momento debemos aparentar que somos comerciantes.

—Vamos allá. Pero no consentiré que se me relegue como a un inútil. ¡Ten eso en cuenta!

—No te alteres, por favor.

Entramos de nuevo. Entonces vi a Hipacio que, sin soltar la copa, estaba entusiasmado entre los tejidos que le mostraban los Di Benevento.

—¡Miren vuesas mercedes, señores! —exclamaba el sastre—. ¡Qué veludillos de seda y oro! ¡Oh, Santa María de Guadalupe, si el maestro Tinsauzelle viera todo esto! ¡Ah, mirad! —Señaló corriendo hacia un gran rollo de tela—. ¡Baldoque negro! ¡Genuino baldoque negro como la noche! ¡Qué preciosidad! ¿Cuánto cuesta esta maravilla, señores Di *Vendetodo*?

—Benevento —le corrigió Mandel—, Di Benevento.

Encantados al ver su entusiasmo, los comerciantes se pusieron a negociar con Hipacio, mientras yo aprovechaba para ir con el hebreo a la trastienda.

—Por aquí, rápido —me decía él.

Atravesamos un par de corredores y descendimos por una vieja escalera de madera hasta una especie de húmedo sótano donde, curiosamente, penetraba el agua del canal bajo un arco, formado por una especie de embarcadero donde se hallaba varada una de esas chalanas tan alargadas y elegantes, que ellos llaman góndolas, en las que navegan los nobles y principales venecianos.

—Vamos, señor, embarque vuestra merced —me dijo el hebreo—. Yo le aguardaré junto a sus compañeros.

Tenía la góndola en su centro una especie de baldaquín todo cerrado con doseles. El barquero me tendió la mano, me ayudó a subir y retiró los telones. Dentro encontré a un caballero sentado, el cual me indicó con un gesto el lugar donde debía acomodarme. Cerró las cortinas y gritó:

—*Andiamo!*

La góndola se puso en movimiento y, por las rendijas, vi que salíamos al canal. Pronto navegábamos pasando por delante de los bellísimos palacios, hasta llegar a un cauce más ancho y transitado.

—Nos alejamos —le dije al misterioso caballero, que permanecía silencioso—. ¿Adónde vamos?

—No hay cuidado —respondió con pulcro acento castellano—. Simión Mandel se ocupará de todo. No se preocupe por los compañeros. Es solo con vuestra merced con quien debo tratar.

—¿Puedo saber con quién hablo, caballero? —le pregunté.

—Soy el secretario de la embajada de su majestad el rey de las Españas en la república serenísima de Venecia. Me llamo García Hernández, para servir a Dios, al rey y a vuestra merced.

—¡Oh, por fin! —exclamé aliviado—. Ya empezaba a preocuparme tanto misterio.

—En estos menesteres toda precaución es poca —dijo con circunspección.

Cuando mis ojos se adaptaron a la penumbra que reinaba dentro del baldaquín, pude ver mejor al secretario. Era un hombre muy delgado, de cara melancólica, nariz prominente y frente despejada. Tenía cierto aire indiferente, apagado y frío, a pesar de la gran importancia del negocio que íbamos a tratar.

En cierto momento, descorrió la cortina que estaba a su lado derecho y señaló:

—Contemple vuaced qué hermosura.

—¡Vive Cristo! —exclamé al ver el exterior.

Habíamos llegado frente a unos edificios majestuosos que resplandecían a la luz del sol, después de aparecer repentinos en la desembocadura del canal por el que navegamos.

—Es el palacio ducal —explicó García Hernández, volviendo a correr la cortina.

La góndola pasó por delante de un amplio embarcadero, y a través de la rendija atisbé unas lujosas galeotas varadas.

—Ya podéis volver a mirar —dijo el secretario a la vez que retiraba nuevamente el dosel—. Aquello es la catedral de San Marcos. Ese templo es desde antiguo el orgullo de los venecianos.

Contemplé admirado las cinco cúpulas rematadas por brillantes cruces doradas. Como todo en Venecia, la visión resultaba extraña y sorprendente.

—Aquí nos detenemos —dijo el secretario—. Almorzaremos juntos en un lugar de confianza y podremos conversar tranquilos.

Echamos pie a tierra en un barrio muy refinado, por donde se podía caminar por calles estrechas, pasando delante de historiadas puertas y ventanas cuyos dinteles eran de pulcro mármol labrado. Después de adentrarnos por un complicado laberinto en el que, yendo solo, a buen seguro me habría perdido, entramos en una casa angosta desde cuyo zaguán ascendimos a un segundo piso. Nadie nos recibió. Pero García Hernández se movía con la seguridad de quien se encuentra en un lugar familiar.

—Tomemos asiento —propuso.

En la estancia había cuatro mesas, una de las cuales estaba preparada con mantel, platos, cubertería y vasos. Nos sentamos el uno frente al otro.

—*Signore Giuliano!* —gritó con sonora voz el secretario.

Enseguida acudió un hombre de mediana edad que llevaba puesto un largo delantal.

—El señor Julián es español —explicó García—. Pero lleva aquí más de cuarenta años. ¿Verdad, Giuliano?

—Desde que tenía quince —respondió el tabernero.

—Todos los negocios importantes de la embajada se cierran aquí. ¿Qué tenemos para comer hoy, Giuliano? —le preguntó.

—Sopa de tuétanos primero y *sarde in saor* para después, señores.

—¡Umm…, me encanta! —suspiró el secretario—, sírvenos enseguida.

Tomamos la sopa en silencio. Estaba yo tan impaciente que no hice uso de la cuchara, sino que la bebí directamente del tazón.

—Se quemará vuaced —me advirtió el secretario, que parecía no tener prisa y se entretenía añadiendo pedazos de pan al caldo.

El siguiente plato estaba compuesto por una especie de escabeche a base de sardinas con mucha cebolla, piñones y unas pasas. Era delicioso. Como el vino, semejante al que nos sirvieron en casa de los Di Benevento.

—Y ahora, vayamos al grano —dijo por fin García Hernández, cuando hubo terminado con la última sardina y la última miga de pan, dejando limpio el plato.

—Para estar tan delgado, tiene vuestra merced gran apetito —le dije, buscando acortar distancias.

—Sufro dolores de huesos y resfríos frecuentes, a causa de este maldito clima húmedo, pero, gracias a Dios, la comida y la bebida me sientan muy bien.

—Me presentaré —dije—. Mi nombre verdadero es Luis María Monroy de Villalobos y...

—Ahorrémonos todo eso —me interrumpió. Se hurgó en las faltriqueras y sacó un fajo de papeles—. Aquí tengo cartas de los secretarios de su majestad en las que se me explica todo lo que necesito saber sobre vuestra merced.

—¿Entonces? —pregunté algo desconcertado—. ¿Qué he de decir?

—Nada. Pues yo soy el que debe hablar. Preste vuestra merced atención, pues he de explicarle con detenimiento en qué consiste la misión secreta que comienza aquí, en Venecia.

—Hable vuecencia lo que sea menester.

—Bien. Si hace unos meses la causa de su majestad tenía mucha necesidad del negocio que debe vuestra merced hacer en Constantinopla, ahora la cosa es mucho más apremiante —explicó con gravedad—. Amenaza a los reinos de España un peligro grandísimo que exige hacer uso de todas las armas. Pero ha de comenzarse por la más necesaria que nos ha dado Dios: la inteligencia.

—¿Qué ha sucedido en España? ¿Qué peligro es ese?

—Sabemos a ciencia cierta que el gran turco planea sublevar a los moriscos de Andalucía, para abrirse la puerta por la que poder entrar más fácilmente en tierra cristiana.

—¡Eso es terrible! —exclamé—. ¡Cómo puede ser tal cosa! ¡Imposible!

—No, lo que digo no es una temeridad fruto de suposiciones infundadas. Tenemos espías en Constantinopla que mandan avisos muy creíbles al respecto. Muerto el terrible Solimán, el nuevo sultán llamado Selim II manifiesta, según dicen, escaso interés por las cosas militares y por el gobierno de sus dominios. Las malas lenguas cuentan de él que es dado a la bebida, por lo que le apodan ya el Beodo. Pero cuenta con un gran visir inteligente y ambicioso, Mehmet Sokollu, que hace y deshace a su antojo dentro de la Sublime Puerta. Pues bien, este poderoso ministro tiene resuelto apoderarse de cuantos territorios pueda, con una codicia insaciable. Este año logró amedrentar al emperador Maximiliano II y le arrancó los territorios de Moldavia y Valaquia, además de un humillante impuesto anual de treinta mil ducados. Como ve vuesa caridad, la osadía no es menuda. Hay un riesgo inminente.

—¿Y la cristiandad consiente eso? ¡El emperador Maximiliano es primo hermano de nuestro rey!

—¡He ahí el pesar de su majestad! —suspiró con un tono triste—. Y no solo nuestro rey está preocupado. La inquietud alcanza ya al propio papa de Roma y muchos reyes cristianos empiezan a darse cuenta de la enorme amenaza que es el gran turco.

—¿Y Venecia? ¿No se hace consciente la serenísima de ello?

—Esta república mira más al dinero que a otra cosa —respondió desdeñoso—. A Venecia le ciega el resplandor del oro. El comercio con Oriente a través de Constantinopla aporta cuantiosos beneficios a los venecianos y de ninguna manera quieren oír hablar de guerra. Aunque últimamente empiezan a recelar de las intenciones turcas, cuando han llegado algunas noticias que avisan de que el gran visir se ha fijado también en Creta y Chipre. Esas islas son la avanzadilla de Venecia en el Levante. Si un día las perdieran se desharía su imperio comercial.

—¡Esos turcos quieren ser los amos del mundo! —dije con rabia.

—Sí, y hay que impedir a toda costa que logren tal propósito. Por eso hablamos hoy aquí vuestra merced y yo.

—¿Qué he de hacer en concreto? Estoy deseoso de cumplir lo que se me ordene.

—Lo que se pide a vuesa caridad no es ni más ni menos que lo que le mandó su majestad en España: ir a Constantinopla, conseguir conocer a la familia de los Mendes, intentar intimar con ellos y, si lo lograra, hacerles ver con suma cautela que el rey católico estaría dispuesto a devolverles el lugar que les corresponde, en Portugal, donde tienen sus orígenes e hicieron su fortuna.

—¿Tan importantes son esos judíos en todo esto?

—¡Harto! —contestó con absoluto convencimiento, abriendo mucho los ojos—. Mucho más de lo que se pueda imaginar.

Luego, con todo detalle, me explicó el porqué de esa importancia. Empezó contándome la historia de la familia Mendes:

—Eran muy ricos y oriundos de Portugal, donde aparentemente vivieron como cristianos devotos en Lisboa, pero guardando en secreto las prácticas de los hebreos, como tantos otros marranos. Destacábase de entre ellos doña Gracia de Luna y sus hermanos, doña Raina y don Samuel Nasí, que era médico muy célebre en la Corte. La primera contrajo matrimonio con el próspero prestamista Francisco Mendes, marrano como ellos, que murió joven. Por entonces la Inquisición los vigilaba ya, pues sospechaba que no eran verdaderos conversos a Jesucristo. A sabiendas de ello, doña Gracia escapó llevándose a su única hija a Amberes, donde su difunto esposo tenía los más florecientes negocios, tratando con oro y piedras preciosas, administrados ahora por su hermano Diego Mendes. También viajó con ellos Raina, la cual pronto casó con este y tuvieron una niña.

»Pocos años después murió Diego, con lo cual toda la fortuna pasó a la única heredera, doña Gracia. Quedaron pues viudas las dos hermanas y decidieron vivir juntas con sus respectivas hijas, para ayudarse mutuamente. Había muerto asimismo en Lisboa el tercer hermano, Samuel Nasí, dejando dos huérfanos, Agontinho y José. Este último fue a reunirse con sus tías y primas y, por ser mayor de edad y muy avispado, se puso al frente de los negocios de la familia.

»Pasó el tiempo y crecieron las niñas. Cuando la hermosa hija de Gracia, que se llamaba Raina como su tía, cumplió catorce años, pidió su mano el noble don Francisco de Aragón, que ya peinaba canas. Pero su madre no quería casarla sino con judío. Esto se supo en todo Amberes y los Mendes empezaron a tener problemas. Entonces resolvieron reunir su cuantiosa fortuna con disimulo y se vinieron aquí, a Venecia, trayéndose la mayor parte de la hacienda. Pero su estancia en esta ciudad fue solo provisional. No tardaron en recoger de nuevo todo y se marcharon a Constantinopla, donde hoy son los más ricos e influyentes súbditos del gran turco. Viven como príncipes en un lujoso palacio, administran una flota de barcos, con la que comercian en todo el Mediterráneo a base de alhajas, especias, tejidos ricos, grano, vino… Tienen ejército propio, esclavos que se cuentan por millares, almacenes, embarcaderos, tierras, pueblos… Hoy incluso gobiernan la isla de Naxos, de la cual el sultán los nombró duques en pago a sus cuantiosos préstamos y favores.

—¡Increíble! —exclamé—. Ciertamente, son muy poderosos.

—Pues ya ve vuestra caridad si es harto importante ganárselos para la causa de nuestro rey. Hoy tenemos indicios de que, siendo ya ancianas doña Gracia y doña Raina, el sobrino José Nasí pudiera estar resuelto a volverse a la cristiandad.

—¿Y qué motivos pueden tener para ello? Allí son ricos e influyentes, según me cuenta vuaced, mientras que aquí los judíos son mal vistos en estos tiempos. Yo he vivido en Constantinopla y sé bien que no hay en aquella ciudad Inquisición ni nada que se le parezca y que pudiera perseguir y perjudicar a los hebreos.

—Cierto es eso que dices. Pero no puede compararse la vida que se hace allá con esta de nuestra Europa. Aquí los cristianos gozan de más libertades y derechos. Si cumplen las leyes, nada han de temer, pues ni el mismo rey puede meterse con ellos. En cambio, en el reino del gran turco todos son esclavos.

—Es verdad —asentí—. Quien allí ahora está en lo más alto mañana puede caer al abismo. Ninguna cabeza está segura en aquel orden bárbaro y cruel. Eso lo he comprobado yo mismo. Aunque he de decir que, como en todas partes, hay también mucha gente buena que no desea hacer mal a nadie.

—Como en todas partes —repitió—. Mas hemos

de luchar nosotros por mantener la cultura y el orden de la cristiandad, los medios más perfectos que hay en el mundo para extender el bien. Lo cual supone que hemos de evitar con todas nuestras fuerzas que triunfe en el orbe la ley del gran turco.

—Por supuesto —asentí lleno de convencimiento—. Dígame pues vuestra merced qué es lo que debo hacer a partir de mañana.

—De momento, conocer vuesa caridad cuantos más detalles pueda acerca de los Mendes: sus gustos, costumbres, aficiones… Para así conseguir más fácilmente acercarse a ellos en Constantinopla.

—¿Y dónde he de aprender esas cosas?

—Aquí, en Venecia, donde ellos vivieron un tiempo. Hay aquí muchos judíos que los conocen bien y que estarán dispuestos a vender las informaciones que precisamos. Mañana recogerá a vuestra caridad nuevamente Simión Mandel y le llevará a un lugar del gueto donde podrá conversar largamente con un hebreo que está dispuesto a prestar ese servicio a cambio de dinero.

—Perfecto. Estaré muy atento.

—Pues no se hable más del asunto —dijo poniéndose en pie—. Regresemos a casa de los hermanos Di Benevento.

Igual que a la ida, hicimos el viaje de retorno en silencio. En mi mente daban vueltas muchas dudas que quería consultar con el secretario, pero decidí guardármelas por prudencia.

Anochecía y los canales se tornaban oscuros, inquietantes. Una espesa bruma iba surgiendo a ras del agua y se desplazaba adueñándose de todo. Me sacudió un escalofrío.

La góndola se deslizó bajo el arco y se adentró en

el pequeño embarcadero que había en el almacén de los Di Benevento.

—Yo me despido aquí —me dijo García Hernández—. No subiré al establecimiento.

—Gracias por todo —respondí—. Si necesito a vuecencia, ¿cómo podré comunicarme?

—Simión Mandel corre con eso. Él se lo explicará a vuaced. Pero… No acudáis a mi persona si no es por algún asunto grave. No es conveniente que nos veamos demasiado.

—Comprendo.

—¡Ah, se me olvidaba! —dijo, sujetándome por el brazo, cuando ya me disponía a desembarcar—. He dispuesto que os entreguen unos fardos que contienen telas ricas de varios géneros. Es para que disimuléis en la fonda de Ai Mori, haciendo ver que habéis hecho compras. No tenéis que pagar nada, ya me encargo yo de eso. Recoged la mercancía y regresad al hospedaje. Mandel se pondrá en contacto cuando sea preciso.

—Gracias una vez más.

—Es mi obligación.

Descendí de la góndola y esta se deslizó rápidamente hacia el canal. Afuera casi era de noche.

Cuando subí, me encontré con un espectáculo grotesco en el bazar del piso superior: un criado tocaba el pandero y todo el mundo palmeaba y cantaba, mientras Hipacio, visiblemente ebrio, danzaba dando ridículos saltitos. En un rincón, Barelli observaba la escena con cara de pocos amigos.

—¡Oh, al fin ha llegado el señor Monroy! —exclamó el sastre al verme—. ¡Mire vuaced lo bien que lo estamos pasando! Esta gente es maravillosa y el vino… ¡Qué vino! ¡Bebamos otro trago!

211

Indignado al escucharle pronunciar imprudentemente mi nombre cristiano, me fui hacia él y le zarandeé:

—¡Vámonos ya! —dije—. ¡Es hora de retornar a la fonda!

—¡Eh! Pero si no ha visto aún vuestra merced los terciopelos… —protestó—. ¡Muchachos, otra copita!

—¡He dicho que se acabó! —rugí—. ¡Nada de copitas! Ya he comprado yo los terciopelos, ¿verdad, señor Mandel?

—Sí —asintió el tratante hebreo—. He ordenado que los carguen en la barca. Podéis partir cuando lo deseéis.

Mientras caminábamos hacia el embarcadero, Barelli no decía nada; solo me traspasaba con la mirada. Me preocupé al verle tan indignado.

—Calma, hermano, calma… —le pedí.

—Estoy harto de este juego —rugió.

Detrás de nosotros caminaba torpemente Hipacio, canturreando y soltando inconveniencias a voz en cuello:

—¡Ay, qué bien lo hemos pasado! ¡Cuando lo cuente allí se morirán de envidia! ¡Señor Monroy…!

—¡Calla de una vez, estúpido, no me llames más así! —le espeté.

—Ah, claro, se me olvidaba que aquí es vuaced Chere… ¿Cómo se dice? Cheremet Alí… ¡Eso es!

—¡Voy a matarle! —gritó Barelli.

Subimos el de Malta y yo a la embarcación. El sastre se tambaleó en el borde del muelle y cayó al agua.

—¡Ay, que me ahogo! ¡Que no sé nadar!

—¡Que se ahogue! —decía Barelli—. ¡Que se ahogue y quedaremos en paz!

Entre el barquero y yo le sacamos del canal. Parecía que la borrachera se le había pasado de repente. Solo decía:

—Habrase visto; tener ríos en vez de calles. ¡Esta gente está loca de atar!

Cuando llegamos a la fonda, los criados de Ai Mori se ocuparon de él. Todavía durante un rato le estuvimos oyendo vocear en medio de su delirio.

—¡No dice nada más que sandeces! —protestaba Barelli—. ¡A quién se le ocurre cargar con este imbécil!

El de Malta y yo compartíamos la misma alcoba. Como él seguía tan enfadado, le dije:

—Mañana te contaré, hermano. Descansemos, que ha sido un día largo.

Él apagó la llama de la lamparilla con un soplido furibundo y se metió en la cama.

—No te enfades, hombre —le rogué—. Son cosas que pasan…

—Estamos en esto los dos —replicó—. Y tú te has ido por tu cuenta, dejándome allí solo con ese sastre borracho y bujarrón. ¡Eso no se hace! ¿Dónde queda la lealtad? ¿No somos acaso camaradas?

—Anda, duerme, que mañana te explicaré.

25

—Y eso es todo —le dije al de Malta, después de contarle de cabo a rabo mi conversación con García Hernández—. El secretario quería hablar a solas conmigo y consideré que debía obedecerle. A fin de cuentas, aquí el embajador es la voz de su majestad.

—¿No me ocultas nada, hermano? —inquirió mientras parecía escrutar mi alma con sus ojos negros.

—Nada, hermano —respondí, sacando el crucifijo que llevaba oculto en el pecho para besarlo—. ¡Por esta!

Bajó entonces él la mirada y se quedó pensativo. Después observó meditabundo:

—No sé por qué no me llaman. ¿A qué me han mandado aquí? Llevamos en Venecia cerca de un mes y tú sabes lo que has de hacer. Mas yo parezco un estorbo.

—No digas eso, hermano Barelli. Ya te llegará el momento.

—Dios te oiga. Porque, de todo lo que me has contado, lo que más me inquieta es saber que esos demonios de turcos no andan perdiendo el tiempo y buscan la manera de hacernos a todos esclavos suyos. ¡Hay que evitarlo!

—Sí, naturalmente. Pero ha de hacerse con paciencia y siguiendo un plan. Dejemos que los agentes de su majestad cumplan con todo lo previsto. En esta cadena nosotros no somos sino eslabones.

—Comprendo —asintió—. Y supongo que se obrará sin demasiada dilación. Aunque me fastidia mucho ver cómo estos venecianos viven tan amigablemente con los turcos, aun a sabiendas de que codician sus islas y puertos. ¿No se dan cuenta del peligro?

—Es por los negocios. Si hubiera guerra, según me dijo García Hernández, perderían mucho.

—¡El diablo los lleve! —exclamó con exaltación—. ¿Qué peor pérdida puede haber que la de la fe verdadera?

—No ven ese peligro —dije—. Puesto que todavía no han sido atacados por el turco.

—Pues plegue a Dios que sufran pronto ese mal.

—¿Cómo dices tal cosa, hermano?

—Porque, si tienen al gran turco por enemigo, se decidirán al fin por la causa del papa y el rey católico, que es la suya. ¿O acaso no son cristianos?

—Sí —asentí—. Tienes cierta razón. Pero me parece que eso ha de ser mucho más complicado, porque a los turcos también les conviene el comercio con Venecia. ¿Por qué crees si no que está todo este barrio lleno de ellos?

—¡Malditos intereses! ¡Maldito dinero! ¡Púdrase el vil metal y reluzca de una vez la verdad!

Con esta y otras conversaciones empezaba yo a percatarme de que mi compañero era demasiado impetuoso y con frecuencia poco reflexivo. Me preocupaba que esa fogosidad pudiera llegar a precipitar los acontecimientos en alguna ocasión y a poner en peligro el plan. Por tal motivo, trataba de calmarle constantemente.

—Tengamos paciencia; reflexionemos antes de actuar y esperemos siempre a recibir instrucciones. En estos menesteres se precisa tener bien fría la testa.

Pasaron un par de semanas más y, adentrados ya en el mes de diciembre, Venecia pareció quedar cubierta por un manto de soledad y tristeza. Los barcos permanecían amarrados en los puertos y arreció un viento frío que acarreaba lluvias. En la ciudad, mojada y desierta, la oscuridad se adueñaba pronto de las tardes y no había más forma de matar el tiempo que jugar partidas de cartas, pasar algún rato en las tabernas o ir a contemplar la belleza de las iglesias.

Una helada mañana vino al fin Simión Mandel a buscarme. Y una vez más se sintió Barelli molesto al tener que quedarse en la fonda mientras yo me iba con el judío.

—¿Adónde vamos hoy? —le pregunté.

—Está muy cerca —respondió Mandel—. Esta vez no es necesario siquiera navegar por los canales.

Anduvimos dando vueltas por los alrededores del gueto hasta llegar al puente de los Judíos. Cerca había una taberna pequeña, limpia, muy frecuentada por hebreos ricos.

—Aquí es —me indicó Mandel.

Fuimos a sentarnos en un comedor estrecho que servía de reservado, donde nos aguardaba un hombre vestido con pardas ropas, pequeño, de ojos redondos y nariz picuda, el cual me pareció un búho. Incluso, al ponerse en pie para saludar, se agitó y movió la cabeza recordando a esas aves nocturnas.

—Me ahorraré decir mi nombre —fue lo primero que dijo, visiblemente nervioso—. Quién soy yo nada os interesa.

—Compréndelo —se apresuró a explicarme Simión—. Son malos tiempos para la comunidad judía, incluso aquí en Venecia. El gueto está casi vacío. La Inquisición no nos da respiro. Digamos que los pocos que quedamos somos cristianos. Hemos tenido que adoptar nombres y costumbres de tales. Por lo cual, da lo mismo ya quiénes somos.

—Lo comprendo —dije—. Yo soy turco y nada debéis temer de mí.

—Bien —dijo Mandel—. Pues vayamos a lo que nos trae. Este hombre, cuyo nombre no viene al caso, es quien mejor puede informarte acerca de los Mendes.

—Perfectamente —dije—. Puedes empezar a hablar cuando quieras.

—El dinero por delante —exigió el hombre del rostro de búho—. No soltaré palabra si antes no se me da lo prometido.

—He aquí. —Puso Mandel una bolsa de tela sobre la mesa, cuyo sonido metálico delató el contenido.

Se echó aquel hombre las monedas sobre el regazo y las contó sin prisa.

—Ciento cincuenta; está todo —dijo conforme.

—¡Pues ya puedes soltar prenda! —exclamé, algo indignado, porque me parecía demasiado dinero.

Aquel oscuro hombre me contó que había servido a los Mendes como contable durante años, primero en

Amberes y después en Venecia. Cuando sus ricos amos se fueron a Constantinopla, él no quiso seguirlos y decidió permanecer en Venecia con su mujer e hijos, porque temían un cambio de vida tan grande. A los Mendes esto no debió de gustarles y le dejaron sin nada.

—Hoy soy más pobre que las ratas —me dijo con despecho—. José Nasí fue un desconsiderado conmigo. ¡Así me pagaron tantos años de servicio!

En parte por dinero y en parte por venganza, me contó todo lo que sabía acerca de sus antiguos amos. Sus primeras informaciones no me resultaban novedosas, concordaban con las que me dio García Hernández. Y de momento me pareció que no me aportaría nada interesante con respecto a lo que ya sabía: que los Mendes eran muy adinerados y poderosos en Estambul, que doña Gracia era, por así decirlo, la matriarca del clan, que José Nasí tenía gran influencia en la corte del sultán y sus visires, que habían sido nombrados duques de Naxos, que manejaban una flota de barcos, un ejército y una inmensa servidumbre…

—¿No has vuelto a verlos? —le pregunté.

—No. Aunque he intentado en muchas ocasiones ponerme en contacto con ellos para pedirles ayuda en estos tiempos difíciles. Les mandé cartas y recados con los mercaderes que envían constantemente a Venecia, pero me ignoraron. ¡Son unos egoístas desconsiderados! ¡Malditos sean!

—Entonces poco puedes ayudarme —repuse—. A mí lo que me interesa es saber cosas de la vida de los Mendes en Constantinopla, pues deseo hacer negocios con ellos. Ese dinero que te ha entregado Mandel ha sido en balde. Lo que me has contado ya lo sabía yo.

El hombre enrojeció de rabia y abrió cuanto pudo sus indignados ojos de búho.

—¡No soy un asqueroso mendigo! —me gritó con suficiencia—. Has de saber que me he pasado la vida comerciando en Lisboa, Inglaterra, Aquisgrán, Amberes y aquí, en Venecia. Conozco el mundo como la palma de mi mano. ¡No me trates como a un sinvergüenza!

—Bien, no te ofendas, amigo —le rogó Mandel—. Simplemente di todo lo que sabes. Este extranjero necesita conocer hasta el último detalle que sepas de las vidas de tus antiguos señores. Continúa pues con tu relato sin ocultar nada.

Prosiguió el hebreo su relato. Al contrario de lo que en principio supuse, aquel hombre sabía mucho acerca de los Mendes. Aunque ya no trabajaba para ellos, parecía que toda su vida giraba en torno a sus antiguos amos. La extraña mezcla de odio y admiración que sentía hacia ellos le había llevado a estar constantemente indagando cosas sobre sus negocios, movimientos e intenciones.

—Cuando doña Gracia llegó a Constantinopla —me contó—, fue recibida cual si llegara una reina con toda su corte. La gente se echó a las calles y corrió al puerto para ver la arribada de los Mendes, que navegaban en una imponente galeaza veneciana, seguida por una veintena de embarcaciones cargadas hasta los topes. Tanta era la riqueza que llevaban consigo, que pudieron comprarse muy pronto un gran palacio en Gálata. Aunque poco después se mudaron a Ortaköy, donde viven los más altos magnates judíos de Constantinopla y gozan allí de una espléndida vista sobre el Bósforo.

—¿Y qué vida hacen? —quise saber—. ¿Con quién se relacionan?

—¡Oh, son allí muy poderosos! Mucho más de lo que fueron en Lisboa, Amberes o Venecia. Cuentan que doña Gracia vive rodeada de un enjambre de criadas y que su sobrino y yerno, José Nasí, suele salir a recorrer la ribera y las calles montando en su caballo, con gran pompa y boato, seguido por su guardia elegantemente ataviada. Ya te digo: ¡como si fuera un príncipe!

—¿Qué edad tiene ahora José Nasí?

—Está en la flor de la vida. Ha de tener poco más de cuarenta años.

—¿Y doña Gracia?

—Es ya una mujer anciana. Tendrá cerca de setenta. Ambos, tía y sobrino, han conocido mundo. De eso soy testigo. Trataron íntimamente a la reina regente de Flandes, al rey Francisco I de Francia y al mismísimo emperador Carlos. José Nasí fue compañero de juegos del que ahora es emperador, Maximiliano de Habsburgo.

—¡Es increíble! —exclamé—. ¡Y eso, siendo judíos!

—Sí. Pero no debes olvidar que siempre fueron tenidos por cristianos. José fue hecho incluso caballero.

—¿Y cómo podré acceder a ellos? Siendo tan poderosos allí como dices, ¿no me resultará difícil acercarme?

—No, si eres hábil negociador. Y tú, según veo, eres hombre distinguido que conoces lenguas y mundo. Pareces rico, y debes de serlo, pues, si no, no habrías podido pagarme ciento cincuenta ducados por estas informaciones.

—¿Qué he de hacer? ¿A quién he de acudir para hacer negocios con los Mendes?

—Tres caballeros acompañan siempre a José Nasí: Abraham, Samuel y el tercero, Salomón Usque, que es el principal de ellos, el ojo derecho de Nasí. De él se dice que fue gobernador de Segovia siendo marrano y que siguió a los Mendes en su huida de España. Pero hay un cuarto hombre que te resultará más accesible: Yosef Cohén, conocido también como Cohén Pomar, el cual es el primer secretario y amanuense de la familia. Él se encarga de los negocios y transacciones, de contratar los barcos, comprar los esclavos y hacer todos los pagos.

—Anotaré estas cosas —dije—. No quiero olvidar ningún detalle.

—Aquí tienes papel, cálamo y tinta —me ofreció Mandel.

—Ahora háblame de doña Gracia —le pedí—. Pues, siendo la matriarca, ha de ser la de mayor autoridad. ¿O no?

—Tienes razón, amigo. Cierto es que José Nasí hace y deshace en los negocios. Pero doña Gracia tiene siempre la última palabra, por ser la dueña de la fortuna. Es una mujer muy inteligente; mucho más que el sobrino, ¡que ya es decir! Goza ella de gran determinación y autoridad, quizá por haber tenido que luchar tanto en la vida. Si le caes en gracia, te amará y te cubrirá de dones. Pero, si no le entras por el ojo, cuídate de ella. A mí no me perdonó que no los obedeciera y, ya ves, por ser fiel a mi libertad antes que a ellos, me veo de esta manera. ¡Desagradecidos!

Aquel hombre me contó muchas más cosas de los Mendes. Conocía detalles sumamente interesantes sobre sus amistades, costumbres y gustos. Me describió su fortuna y posesiones, el número de barcos que tenían, los almacenes, lonjas y establecimientos de todo tipo. Yo anotaba las informaciones que me parecían más destacables y constantemente le iba preguntando sobre esto o aquello.

—Creo que es suficiente —dije, cuando me di cuenta de que ya no sacaría nada más del interrogatorio—. Con todo esto que ahora sé, podré iniciar mis negocios.

—No encontrarás mejor lana en Constantinopla ni en ninguna otra parte que la que venden los Mendes —me aseguró el confidente, convencido de que lo que me interesaban eran solo las mercancías—. Pero te aconsejo que no trates de engañarlos o no volverás a tener ocasión de hacer tratos con ellos. Así son, ya te lo he dicho.

—Bien, lo tendré en cuenta.

—Te deseo suerte. Y te ruego que, si encuentras el momento oportuno, le entregues esta carta a doña Gracia —dijo, poniendo en mi mano un diminuto rollo.

—¿Vas a intentarlo una vez más, amigo? —le pregunté—. ¿Aún confías en su ayuda?

—Sí. Debo velar por los míos, aunque tenga que tragarme el orgullo. Aquí en Venecia pronto no habrá sitio para nadie.

—¡No exageremos! —exclamó Mandel.

—El tiempo me dará la razón —contestó él—. Ya soy viejo y estos ojos míos han visto mucho. Se aproximan épocas peores a estas. Os aconsejo, amigos, que vayáis a poner vuestra casa y negocios en los dominios del gran turco. No pasará demasiado tiempo antes de que los agarenos sean los amos del mundo.

—Alá te oiga —sentencié, para disimular—. Ese sería el mayor beneficio para todos.

Con estas últimas y falsas palabras resonando en mi mente, me despedí. Partí de allí inquieto, sumido en pensamientos sombríos. No quise que Simión Mandel me acompañara, pues necesitaba entrar en alguna iglesia para orar.

Anduve perdido por un laberinto de callejuelas durante un breve espacio de tiempo y, repentinamente, apareció ante mí Barelli cerrándome el paso.

—¿De dónde vienes? —inquirió ansioso.

—Luego te lo contaré —contesté apartándole a un lado—. Ahora quiero rezar.

—¿Rezar? —exclamó—. ¿Has estado reunido con infieles y ahora quieres rezar?

—¿Me has seguido? ¿Estás loco? ¿No te das cuenta de que puedes estropearlo todo con esa actitud?

—¡Vete a la mierda! —me espetó, y desapareció impetuosamente de mi vista.

«¡Dios, qué cruz!», pensé.

Estuve orando en una bella iglesia dedicada a santa Lucía y logré tranquilizarme, a pesar de todo lo que llevaba en la cabeza y de este último encuentro tan desagradable.

Para colmo, cuando llegué a la fonda de Ai Mori encontré a Hipacio completamente borracho sesteando sobre una alfombra a la vista de todo el mundo.

—¡Se acabó el dinero! —le grité—. A partir de ahora no se te pagará.

—¡Qué susto! —exclamó. Y siguió durmiendo.

Llamé a los criados y mandé que le llevaran a la cama. También prohibí que se le volviera a dar vino.

Barelli aún no había regresado. Anocheció pronto, como era costumbre allí. Me acosté. Tardé en conciliar el sueño merced a las preocupaciones, pero finalmente me quedé profundamente dormido.

Una fuerte presión en la garganta me despertó en

mitad de la noche. Todo estaba muy oscuro. Me aterroricé y permanecí muy quieto, tratando de pensar en lo que debía hacer, pues supuse que alguien había entrado aprovechando la oscuridad. Pero entonces supe que quien me atacaba era Barelli, pues me gritó:

—¿Qué diablos te traes con esos judíos? ¡No me fío de ti!

—¿Te has vuelto loco, hermano? —contesté, mientras trataba de zafarme de sus fuertes manos—. ¡Suéltame!

Forcejeamos y rodamos por el suelo. Él era mucho más robusto que yo y me cortaba la respiración haciendo una potente presa con sus brazos alrededor de mí. Noté el fuerte olor a vino en su aliento y su cuerpo sudoroso.

—¿Es que hoy le ha dado a todo el mundo por beber? —dije—. ¡Por los clavos de Cristo, suéltame de una vez!

Aflojó la presión y pude escapar, yendo a ocultarme en un rincón. Él se revolvía y bufaba.

—Eres un traidor —decía entre dientes, rabioso—. No me fío de ti…

A rastras, alcancé la puerta y logré salir. Tomé uno de los faroles del pasillo y regresé a la alcoba con luz. Él estaba inmóvil, con el pecho agitado por la violenta respiración.

—¿Qué suerte de locura es esta, Barelli? —le espeté—. ¿Eres acaso un muchacho loco? ¿Ahora vas a desconfiar de mí? ¿Para esto fuimos a prestar juramento a su majestad?

Me pareció percibir que se avergonzaba.

—No voy a permitir esto —añadí—. Desde ahora tú iras por tu camino y yo por el mío. No voy a consentir que eches a perder la misión con estos desquicios.

224

Él aflojó su actitud. Y al momento se deshizo en lágrimas. Se arrojó de rodillas delante de mí y me entregó su espada.

—¡Mátame! —sollozó—. ¡Mátame antes de que lo estropee todo! ¡Me siento tan inútil! ¡Qué vergüenza!

—Basta —le rogué—. Dejemos esto y durmamos. ¡Estás borracho! Mañana ambos veremos las cosas con más claridad.

Le oí gimotear durante un rato cuando apagué la luz. En cierto modo le comprendía y me enternecía ver a un hombretón tan intrépido como él comportándose como un niño por falta de acción.

No pude ya dormir y, dándole vueltas y vueltas en mi cabeza a tan lamentable suceso, resolví ir al día siguiente en busca de Simión Mandel, para que me pusiera en contacto con el secretario de la embajada, pues consideré que debía contarle la desesperada situación de mi compañero.

26

—¿Entonces —me preguntó García Hernández—, debo entender por lo que me cuentas que no puedes fiarte del caballero Juan Barelli?

—No, no se trata exactamente de eso —respondí—. Barelli me parece un hombre íntegro, resuelto incluso a dar la vida si fuera preciso por la causa. Mi preocupación por él es de otra índole. No me gusta juzgar a nadie y menos a un compañero, pero…

—Habla, habla sin miedo. Ya sabes que soy el responsable último de todo lo que suceda en esta misión, ya sea malo o bueno. A mí debes tenerme al tanto de tus inquietudes.

—Es demasiado impetuoso. Eso es. El de Malta me agobia. Me perturba constantemente con su impaciencia y no gozo de la calma precisa para obrar en este asunto tan delicado.

—Comprendo —asintió circunspecto—. Ciertamente, ese es el problema de Juan Barelli. Para la parte que compete a su misión se buscó un hombre intrépido, decidido, que a la vez reuniera una serie de condiciones. Él es de madre griega y eso le convierte en alguien muy valioso para las intenciones de su majestad. Por la familia de la cual procede conoce muy bien el mundo del Levante. Sus abuelos sicilianos fueron corsarios y su padre es uno de los hombres de mayor confianza del virrey. Su honorabilidad y lealtad están fuera de toda sospecha pues.

—¿Y por qué no se le ha dicho aún en qué consiste su misión? En cierto modo, es de comprender que se halle desconcertado e impaciente.

El secretario permaneció en silencio, pensativo, durante un momento. Su rostro denotaba cierta preocupación. Estábamos sentados a la mesa en el mismo sitio donde la otra vez me reuní con él y, posiblemente porque no habíamos avisado al tabernero con tiempo, la estancia estaba aún fría y húmeda, a pesar de que nos pusieron a un lado un gran brasero repleto de ardientes ascuas.

—Te diré una cosa —contestó al fin el secretario—. Sé que en ti se puede confiar plenamente, caballero Monroy, y por ello no voy a ocultarte nada de lo que concierne a esta misión. Ya sabes tu cometido: has de acercarte a esos marranos, los Mendes, y ver la manera de hacerles llegar, con sumo cuidado y sutileza, la llamada que les hace su majestad para que retornen a los dominios del rey católico. Pero no solo eso es lo que ha de hacerse por ahora en Levante. Si se consiguiera, ¡plegue a Dios!, sería un logro importante, pero insignificante al lado de lo que verdaderamente interesa a la causa cristiana, cual es ganarle al gran turco cuantas batallas se pueda, hasta alcanzar una victoria definitiva que le detenga de sus ambiciones.

—Eso lo presupongo —afirmé—. Y sé perfectamente que, si quiere Dios que logre cumplir mi cometido, la lucha después será mucho más feroz, aunque posiblemente más ventajosa, si esos judíos deciden regresar a Lisboa y poner toda su fortuna al servicio de su majestad.

—En efecto, pero ahora déjame que termine de explicarte lo que hay que hacer a partir de este momento —me rogó—. Tú, caballero Monroy, no vas a Constantinopla solo para ganarte a los Mendes. Además de ello, deberás indagar en otros muchos menesteres. Es muy necesario que se sepa en España cuáles son las intenciones concretas e inmediatas del gran turco; las tropas con las que cuenta, su flota, armas, astilleros… Y lo más importante en este momento concreto es saber con precisión si tiene resuelto ir en socorro de los moriscos de Andalucía, con el propósito de restablecer el antiguo dominio de los agarenos en el corazón mismo de la cristiandad.

—¡Vive Dios! —exclamé—. ¿Es posible tal cosa?

—Todo es posible y nada debe descartarse —respondió con una rotundidad inquietante—. Por eso es tan necesario espiar al gran turco. Y esa, caballero de Alcántara, es tu misión.

—¿Y Juan Barelli? Permitidme que insista…

—A eso voy. Tu compañero, igual que tú, no tendrá encomendada una única misión, sino que este viaje será aprovechado al máximo tanto por el uno como por el otro. Tú espiarás allá en Constantinopla, tal y como te acabo de explicar. Él, en cambio, es un hombre de acción, más irreflexivo, más impulsivo e inmoderado. Si lo tuyo consiste en estar atento y esperar la ocasión oportuna, lo suyo es más propio de su temperamento.

—¿Y qué ha de hacer? ¿Puede saberse ya?

—No todo lo que él debe hacer puedes saberlo tú. Como tampoco él debe conocer tu encomienda en su totalidad.

—¿Por qué? Si resulta que, como vuestra merced acaba de revelarme, se nos considera a ambos hombres de plena confianza, leales y de honra probada...

—Porque nunca se puede estar completamente seguro —dijo, poniéndome la mano en el antebrazo—. No quiero sembrar la inquietud en tu alma, querido caballero Luis Monroy, pero a estas alturas ya debes de estar enterado de que tanto Juan Barelli como tú podéis ser descubiertos, apresados y sometidos a los más terribles y dolorosos tormentos. Ante esto, es de temer que la fortaleza flaquee y la debilidad del uno puede llegar a delatar al otro dejando sin efecto la totalidad de la misión. ¿Comprendes?

—Comprendo, ha hablado vuestra merced con mucha claridad.

—Bien, pues ahora te diré en qué consiste la primera parte de la misión de Barelli, puesto que eso sí puedes saberlo, mientras que no se te dirá lo que después él ha de hacer, lo cual es más importante y arriesgado.

—Diga vuecencia el secreto y confíe en mí.

—Estamos a las puertas de la Natividad de Nuestro Señor Jesucristo. Dentro de tres meses se dará por concluido el invierno, como es ley de la natura en estas latitudes mediterráneas, con lo que empezarán nuevamente los barcos a moverse y los puertos recobrarán su trajín de personas y mercancías. Entonces Barelli y tú partiréis en una gran galeaza griega que hará escala en Corfú, en la región conocida como la Morea, de la que

229

era natural la madre del de Malta. Tu compañero desembarcará allí, mientras que tú proseguirás el viaje hasta Constantinopla para cumplir con tu cometido.

—¿Nos separaremos entonces él y yo? —quise saber.

—Sí. Aunque será solo temporalmente, puesto que el caballero Juan Barelli, realizada su primera encomienda, deberá viajar también a la ciudad del gran turco, donde se unirá a ti de nuevo y esperará el momento oportuno para cumplir con su segunda misión.

—Comprendo —dije—. Su segundo cometido depende de mi primera misión. ¿No es así?

—En efecto —asintió, delatando en su sonrisa que le alegraba mi agilidad de entendimiento—. Pues bien, la primera misión de Barelli, que es la que puedes conocer, consiste en recorrer todos los pueblos de la Morea y visitar a cuantos parientes y conocidos tenga allí para despertar en ellos el ánimo de alzarse contra el dominio tirano del turco. Ya sabes que los griegos, cristianos desde los tiempos apostólicos, sufren esclavitud y todo tipo de humillaciones bajo el imperio diabólico del gran turco, que extendió su señorío hasta el mar Adriático. Si tu compañero, griego como ellos, logra convencerlos de que el rey católico está resuelto a ayudarles con armas, barcos y hombres para que recobren su ansiada libertad, se encenderá en ellos la llama de la rebeldía y el deseo de volver a ser un reino cristiano independiente.

—¡Magnífico! —exclamé—. Ese plan genial no es sino contestar al gran turco con una acción semejante a la suya: él intenta sublevar a los moriscos para perjudicar al rey católico, y su majestad, con sabiduría y prudencia, replica sublevándole a los griegos en sus dominios. Es hacer la guerra al enemigo con sus mismas armas. ¡Quiera Dios que llegue a buen término tan ingeniosa estrategia!

—Es muy viable el plan, aunque pueda parecer aventurado. Los griegos están hartos de la tiranía turca y sueñan con la libertad. Barelli es sobrino nada menos que del arzobispo de Patras y la Iglesia griega tiene mucho predicamento entre el pueblo. El caballero de Malta es apuesto, vehemente y seductor. Confiemos en que pueda ganarse el corazón de sus paisanos.

—Pero… ¿Cómo es que no conoce él todavía su misión?

—Solo a medias la conoce. Sabe que ha de ir a la Morea, aunque su mayor empeño es ir a Constantinopla, al corazón mismo del imperio del gran turco, para realizar allí una acción más directa. Pero esa es la segunda misión, la cual, como te he dicho, no puedo revelarte.

—¿Y él, cuándo lo sabrá?

—Enseguida. El hecho de que hayas venido a comunicar cuán impaciente y nervioso está me da la señal para que lo convoque y le comunique su cometido.

—¡Cuánto me alegro! —exclamé con sinceridad.

—Pues ve y tráemelo aquí mañana a esta hora. Y no te preocupes más, mi querido caballero de Alcántara. Barelli no volverá a causarte problemas.

Al día siguiente, obedeciendo a las disposiciones del secretario de la embajada, mi compañero y yo estábamos a primera hora de la mañana aguardando ante la puerta de la taberna. García Hernández llegó con puntualidad. Entró sin saludar y, detrás de él, Barelli.

231

Yo esperé en la calle y no me hice presente para no entorpecer la conversación de ambos.

En torno a mediodía, salió el de Malta como transfigurado, con la mirada perdida y una extraña sonrisa.

—¿Qué tal ha ido? —le pregunté.

—Vamos a orar a esa iglesia —contestó, señalando un templo cercano—. Necesitaré fuerzas de lo alto para cumplir mi encomienda.

27

Pasaron las fiestas de la Natividad de Nuestro Señor y, a mediados de enero, llegó a Venecia la noticia de la sublevación de los moriscos de Granada contra el rey católico. Al principio eran solamente rumores vagos, imprecisos, que se propagaban durante aquel invierno frío y colmado de preocupaciones. Se decía que los moros andaluces, alzados en armas, eran dueños de amplios dominios en las sierras y que habían osado no ya desoír las llamadas a volver al orden de la cristiana monarquía, sino que incluso nombraron un califa y se declararon súbditos de un reino mahomético.

Los turcos que pululaban por los puertos venecianos a la espera de que la primavera reviviera los mercados, entre los cuales hacíamos la vida, disimulaban su entusiasmo en presencia de los cristianos; pero, apenas estaban en privado entre gentes de su religión, se manifestaban encantados con el sueño de que pronto se extendiese el señorío del sultán nada menos que hasta las tierras más católicas del orbe. A Barelli y a mí nos hervía la sangre al escuchar tan sombríos propósitos, y confiábamos esperanzados en que todo quedase en ilusorias fábulas de mercachifles.

A primeros de marzo nos convocó el secretario de la embajada en el lugar de costumbre y esta vez no se presentó solo, sino que vino con él el recién llegado embajador de España, don Diego Guzmán de Silva, el cual nos puso al corriente de las nuevas dignas del mayor crédito: en efecto, los moriscos de Granada se habían levantado en armas y se presagiaban males mayores si el gran turco, como era de temer, estaba resuelto a sacar provecho de la revuelta.

Sería por las graves noticias que portaba, pero el embajador me pareció un hombre sombrío y trágico. Tenía una estatura media, poco cuerpo, la boca grande, los ojos grisáceos y tristes y la palidez de quien anda poco al aire libre.

—Su serenísima majestad me ordena que salude a vuestras caridades en su nombre —nos dijo—. Nuestro señor el rey está harto tranquilo sabiendo que dos freiles se ocupan de estos negocios. Confía mucho su majestad en las órdenes de caballería. Mas son estos unos crudos y peligrosos tiempos...

—No podemos confiar en nadie —añadió García Hernández, el cual estaba muy desmejorado, ojeroso, con la piel macilenta, y no paraba de toser.

—Haremos lo que se nos mande —dije, queriendo animar a ambos, al verlos tan turbados a causa de los temores que se cernían sobre la cristiandad—. Por nosotros no han de inquietarse ni su majestad ni vuestras mercedes, que ya pondremos cuidado en cumplir la misión.

—Digo lo mismo que mi compañero —secundó Barelli mis palabras.

—Bien, pues vamos a ello —dijo el embajador—.

Todo se precipita y los malos vientos que corren anuncian el temporal que se avecina. Muy probablemente pronto habrá una gran guerra. Pero, antes de que hablen las armas, su majestad quiere hacer uso de otros recursos más sutiles.

Dicho esto, describió con todo tipo de pormenores lo que debía hacerse inmediatamente. Anunció que todo estaba dispuesto para que nos recogiera cuanto antes la galera griega que debía llevarnos a los dominios del gran turco.

García Hernández ya se había ocupado de todo, haciendo las gestiones oportunas con las autoridades del puerto y solicitando los permisos necesarios para que pudiéramos navegar por las aguas territoriales venecianas sin despertar sospechas. Según dijo, para estos menesteres contaban con hábiles agentes.

—¿Cuándo partiremos? —le preguntó Barelli.

—Cuando vuestras caridades hagan una serie de negocios menores aunque muy necesarios.

—¿Qué negocios son esos?

—Comprar esclavos, contratar un contable y un amanuense y buscarse hombres que los custodien. Si Monroy ha de hacerse pasar por un rico mercader, debe aparentarlo. Necesita llevar consigo lo necesario para ser tenido como tal en cualquier parte.

Cuando terminó el secretario de decir esto, don Diego Guzmán de Silva alzó una talega que tenía a un lado, en el suelo, y la depositó encima de la mesa.

—Aquí hay tres mil escudos —dijo—. Los secretarios de su majestad estiman que ha de ser suficiente.

—¡Es una fortuna! —exclamé espantado.

El embajador me miró fijamente con sus melancólicos ojos azules y dijo circunspecto:

—Todo es poco para lo que está en juego. Confiamos en que vuestras caridades sabrán administrarlo como corresponde a los fines establecidos.

—Y esto otro es lo que se entrega al caballero Juan Barelli —añadió García Hernández, levantando una segunda saca y poniéndola al lado de la anterior—. Aquí hay cuatro mil más que han de emplearse para iniciar la empresa de sublevar a los cristianos griegos de la Morea. El secretario Zayas, en nombre del rey, envía recado avisando de que pronto llegarán más dineros para este menester.

Barelli abrió unos enormes ojos y susurró entre dientes:

—Compraré armas y caballos.

—No se precipite vuestra caridad —replicó el embajador—. Esto ha de hacerse con sumo cuidado. Si los turcos llegan a recelar y descubren algo, todo habrá sido en balde.

En ese momento, García Hernández se puso en pie y, dirigiéndose a su jefe, observó:

—Llegados a este punto de la plática, creo conveniente que vuestra excelencia se reúna en privado con cada uno de los caballeros.

—Sea —otorgó el embajador.

—Pues, si no manda otra cosa —dijo el secretario—, Monroy y yo saldremos y se quedarán aquí solos el caballero frey Juan Barelli y vuestra excelencia.

Así se hizo. Salimos García Hernández y yo a la calle y nos separamos en la misma puerta, yendo cada uno a matar el tiempo por su lado, para no dejarnos ver juntos.

Según lo acordado, regresamos en torno a una hora después, cuando ya el embajador terminó su con-

236

versación con Barelli. Le llegó entonces el turno de salir a este y yo entré a recibir mis recomendaciones.

Don Diego Guzmán de Silva me pidió que le relatara todo lo que había averiguado acerca de los Nasí durante mi estancia en Venecia. Se lo conté y escuchó él con atención. Luego me dijo:

—Veo que no has perdido el tiempo. Es interesante todo eso. Por lo menos sabe vuestra merced la manera de aproximarse a don José Nasí. Esperemos que se logre ese propósito. Su majestad está sumamente interesado en hacerle llegar su invitación a regresar a Portugal.

—Buscaré el momento más oportuno para hacérsela llegar —le aseguré.

—Cuando llegue ese momento, ¡y Dios lo quiera! —dijo con mucho misterio—, nuestro señor el rey, además de manifestarles su deseo de traerlos de nuevo a Lisboa, quiere hacer un obsequio muy singular a doña Gracia y otro a don José Nasí.

—Yo se los entregaré, si me decís de qué se trata.

El embajador echó mano entonces a una especie de zurrón de tafetán y extrajo un paquete.

—Esto es un libro muy valioso —explicó—. Se trata del *Orlando furioso*, una obra que su majestad ha mandado traducir al español con el fin de complacer a don José Nasí. Déselo vuestra merced, pues se dice de él que es hombre cultivado y muy amante de los libros.

—¿Y para la dama? —pregunté.

Abrió un segundo envoltorio y extrajo un precioso collar hecho con oro y cristalinas piedras intensamente verdes.

—Esto son esmeraldas de las Indias. A ella le gustarán, no solo porque valen una fortuna, sino porque son dignas de una reina.

LIBRO V

En que se cuenta la ausencia que hizo el caballero de Alcántara de Venecia a presentarse en Constantinopla como rico mercader de telas, y cómo se las arregló para dar inicio a la misión que allí le llevaba.

28

Llegado el buen tiempo, dio comienzo el aparejo de las naves en aquellos puertos, como era costumbre por primavera. No sé cuándo ni de qué manera el secretario García Hernández hizo las gestiones oportunas para que sus agentes del arsenal veneciano nos proporcionaran una soberbia galeaza de alto bordo, así como las correspondientes naos que debían custodiar nuestro viaje, en número de cuatro, bien armadas y provistas de marinería muy ducha en el menester de marear por aquellas aguas tan frecuentadas por corsarios y piratas en los malos tiempos que corrían. Navegose por el mar Tirreno con viento favorable, aún frío, del norte, que nos puso a la vista de la Morea mucho antes de lo previsto. Aunque, por esos caprichos del cielo, resultó luego que no podíamos acercarnos a tierra, ni a vela ni a remo, por venir un vendaval contrario de levante que levantaba olas altas como casas, las cuales amenazaban con arrastrar las naves contra las rocas antes de que los maestres pudieran gobernarlas y conducirlas a la dársena del puerto de destino, que era el de la isla que llaman Cefalonia.

Tras una pésima noche a merced del feroz oleaje, bajo una intensa lluvia que nos obligaba a achicar constantemente, amaneció al fin el cielo claro y remitió el temporal. La chusma entonces, encantada por verse salvada, apretó al remo con alegría, cantando, y pronto estábamos frente al muelle principal, donde el maestre solicitó los permisos para atravesar el estrecho que da paso a las aguas griegas, las cuales son del dominio turco.

Más adelante, en el puerto de Patras, cumpliose con el primer cometido del viaje, cual era dejar allá a Juan Barelli para que iniciase su encomienda. Pero antes y con mucho disimulo, pues aquello estaba atestado de turcos, eché pie a tierra yo también y pude formarme una idea de la vida que se hace en esos puertos, donde, aun siendo mayoría de gente cristiana griega, el poderío del gran turco es tan grande y lo ejercen sus sicarios de tan cruel manera, que nadie se atreve a rechistar. Andan pues los naturales alicaídos, sumisos, y sin que se les vea alzar la voz a sus amos agarenos que se pasean altaneros por todas partes.

—Esto ha de cambiar —me dijo Barelli antes de despedirse, en el puerto—. Dios ha de querer poner fin a esta tiranía. Los demonios turcos han de sacar de aquí pronto sus sucios pies. Esto ha de volver a ser tierra cristiana.

—Plegue a Dios —recé—. Que a eso hemos venido, hermano.

—Y no han de temblarnos las carnes a la hora de cumplir con lo que se nos manda. Que para eso somos freiles. Así que en Constantinopla nos volveremos a ver —dijo, con los ojos brillantes de intrépida emoción—. ¡Santa María te guarde!

—¡Y a ti, hermano!

Volví al barco y, desde la borda, le vi alejarse por

las calles en cuesta, con paso decidido y alegre, con su hatillo al hombro. Le imaginé más tarde rodeado por sus oprimidos paisanos, alzándoles el ánimo, haciendo prender en ellos el ansia de libertad. Aunque me parecía la suya una misión casi imposible, presentí que un hombre como él, entusiasta y fuerte, sería capaz de comunicar mejor que nadie lo que su majestad pretendía: devolverle al Mediterráneo aquellos gloriosos tiempos del pasado, cuando los emperadores romanos cristianos eran dueños de Oriente y Occidente.

En los puertos de la Morea se nos juntaron otras naves que iban con el mismo destino que las nuestras. Todo el mundo por allí estaba revuelto y con miedo a cruzar el mar, pues se decía que, como no iban del todo bien las cosas entre turcos y venecianos, andaban muchos corsarios armando flotas al abrigo de las innumerables islas del Egeo para sacar ganancia. Con que, viendo que nuestras naos iban provistas de buenos cañones y aguerridos hombres, les pareció la mejor ocasión para emprender la travesía aunque tuvieran que pagar el alto precio que les pedía nuestro maestre.

Era el capitán de la flotilla un griego muy avispado, oriundo de Salónica, por lo que conocía esas aguas y todo lo que se movía en ellas como la palma de su mano. Y sacaba buen provecho de sus habilidades cobrando buen dinero por trasladar gentes y mercancías al Levante.

No bien caía la noche, mandaba que se apagasen todos los fanales y cualquier llama que pudiese arder a bordo. Y una vez que se había rezado la última oración del día, era capaz de ordenar arrancar el pellejo a quien alzase la voz o hiciese el menor ruido.

243

—Es en la noche cuando más peligro hay de que nos perjudiquen —decía.

Sería por eso que, en cierta ocasión, cuando surcábamos las aguas que se extienden entre la isla de Lemnos y el estrecho del Helesponto, en plena oscuridad, el susodicho maestre se puso muy nervioso y mandó que se diera la alerta en todos los navíos.

—Hay barcos cerca en buen número —me dijo—. Es preciso que se armen los hombres y se preste atención, en el mayor silencio.

—¿Y cómo sabes eso? —le pregunté muy extrañado, pues era noche sin luna, muy negra, y no se veía a dos palmos.

—¿No percibes el hedor? —contestó—. La chusma de las naves de guerra está tan podrida que el mal olor se extiende por el mar.

—No podría distinguirlo —observé—, puesto que también nuestros barcos apestan.

—Es un hedor distinto —precisó él—. Amigo, me he pasado la vida en estos mares y sé distinguir a diez millas de distancia a qué huele una nave griega, turca, española o veneciana.

—¿Y a qué huelen esas que dices que andan próximas?

—Turcas son y a chusma turca hieden.

Pasó la noche sin mayor novedad y, cuando amaneció, se vio venir en la lejanía a una escuadra de navíos.

—¿Te das cuenta, amigo? —me dijo el maestre—. Son naves de la flota turca. Pero nada hay que temer. Les pagaremos lo que está mandado y nos dejarán en paz.

Así fue. Cuando estuvieron a nuestra altura las naves turcas, nos cerraron el paso y nuestros barcos hubieron de detenerse. Enviaron entonces un caique para reclamar la tasa y cada uno de los maestres tuvo que cumplir con el trámite.

—Este es el primer pago —me dijo el griego—. Más adelante, a la entrada del estrecho, habremos de detenernos y saltar a tierra para soltar otro impuesto en la fortaleza de Kalei Sultaniye, donde reside el bajá que señorea el paso de los Dardanelos en nombre del gran turco.

Cumplido este otro requisito, tal y como él dijo, nos adentramos a la caída de la tarde en el famoso estrecho. Sopló entonces un viento nordeste muy frío. Navegábamos viendo las hogueras encendidas en las orillas por los centinelas. Y por la mañana se vieron acantilados poblados de espesos bosques.

Cuando por fin se apartaron las dos riberas, entramos en un ancho mar gris, al que llaman el Euximo, donde se halla la isla de Mármara. Pusimos proa al este y el aire fue entonces cálido y quieto, de modo que hubo de hacerse el trayecto a golpe de remos. El agua estaba tan mansa que daban ganas de echarse a andar por encima della.

Era media tarde cuando negreó la costa en el turbio horizonte.

—¡Estambul! —gritó un marinero.

Todo el mundo corrió hacia la borda. Se divisaba el declive de una colina y el blanquear de una ciudad que parecía nacer al borde mismo del mar.

Mi alma se agitó. Volvían mis ojos a contemplar aquel lugar del que me ausenté cinco años atrás, en precipitada huida de mi cautiverio. El temor se mezclaba con la emoción.

29

La visión de la ciudad de Estambul es grandiosa. Mil veces que se contemplara causaría el mismo asombro. A un lado y al otro del Bósforo, se alzan las colinas cuyas laderas en viva pendiente se hallan atestadas de casas arracimadas, en desorden. Las cimas están coronadas por fastuosos edificios: palacios y mezquitas cuyos minaretes delgados y en punta parecen hender el cielo violáceo. En una parte se extiende la vieja Constantinopla y el promontorio de la puerta del Serrallo, donde el gran turco tiene su palacio, al que llaman Topkapi, entre umbríos bosques. Los murallones, torres y pabellones resplandecen en medio del verdor. Detrás, en el alcor más elevado, se divisa Santa Sofía, rosada, grandiosa.

Con las aguas al medio, en la otra parte está Gálata, hacia oriente. No se puede ir de una orilla a otra si no es navegando, de manera que hay miles de esquifes, lanchas y gabarras cruzando de un lado a otro constantemente para transportar personas y pertrechos, lo que da al Bósforo un aspecto muy animado.

Los trámites para poder acceder a los puertos son complejos y lentos allí, de manera que es preciso pasar algunas noches a bordo antes del desembarco, mientras los funcionarios van y vienen para hacer gestiones y cobrar las cantidades obligadas. Aunque si estás dispuesto a dar buenos obsequios, te aligeran la espera.

Cuando al fin nos permitieron abarloar los navíos en los muelles, pusimos proa hacia el puerto que llaman Pera, que está al este de Gálata, siendo el lugar donde se reúne la mayor parte de la armada turquesa. Hay allí unas enormes atarazanas, donde se alzan unos arcos altísimos bajo los cuales pueden guardarse las galeras sin mojarse para ser reparadas o carenadas.

En el barrio portuario hay muchas fondas amplias, bodegones y tabernas que regentan los judíos. Conocía yo bien ese lugar concurrido, abarrotado de negocios, donde pueden escucharse todas las lenguas del orbe y se ven gentes de las más variadas razas, ataviadas con diversas y variopintas indumentarias, ávidas de comprar y vender hacia Oriente u Occidente y dispuestas a concertar tratos con el primero que les venga al habla.

Precisamente por estas cualidades, me pareció ser el sitio más indicado para amarrar las naves e instalarme convenientemente mientras daba inicio a mis indagaciones. De manera que llegué a un acuerdo con un espabilado almacenista que estuvo muy conforme en darnos cobijo y custodia para la impedimenta por un precio razonable.

Cuando tuve todas mis pertenencias a buen recaudo y hube aposentado a la servidumbre, hice los pagos correspondientes: al maestre de la galeaza y a los de los navíos que nos custodiaron; al amanuense, a los criados y al posadero, que cobraba por adelantado. A Hipacio le dejé sin paga, temiendo que se la gastara en vino y me causara complicaciones.

—¿Y yo? —protestó—. ¡Eso no es justo!

—Tú cobrarás al final de los negocios. ¡Y no rechistes!

Estaba muy temeroso el sastre, por hallarse en un reino tan extraño y diferente a todo lo que conocía, de modo que no me resultó difícil convencerle de que debía permanecer en la fonda mientras comenzaba a hacer mis gestiones en los mercados. Pero, más que nada, quería yo ir a vagar por ahí, pues no era capaz de sustraerme al deseo de recorrer la ciudad.

El invierno quedaba atrás y Estambul resplandecía lleno de colores. Había flores por todas partes y jugosas hortalizas en los tenderetes. Un agradable aroma de especias se esparcía en el ambiente. Anduve sin rumbo fijo, subiendo y bajando por las calles en cuesta, atravesando las minúsculas plazuelas donde se exhibían todo género de mercancías: esclavos, reses, aves, pieles, alhajas, muebles… El movimiento en los puertos acababa de iniciarse por la primavera y el gentío transitaba muy activo. Los aguerridos jenízaros lucían sus mejores galas: dolmanes color azafrán, plumas de avestruz en los gorros, gabanes de seda y espadas de dorada empuñadura al cinto. También se veían alárabes, africanos, ricos mercaderes de Candía, griegos, hombres de rasgos extraños y muchos cristianos, genoveses, venecianos y franceses. Entre los lujosos atavíos de los magnates que se desplazaban con sus séquitos, destacaban las vistosas sedas de Oriente. Los buhoneros y los mendigos impacientaban a los criados de los señores y recibían de estos algún latigazo o puntapié.

Sobrecogido, me detuve al ver las miríadas de cautivos mugrientos que se ocupaban en cualquier sucio rincón de los peores oficios: cavaban zanjas, abrían cimientos, quemaban basuras y acarreaban leña, agua o estiércol. Qué lástima me daban todas esas pobres gentes famélicas, sin más abrigo que los apestosos harapos que los cubrían o desnudas a la intemperie, sin parar de trabajar, recibiendo muchos palos, desprecios y maltratos de sus guardias. ¿Cómo no recordar entonces mi cautiverio? Aunque parecía que había transcurrido toda una eternidad desde que me viera yo como uno de ellos: esclavo, mísero, perdidas todas las esperanzas de regresar libre a mi tierra de origen.

En mi deambular, absorto al verme inmerso de nuevo en aquella prodigiosa ciudad donde diríase que confluyen las múltiples rarezas del mundo, ascendí hasta lo más alto de la colina donde se levanta la torre de Gálata. Veía la infinidad de caiques y almadías cruzando de parte a parte el Bósforo, y la plateada luz que desprendía el Cuerno de Oro, asimismo abarrotado de embarcaciones. «Heme aquí de nuevo —me dije—. A ver qué me deparas esta vez, insólito y misterioso Estambul».

Como estaba resuelto a no perder ni un solo día, a la mañana siguiente al desembarco me encaminé hacia el muelle de Karaköy para trabar contacto con el hombre que debía servirme de enlace durante todo el tiempo que estuviese allí, el cual se llamaba Melquíades de Pantoja. Era este un mercader de vinos, mitad napolitano y mitad español, que llevaba aposentado en Estambul más de treinta años. A él le debía yo nada menos que la impagable merced de haberme ayudado a escapar en su barco cuando pude verme libre al fin de mi cautiverio.

Aunque al principio anduve algo desorientado, no me resultó difícil dar con su negocio cuando recordé el lugar del atarazanal donde se congregaban los bulliciosos pescadores que exhibían, dispuestos en sus mostradores, el vistoso espectáculo de los peces capturados durante la noche. Más adelante estaba el embarcadero de los venecianos, al final del puerto, justo en la punta donde se unen el Cuerno de Oro y el Bósforo. Varios navíos permanecían anclados allí delante, mientras los esclavos y marineros subían y bajaban por las escaleras transportando pertrechos. Fardos, pellejos de vino y tinajas se amontonaban por todas partes y una frenética actividad llenaba el aire de voces y ruidos.

Allí mismo le pregunté a un muchacho que enseguida me indicó dónde estaba el almacén de Pantoja, a pocos pasos. Entonces anduve mezclado entre el gentío, con decisión, pero algo preocupado porque pudieran reconocerme.

Penetré en el establecimiento y al momento se dirigió a mí uno de los encargados:

—Señor, ¿qué deseas?

—Busco al amo de este negocio.

—¿A quién debo anunciar?

—Dile que soy un viejo amigo suyo.

—Si no me dices el nombre, no molestaré a mi amo —repuso con firmeza.

—Cheremet Alí es mi nombre —respondí.

Se perdió el dependiente por las trastiendas y regresó al rato para pedirme:

—Sígueme, señor. Mi amo te aguarda impaciente.

Melquíades de Pantoja, como era de esperar, estaba algo más viejo que la última vez que le vi. Me recibió de pie en una estancia íntima y fresca. Alto, delgado, con la barba canosa y en punta, conservaba su porte distinguido. Pero ahora, a diferencia de entonces, no vestía a la manera cristiana, sino a la turca. Extendió los brazos al verme y balbució emocionado:

—¡Dios bendito! Cheremet, mi querido Cheremet…

Nos abrazamos y ninguno pudo evitar las lágrimas por la emoción.

—Gracias, gracias, querido amigo —le dije con toda la sinceridad que podía expresar—. ¡Te debo tanto! ¿Cómo podré pagarte…?

—¡Chis! Hice lo que debía —contestó con una viva sonrisa que expresaba felicidad—. ¡Vamos a celebrarlo!

Me sirvió una copa del que decía ser el mejor de los vinos, traído de Chipre por él mismo.

—Si te interrumpo en tus obligaciones debes decírmelo —observé—. Sé que es tiempo de mucho ajetreo para el comercio y…

—¡Nada de eso! —no me dejó continuar—. Hoy no tengo mejor menester que conversar contigo. Hay tanto de que hablar…

Ordenó a los criados que trajeran comida y que no nos molestasen en toda la tarde. Cerró la puerta y enseguida empezó a preguntarme cosas sobre España.

—¿Es cierto eso que dicen por aquí, que los moros se han alzado en Andalucía contra el rey católico?

—Sí, muy cierto. Han nombrado califa a un tal Aben Humeya, según he sabido en Venecia. Ahora debe de haber una cruel guerra en las sierras de Granada, en lo que llaman la Alpujarra.

—¡Oh, qué tiempos estos! —exclamó—. Todo está al revés.

Cuando se hubo enterado él de lo que sucedía en los reinos cristianos, me contó con detenimiento todo lo que a su vez había pasado en los dominios del gran turco desde que me ausenté de Estambul.

—Dos años después de que yo te sacara de aquí en mi barco, o sea, en mayo del año del Señor de 1566, el sultán Solimán partió a la cabeza de su ejército para sitiar Szigétvar, en Hungría. Era ya un hombre anciano y enfermo y no sobrevivió a esta última campaña militar. Dicen que murió una noche en su tienda de campaña, consumido por la fatiga de la guerra. Pero, como suele suceder en estos casos, el gran visir Mehmet Sokollu logró ocultar a todo el mundo el suceso, para asegurarle el trono al heredero, el príncipe Selim, que tenía muchos enemigos. ¡Hasta mandó asesinar al médico del sultán fallecido!

—¡Bárbaros! —exclamé.

—¡Ay, si solo fuera esa muerte la causada por esta sucesión! —suspiró—. El nuevo sultán Selim II es el único hijo superviviente de Solimán, pues ya se ocupó en vida del padre de quitar de en medio a sus hermanos con la ayuda del gran visir Sokollu, que a la vez es yerno suyo.

—¿Y cómo es el nuevo sultán? ¿Es tan inteligente como decían que era su padre? ¿Goza del amor de su pueblo?

—¡Oh, es muy distinto al difunto Solimán! Las malas lenguas dicen que es vago, despreocupado, indolente… Al parecer, detesta ocuparse de los asuntos de Estado. Delega todas sus responsabilidades en su yerno el gran visir. Selim es impopular entre sus súbditos, los cuales adoraban al padre. Todo el mundo comenta con disgusto que el nuevo sultán es lujurioso, amante del vino, altanero, cruel, de temperamento imprevisible… Nada bueno se dice de él.

—Quizá hablen así porque echan de menos a su antecesor. El reinado de Solimán fue largo y próspero —repuse—. Siempre que muere un líder tan idolatrado, el sucesor ha de enfrentarse a las habladurías.

—Es posible que así sea. ¿Quién sabe? Pero bebedor sí que es, pues yo trato con muchos servidores de palacio y sé por propia experiencia que el sultán Selim se pirra por los mejores vinos. Entre los extranjeros le han apodado el Borracho y ya empieza a extenderse el mote incluso entre los turcos.

—¡Qué cosas! —comenté—. Un musulmán beodo…

—Ya ves —suspiró—. Vivimos en los más raros tiempos.

A continuación, recordamos Melquíades de Pantoja y yo cómo nos conocimos, cinco años atrás, cuando yo era aún cautivo y servía como esclavo en la casa de un turco muy poderoso.

—Después hiciste creer a todos que te convertías a la fe de Mahoma —recordó él— y pudiste espiar muy a gusto. Pasaste al servicio nada menos que del gran *nisanji*, el guardián de los sellos de Solimán. Allí te ganaste la estima y el favor del primer secretario Simgam, el cual te proporcionó la información que necesitabas y te concedió la libertad. ¡Qué suerte la tuya, bribón!

—Sí, gracias a Dios, pude irme al fin libre. Y no he olvidado lo que tú y Simgam hicisteis por mí. Y dime: ¿qué ha sido de mis antiguos amos?

—El guardián de los sellos murió poco después de que abandonases Estambul. Al parecer, enloqueció y se negó a probar alimento alguno. Su débil cuerpo aguantó poco.

—¿Y el secretario Simgam?

—¡Oh, se alegrará tanto de volver a verte…! Vive en el viejo palacio de su amo el *nisanji*. Allí nada ha cambiado, aunque el sultán Selim nombró para ese cargo a un nuevo visir.

—Iré a verle mañana —dije.

—Harás bien. Simgam es un hombre sabio que conoce todos los secretos de la Sublime Puerta. Te resultará útil recobrar su amistad.

—Desde luego. Ahora es muy importante para mí tener buenos contactos.

—¿En qué consiste tu misión? ¿Puedes contármelo? —me preguntó muy serio.

—He de lograr tener conversaciones con don José Nasí, el duque de Naxos. Su majestad quiere hacer negocios con él. ¿Sabes a quién me refiero?

—¡Vive Cristo! —exclamó—. ¡Es un hombre poderosísimo aquí! Todo el mundo en Estambul conoce a los Mendes.

—Lo sé. Pero me refiero a si le conoces en persona.

—¿Qué asunto debes tratar con él?

—Eso, querido amigo, siento no poder decírtelo. Pertenece al secreto más reservado de mi encomienda. Aunque seas espía como yo, sabes que hay cosas que su majestad no permite revelar.

—Comprendo —observó con circunspección—. Veo que ya eres todo un espía. Cuenta conmigo, querido Cheremet, te ayudaré en todo. Veré la manera de acercarte a José Nasí.

—Lo suponía —le dije—. Pero has de saber que, aunque sé que haces esto por convicción, cuento con el dinero suficiente para llevar a cabo esta misión sin problemas. Puedo pagarte.

—De eso hablaremos en su momento —contestó sonriente—. Ahora bebamos otra copa de este vino de Chipre.

—Sea. Contigo da gusto tratar, Pantoja.

—Pues quédate tranquilo, amigo, porque, en principio, he de decirte que podré ponerte en contacto con alguien muy cercano a los Mendes.

—¡Maravilloso! —exclamé—. ¿Qué he de hacer?

—Nada. Deja eso de mi cuenta. Por el momento, tú ve a ver a Simgam y después quédate esperando noticias mías.

30

De camino hacia la casa de Simgam decidí atravesar el Gran Bazar. Ya tenía en mente desde que llegué a Estambul la idea de comprarme un buen laúd. Así que di vueltas por los callejones encantado por retornar a aquel lugar que tantos recuerdos me proporcionaba. Todo allí seguía igual: los establecimientos abarrotados de objetos, el ir y venir de las personas, el colorido, los aromas de los perfumes y esencias, el olor de los tejidos, de los cueros, de las medicinas, de las apetitosas comidas... Absorto por el espectáculo que se desplegaba ante mis ojos, mis pies me llevaron hasta el barrio de los instrumentos de música, donde tampoco había variado nada.

—¡Oh, cuánto tiempo! —gritó alguien entre el gentío.

Me volví y vi venir hacia mí al hombre que esperaba encontrar allí: a Gamali, un viejo amigo, músico y poeta, de quien se decía que podía hacer los mejores instrumentos de Estambul. Fue jenízaro en su juventud y aprendió en el *sancak* de Kastamonu a fabricar el laúd turco de largo mástil, llamado *saz*, cuando perdió una pierna en la guerra y se vio obligado a dejar las armas. Cuando le conocí, hacía siete años, regentaba media docena de tiendas en el Gran Bazar, dos de ellas de instrumentos musicales y las demás de miniaturas, poemas en vitela, marionetas y figuras para el teatro de sombras.

—¡Gamali, amigo mío! —exclamé—. He venido a buscarte.

—Pero… ¿se puede saber dónde te has metido durante todo este tiempo? —me preguntó, sin salir aún de su asombro.

—Es largo de contar. Vamos a tomar el té y te lo explicaré.

Inventé una historia de viajes y buena fortuna. Le dije que ahora era un hombre completamente libre y que me dedicaba a los negocios. Él se creyó mi relato a pie juntillas. En Estambul variaban tanto las vidas en aquellos tiempos locos que nadie podía extrañarse por un cambio así.

—Veo que has prosperado —observó—. Te has hecho todo un hombre rico. Pero no has olvidado a tus amigos…

—Eso nunca, Gamali.

Recordamos entonces las muchas horas que teníamos pasadas juntos en la trastienda de su negocio, conversando, tocando el laúd, recitando y cantando coplas. A él le debía yo todos mis conocimientos sobre la música y la poesía turca.

—Sabes que puedes contar conmigo como entonces —me dijo—. Siempre es un placer tu compañía.

—Lo sé, amigo mío, gracias, muchas gracias… ¿Cómo agradecer todo lo que me enseñaste en aquellos

257

años difíciles para mí? Gracias a lo que aprendí contigo, pude tener contentos a mis amos y verme libre de muchas penalidades.

—¡Eres un músico maravilloso! —exclamó—. ¡Ah, qué juventud! ¡Supongo que no habrás olvidado lo que te enseñé!

—Nada de eso.

—Pues demuéstramelo —dijo con ojos delirantes, mientras alargaba la mano para descolgar un bonito laúd de la pared.

—Humm… ¡Es uno de tus mejores instrumentos!

—A ver si recuerdas algo hermoso —dijo, mientras se ponía a afinarlo.

—Claro, Gamali. Me acuerdo perfectamente de lo que me dijiste un día: «Aunque cantares como los mismos ángeles y acompañares tu voz con el mejor laúd del mundo, si no encuentras una canción adecuada, no lograrás hacer feliz a nadie».

—Pues este que tengo en mis manos —dijo ufano— es el mejor laúd del mundo. Ahora te falta esa canción…

—No la he olvidado —contesté, tomando el instrumento.

Hice sonar las primeras notas. Aquel laúd parecía ser, en efecto, el más melodioso del mundo. Y noté que el viejo músico se entusiasmaba al oírme tocarlo cuando cerró los ojos y quedó sumido en una especie de trance feliz.

El recuerdo de aquella canción maravillosa que un día me enseñó retornó y me puse a cantarla:

Oh, Dios de los cielos infinitos,
de las alturas y los abismos,

tu mirada escruta todas las cosas,
sondea el profundo pozo de mi amargura,
solo estoy en esta tierra yerma
y ansío recitar los consuelos de tus nombres...

Cuando hube concluido, con brillo en la mirada, dijo:

—Casi había olvidado yo esa vieja canción sufí del triste poeta Yunus Emre.

—Yo jamás la olvidaré, pues con ella me gané el corazón del *nisanji*.

—Amigo —me dijo poniéndome la mano en el hombro—, con ese talento tuyo y la juventud y riqueza que ahora posees, nadie podrá resistirse a tus encantos.

—¡No exageres, hombre!

—¡Oh, ha hablado mi alma! Aprovecha el tiempo y vive, pues la vida se va...

Dicho esto, se levantó y caminó con sus pasos renqueantes hacia un arcón, del cual extrajo un fajo de papeles atado con una cinta de seda.

—Toma, amigo mío —dijo—, acepta este regalo.

—¿Eh? ¡Es tu vieja colección de poemas y canciones! No puedo aceptarlo...

—¡Cógelo, estúpido! —gruñó—. Son copias. ¿Cómo comprendes que iba a desprenderme de los originales? Todavía no soy tan viejo como para soltar mi pobre herencia.

—No eres tan pobre —repuse irónicamente.

—No tengo un aspro —confesó—. Mis pertenencias se reducen a esta tienda y a los viejos objetos que ves en ella. Sí, amigo mío, me arruiné. He sido demasiado generoso y ahora nadie se acuerda de mí.

Me fijé en la tienda. Con la emoción del encuentro, no había reparado en que todo estaba viejo y cubierto de polvo. Se veían muy pocos instrumentos. El negocio de Gamali presentaba un aspecto pobre y decadente, mientras que, en los alrededores, otros establecimientos estaban boyantes, con clientes que entraban y salían.

—¿Y tus otras tiendas? —le pregunté—. Entonces poseías cinco negocios más aquí, en el Gran Bazar.

—Vendí las otras tiendas —respondió con tristeza—. Han sido tiempos duros para mí. Mis viejos clientes se fueron muriendo y ya sabes con qué ímpetu comienzan los jóvenes. La competencia es grande aquí. Tenía que comer… Ahora solo me queda lo que ves. Ya no tengo siquiera un esclavo: no podría mantenerlo.

Sentí lástima y el deseo de hacer algo por él.

—¿Cuánto cuesta el laúd que tengo en las manos? —le pregunté.

—No lo vendería nunca —contestó con orgullo—. Ese instrumento lo construí en Kastamonu cuando era aún joven y desprenderme de él sería como perder una mano. Pero puedo venderte aquel otro de allí, cuyo sonido también es maravilloso. Aunque no creo que su precio esté a tu alcance, por mucho que haya mejorado tu fortuna.

—¿Cuánto cuesta?

Entonces se despertó el comerciante que había en él y, amigablemente, con el tono que se usa en el Gran Bazar para vender, preguntó a su vez:

—¿Cuánto puedes pagar, amigo?

Sonreí. Saqué mi bolsa y puse cien escudos venecianos sobre la mesa. Su rostro se iluminó:

—¡Es demasiado! —exclamó—. ¿Pretendes burlarte de mis desdichas?

—Anda, viejo zorro, toma ese dinero. Te debo mucho más yo a ti. Digamos que es el precio por el laúd y por la colección de poemas.

—¡Hecho! Regalo por regalo —sentenció.

Salí de allí encantado. Llevaba conmigo un buen laúd que sabía que iba a necesitar pronto y, a la vez, me sentía feliz por haber podido devolverle el favor a Gamali.

Proseguí mi camino. El viejo palacio del *nisanji* se encontraba cerca, en dirección al Topkapi Sarayi, en una empinada calle señorial flanqueada por las enormes residencias de los visires de la Sublime Puerta. Al final de la cuesta había un parque rodeado por grandes y lujosas hospederías, donde se alzaban los flamantes baños que el sultán Solimán mandó edificar para su favorita Roselana. Hacia poniente, se veía la majestuosa cúpula de Aya Sofía rodeada por sus delgados minaretes.

Delante de la puerta del palacio, retornaron a mí una vez más los recuerdos. La fachada estaba sucia, ennegrecida y descuidada. Supuse que las cosas no habían ido bien desde la muerte del *nisanji*.

Llamé a la puerta varias veces. Cuando ya pensaba que dentro no había nadie e iba a darme media vuelta, alguien gritó desde el interior:

—¡Ya va!

Abrió el esclavo Vasif y se quedó mudo al verme. Le temblaron los labios y daba saltitos de emoción.

—Ay, ay… —balbució al fin—. Dijeron que estabas muerto…

Entonces surgió una voz cascada desde dentro del caserón:

—¿Con quién hablas, estúpido Vasif? ¿Quién está ahí?

—Es él, es él… —repetía el esclavo.

—¿Quién? —insistía la voz aproximándose.

Apareció el anciano secretario Simgam, con pasos menudos y lentos. Estaba más viejo que la última vez que le vi, el pelo blanco le asomaba por debajo del turbante y la barba lacia, enredada, le caía sobre el pecho.

—¿Quién es? —preguntó una vez más, aguzando su mirada torpe.

—Pero… ¿No me reconoces, señor Simgam? —dije, extrañado—. ¿Tan cambiado estoy en apenas un lustro?

—Veo poco… ¿Quién eres?

Me di cuenta de que había perdido la vista. Sacó sus gruesos anteojos y se los colocó. A pesar de lo cual, no era capaz de reconocerme.

—¡Soy Cheremet Alí, el músico! —exclamé—. ¡He vuelto!

—¡Es él, es él, no ha muerto! —gritaba Vasif—. ¡Y trae su laúd! ¡Qué milagro!

—¡Oh, cielos! —dijo al fin Simgam—. ¿Salvaste la vida…?

El anciano secretario se puso muy nervioso. Se aproximaba a mí cuanto podía e intentaba ver mi rostro para comprobar si era yo realmente. Me palpó la frente, el cabello, las orejas… y el laúd que acababa de comprarle a Gamali.

—¡Tú! ¡Mi Cheremet! ¡Salvaste la vida! ¡Vamos adentro, rápido!

El interior del palacio estaba oscuro y ajado. Parecía que el frío del invierno pasado se hallaba prendido aún en las paredes húmedas. Un añejo olor lo impregnaba todo.

—¡Cómo me alegro de verte! —exclamaba él, abrazándome a cada momento—. ¡Ciertamente, esto es un milagro! ¡Gracias por haber regresado!

Simgam había sido un hombre muy importante, por gozar de la confianza del *nisanji*, el guardián de los sellos de Solimán, que era uno de los más altos funcionarios del imperio. Gracias a él pude yo recobrar la libertad y conocer las pérfidas y ocultas intenciones del sultán de ir a conquistar la isla de Malta para iniciar desde allí su ataque a los dominios del rey católico, las cuales llevé conmigo para comunicarlas en la cristiandad.

—Te di aquella noticia por puro despecho —recordó el anciano—. Siempre fui un hombre amargado e invadido por el resentimiento. Nací en Armenia en una familia de viejos cristianos que jamás hicieron mal a nadie; campesinos de las montañas, gente temerosa de Dios y entregada a sus trabajos y tradiciones. Los sicarios turcos me hicieron esclavo desde niño; me arrancaron de los brazos de mis padres y me enseñaron su religión a la fuerza, así como su lengua y la escritura turca. Siempre ejercí el mismo oficio de escribiente con diversos señores, pero nunca olvidé mi origen. ¡He sido un infeliz! Y ahora, que me veo al fin libre, estoy viejo, casi ciego y solo. Aquí en este caserón únicamente vivimos ya ese esclavo medio tonto y yo. ¡Qué pena!

—¿Sigues espiando al gran turco? —le pregunté.

—¡Qué más quisiera! —respondió con rabia—. ¡Ojalá pudiera seguir perjudicándole! Pero ya no soy nadie. Desde que murió el *nisanji* no he vuelto a atravesar la Sublime Puerta. Todo ha cambiado mucho. El nuevo sultán Selim se rodeó de su gente. No queda nadie de entonces en el palacio.

—Lástima. Tu presencia en la Sublime Puerta era una ayuda valiosísima para los espías del rey católico.

—Sí, pero, aunque ya no puedo entrar en el palacio, todavía puedo prestar algún servicio. Voy a mostrarte algo, amigo. —Entonces sacó del bolsillo uno de los sellos reales y me lo mostró—. Cuando muere el sultán —explicó—, todos sus sellos personales son destruidos para que ya los documentos sean emitidos solo en nombre del sucesor. Yo, que lo sabía, guardé este sello de Solimán.

—¿Y para qué sirve ya? El viejo sultán murió hace más de dos años…

—¿No comprendes? Puedo dar valor a cualquier documento que tenga fecha anterior a la muerte de Solimán. Este pequeño sello no es solo un recuerdo, ¡es un tesoro!

—¡Claro! —exclamé—. Se puede falsificar cualquier permiso, salvoconducto o privilegio como si hubiera sido concedido en tiempos del difunto sultán.

—En efecto, querido Cheremet Alí.

—Te necesitaré —le confié—. He venido para quedarme el tiempo que sea preciso mientras cumplo un encargo.

—¡Maravilloso! Has venido para espiar —dijo, tomándome las manos—. Me alegro en el alma. Ambos podemos resultarnos útiles. ¡Te ayudaré!

Dicho esto, sollozó durante un largo rato. Su tristeza y soledad me enternecieron. Simgam sabía que estaba viviendo sus últimos años y aún quería hacer cuanto daño pudiese a quienes hacía culpables de todos sus males.

Cuando se hubo calmado, el secretario llamó al criado y le ordenó:

—Anda, Vasif, prepara una alcoba para Cheremet.

—Oh, no, Simgam —repliqué, aunque con lástima—. Lo siento, pero no puedo quedarme. Por el momento vivo en una fonda del barrio de Pera, pero tengo pensado instalarme en alguna casa por aquí. Traigo conmigo criados y pertrechos que he de acomodar. ¿Puedes ayudarme a encontrar lo que necesito?

—Haré indagaciones. Aunque no vivas aquí, será maravilloso saber que estás cerca. Te buscaré esa casa y pondré en regla los documentos que precisas para no ser molestado por los recaudadores.

31

Merced al prodigioso sello de Simgam, pude agenciarme todos los beneficios correspondientes a un súbdito contribuyente del sultán, los cuales extendí a toda mi servidumbre. El viejo se encargó de dar validez a los documentos que acreditaban mis pagos directos al tesoro del difunto Solimán y los salvoconductos necesarios para presentarme como comerciante según lo dispuesto en las leyes del imperio. Con tan valioso legado en mi poder, ya no me resultó nada difícil presentarme en cualquier parte como turco de ley sin despertar la menor sospecha. Por suerte para mí, haber servido en la casa del antiguo *nisanji*, ya muerto, me proporcionaba una situación de hombre libre y musulmán que nadie podía poner en duda.

Con esta condición y la fortuna que traía conmigo, pude alquilarme una buena casa en la plazuela próxima a Aya Sofía, en el barrio más distinguido y no lejos del Hipódromo. Era un edificio todo de madera, construido hacia lo alto, con tres pisos y demasiada angostura en las estancias, pero podía ver desde mi balcón las cúpulas y las chimeneas de los baños de Roselana y una amplia explanada donde cada día se instalaba un colorido mercado donde se vendían carnes, pescados, frutas, verduras y flores.

Cerca de mi casa estaba el Gran Bazar y, caminando en dirección al Cuerno de Oro, se llegaba enseguida a la imponente mezquita de Solimán, junto a la cual se alzaban los mausoleos del difunto sultán y de su esposa. En los aledaños se encuentra el mayor caravasar de Estambul, una de esas edificaciones de proporciones gigantescas que sirven en Oriente para albergar a los múltiples comerciantes que vienen a hacer sus negocios a la ciudad. Es un conjunto de posadas, habitaciones, cuadras para los caballos y dromedarios y enormes almacenes para los pertrechos. También hay refectorios para los viajeros, hornos, lagar… y todo lo necesario para que hallen acomodo centenares de personas con los animales que traigan consigo.

En este concurrido lugar, encontré el cobertizo que necesitaba para guardar mis mercancías bien custodiadas, lo cual me servía para ir por allí todos los días e iniciar mis indagaciones. Asimismo, acudía con frecuencia al bazar de las especias y me embarcaba en el muelle de Eminönü en un caique para ir a visitar a Melquíades de Pantoja al puerto de los Venecianos, en la ribera de Gálata.

Así transcurrió más de un mes, sin que hubiera en mi vida mayor novedad que la de hacerme a la vida de aquella vieja Constantinopla donde se da cita la mayor diversidad del género humano: turcomanos de Anatolia, beduinos de Siria, Egipto y la península Arábiga, cristianos griegos, judíos procedentes de todo el orbe y miríadas de europeos. En tal maremágnum, nadie lleva cuentas en los mercados de la religión que profesen los mercaderes, importando únicamente que estén al corriente en el pago de los tributos y tengan dineros y mercaderías suficientes para ser dignos de trato.

Dispuesto a que mi nombre fuera conocido en aquella sociedad regida solamente por los intereses, comparecía yo frecuentemente en las reuniones de comerciantes, asesorado por Melquíades de Pantoja. Daba salida a las telas que adquirí en Venecia y compraba a mi vez especias, drogas y perfumes, siempre aguardando a que fuera el momento oportuno para aproximarme a los subalternos de don José Nasí y buscando la manera propicia de tener trato con los hebreos de Estambul.

Uno de aquellos días de mayo, en que el calor del mediodía levantaba en los jardines una atmósfera perfumada y vaporosa, vino al fin la ocasión tan esperada. Un criado me anunció:

—El señor Pantoja está en la puerta acompañado por unos señores.

Me asomé al balcón. Melquíades y tres visitantes más permanecían montados en sus caballos delante de mi casa.

—¡Eh, qué te trae por aquí! —grité desde arriba.

—¡Vamos, vístete enseguida como Dios manda y ven con nosotros a comer pescado! —contestó Pantoja.

Me fijé en sus acompañantes: los tres eran sin duda importantes hombres; sus ricos atavíos, los jaeces de los caballos y los palafreneros de librea me decían que iban de fiesta. Comprendí que mi amigo había cerrado con ellos algún trato y consideró oportuno que yo me uniera a la celebración. Si no fuera así, no habría acudido tan repentinamente, a una hora tan delicada.

Mandé al criado que los hiciera pasar y que les sirviera en el recibidor agua fresca y alguna golosina, mientras corría yo a ponerme mis mejores galas.

Cuando me hube vestido, se hicieron las presentaciones. Pantoja me ensalzó a mí, en primer lugar, delante de ellos.

—Aquí tenéis, amigos, al hombre del que tanto os he hablado, el gran Cheremet Alí. Como veis, su apostura dice mucho de él, pero aún más os alegraréis cuando sea el momento de hacer negocios. Acaba de llegar de Venecia y viene resuelto a probar suerte de nuevo en Estambul, de donde se ausentó hace cinco años.

Sonreí manifestando la mayor satisfacción y me incliné con cortesía.

—Señores, mi casa es vuestra.

Entonces Pantoja presentó a los tres visitantes. El primero de ellos se llamaba Cohén Pomar. Al escuchar ese nombre me sobresalté. Sabía muy bien quién era, pues llevaba semanas esperando con impaciencia que llegara el momento de conocerlo, por ser nada menos que el amanuense principal de José Nasí. Se trataba de un inteligente hebreo, muy avezado en los negocios, de quien todo el mundo hablaba, porque recorría los mercados para hacer transacciones en nombre de los Mendes. Según el propio Pantoja me había dicho semanas antes, ese debía ser mi mejor contacto para llegar al meollo de mi misión.

El tal Cohén era joven y altivo, erguido como un gallo. Vestía a la turca, con dolmán brillante de color naranja y alto gorro de seda nacarada con reflejos violáceos.

El segundo de los hombres era sin embargo viejo y de aspecto más humilde. Todo en él era judío: sus ojos, la nariz afilada, la ropa de color castaño y el negro casquete que le cubría la coronilla.

269

—Es el señor Isaac Onkeneira —explicó Melquíades de Pantoja—. También él sirve al honorable señor don José Nasí, como trujamán. Y puedo decirte que es el hombre más erudito de Estambul.

—No exageremos, no exageremos —protestó él con modestia.

El tercero de los visitantes nada tenía que ver con los Mendes y no era judío como los otros dos. Este se llamaba Tursun al Din y era un mercader persa que se dedicaba únicamente a las alfombras. Tan joven y elegante como el primero, moreno, de pelo rizado, vestía calzones de lino y una especie de camisón inmaculadamente blanco. No tardé en darme cuenta de que se había agregado al grupo por pura casualidad. Porque, desde luego, no me cabía la menor duda de que Pantoja venía preparando este encuentro a conciencia, aunque pudiese parecer que era una reunión desenfadada para ir a comer pescado después de hacer negocios.

—¿Y dónde será la fiesta? —preguntó el persa, entornando unos negrísimos ojos ávidos de diversión—. ¿Adónde nos llevas, Pantoja?

—Iremos a ver si hay suerte y podemos degustar unos peces de tierra —contestó el mercader.

—¡Oh, peces de tierra, qué buena idea! —exclamó Cohén, alzando su orgullosa testuz.

—¿Peces de tierra? —pregunté—. ¿Qué demonios es eso? Nunca antes lo he oído.

—¿Cómo? —observó el anciano Isaac Onkeneira—. ¿Y tú has vivido en Estambul?

En ese momento me di cuenta de que había metido la pata, pero, gracias a Dios, Pantoja hizo uso ágilmente de su astucia de espía y se apresuró a contestar por mí:

—Amigos, Cheremet pasó su mocedad en casa del *nisanji* Mehmet bajá, el hombre más austero de la Corte del gran Solimán. ¿Imagináis peces de tierra en su mesa?

—¡Oh, claro que no! ¡Ja, ja, ja...! —rieron con ganas todos la ocurrencia.

—Amigos, en la casa del *nisanji* solo comí verduras y arroz cocido —añadí, fingiendo la mayor naturalidad, a pesar de haberme azorado a causa de mi desliz.

—Bien, vayamos ya —dijo Pantoja—, que los peces de tierra requieren su tiempo.

El lugar donde debíamos comer tan célebre y extraño manjar era una posada que estaba muy próxima a mi casa, en la misma manzana, en un callejón cerrado y umbrío que daba a la plazuela como único acceso.

Nada más entrar en el mesón, nos llegó un delicioso aroma a pescado frito.

—¡Señores, bienvenidos! —salió a recibirnos un alegre joven.

—Solo nos quedaremos si tienes peces de tierra —le advirtió Pantoja.

—Señores, acompañadme al patio —dijo el muchacho, esbozando una alegre sonrisa—. Veamos qué se puede hacer.

El mesón era un lugar extraño, pero a la vez agradable; todo de madera: las paredes, los techos y el entarimado del suelo crujía a cada paso. El interior parecía un laberinto confuso en el que las estancias se superponían en diferentes niveles, de manera que no había corredores. No se veían espacios vacíos, pues se aprovechaba hasta el último rincón. Por todas partes se extendían tapices, cojines mugrientos y mesas bajas de las que usan los turcos para comer o sentarse junto a ellas para tomar té y conversar. Pero no había ni un solo cliente.

Siguiendo al joven mesonero, llegamos a un pequeño patio cuyos muros estaban completamente cubiertos de madreselvas.

—Tomad asiento, señores —dijo el muchacho.

Nos sentamos en unos taburetes y apareció enseguida un chiquillo que nos sirvió vino a los cinco. Permanecíamos en silencio, observándolo todo, como quien asiste a un ritual.

—Vamos allá —dijo el muchacho.

—A ver si hay suerte —añadió Pantoja.

El joven mesonero cogió una caña de pescar que estaba apoyada en la pared y la preparó con su correspondiente sedal atado al anzuelo.

—Ahora verás —me dijo Pantoja—. ¿Crees que se pueden pescar peces en el patio de esta casa?

—¡Qué cosas dices! —exclamé—. ¿Me tomas el pelo?

Entonces fui testigo de un prodigio que parecía cosa de encantamiento: el muchacho retiró un pedrusco del suelo del patio y, por el hueco que quedó abierto, introdujo el hilo con el cebo enganchado al anzuelo. Creí que se burlaban de mí. Pero al cabo de un rato el joven tiró de la caña y sacó un pez de un par de cuartas de tamaño.

—¡Hoy pican, señores! —exclamó—. ¡Estamos de suerte!

No salía de mi asombro. Después de aquel pez, fue sacando uno detrás de otro, hasta reunir media docena o más. Cuando creyó que eran suficientes, los saló y los fue friendo enharinados en un perol que tenía preparado sobre la lumbre otro muchacho allí al lado.

Yo no daba crédito a mis ojos. Me aproximé al orificio por el que se había hecho la pesca y solo pude ver la negrura del fondo. En efecto, aquellos peces parecían ser de tierra, pues allí no se veía agua alguna.

—¿Cómo puede ser esto? —pregunté—. ¿Qué suerte de brujería es esta pesca?

Entonces Pantoja me explicó que en aquella parte de la ciudad se producía ese prodigio desde siempre. Bastaba hacer un agujero en el suelo e introducir un anzuelo con cebo para conseguir pescar peces. Era aquella una de las muchas rarezas propias de Estambul.

32

Durante los días que siguieron a la comida en la taberna de los peces de tierra, intenté sutilmente entablar amistad con el joven administrador de don José Nasí, el amanuense Cohén Pomar. Pero resultó que, tal y como delataba su presencia altiva, era un hombre orgulloso y distante que recelaba de cualquier aproximación a su persona que no llevase intenciones puramente comerciales. Mi afán de tratar con él me costó un dineral: seiscientos ducados gastados en lana de Karamamia que tuve que comprarle en mis intentos de estrechar lazos. Él debió de quedarse encantado por el trato, mas yo me sentí como un idiota, después de rondarle en largas y fatigosas sesiones de conversación acerca de las ovejas turcomanas y las bondades de sus guedejas. Pero, de su amo don José Nasí, no soltaba prenda.

Sin embargo, quiso la suerte que mi destino se cruzase con la familia de Isaac Onkeneira, el sabio que servía de trujamán al duque de Naxos desde que llegó a Estambul. El feliz encuentro se produjo de una manera tan casual e inesperada que al principio no me di casi cuenta de que las circunstancias empezaban a favorecerme providencialmente, aunque había yo aprendido a desconfiar de los beneficios rápidos y de las ilusiones imprevistas.

El caso es que, una de aquellas tardes largas de mayo, me dejé convencer por mi amigo Gamali para ir a rebuscar poemarios en el mercado de los libros que se encontraba junto a la mezquita de Bayaceto. Era aquel un lugar muy animado y pintoresco, donde tenían sus establecimientos los fabricantes de turbantes, papel, plumas de ganso, cálamos, tintas… También se instalaban allí los escribientes dispuestos a redactar una carta, un memorial, una solicitud o cualquier otro escrito, así como los copistas de libros. Podía encontrarse todo tipo de volúmenes del Corán: en rollos, en tiras, en tablillas, encuadernados… y un sinfín de compendios, comentarios y epítomes de los teólogos. Aunque asimismo se podían adquirir obras más sencillas: colecciones de cuentos orientales, antiguas historias de héroes, vidas de hombres santos, cuadernillos de poesía y hasta prácticos manuales sobre el orden de los astros, la jardinería, las hierbas medicinales, esencias, emplastos y demás artes de la botica o la crianza de abejas y la obtención de su miel, entre muchos otros tratados la mar de curiosos.

Encandilado por la abundancia y variedad de poemarios de los cantores persas de antaño, Gamali no llevaba cuenta del tiempo transcurrido. Pero yo me aburría sentado bajo la sombra de un sicomoro, porque me resultaban indescifrables las enrevesadas escrituras del árabe arcaico. Y de vez en cuando le rogaba:

—Vayámonos de una vez a alguna taberna de Pera

a escuchar el sonido de un buen *saz*. Estoy cansado de tanto libro…

—Un momento, solo un momento… Hay aquí bellísimos poemas que quiero memorizar. Después les pondré música. Es lo que suelo hacer. ¿De dónde crees que saco la inspiración? —contestaba él, sin levantar la vista de las amarillentas páginas de los libros.

En esto, alguien a mi lado me tocó suavemente en el hombro.

—Señor Cheremet Alí, qué grata sorpresa.

—¡Oh, señor Isaac Onkeneira! —exclamé, al reparar en quién era.

El venerable trujamán de don José Nasí estaba frente a mí y yo bendije mi suerte.

—Suelo venir a menudo a este lugar —manifestó él—. Este es el mercado favorito de los que amamos la lectura. Aunque he de decir por ello que me sorprende encontrarte aquí, pues me pareció entender el otro día que te dedicabas a otro tipo de mercancías: sedas, lanas, esencias…

—Ciertamente, no comercio con libros, pero ello no quiere decir que no los ame. He venido a buscar algún poemario.

—¡Ah, resulta que te gusta la poesía! —exclamó con visible satisfacción—. ¡Cuánto me alegro! ¿Cuál es tu poeta favorito?

—Yunus Emre —contesté con seguridad.

—¡Anda, el viejo sufí, el cantor de lo oculto! Me sorprende que un mercader de tejidos tenga tales gustos.

—También hay belleza en un buen bordado —repuse—. Encuentro belleza en las telas que compro y vendo. Aunque… ¿cómo comparar eso con un buen poema?

—Qué verdad, amigo; ¡qué gran sinceridad! Me alegro de que tus gustos coincidan con los míos. También amo yo los poemas de Yunus Emre, aun siendo judío. ¿Recuerdas aquella hermosa frase suya? «Todo el reino de tu ser ha de ser invadido por el Amigo...».

—No la conocía, y te agradezco que me la regales. Desde hoy la guardaré en el corazón.

En esto, se acercó Gamali, que seguía con su búsqueda de canciones un poco más allá. Y que no por ello dejaba de estar pendiente de nuestra conversación, por lo que se inmiscuyó recitando con toda solemnidad:

Oh sabios,
mucho mayor es la gloria
de entrar en el corazón humano.

Meditó durante un momento el trujamán y proclamó después como respuesta:

¡Oh tú que deseas conocer tu origen!
En esencia tú eres un sultán;
sin embargo, has llegado desnudo a este mundo
y abandonarás este mundo desnudo.
¡Oh ser humano,
conviértete en sultán del mundo eterno,
o bien permanece eternamente desnudo!

—¡Sublime! —exclamó Gamali.

—Tú y yo nos conocemos —le dijo el trujamán—. Todo el mundo en Estambul conoce al viejo músico Gamali. Tus laúdes son célebres. Y ahora comprendo por qué el amigo Cheremet Alí ha llegado a conocer los versos del poeta Yunus Emre...

—Señor Onkeneira —respondió Gamali—, nos hemos encontrado aquí muchas veces rebuscando entre los viejos libros tú y yo, el uno al lado del otro, mas nunca nos hemos dirigido la palabra. Es para mí un grandísimo honor saber que me conoces, pues tú eres el hombre más sabio de Estambul.

—No he pretendido adularte —observó el trujamán—. Y no tienes necesidad de hacerlo conmigo… Digamos sencillamente que ambos somos amantes de la poesía y ¿cómo no habríamos de encontrarnos en este lugar?

Bendiciendo mi suerte, me daba cuenta de que aquella ocasión no podía ser más venturosa: Onkeneira y Gamali parecían profesarse una mutua admiración, de la cual estaba yo dispuesto a sacar el mayor provecho. Así que propuse:

—Señores, estamos aquí bajo el sol y el calor aprieta. Si ya no tenemos mejor cosa que hacer esta tarde, ¿por qué no nos vamos los tres a conversar a alguna taberna cercana?

—Muy bien dicho —respondió el trujamán—. Por mi parte, solo he de recoger un encargo aquí al lado. Una vez hecho lo cual, me encantará departir un rato con vosotros.

—Se me ocurre que podemos descender hacia los embarcaderos —opinó Gamali—. El Bósforo está fresco a esta hora y hay tabernas con sombra bajo los emparrados.

—¡Magnífica idea! —exclamó el trujamán.

—Pues vamos allá —dije a mi vez, encantado.

Nos detuvimos en el penúltimo de los establecimientos del mercado de libros para que Isaac Onkeneira recogiera su encargo. Después, descendiendo ya de camino hacia el puerto por las calles en cuesta, explicó él:

—Esto que he recogido es un viejo libro que mandé copiar. Se trata de la *Epopeya de Köroglu*.

—¡Qué maravilla! —exclamó emocionado Gamali—. ¿Me dejarás verlo?

—Naturalmente.

Tomó el músico en sus manos el libro y lo ojeó con avidez. Luego manifestó:

—Es mi leyenda favorita. Aprendí las canciones y melodías atribuidas a Köroglu hace muchos años en Anatolia.

Llegamos frente al embarcadero. Las gaviotas saturaban el aire y los pescadores se alineaban al borde del agua con sus largas cañas. El verdor de las parras resaltaba sobre las viejas paredes de madera oscura y sucia de las tabernas. Olía a fritangas y especias. El Bósforo enrojecía hacia la puesta de sol y la tarde resultaba allí lánguida y parsimoniosa.

—Yo no bebo vino —se excusó el venerable trujamán cuando nos sentamos—. Hace tiempo que sufro una dolencia de estómago que no me lo permite. Pero disfrutad vosotros de la bebida, amigos.

—Lástima —dijo Gamali—. Vino y poesía es el mejor maridaje del mundo.

—¿No añadiríamos «mujeres»? —opiné.

—¡Qué juventud! —exclamó el trujamán—. ¿Eres acaso soltero?

—Sí.

—Entonces digamos que eres un hombre libre. Yo, en cambio, me casé dos veces. La segunda después de enviudar, naturalmente. ¡Soy judío!

—Yo tengo mis dos mujeres y once hijos —dijo

con sorna Gamali—. ¡Entre todos me han arruinado! Hoy solo me interesan la poesía y el vino…

Celebramos la ocurrencia con risas.

Cuando nos hubieron servido, Onkeneira puso encima de la mesa la flamante copia que acababa de adquirir. La *Epopeya de Köroglu* era un bello libro con diminutas ilustraciones que representaban la azarosa vida del famoso héroe turco: Köroglu es hijo de un hombre al que sacan los ojos en un injusto castigo, un acto por el que el héroe clama venganza e inicia una curiosa aventura como músico y poeta que canta su desgracia y busca la justicia verdadera ayudando a pobres y oprimidos.

Emocionado al contemplar el libro, con sus coloridas páginas llenas de poemas y miniaturas, Gamali se puso a cantar:

Oh, Köroglu, soberbio y valiente…

—¡Cantas maravillosamente! —exclamó el trujamán.

—Pues nada es lo mío comparado con este amigo nuestro. —Me señaló—. Deberíais oírle cantar acompañándose con el laúd.

—Por favor —me rogó Onkeneira—, ¿puedes hacerlo para nosotros?

—Oh, no, no… no es el momento… —Me ruboricé.

—¡Vamos, no seas tímido! —insistió Gamali.

—No, no me apetece… Comprendedme. Tal vez en otra ocasión…

—Creo que debemos dejarte en paz —otorgó el trujamán—. Los artistas sois así. Mirad cuántos pescadores hay ahí enfrente. Es de comprender que sientas vergüenza. Pero se me ocurre una idea: ¿por qué no venís mañana a cenar a mi casa? Me encantaría que mi familia y amigos escuchasen las canciones de Köroglu. Gamali podría cantarlas y, si te parece más conveniente, tú, Cheremet, también. ¿Qué os parece?

—Acepto la invitación —respondí.

—Y yo —añadió Gamali.

33

Cuando Gamali y yo penetramos en el íntimo salón principal de la casa de Isaac Onkeneira se produjo un largo silencio.

—¡He aquí mis nuevos amigos! —nos presentó el venerable trujamán—. Y como podéis ver han traído sus laúdes, tal y como me prometieron.

En la estancia cálida y espaciosa estaban reunidos sus hijos, hijas, yernos, nueras y nietos. Él los fue presentando uno a uno, ufano por ser bendecido por tan numerosa prole. Y entonces sucedió lo inesperado. ¿Cómo es posible que entre cerca de treinta personas yo solo la viera a ella? La menor de las hijas de Onkeneira esperaba su turno en un rincón, entre los pliegues de una cortina azul; era muy rubia, esbelta y de aspecto frágil, de piel dorada y grandes ojos color miel.

Se aproximó e hizo la reverencia; vi su nuca, el delicado cuello, la raíz del cabello dorado y la espalda alargada y firme. Cuando alzó la cabeza y sonrió, en mi corazón prendió esa sensación imprecisa al principio, pero después muy reconocible: me enamoré.

—Y esta es Levana —señaló el sabio hebreo—, la menor de mis hijas, nacida de mi segundo matrimonio con mi esposa Hadice, que es circasiana.

—¿Levana? —Debí de poner cara de idiota.

—Significa «luna» en lengua hebrea. Es por sus cabellos claros, ¿comprendes? La raza del Circaso es así —explicó el padre.

Ella me miró con ojos gozosos. Me quedé sin aliento. Y supongo que todos nos observaban. Porque Onkeneira rompió el ridículo instante:

—¡Bueno, basta de presentaciones! Ahora comamos y bebamos para conocernos todos mejor.

A partir de ese momento, transcurrió todo con la simplicidad que suele darse en esa clase de reuniones familiares. Las mujeres servían la mesa, mientras los hombres, acomodados en los divanes, dábamos cuenta de las viandas en animada conversación.

Yo procuraba poner la mayor atención a cuanto decía el dueño de la casa, pero no podía evitar que, de vez en cuando, se me escaparan fugaces miradas hacia donde estaban ellas, para ver lo que hacía Levana.

Tenía el trujamán cuatro hijos varones, afables y de buena educación, que no dejaban ni un momento de estar pendientes de cuanto decía su erudito padre.

Recuerdo que en aquella cena se trató de cosas profundas, poco comprensibles para mí. Mi amigo Gamali pronunció los nombres de antiguos poetas y el rostro de Onkeneira se transfiguró. Ambos se turnaban recitando largas odas que hablaban de seres divinos, de ángeles y profetas. A mí todo aquello me resultaba aburridísimo y el alma se me iba a las nubes. Solo permanecía atento a la belleza de la joven rubia, cuyos delicados movimientos percibía al final del salón.

Hasta que, en medio de la conversación, se pronunció un nombre que me sacó de mi arrobamiento:

—El señor José Nasí…

Me sobresalté. Gamali me envió una mirada cómplice y, desde ese momento, estuve dispuesto a no despistarme más. Pero volvían ellos nuevamente a los devaneos místicos que me sonaban absurdos, lejanísimos. Con lo que empecé a temer que no sacaría nada en claro si no me decidía a intervenir.

Así que, después de pensármelo bien y, con la mayor naturalidad, manifesté:

—Me gustaría conocer personalmente al tal don José Nasí.

Se hizo un gran silencio. Todos me miraban y temí haberme precipitado. Entonces Isaac Onkeneira me preguntó circunspecto:

—¿Por qué razón?

Comprendí que mi situación sería más comprometida en ese momento si respondía de manera inoportuna. Por eso disimulé mi gran interés y solo dije:

—He oído hablar mucho de él, en Venecia primero y después aquí. Un hombre de tanta fama debe de ser interesante…

—Ciertamente lo es y por eso muchos quisieran gozar de su amistad.

—Es verdad que me placería conocerle en persona —asentí tranquilamente—. Pero resulta que, además, tengo un encargo desde Venecia para él.

El trujamán mudó completamente su expresión y tuve la sensación de que se sentía tan incómodo como si hubiera escuchado proferir una blasfemia. Entonces temí definitivamente haberlo echado todo a perder, cuando inquirió:

—¿Te envía alguien?

—¿Alguien? ¿Qué quieres decir?

—¿Traes algo de parte de algún mercader veneciano? —Suavizó la voz—. ¿Quieres concertar algún negocio?

Me sentí aliviado. Contesté:

—Tengo una carta de un antiguo contable de don José Nasí.

—¿De quién?

—No quiso decirme su nombre. Los hebreos lo están pasando mal allá, como bien sabrás.

—Entiendo. Si se trata solo de eso, puedes entregarme a mí la carta —dijo con tono amable.

—No me parece conveniente —repuse—. Me comprometí a cumplir el encargo en persona. Debes comprenderme.

—Bien. Veré qué se puede hacer —otorgó—. Pero he de decirte que son muchos los que solicitan ayuda a mi amo desde todas partes del mundo. La Inquisición no da respiro a los judíos y don José es para todos como un rayo de esperanza.

Dicho esto, el trujamán se explayó describiendo con pena las dificultades de los hebreos; cómo eran perseguidos en Europa, arrojados de sus casas, confiscadas sus pertenencias y obligados a renegar de su religión. Expresó entonces el deseo más profundo de las comunidades deshechas y errantes que, abrumadas por las vicisitudes de estos tiempos oscuros, empezaban a mirar hacia Jerusalén para retornar a la Tierra Prometida bíblica.

—Es de comprender que —prosiguió—, en medio de tanto dolor y desconcierto, los hebreos empecemos a soñar con nuestra auténtica patria. Es verdad que aquí,

285

en los dominios del sultán turco, hemos encontrado las puertas abiertas y se han radicado en esta tierra muchos refugiados víctimas de las persecuciones de España y Portugal. Pero es de creer que haya también un límite para la paciencia y la generosidad de los turcos. La historia del pueblo judío nos enseña que en ninguna parte podemos estar completamente a salvo. Tal vez sea ese nuestro sino…

—Me entristece mucho eso que dices —manifesté con sinceridad—. Cierto es que no gozáis de una patria propia donde podáis vivir en paz. ¿Y qué puede hacerse?

—Eso mismo quería expresarte, amigo: ¿qué puede hacerse? En realidad esa es la pregunta que anida desde hace años en el corazón de mis amos los Mendes. Y ya don José quiso hallar la solución a tantas tribulaciones de nuestro pueblo cuando aún vivía en Venecia. Entonces le propuso a la serenísima república un negocio que habría supuesto el final de los sufrimientos de los judíos: que nos entregasen la isla de Chipre como refugio para los perseguidos. A cambio, él estaría dispuesto a pagar un buen precio y a entregar un tributo eterno.

—Es una buena idea —comentó Gamali—. ¿Y qué pasó?

—Pues que no aceptaron. No estaba resuelta Venecia a empañar su «cristianísima» fama delante del papa y del emperador Carlos V prestando socorro a los «pérfidos» judíos. Así que lo consideraron una desfachatez y ahí empezaron los problemas de don José en aquella república. ¡Ellos se lo perdieron! Pues poco después escaparon de allí mis amos trayéndose consigo su cuantiosa fortuna a Estambul.

Aquellas palabras me producían una rara desazón. Por fin empezaba a averiguar cosas importantes de los

Mendes, pero las penosas circunstancias que describía Isaac Onkeneira me desconcertaban. Si para nosotros, los cristianos, el gran turco era el mismo demonio, comprendí que para ellos lo era el rey católico.

El trujamán continuó con su relato, enfervorizadamente:

—Pues, aunque fracasara su intento de instalar a los judíos en Chipre, una vez más pusieron tesón los Mendes en auxiliar a sus hermanos. Ahora fue doña Gracia, la señora, quien se empeñó en algo todavía más sublime: retornarlos a Israel, la verdadera patria. Ella había deseado terminar sus días en Tierra Santa y convenció al sultán Solimán para que le concediera amplios terrenos en Tiberíades. Donde se halla el añorado Valle de Josafat, enterró a su difunto esposo y pretendió quedarse a vivir allí. Pero aquello es peligroso, alejado e inhóspito, así que decidió regresar. Lo cual no significa que haya olvidado su plan de instalar una comunidad hebrea en Tierra Santa. Mantiene en Palestina academias donde aprenden los estudiosos rabinos. Puede ser el comienzo de un venturoso futuro…

—Creo que nos estamos poniendo tristes —observó Gamali—. ¿Me permitís que cante algo?

—¡Claro! —exclamó el trujamán—. ¡Basta de penas!

Gamali cogió su laúd y empezó a tararear una canción muy alegre. Las mujeres de la casa y los nietos de Onkeneira se aproximaron enseguida para participar de la fiesta. Se animaron y la danza terminó de disipar la melancolía.

Más tarde salimos todos al jardín. El calor de la jornada había disminuido y las estrellas brillaban en lo alto. A la luz de las lámparas dispersas, los rostros parecían pálidos y felices. Todo el mundo sonreía.

Una de las mujeres, gruesa y estrafalaria, corrió entre risitas a por la bella Levana y la trajo a tirones de la mano. Cuando la tuve a dos palmos enmudecí.

—Anda, dile algo hermoso —me rogó la mujer gruesa con desvergüenza—. ¡Está encandilada contigo!

Nada podía decir yo, abochornado por tal soltura de costumbres. Ella se retiró el velo de la cara con coquetería y contemplé una belleza que me deslumbró del todo.

Menos mal que Gamali me alcanzó el laúd.

—¡Mejor cántale una canción!

Aunque perdida completamente la razón, pude cantar:

Del fango de mis desdichas,
como una rosa brotó mi amor.
Ella es la más bella flor
que crece aquí, aquí, aquí…

LIBRO VI

En el que se refiere la muy triste
disposición de ánimo que tuvo
nuestro leal caballero para cumplir
su difícil cometido en Constantinopla
por el mal de amor que padeció.

34

A esa primera tarde en la casa de Isaac Onkeneira siguieron muchas otras de completa felicidad. Cierto es que al principio me engañaba a mí mismo diciéndome que iba allí cada día a espiar al trujamán de don José Nasí, pero no tardé en ser plenamente consciente de que era mi corazón el que me arrastraba para buscar el rostro de la bella Levana.

Todo en aquel jardín melodioso propiciaba el amor: las plantas de jazmín con sus flores de aroma dulce, los pájaros, la fuente, la tranquilidad que desprendía la presencia del viejo sabio y el deleite pacífico de ver ocultarse el sol entre los tejados. Fue como si una ola de pasión barriera mi preocupación por llevar a buen fin la misión, para empujarme hacia aquella muchacha adorable, como si su magnífico poder me hubiera atraído a una casa donde se confundieran mis pensamientos.

Nunca habría podido siquiera sospechar que en aquella familia de judíos se permitiera tal libertad de costumbres. Si no fuera porque todo se desenvolvió desde ese primer día con la más pasmosa naturalidad, hasta habría creído que estaba siendo atrapado por una suerte de hechizo. Padres y hermanos se mostraban encantados porque yo tratara largas horas con ella. Y Levana, de una manera silenciosa, solo me expresaba agradecimiento con sus ojos color miel. ¡Quién le habría hecho saber que fueron precisamente esos ojos los que me inclinaron a aceptar una hospitalidad tan cautivadora!

Cada día en Constantinopla empezó para mí a ser igual que el anterior, pues me deleitaba dichosamente con aquella rutina: por la mañana recorría los mercados para ver si me hacía con un nuevo rumor, con alguna noticia fresca; pasada la siesta, encaminaba mis pasos hacia la casa del trujamán pensando únicamente en mi amada. Mas la semejanza en el orden y querencia de mis actos no me causaba el más mínimo hastío, sino todo lo contrario; sentíame el más afortunado de los mortales cuando iba en el caique que me conducía desde Eminönü hacia la orilla contraria del Bósforo.

Llegado a las puertas de la apacible morada de Onkeneira, en el luminoso suburbio de Ortaköy, ya me palpitaba con fuerza el corazón. Nunca percibí el más mínimo incomodo por mis visitas. Me recibían entre sonrisas y bromas amables. El sabio trujamán solía estar entre sus libros y me dedicaba algún rato. Era la suya siempre una conversación agradable, pero, como viera que se pudiera estar poniendo pesado, enseguida reconocía sin ambages el motivo de mi asidua presencia en sus dominios:

—Anda, joven, que ella te aguarda ansiosa. ¡No os robe este viejo vuestro valioso tiempo!

Entonces buscaba yo nervioso aquel jardín donde la noche era distinta, invadida por el aroma de los arrayanes y las flores, en medio de una atmósfera suave. Ella me esperaba en el límite que daba a un huerto húmedo y fragante. Al verla me sentía sobrecogido y la admiración por tanta belleza anegaba mi alma. Recuerdo su vestido intensamente azul, el bonete plateado, el dorado de sus cabellos en la declinante luz de la tarde, la sonrisa comedida, los pies descalzos blanquísimos y la delicada presencia de toda su figura.

No brotaban palabras en los primeros momentos, no hubiera próximos oídos curiosos. Apenas un discreto saludo, una escueta reverencia, eran los signos más perceptibles de la intensa alegría del reencuentro. Era llegado al fin el instante tan deseado. Entonces, como puestos de acuerdo, nos dirigíamos hacia los peldaños de una empinada escalera que llevaba a la terraza. ¡El mundo allí en lo alto era maravilloso! Veíanse los murallones del vetusto Bizancio, los puertos saturados de barquichuelos, el Bósforo azul y las pequeñas casas de los artesanos del arrabal. La luna llena sobre la grandeza y quietud del Mármara puede resultar abrumadora, cuando uno llega a creerse que aquellos son los momentos más preciosos de su vida.

Una tarde de finales de julio, cuando mirábamos encantados hacia el sol que estaba a punto de ocultarse, ella dijo:

—El tiempo pasa volando.

Rodeé sus frágiles hombros con mi brazo y contesté:

—¿Y qué?

—Tengo la sensación de que pronto te irás.

—¿Eh? —Me sobresalté—. ¿Por qué dices eso?

—No sé… Los mercaderes sois así. Os pasáis la vida de un sitio a otro. Se me hace que tú deseas regresar a tu tierra…

Me entristecí al oírle decir eso. Lo más penoso para mí en aquellas últimas semanas había sido tener que mentirle constantemente. Cuando no me quedó más remedio que hablar de mi vida, inventé una historia semejante a otras muchas que conocía, en parte parecida a la mía verdadera: un cuento simple de cristianos capturados en la mocedad que se habían pasado a la fe de Mahoma. Pero hube de disimular mis verdaderas intenciones y la causa por la que me hallaba en Estambul.

—No has de temer —le dije—. Si algún día me marcho, te llevaré conmigo.

Levana frunció el ceño. Me pareció que no estaba de acuerdo, pero no se atrevía a replicar. Miró hacia lo lejos, hacia el ocaso, por donde se veía partir un gran barco lentamente, con las velas desplegadas para aprovechar el escaso viento.

—¿No quieres venir conmigo? —añadí.

—¿Adónde? ¿A España? —Se volvió hacia mí con cara de disgusto.

—A donde sea menester. No comprendo por qué te enojas. Tu padre es de origen español, sefardí, como él mismo me contó, y habla perfectamente el ladino. Se crio en España, igual que yo. Lo cual quiere decir que, en cierto modo, tú también provienes de allí. Nadie debe odiar sus raíces. Tu padre no parece odiarlas.

—¡Y cómo las recuerda…! —exclamó en tono soñador—. Siempre nos habla de Toledo, de donde eran sus padres y abuelos.

—¿Entonces? ¿No te gustaría ir a ti?

Ella suspiró y contestó con vehemencia:

—Los judíos no podemos ir allá. ¿Eres tonto acaso? Apenas uno de nosotros pone los pies en aquella tierra, cae preso de la Inquisición y le obligan a renunciar a nuestra fe... ¡O le queman vivo!

—Crueldades hay en todas partes, querida —repliqué con dulzura—. También entre los turcos se hace padecer a la gente injustamente. Diariamente hay ajusticiados en las puertas de las murallas y millares de cautivos sufren todo tipo de afrentas y crueldades en cualquier parte de Estambul.

—Sí, pero no por ser judíos. Aquí hay musulmanes, cristianos y hebreos. A nadie se mata por esa razón en los dominios del gran turco.

—Tampoco en España se mata a la gente por cualquier causa. Hay leyes en la cristiandad, jueces justos y hombres buenos que no consienten que se haga mal así porque sí. No es aquello tan perverso como te han contado.

—Mucho defiendes tú a España —me dijo con tristeza enorme en la mirada—. ¿Ves como tenía yo razón? Poco tiempo te queda aquí. Cualquier día desaparecerás y me quedaré tan sola como antes.

—¡Eh, no digas eso! —La abracé—. Yo no me separaré de ti.

—¡Júralo por Alá!

—Lo juro —mentí, invocando el nombre de un dios que no existía para mí.

Entonces Levana se puso frente a mí y me tomó las manos. Sé que hablaba su corazón:

—Querido, yo te he esperado siempre. Creo que te conocía desde que nací. No sé qué ocultos pensamientos llevas dentro de ti y no quiero tenerlos presentes, ¡me da tanto miedo! Durante toda mi vida he escuchado historias de amantes que se separan y no vuelven a verse. En este mundo raro, en que unos van y otros vienen entre Oriente y Occidente, parece que el amor no tiene lugar. Pero yo sé que no he de perderte, porque si me dejas moriré…

Cuando oscureció, como cada noche, me despedí y regresé al muelle donde me aguardaba el caique para cruzar el Bósforo. Las barcas de los pescadores se distribuían con sus faroles encendidos por la gran extensión de las aguas. Parecía que el cielo estrellado había descendido y la luna se reflejaba dejando una estela plateada sobre la negrura.

Ya en mi casa, la confusión se apoderó de mí y me impidió conciliar el sueño hasta el amanecer. Las sombras propiciaban los funestos pensamientos y la imagen de mi amada me visitaba envuelta en brumas de tristeza. Me decía a mí mismo en la oscuridad: «Aquí no eres más que un extraño vestido de mentiras».

Comprendí que la dificultad de mi ardua misión no estaba en arrostrar peligros, sino en la angustia de consentir que la propia ánima inhabitase una falsa persona.

35

Noté que Isaac Onkeneira me cogía cariño y eso incrementó mi desazón. Se mostraba locuaz y afectuoso conmigo, dándome muchas oportunidades para conversar largamente con él. Esto me permitía enterarme de muchas cosas de los hebreos y de aquellos a quienes yo debía espiar. Me hablaba con especial empeño de su religión. Quizá albergó la esperanza de que pudiera llegar a convertirme. Un día me dijo:

—Quien ha sido capaz de cambiar de fe y culto ha de comprender mejor que nadie por qué el Señor que todo lo puede se reserva sus propios caminos, que no son los nuestros.

—¿Dices eso por mí? —le pregunté sin titubear.

El venerable trujamán contestó riendo:

—¡Oh, no! No pensaba precisamente en ti.

—¿Entonces? ¿A qué te refieres?

Estábamos los dos sentados sobre la piel de vaca en la pequeña estancia donde él atesoraba sus queridos libros. Me pareció que no le inquietaban mis preguntas, sino que deseaba conducir la conversación hacia ese asunto, porque le brillaban los ojos con paz y felicidad.

—Pensaba en mis amos, los Mendes, y especialmente en don José Nasí. ¿Sabías tú acaso que ellos fueron cristianos convencidos?

Sin salir de mi asombro, exclamé:

—¿Cristianos? ¿Entonces por qué motivo abandonaron la cristiandad?

—Es difícil de explicar —contestó con circunspección—. Cierto es que nunca dejaron de tener conciencia de que pertenecían al pueblo de Israel. Mas, fueron tan duras las persecuciones y el acoso de la Inquisición tan desesperante, que no tuvieron respiro para decidir… Les faltó la paz necesaria para asimilar su conversión al cristianismo y finalmente se vieron obligados a sentirse lo que en el fondo no habían dejado de ser: judíos.

Esa información resultaba completamente nueva para mí con respecto a mis anteriores pesquisas. Y supuse que Isaac Onkeneira estaba deseando contarme la verdadera historia de sus amos, seguramente porque la consideraba un ejemplo para los judíos después de tantas desventuras.

Aquellos Mendes que vivieron en Lisboa a principios de este siglo habían sido considerados cristianos. Adoptaron nombres y costumbres de tales y llegaron a ser gente muy rica e influyente. Pero, cuando la Inquisición llegó a Portugal en el año de 1536, sufrieron lo mismo que tantos otros marranos: la sospecha. Se sintieron observados de cerca, juzgados en su forma de vida y objeto de dudas y desconfianzas. No se consideraban a salvo del todo, a pesar de haber sido bautizados y de practicar la piedad cristiana a la vista de todo el mundo.

Doña Gracia, que era conocida por el nombre de Beatriz de Luna, tal vez no llegó nunca a sentirse fiel hija convencida de la Iglesia. Por eso fue la primera en escapar. Pero, sin embargo, don José Nasí y su hermano Samuel, cuyos nombres cristianos eran Joao y Agustín, se habían criado ya en un ambiente de conversos y sentían como propia la vida cristiana. Sus amistades lo eran. También el mundo donde se desenvolvían, su lengua, costumbres y las enseñanzas recibidas. Se habían educado en la nobleza y entre la gente más distinguida de la cristiandad.

—No soportaban ser tratados como judíos, gente inferior, herederos de aquellos que despreciaron y condenaron a Jesucristo —me explicó en tono triste—. ¡El mundo se les vino abajo! Sintieron cómo se les daba la espalda y todo a su alrededor se tornó ofuscación y recelo. Se quedaron solos, en el más profundo abandono. No sabían ya si eran cristianos o hebreos. ¿Comprendes?

—¡Oh, Dios, cómo lo comprendo! —exclamé emocionado, pues recordaba perfectamente haber sentido algo semejante cuando me vi obligado a hacerme circuncidar.

—Entonces estuvo don José a punto de perderlo todo —prosiguió—, pues, en aquella confusión tan grande debía buscarse a sí mismo y corría el peligro de no hallarse, de no saber quién era ni a qué estaba llamado en este mundo. Se encontraba en la flor de la vida, había conocido a la reina regente de Flandes, al rey de Francia y al mismísimo emperador de los romanos, así como a su hijo el príncipe Felipe, el cual le estimó desde el primer momento que le vio. Porque don José Nasí es un hombre de amable presencia, de noble planta y gran encanto. Fue el amigo de juegos preferido de Maximiliano de Habsburgo, primo del que ahora es el rey católico, tan manejado por los clérigos y tan intransigente…

Aquellas palabras, dichas por un hombre sabio y equilibrado, me herían el alma. Pero comprendía que era esa su manera de ver las cosas. Onkeneira era también marrano, de origen español, y guardaba muy adentro el viejo despecho por haber tenido que salir apresuradamente de aquella antigua patria. Para él, como para tantos hebreos, el rey católico era el mayor enemigo.

—Supongo que a don José le costó hacerse a la vida de aquí —comenté, tratando de variar el rumbo de la conversación para no ser testigo de su inquina hacia su majestad.

—Sí, y mucho. Tuvo que aprender otras lenguas, pues ni siquiera conocía el hebreo. Como te he dicho, se educó como cristiano y llegó a creerse que lo era. Pero no lo era. Es difícil llegar a saber quién es uno en realidad.

Cuando la vida se hace difícil se despierta el hombre egoísta que todos llevamos dentro. Yo no comprendía nada y solo buscaba amor. Por eso fui a encontrarme con mi amada.

—Abrázame —le rogué a ella.

Y lo comprendió. Su abrazo guardaba toda la ternura del universo. Sus besos me hacían caer en la nada.

—¡Cuánto te amo! —me decía.

Me alimentaba de esas palabras y el mundo desapareció.

—¿Qué me importa a mí todo? —le decía—. Todo eres tú…

Se resquebrajó la cruz de Alcántara en mi pecho y su majestad tomó forma de una estrella lejanísima, inaccesible. Me quedé desnudo y feliz como si Dios acabase de crearme. Y eran tan bellos sus ojos…

—¿Qué me importa a mí todo? —le decía—. Todo eres tú…

36

Una mañana de junio pletórica de luz, me desperté con el único deseo de ir a ver a Levana. Aunque ahora me resulte difícil tener que confesarlo, por entonces me encontraba embrujado por esa indolencia que afecta a quienes están enamorados, la cual los lleva a sentir que lo que les sucede es único en el mundo, mientras que todo lo demás pierde su valor.

Al llegar a la casa de Isaac Onkeneira, mi embebecimiento alcanzó el colmo cuando ella me abrió la puerta. Estaba sonriente, con enigmática expresión y un brillo especial en la mirada. Me pareció que me aguardaba, aunque no solía acudir yo a esa hora. La abracé.

—Pon tu mano aquí —me dijo como saludo.

—¿Dónde? —pregunté loco de pasión.

—Aquí, en la mezuzá.

—¡Oh, cielos! ¿Dónde tienes eso, querida? Déjame verlo… —le rogué cándido.

—¡No seas tonto! —me gritó librándose de mis brazos que la apretaban—. La mezuzá es algo que todos los judíos tocamos con reverencia al entrar en nuestras casas.

Entonces me mostró un artefacto, como una especie de receptáculo cilíndrico que estaba colocado junto a la jamba de la puerta, en el lado derecho del pórtico.

—¿Qué es eso? —le pregunté.

—Dentro de la mezuzá se guarda un pergamino con inscripciones del libro del Deuteronomio copiadas por un escriba.

—¿Y qué dicen esas escrituras?

—Es como la consigna de la fe judía. Lo llamamos el Shemá, y dice así: «Escucha, oh Israel, el Señor nuestro Dios es uno». También se contienen palabras iluminadoras de la promesa de Dios al pueblo Judío.

Me quedé pensativo, contemplándola. Aquellas explicaciones enfriaron un poco mis deseos, a pesar de lo graciosa que estaba ella, con una sencilla túnica holgada, pero adherida a la altura de los pechos; la piel clara, pulcra, el cuello delgado y la melena rubia liberada cayéndole sobre los hombros.

—Veo que te empeñas en hacerme judío —le dije con sorna.

—Quisiera pasarme la vida contigo —suspiró entornando sus ojos soñadores—. ¿Hay algo malo en eso?

—¿Qué dice tu padre de lo nuestro?

—Deberías atender a lo que él mismo quiere hablarte. Ahora está fuera de casa, pero regresará a mediodía. Esperaba él tener una prudente conversación contigo esta tarde. Quiere proponerte algo…

—¿Qué?

—No debo anticipar sus explicaciones. Quédate a almorzar y podrá decírtelo él mismo.

Aguardé poseído por la curiosidad a que regresase

el trujamán. Y cuando llegó, nada más verle entrar, le dije con descaro:

—Se te ha olvidado tocar la mezuzá.

Él rio con satisfacción y contestó:

—¿No te ha explicado esta hija mía que hay otra mezuzá en la parte de afuera? Esta de adentro se toca al salir, pero al entrar suele hacerse con la que está en la jamba que da a la calle. Yo acabo de cumplir con ese piadoso deber.

—Siempre hay algo nuevo que aprender —sentencié.

Levana corrió a buscar la jofaina. Descalzose el padre y dejó que ella vertiese amorosamente agua en sus pies cansados y viejos. Él le dijo:

—No te esmeres demasiado, hija mía, ya sabes que he de bañarme de cuerpo entero esta tarde para el Shavuot.

Noté que ella se ponía algo nerviosa antes de preguntarle:

—¿Qué te han dicho? ¿Podremos ir los demás?

—Iremos todos, como siempre. Aunque la señora está muy enferma…

—¿Se muere?

—Solo el Eterno lo sabe…

Levana me miró. Yo no comprendía a qué se referían. Entonces su padre me aconsejó:

—Debes ir a tu casa para tomar un baño y vestirte adecuadamente. Esta tarde iremos al palacio de don José Nasí para celebrar una fiesta. Le he preguntado si tendría a bien que acudieras con nosotros como invitado y no tuvo ningún inconveniente. Es una buena oportunidad para que le conozcas. Estarán únicamente los familiares, los sirvientes y los amigos de mayor confianza. No encontraremos mejor ocasión para que puedas departir con él.

—Gracias, muchas gracias —expresé.

Se me quedó mirando muy fijamente mientras afirmaba con apreciable afecto:

—En esta casa se te quiere, amigo Cheremet. No han pasado dos meses desde que entraste por primera vez por esa puerta y te has ganado nuestro corazón. Sé que tienes curiosidad y tal vez algún interés comercial por conocer a mi amo. Creo que es justo que yo te haga ese favor.

A media tarde estaba yo de vuelta en Ortaköy. Y cuando me encontré a toda la familia ataviada con sus mejores galas, me alegré por haberme acicalado y vestido a la turca de la mejor manera. Levana parecía una princesa, con flores en el tocado y una bonita diadema de perlas. El resto de las mujeres también vestían buenas sedas y lucían alhajas.

—Iremos navegando —apuntó el trujamán—. No está lejos de aquí, pero será mucho más cómodo con este calor.

Subimos a una especie de chalana en el muelle más próximo y fuimos navegando cerca de la orilla del Bósforo, esquivando a otros barcos más grandes. Era una tarde ardiente y el aire estaba saturado de humedad. Empecé a sentirme algo nervioso, agitado por sentir que el momento tan esperado había llegado al fin.

De camino, Onkeneira me explicó:

—Shavuot es la fiesta de las «Semanas», en la que los judíos celebramos las primicias de las cosechas. Es lo que entre cristianos se conoce bajo el nombre de Pentecostés. Nosotros decoramos las casas con flores este día para recordar los vergeles de la tierra de Israel. También se comen tortas de queso y dulces de miel para recordar aquella tierra que mana leche y miel.

El viaje fue muy corto. Si hubiéramos ido caminando, tal vez habríamos llegado casi al mismo tiempo. Pero era costumbre allí embarcarse para acudir a las fiestas y otros acontecimientos que requieren cierto boato.

—He aquí —dijo el trujamán, cuando el barco se detuvo delante de un amplio muelle donde se alineaban preciosas embarcaciones adornadas con guirnaldas y flámulas.

El palacio estaba muy próximo al amarradero, edificado sobre un promontorio en cuyas pendientes crecían abundantes árboles de espesas copas. Visto desde abajo, parecía inaccesible por lo abrupto del terreno, pero no tardamos en dar con un amplio sendero que ascendía serpenteando. A medida que dejábamos atrás la orilla del Bósforo, se iba divisando un panorama cada vez más hermoso: el cielo claro y formidable, las construcciones del puerto insignificantes abajo y los innumerables barcos de todos los tamaños dispersos por la inmensidad de agua plateada que se extendía por todas partes.

Al percatarse de que iba yo admirado, Onkeneira me dijo:

—Podría ser esta la residencia de un príncipe, ¿no es verdad?

—Cierto —asentí—. Es un lugar muy especial.

—Lo llaman Belvedere, a la usanza italiana, que quiere decir «vista bella». ¡Y qué bien elegido está el nombre! Don José se instaló aquí poco después de llegar a Constantinopla. Como ves, no está lejos de mi propia casa, pues este es el barrio donde habitan los judíos desde los tiempos de Bizancio. Doña Gracia Mendes escogió tan prodigioso lugar encandilada por la grandiosa visión sobre el Bósforo y la tierra asiática del otro lado, pero también por estar cerca del pueblo mosaico.

Nos detuvimos para recobrar el resuello y vimos que detrás de nosotros venían subiendo otros invitados, bulliciosos, con ropas de fiesta y vistosos gorros de colores.

—No se presentarán solamente hebreos —explicó el trujamán—. En Constantinopla se conoce a don José como el Gran Judío, y goza de una posición muy importante que es manifiestamente reconocida por todo el mundo, ya sea entre judíos, musulmanes o cristianos. Aquí acuden embajadores y viajeros distinguidos llegados desde todos los reinos para concertar negocios con mi amo. Mi trabajo consiste en hacer de intérprete, pues asiduamente hay visitas de extranjeros que quieren encontrarse con el *muteferik*, título que en árabe quiere decir «el distinguido».

—¿Cuántas lenguas hablas? —le pregunté.

—Portugués, español, inglés, francés, italiano, turco, árabe, hebreo…

—¡Parece milagroso!

—Pues tú, para ser tan joven —observó él—, tampoco te quedas manco. Te he oído hablar en turco, español, italiano y árabe.

—Los negocios obligan a conocer lenguas, ya sabes.

Levana, que iba todo el tiempo pendiente de nuestra conversación, no perdió la ocasión para intervenir:

—Podrías aprender el hebreo y te alegrarías.

—Todo se andará. Pero también tú podrías aprender el ladino, que es la lengua de tus antepasados…

—¡Sé hablar ladino! ¿Qué te crees? —gruñó.

Entre bromas, risas y algo de sofoco por la cuesta, alcanzamos al fin la entrada del palacio.

Era un edificio soberbio, construido todo con piedras rosadas y decorado con azulejos y adornos de diversos mármoles. Una escalinata, que bien podía pertenecer a un noble caserón italiano, conducía al pórtico principal, a cuyos lados formaban un buen número de aguerridos jenízaros negros, con relucientes armaduras, plumas en los yelmos plateados y vistosas alabardas, custodiando cada palmo de la fachada.

—¡Eh, pon tu mano en la mezuzá! —me ordenó con expresión pícara mi amada.

Uno por uno cumplimos con el rito y penetramos en el amplio vestíbulo donde unos músicos nos dieron la bienvenida con una alegre melodía de chirimías y panderos. Por todas partes resplandecían las lámparas que hacían brillar los ornamentos lujosos entre un sinfín de flores de mil colores, como me avisó el trujamán. Estarían allí reunidos más de un centenar de invitados, de todas las edades, mujeres y hombres, que conversaban eufóricamente, a voz en cuello.

Isaac Onkeneira fue avanzando por delante de nuestro grupo, abriéndose paso entre el gentío, mientras saludaba a unos y otros. Yo le seguía de cerca, con sus familiares, admirado al ver los vestidos extravagantes de las damas y los tocados, velos y bonetes que descollaban por doquier. Se veían turcos con sus mejores dolmanes de fiesta, hebreos de mucha solemnidad y caballeros cristianos que bien podrían ser de los más nobles linajes. Era aquella una rara congregación de personal mezclado.

De repente vi a Cohén Pomar que me saludaba altivo con un leve gesto y reconocí junto a él a los más importantes y ricos mercaderes de Estambul. Empecé a comprender que se hallaba muy próximo el encuentro con el duque de Naxos.

Entonces me señaló el trujamán:

—¡Allí, allí está mi amo! ¡Vamos!

—¿Dónde? ¿Quién es?

—Aquel, el del traje verde oliva.

Me sorprendí, pues había imaginado que don José Nasí sería un hombre de mayor edad. Sin embargo, tendría ahora poco menos de cincuenta años. Alto, de presencia poderosa y aspecto sumamente distinguido, ni sus ropas ni su porte diferirían de los de cualquier caballero cristiano de la más alta nobleza, ya fuera español, flamenco o italiano. Llevaba la barba más bien corta y el cabello ralo en la nuca de morena piel, que destacaba asomando desde el cuello de la camisa, blanco, impoluto, almidonado a la española. El jubón y los calzones, de terciopelo verde con brillo, serían posiblemente lo único que habría desentonado en Castilla, aunque no en Sevilla o Cádiz.

Cuando estuve al fin a poco más de dos pasos de él, mi corazón se agitó. El duque escuchaba con atención lo que uno de sus invitados le decía y de repente alzó la frente. Su mirada se cruzó con la mía.

Pero en ese instante alguien levantó la voz desde alguna parte rogando silencio en turco, italiano y otras lenguas.

—Es el momento de la oración Shavuot —me indicó Isaac Onkeneira.

Una veintena de hebreos tapados por el *talit*, que es el manto con que se cubren ellos para orar, se adelantaron hasta el final del salón y se pusieron a soplar unos retorcidos cuernos de carnero que emitían un sonido quebrado, como un lamento.

—Eso que tocan es el *shofar* —me explicó el trujamán—. Usamos ese cuerno en las fiestas para anunciar la oración.

Los rabinos hicieron sus rezos y lecturas en lengua hebrea mientras todo el mundo permanecía muy atento. Me fijé en el rostro de don José Nasí. Estaba él muy quieto, con la mirada perdida en las alturas y me pareció que le brillaban los ojos.

Concluyó la oración y aparecieron los criados empujando carritos donde trajeron tortas de miel, dulces y toda clase de quesos, requesones y otros productos a base de leche. La gente se aplicó al convite con denuedo.

—¡Vamos, ahora! —apremió Onkeneira llevándome del brazo—. ¡Es el momento!

Me vi delante de la estampa señorial de don José Nasí, que exclamó cariñoso al ver a su trujamán:

—¡Mi querido Isaac!

—¡Feliz Shavuot, mi señor! —respondió él—. He venido con Cheremet Alí, del cual te hablé esta mañana.

Nasí me miró fijamente y esbozó después una mueca extraña. Hice una reverencia comedida y él apenas correspondió con un movimiento casi imperceptible de su cabeza arrogante. Entonces un criado se aproximó con una bandeja en la que había hojuelas impregnadas en miel. Alargó el duque la mano y nos hizo una deferente seña para que nos sirviéramos.

Cuando nos hubimos llevado el manjar a la boca, el anfitrión ordenó:

—¿Qué pasa, no hay vino? ¡Servid ya el vino!

Pensé que un buen trago aliviaría mi tensión, pues no sabía qué decir ante aquella presencia imponente.

—Señor —insistió el trujamán, posiblemente preocupado por verme tan callado—, es el mercader que...

—Sí, sí, ya sé quién es —contestó Nasí displicente.

Me pareció que el mundo se me abría bajo los pies cuando percibí su sonrisa burlona, fría e implacable.

—Eres español —me espetó secamente en perfecta lengua de Castilla.

—Oh, no, mi señor —se apresuró a objetar el trujamán—; ya te conté que fue cautivo y...

—Lo sé, lo sé, mi querido Isaac —replicó el duque—. No he olvidado nada de lo que me has contado. ¡Bebamos, es Shavuot!

Los criados pusieron copas de plata en nuestras manos y escanciaron el más delicioso vino que jamás he probado.

—¡Excelente! —exclamé, aliviado por tener un motivo para decir algo, y añadí—: Señor, gracias por haberme invitado.

Sonrió el duque enigmáticamente y contestó:

—Es vino de Chipre. Poseo allí viñedos que producen un mosto extraordinario. Aquí, en Constantinopla, aun reinando el gran señor musulmán, se bebe ciertamente el mejor vino del mundo. Ya me encargo yo de ello. Pero también en España hay buen vino.

—Señor, nuestro amigo es turco —terció el trujamán que seguía nervioso y algo desconcertado—, ya te conté que se hizo musulmán.

—¡Es español! —le contradijo altivamente Nasí.

—¿Por qué te empeñas en considerarme eso? —le pregunté con preocupación—. Hace muchos años que estoy circuncidado. Aquí, en los dominios del gran señor, concierto mis negocios, pago todos mis tributos y mis documentos me acreditan como siervo del comendador de los creyentes.

—¿Negocios? ¿Qué clase de negocios haces tú?

—Compro y vendo tejidos, lanas y sedas…

—No tienes apariencia ni cara de comerciante —repuso secamente—. Nadie que conozca el mundo te tendría por tal, a pesar de esas ropas de turco y de que hablas la lengua de aquí. Tu empaque es el de un hidalgo de España, de pura casta… ¿Te das cuenta de que estamos conversando en español desde que nos hemos encontrado? ¡Llevas España contigo! No hay nada más que ponerte encima la mirada para darse cuenta de ello.

Dicho esto, se dio media vuelta y se fue a cumplir con otros invitados que aguardaban para presentarle sus respetos.

Me temblaban las piernas. A mi lado, Isaac Onkeneira permanecía pensando y solo balbucía:

—No sé qué… ¿Qué sucede?

—He de marcharme —le dije.

—¡Oh, no, no…! ¿Por qué? —Se agitó él aún más.

—Me ha parecido percibir que no soy bien recibido aquí.

—¡Amigo mío! —exclamó con lágrimas en los ojos—. ¡Cuánto lo siento! Ha sido culpa mía…

Empecé a caminar hacia la salida. El trujamán me sujetaba por la túnica e iba tras mis pasos intentando detenerme. Entonces vi que Levana se aproximaba a nosotros muy sonriente, completamente ajena a lo que sucedía.

—¿Cómo ha ido? —preguntó—. ¿Qué te ha parecido el *muteferik*?

312

—Me voy —respondí rozando cariñosamente su mejilla con el dorso de mis dedos.

—¿Nos vamos? —Miró ella a su padre turbada—. ¿Qué sucede?

—No, hija, ¿por qué hemos de irnos? No ha pasado nada.

Noté que se azoraban. Entonces alguien me puso la mano en el hombro por la espalda. Me volví. El duque estaba allí, sonriente.

—¿Por qué te marchas de mi casa? —me preguntó—. La fiesta no ha hecho nada más que comenzar. ¿No tenías tanto interés por conocerme?

No supe qué responder.

—Después habrás de cantar algo —añadió él con un brillo extraño en su penetrante mirada—. Todo el mundo me dice que cantas como un ángel. ¿Verdad, mi querido trujamán?

—¡Sí, sí, sí, debe cantar! —respondió Onkeneira, loco de contento, al ver que se solucionaba el percance anterior.

—La bella Levana estará encantada de oírte —añadió el duque, dirigiéndose a ella con ternura—. ¿Verdad, mi querida muchacha?

—Señor, hoy es Shavuot —respondió ella con el rostro iluminado—. Debemos estar contentos. Él cantará hoy para nosotros. Nos lo prometió.

Yo no sabía qué hacer, ni qué pensar. No era capaz de adivinar si Nasí me hablaba con franqueza o con ironía.

—¿No te irás, verdad? —insistió cordialmente—. No he querido ser descortés. No suelo desairar a mis invitados, créeme.

Me quedé pensativo durante un momento. Después contesté:

—Acepté tu primera invitación y me quedaré. No estoy disgustado.

—Bien —contestó él, satisfecho y muy sonriente—. Entonces, admite un consejo: no te preocupes por nada. Hoy es Shavuot. Come y bebe todo lo que te pida ese cuerpo fornido. ¡Yo sé cuánto vino hace el pellejo de un español! Y después nos veremos para charlar con mayor tranquilidad. Ahora me reclaman el resto de mis invitados. Disculpadme, amigos. —Se retiró.

—Es raro todo esto —comenté sin salir de mi pasmo—. No sé si me acoge o me desprecia.

—Él es así —manifestó el trujamán—. Vamos a los jardines y obedezcamos sus consejos.

Bebí mucho de aquel vino delicioso de Chipre esa noche. Mis sentimientos eran confusos. La oscuridad había caído ya sobre el Bósforo y ardían las lámparas que estaban distribuidas por todos los rincones. ¡Qué pasión ponían los demás divirtiéndose!

Se acercaban unos y otros para saludar y traté de hacer ver que me lo pasaba bien. Pero mi cabeza daba vueltas y vueltas. La bebida había agitado mis ansiedades y empezó a embargarme la pena. Las conversaciones no me interesaban. Solamente la bella música de Anatolia que estaba sonando era capaz de elevar mis sentimientos. No podía permanecer con la mente fría y me abandoné a lo que Dios quisiera depararme a partir de una velada tan extraña.

Avanzó la noche y la fiesta fue languideciendo. Muchos ricos invitados llevaban ya los atavíos sin compostura y daban traspiés entre los arriates.

—No aguanto más —dijo Isaac Onkeneira con el

rostro transido por el sueño y el agotamiento—. Ha pasado la medianoche y yo soy un viejo. Ya hace mucho que dejé de beber vino y las horas se me hacen eternas en estos trances...

—Lo comprendo —le dije—. Te acompañaremos a casa.

—Nada de eso —replicó—. Iré a despedirme de don José, pero tú debes quedarte hasta que él decida venir a conversar contigo. Te ruego que no le contraríes. Y Levana vendrá conmigo. No me parece bien que se quede aquí sin estar yo presente. Pero el resto de mis hijos permanecerán hasta el final. Lo más oportuno es que tú, querido Cheremet Alí, te hospedes esta noche en nuestra casa. Será tarde y tu barrio está lejos.

—Gracias, amigo.

—¡Sabes cómo te queremos! —exclamó—. Me siento culpable por lo que sucedió hace un rato con mi amo. Una vez más te ruego que no lo tengas en consideración. Él es un hombre muy especial, ya te lo advertí. Pero tiene un gran corazón...

Se marcharon y me quedé con los hermanos de Levana. Ellos no eran demasiado entretenidos. Hablaban de sus cosas y me dediqué a seguir bebiendo. Encima, la bóveda del cielo estaba sembrada de estrellas y los altos muros del palacio parecían gigantes en mitad de la colina.

Pensé que el duque de Naxos ya se habría olvidado completamente de mí, porque le veía desde lejos conversar, reír y divertirse entre sus amigos. Yo le observaba con disimulo para tratar de reconocer qué tipo de hombre era. Seguía causándome sorpresa su porte y el modo en que se desenvolvía, nada en él se parecía a alguien del Levante. Por el contrario, tanto por su aspecto como por su trato y su conversación, se asemejaba plenamente a un noble caballero cristiano.

Debía de ser tardísimo cuando, como si todo discurriera siguiendo un orden previamente determinado, Nasí se aproximó a donde me hallaba. Enseguida me di cuenta de que había bebido bastante y temí que me tratara peor que por la tarde. Pero parecía mucho más simpático.

—Mi amigo el mercader de tejidos, lanas y sedas —dijo burlonamente—, ¿cantarás ahora para nosotros?

Mi contestación fue coger el laúd y empezar a hacerlo sonar enseguida. Yo sabía muy bien cómo doblegar un corazón orgulloso empapado en vino. Así que, con la mayor dulzura, canté una vieja canción marinera portuguesa que recordaba desde hacía años y que arrancaba lágrimas a los más rudos hombres.

Perdi a esperança…

El duque la escuchó atentamente al principio y después le vi mover los labios en una especie de tarareo. Conocía la copla y se emocionó, porque seguramente le trajo recuerdos de Portugal.

Cuando concluí se aproximó y me dijo conmovido:

—Me has tocado el alma. ¡Era cierto que cantas como un ángel…! Hoy no puedo dedicarte más tiempo. Pero quiero que vuelvas aquí mañana. Me gustaría platicar contigo.

Era muy tarde cuando regresamos a casa de Isaac Onkeneira. Sus hijos me condujeron a la alcoba de invitados, fresca y confortable. Pero la confusión se había apoderado de mí de tal manera que me impidió conciliar el sueño.

Subí a la terraza y me puse a contemplar la noche. Busqué serenarme en el silencio, intentando descubrir si era temor lo que sentía, o tal vez duda. Y entonces empecé a comprender que una parte de mí pujaba por librarse de las responsabilidades, que me nacía una especie de egoísmo dentro que me impulsaba a disfrutar de todo aquello, sin poner demasiado empeño en el cometido principal que me llevó allí.

Reinaba la oscuridad y las estrellas parecían ser lo único visible, pero noté la presencia de alguien cerca. Me sobresalté.

—Chis… Soy yo —me susurró una voz próxima y conocida. Era Levana. Percibí su perfume y me sentí enteramente reconfortado.

—¡Querida mía! —suspiré.

—Aguardaba deseando que esta noche subieras a la terraza —confesó.

Me enternecí y me brotaron las lágrimas. La abracé para tener ese cuerpo frágil y a la vez ardiente pegado al mío. Noté que el corazón le palpitaba fuertemente. Ella me amaba de verdad —me daba cuenta de ello—. Y era como un sueño poder aplacar con un poco de felicidad el fuerte rumor de mis desasosegados pensamientos.

37

Poco antes del mediodía, ascendí a la colina y un mayordomo me hizo cruzar el amplio vestíbulo del palacio del duque de Naxos sin preguntarme nada, como si esperara mi visita.

—Mi señor está en sus dependencias íntimas —me explicó de camino.

Los corredores eran frescos y austeros. Pero pasamos por un par de salones donde resplandecía la plata y las paredes apenas se veían por la cantidad de cuadros y adornos que había colgados. Las ventanas permanecían cerradas, a pesar de ser mediodía, para preservar las estancias del bochorno exterior. La escasa luz penetraba por las celosías y creaba un ambiente acogedor y placentero.

Después de atravesar un patio porticado, el sirviente abrió una puerta y me hizo aguardar en un minúsculo vestíbulo. No tardó en aparecer don José Nasí frente a mí, vestido con sencilla camisa de lino, zaragüelles acuchillados y borceguíes de cordobán; su presencia me impresionó más que en la fiesta de la noche anterior.

—Amigo, vamos a los jardines —me invitó cordialmente.

Le seguí. La servidumbre se inclinaba a nuestro paso. Caminaba él erguido, con aire poderoso, y el piso de madera crujía bajo sus suelas de cuero con herrajes. Descendimos por una escueta escalera y la luz nos deslumbró al salir al exterior.

Me di cuenta entonces de que el palacio de Belvedere resultaba ser mucho más grande de lo que en principio pensé. Los jardines que daban hacia poniente eran inmensos, con altísimos cipreses, moreras y algarrobos muy verdes. Un estanque de agua clara lanzaba destellos y una fuente rumoreaba a un lado soltando su chorro cristalino.

—Después de una noche de diversión es conveniente sudar un poco —indicó Nasí—. Suelo venir aquí a hacer ejercicio cada día.

Asentí con una sonrisa. Me hallaba algo aturdido y con la mente espesa. La luz cegadora del sol en su mayor altura se reflejaba en el Bósforo y un denso vaho ascendía desde los ribazos regados de las laderas.

El duque recogió un par de espadas roperas que descansaban sobre un poyete junto al estanque y me alargó una. Era un arma de las que se usan para practicar, con la punta y los filos romos. También me entregó el paño con el que se cubre el brazo izquierdo durante el ejercicio del arte de la esgrima y el peto acolchado que protege el pecho.

—¡Vamos! —me apremió—. ¡Sácate esa túnica de turco!

Así lo hice. Mientras me envolvía el antebrazo con la tela, él empezó a moverse con mucha agilidad y me di cuenta enseguida de que conocía muy bien el oficio. Así que me apresté a no hacer el ridículo delante de él.

—¿Listo? —me preguntó.

—¡Listo!

Lanzó una embestida simple y cautelosa que yo paré a la primera sin ninguna dificultad. Entonces volvimos a la posición de guardia y ahora ataqué yo con mucho tino, a pesar de lo cual se defendió él con destreza. Descubrí el brillo en sus ojos y supe que se sentía feliz por tener a un adversario de su altura.

Cuando le toqué por primera vez, hizo una mueca de perplejidad y después se agazapó con mayor prudencia. Me tiró una estocada doble, baja primero y después a la altura del hombro. La paré como mejor sabía, merced a la buena enseñanza que recibí de esa arte que nunca se olvida, pero que siempre sigue reclamando adiestramiento.

Jadeaba el duque, sudaba y fallaba una y otra vez en sus atacadas. A pesar de lo cual, sonreía con mirada felina y, de vez en cuando, exclamaba:

—¡Ay, español! ¡Eso es! ¡Así se hace!…

Notaba yo que se cansaba y perdía agilidad. Mientras que yo me sentía eufórico, cada vez más seguro. Era para mí inesperado y gozoso tenerle allí, a mi antojo, humillándole una y otra vez: ora le tocaba el pecho, ora el vientre, ora en el hombro…

—¡Basta! —gritó al fin, exhausto.

Me detuve e hinché el pecho orgulloso. Pero, para no resultar descortés en su propia casa, le dije:

—¡Qué bien manejas la espada! ¿Dónde aprendiste?

Recobraba él el resuello y me miraba con enigmática expresión sin decir nada. Un criado se aproximó entonces y nos entregó una jarra llena de agua fresca a cada uno. Bebimos con avidez.

—¡Dejadnos solos! —le ordenó el duque a su servidumbre.

Cuando los criados desaparecieron, propuso despojándose de las ropas:

—Ahora vamos a refrescarnos.

Nos arrojamos al estanque. El agua fría reconfortó mi cuerpo y noté cómo cada músculo y cada nervio volvían agradablemente a su sitio después del intenso ejercicio. La respiración acelerada se calmó y disfruté sumergiéndome y nadando feliz como un niño.

—¡Ah, qué bien! —exclamé chapoteando—. ¡Es maravilloso!

—¿Ves? —dijo—. Es muy bueno obligar al cuerpo en la pereza de la resaca.

—¡Claro! ¡Claro que sí! Tienes mucha razón.

Después de un largo baño, salimos del agua, nos secamos y nos enfundamos en unas cómodas túnicas que habían dejado preparadas los criados.

—¿Dónde aprendiste el arte de la esgrima? —le pregunté de nuevo.

—Quédate a comer conmigo —fue su respuesta.

Tenía el duque ese don de autoridad natural que concede Dios a algunas personas, además de su estampa poderosa.

Le seguí hasta una pequeña habitación cuadrada, con esterillas por el suelo y voluminosos cojines a los lados, en cuyo centro se hallaba dispuesta una mesa baja con manjares servidos: brochetas de carne asada, pepinillos, berenjenas fritas… Me encontré de repente inmerso en el aroma delicioso que me pareció un efluvio celestial. Los postigos entrecerrados dejaban pasar una débil luz que me permitió distinguir la decoración de las paredes con pájaros pintados y delfines que nadaban en olas de azulísima agua.

El duque se sentó a la turca y yo me acomodé frente a él. Me ofreció:

—¿Un poco de vino de Chipre?

—Claro que sí.

Comimos y bebimos sin decir nada. No porque no tuviésemos nada de qué hablar, sino porque me pareció que Nasí prefería simplemente estar acompañado y disfrutar de aquel momento. Pensé que sería más oportuno esperar a que él decidiese el asunto de nuestra conversación, ya que le había preguntado anteriormente dos veces por su maestría con la espada sin que me diera contestación.

Nos sirvieron dulces de miel semejantes a los de la fiesta. Probé uno y comenté:

—Humm… ¡Me saben mejor que anoche!

Ocupado con ensimismamiento en que no se le deshicieran las hojuelas entre los dedos, observó el duque:

—Hoy estás más tranquilo que ayer. ¿Te causaba acaso susto estar delante del Gran Judío? En España debe de hablarse mucho de mí…

No respondí, pero mis ojos tropezaron en ese momento con una súbita y directa mirada suya.

—¿Quién te envía? —inquirió de repente sin titubear.

—¿Qué…? —balbucí confuso.

—¿Quién te envía? —repitió con tono firme e interpelante.

—No te entiendo…

—¡No perdamos más tiempo! —alzó la voz irritado—. Puedes haber engañado a Isaac Onkeneira y a otros, pero… ¡No a mí! Tú no eres un mercader, ni un renegado, no tienes nada que ver con este mundo de turcos… ¿Crees que estás delante de un estúpido? ¿Sabes acaso dónde me he criado yo? ¡Solo un caballero cristiano maneja de esa manera la espada! ¿Quién te envía?

Me puse de pie. Él también. Nuestros ojos se enfrentaban en una gran tensión. Yo quería parecer tranquilo, pero aquella mirada dura y penetrante me ponía el alma en vilo.

—Fui cristiano, ya lo sabes… —dije intentando que mis palabras sonasen serenas y llenas de convencimiento—. No he tenido una vida fácil. Cuando apenas había cumplido diecisiete años, me hicieron cautivo en los Gelves y ya no regresé a mi tierra, a España…

—¡No me hagas reír! —me espetó tras soltar una potente carcajada—. ¡Tú vienes de España!

—Hace un momento me has visto desnudo —objeté—. ¿No has reparado en que estoy circuncidado?

Me pareció que vacilaba durante un brevísimo instante. Pero, recobrando su temple, repuso:

—Sí. ¿Y qué? Ciertamente hice bañarte para cerciorarme de ese pormenor… ¡Y ni siquiera eso me convence! Hablas el turco y comprendes el árabe; es evidente que fuiste cautivo y, aun así, todo en ti delata lo que de verdad sientes por dentro. ¡Tú no eres musulmán! Mientras estábamos en el jardín, convocó a la oración de mediodía el minarete y no vacilaste lo más mínimo. Igual que te entró la llamada del muecín por un oído te salió por el otro. ¡No, tú a mí no me engañas! Eres sin duda cristiano… ¿Quién te envía? ¿A qué has venido a Constantinopla?

Me dejé caer sobre los cojines, vencido por una gran confusión. Necesitaba pensar, pero sus interpelantes ojos y su frío gesto me lo impedían. Llené la copa hasta el borde y la apuré de un trago. ¿Qué podía hacer en ese momento?

—Es mejor que digas la verdad —añadió él—. Solo así me darás una oportunidad para que tenga compasión de ti. Si no lo haces, esta misma tarde estarás frente a los jueces. Te aplicarán los más crueles tormentos y acabarás hablando o morirás... ¡De todas formas morirás!

Hice un movimiento brusco y miré hacia la puerta.

—¡No lo intentes! —me gritó secamente—. Tengo a mi gente vigilando. ¿Crees que he improvisado esto? No puedes salir vivo de aquí. ¡Dime de una vez quién eres y quién te envía!

—Ya te lo he dicho y no me crees...

—¿Quién te envía? ¡Suéltalo de una vez!

—Mi nombre es Cheremet Alí... Soy creyente en Alá y seguidor de su Profeta...

—No insistas. No me engañarás. ¿A quién se le ocurre traerse a Constantinopla a un sastre borracho y hablador que le va contando a todo el mundo por los bazares cómo es el monasterio de Guadalupe?

—¡Hipacio...! —murmuré, comprendiendo que se habría estado yendo de la lengua.

—Has preguntado por mí en todas partes; has indagado sobre la vida de mi familia. ¿No comprendes que no eres el primero que viene a espiarme? Hay mucha gente en los mercados dispuesta a congraciarse conmigo mediante cualquier información que pueda interesarme. Todo el mundo en Constantinopla sabe que en la cristiandad pagarían una fortuna por mi cabeza. ¿Eres tú acaso un asesino enviado desde allí? ¡Habla de una vez!

El corazón parecía querer salírseme del pecho. Y tenía decidido que no diría nada en esas circunstancias tan violentas. No hablaría presionado por él. Aunque el duque sabía sacudir mi alma de tal manera que no podía obrar con la precisa serenidad.

—Lo más infame de todo —dijo— es que hayas engañado a esa pobre muchacha… ¡La más inocente criatura! ¡Nadie debe jugar con el amor! ¿Cómo se puede hacer uso de lo más puro? Debería matarte yo ahora mismo…

—Ella nada tiene que ver en esto —repliqué—. No he pretendido hacerle ningún daño…

—¡Malvado! Así sois los cristianos: ¡pura hipocresía! ¿Pensabas que sería suficiente con regresar a España y confesar tu pecado? Has venido aquí con un equipaje lleno de mentiras, sin importarte a quién pudieran herir como flechas envenenadas… ¡Maldito embustero! ¡Suelta la verdad de una vez! ¡Sé un hombre!…

—¿Qué sabes tú de lo que hay en mi interior? —le repliqué dejando escapar una queja que me quemaba por dentro.

—Bebe un trago de ese vino y habla —insistió implacable.

Bebí y traté de recobrar la entereza. Él no debía verme deshecho.

—No he venido a matarte —le dije—. Yo no sería capaz de asesinar a nadie a sangre fría. He podido hacerlo hace un rato… Sé manejar la espada con la suficiente destreza como para hundir la punta, aunque roma, dentro de tu ojo.

—Lo sé. Entonces… ¿A qué has venido pues?

—Si hablo, ¿qué harás luego conmigo? —le pregunté.

—¿Tienes miedo? ¡Qué vergüenza! —contestó con desprecio.

—No lo he preguntado por eso —repliqué—. Si he de ser sincero contigo, también tú has de serlo conmigo. Necesito saber cuál es tu actitud.

—¿Vas a hablar?

—Sí, hablaré, pues para eso he venido a tu casa. Mas quiero saber primero si me vas a tratar con el respeto que merezco. Solo descubriré mi verdad si me juras por tu Dios que respetarás mi vida…

—Tienes miedo… ¡Cobarde!

—He venido a cumplir una misión, en efecto —le dije, sin hacer caso a sus afrentosas palabras—. Pero esa misión requiere una respuesta. No he venido a matarte, ni a causarte perjuicio. Y no tengo miedo. Debes creerme.

—Has venido a espiarme. ¡También eso es una maldad!

—Ahora eres tú el hipócrita. Yo sé que tienes informadores en Venecia, en Amberes y en España.

—¡He de velar por mis negocios!

—Sí, eso es justo. Pero… tú que me pides la verdad, ¿vas a negar que espías los movimientos del rey católico para informar de ellos al gran turco?

—Él te envía… ¡Lo sabía! Lo supe desde que te vi por primera vez… Se trata del rey de las Españas. ¿Qué te ha pedido ese zorro?

—Quisiera ser sincero contigo —dije—. Te ruego que dejemos a un lado los insultos y las palabras hirientes.

Gritó con determinación:

—¡Esta es mi casa! ¿Has venido a espiarme mandado por ese y ahora me pides que respete su nombre?

—Necesito tener calma —contesté.

Bebió él y se quedó pensativo. Después murmuró como si hablara consigo mismo:

—¡Cuándo nos dejarán en paz! ¿Qué quieren de nosotros?

—Su majestad no quiere sino entrar en conversaciones con tu familia. Por favor, préstame atención con calma y te alegrarás.

—¡Maldita sea! —gritó furioso—. ¿Por qué no se comunica directamente con nosotros en vez de mandar espías?

—No puede renunciar a su categoría y a su prestigio —observé—. Es rey y obra como tal.

—¿Quién se ha creído que es? ¿Acaso se considera el enviado de Dios? ¿Cree que los destinos del mundo están en sus manos?

—Su majestad busca la paz…

—¡Seguro! —replicó—. ¿Piensas que soy imbécil? Él quiere dominar el mundo, igual que su padre el emperador. Quieren hacernos cristianos a todos a la fuerza y, de paso, gobernar nuestras haciendas. ¡Esta es una vieja historia!

—Sugiero que esperemos a estar ambos más tranquilos para volver a retomar esta conversación —manifesté—. Ni tú ni yo somos capaces ahora de razonar con serenidad y cordura. Déjame que vaya a mi casa. Regresaré mañana y te expondré con todo detalle la voluntad de su majestad. No quiero hablar siendo un prisionero tuyo.

—¡Tú no saldrás de aquí!

Llamó a sus criados. Al momento aparecieron los

327

aguerridos jenízaros de su guardia y me sujetaron con violencia.

—¡Encerradle! —les ordenó.

—¿Qué vas a hacer conmigo? —le imploré—. ¡Piénsalo bien! No he pretendido causarte ningún mal. ¡Debes creerme!

—No haré sino atender a tu ruego —contestó—. Seguiremos esta conversación cuando estemos más tranquilos. Pero no saldrás de esta casa mientras tanto.

38

Pasé tres días encerrado en una especie de torreón, en la parte del palacio que daba a la colina. Desde la ventana, cerrada por una sólida reja, únicamente veía las copas de los árboles y un extremo del jardín por donde no pasaba nadie. En todo ese tiempo solo recibí las visitas de los jenízaros y de un criado que me traía alimentos. Ninguno de ellos me dirigía la palabra, por mucho que yo intentase convencerlos de que necesitaba comunicarme con su amo. Comprendí que Nasí pretendía tenerme aislado para causarme aún mayor desconcierto. Las horas se me hacían eternas y casi llegué a desesperarme.

Por fin, una mañana apareció el duque en persona a la misma hora que solían traerme el almuerzo mis guardianes.

—¿Qué vas a hacer conmigo? —le pregunté nada más verle.

—Si lo supiera…

—No te he hecho nada malo —observé.

—¿Ah, no? Viniste a mi casa solapadamente, ocultándote bajo una identidad falsa, entre mis más fieles y queridos siervos… ¿Eso no es perverso? Has seducido con tus mentiras y aviesas artes a la bella e inocente Levana para poder llegar hasta mi presencia. ¿Y ahora pretendes defender tu honestidad?

—Únicamente te pido que hablemos con tranquilidad —le rogué—. Creo que podemos llegar a entendernos.

—¿Y por qué no acudiste directamente a mí desde el primer día? Si te envía el rey Felipe, como dices, ¿por qué no has comparecido con la verdad por delante?

—Es precisamente lo que quiero explicarte, si me dejas.

—¡Habla! Que para eso estoy aquí. No te he entregado a los jueces del gran señor porque quiero saber la verdad de todo esto. Si te pongo en manos de la justicia turca, mañana tu cabeza estará clavada en una pica frente a la puerta de Edirne.

—Nada ganarás con ello —respondí—. Y además nunca conocerás las intenciones de su majestad católica.

—¡Habla de una vez!

—No aquí —objeté—. Siempre pensarás que es la confesión que me arrancaste por tenerme en tu poder.

—¡Resulta que estás en mi poder! No tienes otra salida.

—Una vez más te repito que solo te revelaré mi cometido en una conversación sosegada. Puedes matarme si quieres, pero no me oirás hablar si no es con tranquilidad. He de manifestar lo que su majestad desea en la mayor fidelidad al espíritu de sus reales intenciones.

Me miró indignado y replicó:

—¡Es el colmo! ¿Quiere acaso rectificar tu rey? ¿Se arrepiente de sus antiguos errores?

—Nada te diré si no me sueltas —insistí—. Y ya he dicho bastante...

—¡Ahora mismo te pondré en manos de los jueces! —gritó congestionado de cólera—. ¡Guardias, sacadlo de mi presencia!

—¡No, espera! —supliqué—. Por favor, llama a tu trujamán. Quisiera hablar con él para pedirle disculpas... Seguramente no sabe que estoy aquí.

—No se lo he dicho para no causarle sufrimientos. ¡Parecía tan ilusionado contigo...!

—Estará preocupado. Aunque sé que no me creerás, he de decirte que siempre fui sincero con él y con su hija Levana. Ha sido una casualidad, o el destino, que yo la conociera a ella en estas circunstancias. ¡Y te juro que la amo! Soy un caballero y nunca engañaría en eso a una mujer.

—¿Más mentiras? ¿Cómo viniste a esta casa, sino por medio de ellos? Sedujiste a esa pobre cándida para ganarte a toda su familia y así poder entrar aquí.

—Haz lo que quieras conmigo. Pero antes acoge este ruego: he de verlos.

Se quedó pensativo. Y me pareció descubrir cierta compasión en el fondo de sus fríos ojos. Otorgó al fin.

—Está bien. Hablarás con él.

El duque me permitió encontrarme con Isaac Onkeneira en una sala de palacio. Aunque antes le había advertido de que yo era un espía del rey católico.

El anciano trujamán tenía el rostro ensombrecido y la mirada perdida. Con tono infinitamente triste, me dijo:

—Ella se morirá de pena.

Yo quise abrazarle, pero él se apartó. Entonces le manifesté con la mano sobre el corazón:

—Nunca estuve contra el duque, no he pretendido causarle ningún perjuicio, y mucho menos a ti y a tu familia, querido amigo. He aprendido muchas cosas entre vosotros. Y ahora, te lo ruego, debes escucharme con atención. Hablaré desde el fondo de mi alma. Estoy en un gran peligro, me doy cuenta de ello y, como todo hombre que teme por su vida, me encuentro embargado por una gran ansiedad. Eres muy sabio y ahora solo puedo confiar en tu buen juicio. ¿Vas a escucharme?

Me pareció que estaba tranquilo, pero no me miraba a los ojos. Taciturno, respondió:

—Y pensar que albergué incluso la esperanza de que te hicieras judío… ¡Qué ilusos hemos sido! Nos pareció que no eras sino un pobre muchacho que tuvo que sufrir desdichas sin cuento, cautiverios y todo tipo de humillaciones. En nuestras conversaciones familiares hablábamos de ti con ternura. Creíamos que te afligían las dudas…, que en el fondo no eras cristiano, ni musulmán, ni nada…, que eras un alma en búsqueda… Queríamos darte una fe y una casa. ¿Comprendes? ¡Qué gran ironía! Y resulta que…

—Isaac —le pedí con ansiedad—, debes creerme, te lo ruego. Durante estos meses hemos tenido suficiente tiempo para hablar sobre muchas cosas. En tu casa he aprendido que los judíos sois gente de bien, pacíficos súbditos que no pretendéis hacer mal a nadie, sino cumplir con vuestras obligaciones y dedicaros a vuestros propios menesteres. Como cualquiera que teme a Dios. Es difícil que tú y yo nos entendamos en todo, en eso te comprendo y puedes tener por seguro que me entristece mucho, pero yo no soy el mismo hombre que vino a espiar en primavera. He comprendido que no hay doblez en vosotros. Y no debes verla en mí. Únicamente he pretendido salvaguardar mi vida.

—Esas son palabras hermosas —dijo sin dejar de parecer muy afligido—. Pero me temo que sean solo eso, palabras. Tu rey te ha enviado aquí porque sabe que eres inteligente y seductor, alguien capaz de embaucar a quienes él considera sus adversarios, para sacarles información. No eres más que un espía, Cheremet Alí, o como te llames, pues estoy cierto de que tienes otro nombre y que ese con que te has presentado entre nosotros es falso, como todo en ti.

—¡No digas eso!

—Es la verdad.

—Es parte de la verdad —repliqué—. He venido a traer un mensaje, no a llevarme información. Solo os ruego que me prestéis atención.

—¿Qué puede querer ese rey cristiano de nosotros, los judíos? ¿Nos arrojaron fuera de su reino y ahora se acuerda de nosotros?

—Posiblemente quiera enmendar alguna cosa…

—Tiempo tuvo su padre el emperador para hacerlo. Ahora es tarde. Ya nos hemos hecho aquí otra vida. Ninguno de nosotros desea regresar a España. Tememos a la Inquisición y a la intransigencia de las gentes cristianas fanáticas.

—Siempre hay tiempo para recobrar la cordura. Es verdad que anda todo endemoniado, pero se puede intentar…

—¡Qué locura es esta! —exclamó de repente—. ¿Cómo se te ocurre plantearme algo así? ¿Estás tratando de hacerme creer que has venido a proponerle a mi amo el duque que regrese a España? ¡Eso es imposible!

—Estoy tratando de hacerte comprender que debo explicarle algo a don José con sumo detenimiento. He traído unos obsequios de parte de su majestad y las mejores intenciones para entrar en conversaciones con tus amos. Quizá se les puedan abrir las puertas para que regresen a sus antiguos dominios, subsanados todos los errores cometidos. Es el mejor camino para solucionar muchos problemas.

—Pero… ¡Somos judíos! La reina Isabel la Católica nos expulsó y la Inquisición no nos da respiro… ¿Nos respetarían si conservamos nuestro credo?

—Eso que me preguntas excede de mi cometido. A mí me envían para iniciar las conversaciones con los Mendes.

Observó él con circunspección:

—Creo que empiezo a comprender algo. El rey te envía para que le digas a don José que estaría dispuesto a recibirlos de nuevo entre sus súbditos… Pero… ¿por qué no me lo dijiste abiertamente desde el principio?

—No podía. Hay muchas barreras que atravesar. ¿No lo entiendes? Tenía que buscar la ocasión oportuna. Si no, me habrían descubierto enseguida y ahora estaría muerto. He sido sumamente cauteloso y, a pesar de ello, ya estás viendo en qué situación me encuentro.

—Lo comprendo. Si el gran señor llegase a enterarse de que el rey católico planea llevarse de nuevo a los Mendes…

—No lo consentiría. No hay relaciones entre el gran turco y mi rey. ¡Son los mayores enemigos! Todo lo que se habla entre Constantinopla y España es bajo el mayor sigilo.

—En eso tienes razón —dijo más animoso—. Y quiero llegar a creerte del todo. A fin de cuentas, me reconforta saber que solo cumples órdenes. Pero, dime, ¿entonces eres cristiano?

—Plenamente convencido. Aunque no por ello tengo nada contra vosotros los judíos. Ya te he dicho que he comprendido muchas cosas. ¿Me crees?

—Te creo. Y ahora he de saber tu nombre.

—Luis María Monroy me llamo en cristiano.

De nuevo se entristeció. Meditabundo, murmuró:

—¡Cómo lo siento por Levana!

—La amo —manifesté limpiamente—. Reconozco que os he mentido. Mi misión me lo exigía. Pero no hay nada falso en mi amor. Ella ocupa todo mi corazón…

—¡Qué complicada es la vida! —sentenció—. ¡Cuándo cesará de una vez toda esta confusión, oh, Elokim, el Señor!

39

Cuando el mayordomo de don José Nasí me anunció que su amo quería que me presentase ante él, estaba yo asomado a la ventana con la frente pegada a la reja. El cielo presagiaba tormenta y las copas de los árboles se agitaban movidas por el ardiente viento. El jenízaro que solía guardar la puerta abrió y salí sintiéndome acompañado por una gran incertidumbre.

El duque de Naxos me ofreció un asiento en un rincón de su salón más ostentoso y me puso en la mano una copa de aquel vino de Chipre que ya empezaba a resultarme de aroma familiar.

—Ahora vendrá mi hermano Samuel —me dijo como único saludo mientras me traspasaba con una mirada acusadora.

—¿Qué quieres de mí? —le pregunté—. ¿Qué vas a hacer conmigo?

—No te preocupes —contestó—. No se te hará ningún daño.

Entró el hermano del duque en la estancia. Era Samuel Nasí un hombretón maduro, de cabellos rizados y barba plateada, que se movía lenta y ceremoniosamente. Como don José, podría pasar por ser caballero cristiano, salvo por el jubón de terciopelo carmesí de tono genuinamente oriental.

Se puso delante de mí y, con voz grave, inquirió:

—¿Te envía el rey Felipe de las Españas?

Asentí con un movimiento de cabeza.

—¿Cómo te llamas?

—Luis María Monroy de Villalobos.

—¿Qué título ostentas?

—Soy hidalgo, segundón de una familia de Extremadura.

—¿De dónde?

—De Jerez de los Caballeros.

Me miró durante un rato con interés y después se dirigió a su hermano:

—No miente. He oído hablar de esa ciudad que gobiernan los caballeros de Santiago.

—Más le vale decir la verdad —dijo el duque.

Comprendí que no había escapatoria y que era llegado el momento de manifestar las intenciones de su majestad, aun en circunstancias tan poco halagüeñas.

—Todo lo que voy a hablar —manifesté—, si estáis dispuestos a prestarme atención, es por mandato del rey de las Españas. He venido a Constantinopla jugándome la vida para cumplir con el juramento que hice a su augusta persona de buscar la manera de tener conversaciones con vuestra familia. Su majestad católica jamás mentiría y no os traigo otra cosa que sus leales y bondadosas intenciones para manifestarlas ante vuestra presencia.

Los Nasí intercambiaron una larga mirada buscando la mutua conformidad. Sin que mediara comentario alguno entre ellos, el duque me dijo:

—Puedes hablar cuando lo desees.

—Gracias —respondí—. Es necesario que insista en que cumplo órdenes estrictas. Si he mentido en asuntos menores y he ocultado mi verdadera identidad, ha sido solo para preservar el mensaje del cual soy portador. Sabéis igual que yo que estos tiempos son muy confusos y que resulta sumamente peligroso trasladar avisos a estos puertos de Levante sin que los siervos del gran señor de los turcos lleguen a enterarse…

—Ahórrate las explicaciones —me apremió don José—. Ya mi fiel trujamán me dio cumplida cuenta de tus razones. Si no hubiera sido por eso, ahora estarías frente a los jueces del gran señor y no delante de nosotros. Vayamos al meollo del asunto y dejémonos de prolegómenos.

Me alegré porque dijera eso y por saber que contaba con toda su atención. Les expliqué:

—Su majestad el rey católico, Dios le honre, lamenta que un triste día vuestra digna familia tuviera que abandonar los reinos cristianos en vida de su augusto padre el emperador.

—¿Lo lamenta? —me interrumpió el duque—. ¡Cómo que lo lamenta!

—Déjale terminar, hermano —le rogó Samuel—. Hemos esperado ansiosos este momento y hoy por fin el Eterno escucha nuestros ruegos.

—Por favor —le dije—, no juzguéis a su majestad. Creo que las cosas se han complicado por obra del demonio. Ahora las intenciones del rey no pueden ser más justas y nobles. Él desea que regreséis a la cristiandad. Todas vuestras posesiones os serán devueltas y cuantas pertenencias llevéis con vosotros serán respetadas. Su majestad en persona está dispuesto a recibiros en la Corte y ansía que llegue el momento de encontrarse con vuestra noble tía, doña Gracia de Luna, para honrarla como se merece y resarcirla en lo que haya podido quedar perjudicada. Esa es su voluntad. No traigo conmigo carta o documento alguno con la firma y el sello del rey católico, por los motivos que ya sabéis. Supondría ello un gran peligro para esta misión e incluso para vuestras personas, por las sospechas que pudiera suscitar en el caso de caer en manos inoportunas. Pero tengo en mi casa unos ricos presentes de parte de su majestad para acreditar sus buenas intenciones.

Se me quedaron mirando atónitos. Noté que a Samuel le brillaban los ojos y quise entender por esa señal que estaba emocionado. En cambio, su hermano José empezó a menear la cabeza denotando desconfianza y desprecio.

—¿Y la Inquisición? —me preguntó de repente—. ¿Qué te ha dicho de la Inquisición?

Sabía que tendría que aclararles eso, porque su majestad ya me previno y me dio su respuesta.

—Seréis reconciliados. Bastará con que abjuréis de *Levi* o de *vehementi*, según lo estimen oportuno los señores inquisidores. Volveréis a recibir vuestros nombres y apellidos cristianos y en paz.

Las caras de los Nasí permanecieron rígidas durante un rato; después palidecieron de rabia.

—¿Hacernos cristianos? —rugió don José.

—¿El rey quiere que regresemos a la Iglesia? —gritó Samuel.

—Eso es —asentí.

El duque soltó una sonora carcajada y comenzó a deambular por el salón dejando tras de sí una tempestad de risas. Su hermano, con el rostro transido de pasmo, clavó en mí sus negros ojos y me dijo:

—¿Crees que hemos perdido nuestro precioso tiempo, que hemos malgastado el tesoro de nuestras vidas haciéndonos judíos de convencimiento para retornar otra vez a la idolatría?

—¿Llamas idolatría a Jesucristo? —repliqué apesadumbrado—. ¡Es el Redentor!

—¡No hay redentor que valga! —gritó el duque desde el extremo del salón—. ¡Esa fe tuya es corrupción e infidelidad que entroniza a un falso Dios y falso Mesías!

Como viera yo que la discusión se iba por derroteros vagos en los que no llegaríamos a ningún acuerdo, dije:

—No discutiré con vosotros acerca de eso. No me han mandado aquí para convenceros de nada, sino para manifestaros la voluntad de su majestad católica. Es absurdo intentar ahora poner en claro algo que nos divide desde hace más de quince siglos.

Samuel Nasí fue hacia su hermano y le dijo:

—Tiene razón. ¡No actuemos como fanáticos! Nosotros no somos así. Lo importante ahora es que el rey manejado por los clérigos vuelve su mirada hacia nosotros y nos reclama. Nuestra tía ha de saberlo y gozará con ello.

Empecé a tener sensación de seguridad. Apuré la copa y una lámpara de esperanza se encendió dentro de mí. La muerte ya no me amenazaba y cumplía fielmente con el mandato que me había llevado a Constantinopla. Lo demás estaba en las manos de Dios.

Los Nasí no quisieron deliberar en presencia mía y se retiraron dejándome solo en el salón. Entonces pensé: «Ayer me aborrecían, pero ahora parecen llenarse de orgullo por mi propuesta». Y me impacienté deseando saber cuanto antes en qué iba a quedar todo aquello.

Además, llevaba cinco días fuera de mi casa, con la misma ropa sucia, sin apenas dormir y con la preocupación de que mis amigos se inquietaran y empezaran a buscarme poniendo el plan en peligro.

Por eso, cuando don José y su hermano regresaron para comunicarme el fruto de sus reflexiones, sentí un alivio inmenso.

—Vuelve a tu casa —me dijo el duque—. Recogerás los presentes del rey de las Españas. Queremos que nuestra anciana tía escuche por tu boca todo lo que hoy nos has dicho y que tú mismo le entregues el obsequio. Ella está muy enferma y creemos que el Eterno le envía una señal con esta proposición. Han transcurrido muchos años desde que tuvo que ausentarse de Lisboa, su añorada ciudad, y siempre albergó su corazón la esperanza de que los reyes cristianos, sus amigos de entonces, se arrepintieran de no haberla auxiliado cuando sufrió persecuciones y desprecios. No le negaremos el regocijo que se merece después de tantas cuitas ahora que se avecina su final.

—Con respecto a lo demás —añadió Samuel—, ya hablaremos en su momento. Y no temas, no contaremos esto a nadie.

40

Doña Gracia Mendes, a quien todos se referían como la señora, vivía en un palacio muy próximo al de su sobrino José Nasí. Era un edificio de menor tamaño, antiguo y descuidado, pero dotado de mayor encanto; quizá por las maderas que recubrían las paredes, añejas, teñidas en tono grana, era por lo que el lugar era conocido como la Casa Roja.

Acudí allí a la hora que me indicaron los Nasí, los cuales me esperaron al pie de la colina, acompañados por un suntuoso séquito y envueltos en el gran boato que consideraron oportuno para contentar a su anciana tía.

—No se te olvide que, en todo momento, ella debe pensar que vienes como embajador del rey de las Españas —me recordaron nada más producirse el encuentro.

—Haré todo como tenéis previsto —afirmé.

Ya el día antes habían puesto ellos sus condiciones: mi comparecencia ante la señora debía desenvolverse siguiendo el rito de las antiguas recepciones de la más alta nobleza cortesana. Ella habría de sentirse honrada y halagada por la presencia en su casa de un enviado de su majestad católica. Me pareció que no haría mal a nadie participando en esa representación, y los Nasí estaban encantados con llevarla a efecto. Aunque todos debíamos ser cautelosos para que los sicarios del gran turco no llegaran a tener la menor noticia de que un mensajero de su mayor adversario iba a alcanzar su destino en el corazón mismo de sus vastos dominios.

Solo un escogido grupo de siervos de los Mendes estuvo presente en la sala de recepciones de la Casa Roja. Los que se quedaron fuera jamás sabrían qué misteriosa ceremonia iba a celebrarse adentro.

Atravesamos un largo corredor cubierto por tapices que nos condujo a una inmensa estancia profusamente decorada a la manera occidental: cuadros con retratos de nobles caballeros y damas en las paredes, lámparas de cristal, jarrones de porcelana portuguesa y mobiliario a base de ricas maderas talladas. Al fondo, sobre una tarima, doña Gracia permanecía sentada en un ostentoso sillón a modo de trono, rodeada por sus damas de compañía y por un enjambre de pajes engalanados con vistosas libreas. Una larga alfombra de color purpúreo se extendía desde la entrada hasta los pies de la señora, los cuales descansaban sobre un escabel dorado.

Me detuve a distancia y el duque me indicó:

—Avanza hacia ella. Es corta de vista, pero conserva un fino oído.

Samuel Nasí se adelantó por el lateral y anunció con solemnidad:

—Señora, es el enviado de su majestad católica el rey de las Españas.

Cuando estuve a cinco pasos de ella, me di cuenta de que, a pesar de su edad, era doña Gracia una dama de presencia muy primorosa. Se erguía en su asiento, con la cabeza alzada con dignidad y las manos entrelazadas. Debió de haber sido muy hermosa en su juventud, pues conservaba unos rasgos armoniosos y una figura esbelta y galana. Vestía saya de escote cuadrado, a la flamenca, con cuello de lechuguilla, y se tapaba con mantillo y velo de encaje que le cubría la frente, las orejas y el cuello. Entre las mujeres que la rodeaban, distinguí a las que debían de ser sus hijas y nietas, por sus alhajas y atavíos de mayor valía que los del resto.

Me incliné con mucha reverencia y observé sus calzas y chapines, muy ricos, de sedas y pedrería.

—Álcese vuestra merced y tome asiento —me pidió la anciana con voz quebrada y fatigosa, pero con cortesía.

Un chambelán me puso un sitial y me acomodé frente a ella.

—Su majestad católica os envía sus mejores deseos —le dije—. En los reinos de España no se han olvidado los servicios que vuestra honorable familia prestó a nuestro señor el emperador.

Asintió ella con un digno movimiento de cabeza y después buscó con la mirada a su parentela. Todos sonrieron manifestando su complacencia.

—Tampoco yo me he olvidado nunca de mi tierra —reveló la señora con temblor en los labios—. A su majestad deben haberle contado que no abandoné la cristiandad por mi voluntad, sino porque los inquisidores empezaban a perseguirnos como sabuesos a sus presas. Nunca hicimos nada malo… ¿Por qué nos impidieron vivir en paz, obligándonos a exiliarnos?

—Su majestad no tuvo parte en eso —repuse—. Y ahora estaría resuelto a disponer lo necesario para reponer vuestra honra.

Se me quedó mirando con aire triste y se lamentó:

—La vida ha pasado para mí. ¿De qué me sirve ya eso?

—¿No quisierais volver a la cristiandad?

—¡Qué hermosa es Lisboa! —suspiró—. ¿El rey de Portugal estaría dispuesto a devolverme mi casa? ¡Ay, de quién serán ahora aquellas propiedades! O tal vez ni siquiera estén en pie…

Gimió durante un rato, conmoviendo a los presentes. Una de las damas se acercó para darle un pañuelo y, cuando se hubo aproximado a ella, la señora aprovechó para decirle algo al oído. La mujer fue entonces hacia una alacena que estaba en el extremo del salón y retornó con un cofre.

—Aquí tengo las llaves de mis casas —explicó doña Gracia mostrándome un puñado de ellas que sacó del cofre—. Esta es la del palacio de mis antepasados, en Lisboa; esta la de nuestra casa de Olivenza… ¡Ah, aquella Olivenza con sus encinas y sus azules cielos!… Y estas son las llaves del palacio de Amberes, las del caserón de Venecia y de los almacenes… Toda la vida me la he pasado de un lado a otro, cerrando puertas detrás de mí… ¡Qué pena, oh, Elokim, mi Señor! ¿Hay derecho a eso?

—Por supuesto que no, señora —le contesté—. El demonio no os ha dado tregua ni a ti ni a los tuyos. Su majestad sabe eso…

—¿El demonio? —replicó ella frunciendo el ceño, alterada—. ¿Y quién es allí el demonio?

Todas las miradas se clavaban en mí, como esperando una respuesta convincente. Así que contesté:

—Su majestad reconoce que está en deuda con vuestra merced, señora. Él no puede restituiros vuestras posesiones en Lisboa o en Venecia, pero está dispuesto a devolveros la honra que os corresponde en la cristiandad.

—La cristiandad... —murmuró—. ¿Y qué es la cristiandad? Creíamos que pertenecíamos a ese mundo... Todavía sueño con que voy a despertar entre mis amistades de entonces, y no en estos dominios bárbaros... Pero... ¿qué es hoy la cristiandad? Los reyes de aquella parte del orbe creen que el Eterno está con ellos y se equivocan. Podrían haber conseguido que el mundo fuera más justo y fraterno, mas se enredaron en guerras sin cuento entre ellos: Francisco de Francia contra el emperador, Enrique de Inglaterra contra Francia... ¡Qué locura! Cristianos contra cristianos; católicos contra protestantes... ¡Muerte por todas partes!

—Señora, no te fatigues —le dijo el duque.

Todos nos dábamos cuenta de que ella iba perdiendo fuerzas. Desde su lugar, Samuel Nasí me hizo una seña apremiándome y comprendí que debía poner fin a mi visita.

—De parte de su majestad católica he traído a vuestra merced un presente en prueba de amistad sincera.

Ella sonrió y recogió gozosa la bolsa de cuero que le entregué. Hurgó dentro y sacó las esmeraldas. Una exclamación de admiración brotó de las mujeres cuando vieron las verdes y brillantes piedras, grandes como huevos de paloma.

—Me siento agradecida... —sollozó la anciana—. ¡Es un precioso regalo!...

Me incliné con sumo respeto para responder a su sincera gratitud.

—Antes de retirarme de vuestra presencia, señora —le dije—, una vez más manifiesto en nombre de su majestad que estará dispuesto a contaros felizmente entre los súbditos más distinguidos de sus reinos.

—Lo tendré en consideración —respondió ella—. Bese vuestra merced la mano del rey en nombre mío y en el de toda mi familia. Yo ya soy vieja y estoy enferma, pero estos queridos hijos míos decidirán lo que ha de ser más conveniente.

LIBRO VII

De la manera en que se ganó el corazón de la bella judía hija del sabio trujamán. Y también de lo que le sucedió en el palacio del Gran Judío, cuando llegó a estar en la presencia del señor de Estambul, y de lo que le acaeció después por ser fiel a su encomienda.

41

Puede parecer una extraña coincidencia, pero sucedió: no había transcurrido una semana desde que visité a doña Gracia Mendes en la Casa Roja, cuando murió. Entre los judíos de Estambul cundió la tristeza. La señora había llegado a ser una suerte de reina entre los hebreos de aquella parte del mundo. Todo Ortaköy se vistió de luto. Se hicieron largas honras fúnebres en las sinagogas y después el cuerpo fue embarcado en una galera fúnebre para ser trasladado a Tierra Santa, donde sería sepultado junto al de su esposo.

Tres semanas después, para mayor consternación, murió el hermano del duque de Naxos, Samuel Nasí. De nuevo hubo velorios y solemnes funerales.

Isaac Onkeneira, que tenía cosas de sabio y aun de profeta, me confesó que había llegado a pensar que todo era obra de la Providencia Divina.

—Resulta ciertamente misterioso que hayan rendido las almas casi al mismo tiempo, después de haber recibido el aviso de tu rey —me dijo con mucha gravedad—. Parece que un mundo se cierra a la vez que otro se abre. Tengo la sensación de que se avecinan tiempos todavía más difíciles que estos…

A pesar de que el venerable trujamán se sinceraba frecuentemente conmigo, me pareció que en su casa ya no me trataban como antes, aunque me aseguró que no le había contado ni siquiera a sus hijos quién era yo de verdad, para preservar mi seguridad.

En el pequeño despacho donde guardaba sus libros, me habló con el desconcierto grabado en el rostro.

—Todo esto me ha confundido. Tienes buenas intenciones y nobleza de espíritu, pero no puedo dejar de pensar en el lugar de donde vienes y todo lo que allí nos hicieron padecer a los judíos. Mi hija te ama sin saber la verdad sobre ti, y yo no quisiera verla sufrir…

Entonces le rogué que me permitiera estar una vez más a solas con ella.

—Si realmente estás enamorado de Levana —observó—, deberás contenerte. Ahora, con todo lo que ha sucedido, solo puedes perjudicarla.

—¿Por qué?

—Porque es evidente que muy pronto te marcharás a España. Un hombre honorable no daña el corazón de la mujer que quiere.

—¡Nunca haría eso! Mis intenciones para con ella siempre han sido serias y honorables.

—¿Y qué pretendes? ¿Vas a llevártela a España?

—Creo que eso debe decidirlo ella. Por favor, déjame verla.

—¡Nos la robarás! —sollozó—. ¡No es justo!

—Déjame estar con ella solo una vez más —insistí—. Te lo ruego.

—Anda, ve a la terraza —otorgó al fin, secándose las lágrimas—. ¿Quién puede contener el mar?

Subí llevado por mi ansiedad y saqué del bolsillo un collar de perlas que había comprado para ella. En mi arrobamiento, no reparé en que no estaba sola, ¡tan grande era el deseo que tenía de verla! Y tampoco fui consciente de que estaba muy enojada por el tiempo que había pasado sin que viniera a visitarla.

Su cuñada Ebru se me encaró:

—¡Eso no se hace! ¿Dónde te has metido durante las últimas semanas, sinvergüenza?

—Tuve complicaciones —me excusé tímidamente.

Levana me miraba a los ojos de manera acusadora como si todo lo que había ocurrido fuera por mi culpa. Pero me sentí aliviado al darme cuenta de que no estaba enterada de los verdaderos problemas que me habían acuciado. Así que añadí:

—Se me embrollaron los negocios.

—Debes saber que no eres el único que anda enredando para casarse con ella —me espetó maliciosamente la cuñada.

Sin embargo, Levana, lejos de unirse a ella en mi contra, le gritó con enojo:

—¡Ebru, déjanos!

La cuñada se marchó refunfuñando. Y sentí un escalofrío de esperanza cuando mi amada sonrió haciéndome ver con sus brazos abiertos que me perdonaba.

—¡Qué dura es la vida, querida mía! —suspiré apretándome contra su pecho—. ¿Qué me importa a mí el mundo sin ti?

Ella se estremeció y después me apartó suavemente. Sin mirarme del todo a los ojos, con un tono inesperado que parecía pedirme angustiosamente la verdad, me preguntó:

—¿Te marcharás pronto?

—¿Por qué te importa eso ahora?

—Porque tengo un presentimiento. ¡Siento miedo! No lo puedo evitar.

—Oh, no, mi pequeña —intenté tranquilizarla—. No debes sentirte así. Yo estoy aquí y no te dejaré.

Una enorme y brillante lágrima se deslizó por su mejilla pálida. Me pareció una imperdonable crueldad tenerla engañada un solo momento más. De repente me afectó mucho ese llanto y decidí que debía contarle la verdad. Aunque primeramente era necesario serenarla.

—He traído estas perlas para ti —dije, colocando el collar alrededor de su hermosa garganta—. ¿Te gusta?

—¡Es precioso!

Me agradó que me mirara a la cara durante un largo rato sin hablar. Se palpaba las perlas en el cuello y sonreía, a pesar de que seguían brotándole las lágrimas de los ojos hinchados.

—¡Eres tan hermosa! —expresé con franqueza.

Nos abrazamos. Entonces me atravesó una sensación inmensamente agradable. Como otras veces, cuando estaba junto a ella era como si el mundo quedara cubierto por una bondad luminosa, pero ya empezaba a considerar que no era justo mantenerla en esa especie de nube. Así que le susurré al oído con cuidado:

—Debemos hablar ahora. He de decirte algo muy importante.

—Ya me he dado cuenta de que pasa algo malo. Mi padre está muy inquieto últimamente y sé que es por tu causa. Por favor, dime de qué se trata. No soy una niña…

—Sentémonos ahí, querida —propuse señalándole un escaño que había al lado—. Necesito tiempo y tranquilidad para contarte muchas cosas.

Con todo el miramiento que me fue posible, dada su preocupación, le revelé quién era yo en verdad y los motivos ocultos que me habían llevado a Estambul. Como daba por concluida la misión, consideré que no violaba los juramentos hechos a su majestad siendo sincero con mi amada.

Ella me escuchó sin decir nada y su rostro fue demudándose hasta manifestar el horror, después lloró desconsoladamente y no consintió que la rozara siquiera cuando quise atraerla cariñosamente hacia mí.

—Lo siento… ¡Lo siento tanto…! —balbucí—. ¿Qué puedo hacer por ti, amor mío?

Se apartó de mi lado y fue hasta la balaustrada desde donde se contemplaba el Bósforo. Allí, dándome la espalda, sollozó:

—¿Por qué…? ¿Por qué…?

Fui hacia ella y le puse las manos en los hombros con delicadeza. Se estremeció, pero me permitió seguir a su lado.

—Querida —le dije suavemente—, mis sentimientos son los mismos. Nada cambia por lo que te acabo de contar. Aunque sé que resulta duro para ti, nuestro amor debe estar fuera de todo eso.

—¡Siempre he odiado las mentiras! —suspiró mientras seguía sin mirarme—. No puedo amar a un hombre falso.

—¡No digas eso, por favor! Trata de comprenderme…

—Nuestros amores son del todo imposibles, ¡es absurdo! —se lamentó llevándose las manos al rostro.

—Podemos decidir… ¿No somos acaso libres?

—No, nadie es libre del todo.

—¡En mi corazón mandan Dios y yo! —manifesté con rabia.

—¿Dios y tú? —susurró con ironía—. Toda tu vida pertenece a la cristiandad y a ese rey tan poderoso.

—Toda no, querida mía. Aunque no puedas comprenderlo, ahora debes fiarte de mí. En mi mundo nadie se mete con los efectos más profundos del alma. ¡El amor es sagrado!

—¡Palabras que nadie cree en el fondo!

—No. Esas cosas las entiende todo el mundo en Oriente y en Occidente. Aunque es cierto que no se respetan en todas partes. Pero mis intenciones son puras, ¡te lo juro!

Gimió con visible confusión e intenté consolarla pegando mi pecho contra su espalda. Entonces se volvió y por fin me miró con dulzura, a pesar de tener los bellos ojos inundados de lágrimas.

—¿Qué voy a hacer contigo? —suspiró.

Me pareció que toda ella estaba creada para mi amor y perdí la razón. Me arrodillé a sus pies.

—¿Me odias? —le pregunté.

Negó con la cabeza. El sol de la tarde hacía resplandecer sus cabellos rubios y tuve la extraña sensación de que era como una aparición descendida de las alturas. La alegría de la esperanza me hizo temblar y le abracé las piernas; después me incliné y le besé los pies.

—¡Te amo, Levana! ¡Oh, cómo te amo! Haré todo lo que me pidas.

Se desmoronó y descendió hasta mi altura. Me cubrió de besos.

—¡Y yo a ti, vida mía! ¡Elokim el eterno ha de ayudarnos! ¡No me dejes, o moriré! Iré contigo a donde quieras llevarme…

42

En los jardines del señorial palacio del duque de Naxos una vez más se reunían sus familiares e invitados para celebrar una fiesta. Me sentí muy honrado cuando Isaac Onkeneira me comunicó lleno de felicidad que habían dispuesto contar conmigo.

Emocionado, me dijo:

—Es el momento más adecuado para que le digamos que pronto partirás para España y que Levana se irá contigo.

Comprendí que don José Nasí ya no me miraba con recelo, que por ser hombre cultivado, de mundo, había llegado pronto a vislumbrar que yo era un mero intermediario y que mis intenciones no ocultaban doblez. Para convencerle de ello, hube de pasar muchas horas en su compañía y aprendí que el vino delicioso de Chipre era la mejor llave para abrir los corazones.

Pero nada de aquella aventurada estancia mía en la imprevisible Constantinopla me hizo más dichoso que lograr ganarme al venerable trujamán, para que me entregara la mano de su adorable hija y que consintiera en que viajara conmigo a España. A pesar de tener el alma desgarrada por la separación, a Onkeneira le complacía que Levana alcanzase una vida venturosa cuando el rey premiase mis arriesgados servicios con las pertinentes prebendas. Al fin y al cabo, casarla con un hebreo adinerado de Estambul le habría costado una desmesurada dote, y ni siquiera se le pasaba por la cabeza entregársela a un turco para que la encerrase de por vida en el serrallo. Encantado por la feliz solución de todos mis problemas, nada me retenía allí una vez cumplida la encomienda. Que el duque tomara la decisión de aceptar la invitación de su majestad o la rechazara ya no estaba en mis manos. Así que, antes de que los vientos dejasen de ser favorables, resolví embarcarme y regresar en veloz viaje a los puertos de la cristiandad.

Si demoré la partida hasta los primeros días de otoño, fue porque mi suegro me rogó que celebráramos los desposorios a la manera judía durante las fiestas del Sukot, que tenían lugar el decimoquinto día del séptimo mes del calendario hebreo, coincidiendo con el 26 de septiembre cristiano.

—Mi amo debe saber que os vais —consideró el trujamán—. Quiero contar con su anuencia en todo lo que se decida sobre lo vuestro. Lo contrario sería una ingratitud ahora que la señora ha muerto.

—Haré lo que me pidas —le dije—. No podría negarte nada, después de la gran merced que me has hecho.

—La fiesta del Sukot se celebrará la semana próxima. Acudiremos todos a la casa de don José y haremos lo que manda la ley de Israel en estos casos.

***

En los jardines del duque de Naxos reinaba un ambiente bullicioso. Se había construido una especie de cobertizos con ramas de palmera para cumplir con la tradición hebrea, que exigía ese día conmemorar lo que ellos llaman la fiesta de los Tabernáculos, en la que obedecen al mandamiento levítico de erigir habitaciones temporales, para recordar las cabañas en que vivió el pueblo de Dios cuando se encontraba en el desierto del Sinaí, de camino hacia la tierra de Israel.

Don José estuvo encantado porque celebráramos nuestra promesa de matrimonio en su casa un día tan concurrido. De manera que me desposé con Levana en presencia de diez testigos, parientes y ancianos judíos, entre los que se contaron los Nasí, y ante el padre de la novia, que otorgó su consentimiento entregándome a la novia y bendiciendo las arras.

Después los rabinos hicieron las lecturas y los rezos propios del Sukot. A lo que siguió un animado banquete.

Como en otras ocasiones, corrió el vino, mientras que unos tiernos cabritos, puestos en espetos y asados sobre las ascuas, exhalaban su apetitoso aroma. Se había vendimiado ya en los generosos viñedos del duque, y las uvas maduras, rojas y doradas, se hallaban dispuestas en el centro de las mesas sobre recipientes de plata labrada que tenían forma de barcos.

Los hombres brindábamos bajo nuestros tabernáculos y las mujeres conversaban jaraneras bajo los suyos, encantadas por compartir la felicidad de Levana.

Ella me lanzaba miradas sonrientes que reflejaban su dicha y yo no podía apartar los ojos de cada uno de sus movimientos desde la distancia, a la vez que agradecía a Dios en mi interior el haber hallado una criatura tan maravillosa.

Caía la tarde mientras dábamos cuenta del banquete y advertí que el duque me hacía una seña con la mano mientras estaba entre un escogido grupo de sus invitados. Me acerqué y aproveché la ocasión para agradecerle los favores. Entonces él me llevó aparte y me dijo con mucho misterio:

—Como ves, el Gran Judío no es tan pérfido como pensáis en España. Ahora podrás decirle a tu rey que no somos unos malvados que nos pasamos la vida haciendo pactos con el demonio.

—Trasmitiré a su majestad todo lo que aquí he visto y oído. Quiera Dios que pronto se solucionen los problemas de los judíos y alcancéis el sosiego necesario dondequiera que estéis.

—¡No seas iluso, muchacho! —respondió lanzando una carcajada—. Tu rey no quiere arreglarnos la vida. Si le interesa algo de nosotros, no es otra cosa que nuestro dinero.

—No discutiré más acerca de esas cuestiones —manifesté con disgusto.

—¡Oh, no te inquietes! —sonrió socarronamente—. No volveré a encerrarte en el torreón. Y has de saber que no me arrepiento de haberte conservado la vida. Me hace feliz saber que mi señora tía y mi hermano Samuel han muerto con la satisfacción de ver cómo el rey católico se humillaba reclamándonos. Por fin se ha hecho justicia.

—Entonces… —le pregunté con suma cautela—, ¿no regresarás a la cristiandad?

—No. Jamás lo haría. Mi lugar está aquí, donde el Eterno ha querido traerme para beneficiar a su pueblo. La Inquisición jamás consentiría que todos estos vinieran conmigo. —Se refería a la gente que nos rodeaba ajena a nuestra conversación.

—Yo he cumplido con mi obligación de manifestarte lo que su majestad quería decirte. Ahora debo comunicar tu respuesta.

—Regresarás pronto a España y, además de ir sano y salvo, te llevas a una hermosa mujer —dijo mirando a Levana—. Eres un hombre ciertamente afortunado. No olvides nunca que no tendrías hoy la cabeza sobre los hombros si no es por mí. No traiciones delante de tu rey mis verdaderos sentimientos. Cuéntale la verdad y nada más.

—Ya sabes que me siento agradecido. Toda esta generosidad me abruma.

Entonces él, con enigmática expresión en la mirada que dejó perderse en el vacío, me dijo:

—No he obrado así solo por caprichosa benevolencia. Quiero que seas testigo de los grandes acontecimientos que se avecinan. Pronto cambiarán las cosas en el dominio del Mediterráneo.

—No sé a qué te refieres… —susurré lleno de confusión.

—Espera y verás. Dentro de un momento recibiré a un invitado muy especial y serás testigo de todo lo que se hablará aquí. Si ese ínclito personaje que hoy va a honrar mi casa llegase a saber que eres un enviado secreto del rey católico, empezarías de nuevo a tener serios problemas. Pero aquí, excepto mi trujamán y tu amada, todo el mundo cree que eres un simple mercader de sedas. Por lo tanto, será mejor que sigas aparentando serlo y no pierdas ripio, porque me interesa mucho que en la cristiandad se tenga noticia de lo que va a ocurrir en los días venideros.

Dicho esto, se separó de mi lado y regresó junto al resto de sus invitados. Una vez más, el duque me desconcertaba con sus misteriosas reflexiones.

Declinaba el sol en el horizonte cuando se armó un gran alboroto entre la concurrencia.

—¡Ya viene! —gritaban los que estaban en el extremo del jardín, mirando hacia el Bósforo—. ¡Ya está aquí!

Corrimos todos hacia la barandilla que se asomaba al borde del acantilado para ver qué pasaba.

—¡Allí, allí…! —señalaban con el dedo.

Al mirar en aquella dirección, descubrí una enorme procesión de barcos que venían hacia Otaköy desde la punta del Serrallo. Los remos batían el agua en perfecta armonía y un colorido espectáculo compuesto por estandartes y banderolas ondeando al viento anunciaban que alguien muy importante navegaba acompañado por un gran séquito.

—¡Es el gran señor en persona! ¡Miradlo, allí está! —le anunciaron.

Me dio un vuelco el corazón. El sultán venía a visitar al duque de Naxos. Las enigmáticas palabras que él me había dicho esa tarde cobraban sentido.

—¡Preparad todo para el recibimiento! —le ordenó don José a su servidumbre.

Los presentes empezaron a ser presa de una gran impaciencia y se movían en todas direcciones sin saber bien qué hacer.

—¡Tengamos calma, amigos! —gritó el duque—. ¡No hay por qué ponerse nerviosos! El gran señor viene a divertirse. Hace tiempo que le invité a la fiesta y esta misma mañana me anunció que se haría presente. Si no os lo he dicho antes es porque no quise desvirtuar el espíritu del Sukot y porque quería obsequiaros con una gran sorpresa.

Arribó la comitiva al atracadero, al pie de la colina, y al momento se organizó una nutrida procesión muy colorida que ascendía por el sendero, animada por una fanfarria estruendosa de atabales, sistros y chirimías.

Causaba impresión todo aquel gentío que acompañaba al sultán ordenadamente, en medio de una gran magnificencia. Cuatrocientos hombres o más componían el séquito: doscientos eran los pajes más jóvenes, adolescentes de muy buena presencia, ataviados con riquísimas telas bordadas de oro y tocados con pequeños gorros amarillos, las túnicas hasta media pierna y las cabezas afeitadas, salvo detrás de las orejas, donde les caían largos rizos de pelo como colas de ardilla.

—Esos son los pajes principales —me explicó Isaac Onkeneira—, todos nacidos cristianos, escogidos en Grecia, en la Morea, en Hungría y en las montañas de Macedonia. Son la flor y nata del palacio de Topkapi. De entre ellos saldrán los magnates que dominarán el imperio en nombre del gran señor.

Me estremeció escuchar tal explicación. Aunque bien sabía yo que aquellos pobres muchachos esclavos, arrancados de sus familias, formaban la simiente de la elite del imperio del gran turco y que, aleccionados con mucha disciplina, llegarían a ser los fieros capitanes, arráeces, generales y almirantes de las flotas más temidas del mundo. Hombres adiestrados para no tener miramientos ni compasión alguna en aquel vastísimo reino de esclavos.

Detrás de ellos, avanzaba un tercer centenar de pajes, todos ellos mudos y sordos, las lenguas cercenadas desde niños y los oídos trepanados por un punzón incandescente, para que no pudiesen hablar ni oír. Todo por capricho de los soberanos del Oriente, que gozaban desde antiguo rodeándose de inocentes criaturas mutiladas. Muchos pobres críos morían en estas crudelísimas operaciones, así como en la que era la más frecuente: la creación de eunucos.

El cuarto centenar de acólitos del sultán eran todos enanos, hombres corpulentos pero de apenas vara y media de estatura los más altos. Llevaban estos grandes cimitarras al cinto y vestían también con riquísimos paños color verde oliva, azafrán o naranja y se tocaban con graciosos bonetes de terciopelo violeta.

Cuando hubo penetrado todo ese personal en la propiedad del duque, los jardines adquirieron una vistosa apariencia multicolor, a la que se añadían las banderolas tornasoladas y los estandartes blasonados con estrellas, medias lunas y soles.

Fue entonces cuando se abrió un pasillo por en medio del gentío e irrumpieron con ceremonioso paso los visires, destacándose los altísimos gorros de pulcra gasa blanca. El último en entrar fue el temido gran visir, Mehmet Sokollu, hombre seco y de hierática estampa, recto como una tabla, enfundado en su dolmán azul noche. Ante esta presencia, cesó la música y enmudeció la concurrencia.

Permanecía todo el mundo casi sin aliento, aguardando a ver qué pasaba, cuando hizo su aparición el sultán flanqueado por sus cuatro favoritos. Nos arrojamos al suelo de hinojos. Algunos invitados temblaban a mis costados.

Por encima, se oyó saludar a don José Nasí:

—¡Oh, grandísimo señor, el más honorable, magnífico y egregio de los emperadores, bienvenido seáis a nuestra casa! ¡Oh, comendador de los creyentes, tomad posesión de vuestros dominios!

Iniciose en ese momento una cantinela de voces agudas de los eunucos que correspondía al saludo del duque en nombre del sultán, después de lo cual se nos permitió alzarnos de la postración. Busqué con la mirada llevado por la enorme curiosidad de ver a tan poderoso hombre.

El sultán Selim II no resultaba ser demasiado alto, a pesar de su abultadísimo turbante. Tenía el rostro gordezuelo y blancuzco, los mofletes rosáceos y la barba rubicunda. Sonreía bobaliconamente y caminaba con pasitos muy cortos. Poco podía apreciarse su figura, pues vestía un amplísimo ropaje, largo hasta los tobillos, de brillante seda plateada con floripondios bordados. Más me parecían sus atavíos propios de damisela que de tan temible personaje, máxime cuando sus movimientos tampoco resultaron ser muy viriles que digamos.

Le observaba en la distancia de unos veinte pasos y no salía de mi pasmo. ¡Qué curiosa contraposición de mundos! Allí estaba, próximo a mí, el mayor enemigo de la cristiandad, el temido adversario de nuestro rey católico. Y contemplando el boato y la ostentación que le rodeaban, no pude dejar de pensar en el austero don Felipe II, al que recordaba vestido con negro género de estambre y sin más compaña que sus dos sumisos mastines.

Arreciaba en los jardines la música de atabales y trompas mientras don José Nasí cumplimentaba a su más insigne invitado, sin que pudiera escucharse nada de lo que hablaban entre ellos, aunque era apreciable la mucha cordialidad del encuentro.

Isaac Onkeneira, de cuyo lado no me aparté, me susurró al oído discretamente:

—El gran señor aprecia mucho a mi amo. No creas que se rebaja él encumbrando con su presencia cualquier casa, pero aquí suele venir a menudo.

—¿Y todo este gentío que le acompaña? —pregun-

té muy extrañado—. ¿A todos ha de atender el anfitrión cada vez que el sultán va de visita?

—¡Oh, no! El séquito se marchará ahora.

Tal y como predijo mi suegro, la nutrida comitiva
que llegó custodiando al sultán comenzó a marcharse
muy ordenadamente y se dispersó por las vecindades
del puerto de Ortaköy sin alejarse demasiado, de manera que permanecieron únicamente los visires y los
favoritos acompañando a su señor.

Fue entonces cuando don José Nasí dispuso que se
colocara un rico sillón en un lugar preeminente para
que se acomodase el magno invitado.

—¡Amigos, aproximaos ahora! —nos pidió a los
demás el duque—. Hoy es un día grande en esta casa,
pues gozamos de la enormísima gracia de tener al gran
señor en medio de nosotros. ¡Brindemos por él!

Acudieron los criados y escanciaron vino por doquier. Puso don José una copa de oro en la mano del
sultán. Este la tomó con un rápido movimiento, y eso
que tenía en los dedos anillos con piedras preciosas que
medirían algunas más de una pulgada.

—¡Vida larga y salud al señor que ha de gobernar
la tierra! —gritó el duque.

Complacido, sonrió el sultán y paseó su mirada de
ojos grisáceos por la concurrencia. Todos nos inclinamos con gran reverencia. Dijo él con voz delicada y
gran afectación en el tono:

—*Muteferik*, querido siervo mío, esta misma mañana mandé a un visir a que te anunciase que esta noche
honraría tu casa y a tu tribu con mi presencia. Alá te
guarde a ti y a todos ellos.

—Gracias, muchas gracias, gran señor —le repuso
Nasí, aproximándose para besarle la mano.

Alzó la barba rozagante el sultán y luego anunció:

—Es hora de que recibas mi dádiva, siervo mío.

—Señor, vuestra presencia es el mayor obsequio —contestó el duque.

Se adelantó el gran visir Mehmet Sokollu llevando un rollo de pergamino en la mano, lo desplegó delante del duque y proclamó con gran solemnidad:

—Anoche se supo en el palacio del más grande de los señores, nuestro glorioso sultán Selim, ¡Alá le guarde siempre!, que el arsenal de la ciudad de Venecia ha sido consumido por el fuego. Es una gran noticia que nos anuncia que el Todopoderoso está de nuestro lado. Ya hace tiempo que se venía considerando aquí la necesidad de romper toda relación con aquella república. El momento no puede ser más propicio, y el grandísimo señor ha decidido en su loable prudencia contar entre sus enemigos a la república de Venecia, por su mucha arrogancia y por desoír nuestros requerimientos en las cosas de la mar. Desde hoy, el imperio del gran señor está en guerra contra esa ciudad infiel cuyo único dios es el oro. ¡He aquí el decreto que contiene la declaración con los sellos imperiales!

Se alzó un denso murmullo de sorpresa entre la concurrencia. Y a mí me sacudió un escalofrío.

Don José Nasí, puesto en pie frente al sultán, alzó la copa y exclamó con arrogancia:

—¡Gran señor, hoy es un día grande! ¡Bebamos!

Levana estaba a mi lado y me tomó la mano. Su padre, visiblemente inquieto, me miró con cara de espanto y murmuró:

—Me da miedo todo esto…

El resto de la gente, en cambio, brindaba a nuestro alrededor y parecía no darle demasiada importancia al anuncio que había hecho el gran visir. Más bien se tenía la impresión de que asumían aquello como parte de la fiesta.

El duque solicitó entonces la venia del sultán y se dirigió a los presentes con estas palabras:

—Pueblo de Israel, nuestras vidas todas se hallan en manos de Elokim, el Eterno. Él nos ha puesto bajo la autoridad del elevado y glorioso sultán Selim. Todos los destinos le pertenecen. Hora es ya de que las ofensas sufridas por nuestro linaje sean debidamente vengadas. Hace veinte años muchos de nosotros tuvimos que abandonar Venecia. Fuimos expulsados injustamente de nuestros hogares y nos fueron confiscados nuestros bienes y derechos, el fruto de nuestros sudores. Hoy todo eso ha cambiado. Al fin un soberano prudente nos acoge y nos hace justicia. ¡Viva el gran señor!

—¡Viva! —gritaban al unísono los hebreos.

Don José, muy excitado, prosiguió:

—Ayer se supo en Estambul que el gran arsenal de Venecia ha ardido, saltando por los aires la pólvora y quedando destruidas las atarazanas, y casi todos los barcos se han convertido en cenizas. El poder de la serenísima cae bajo nuestros pies sin que movamos un solo dedo. ¡El Eterno doblega a los soberbios y exalta a su pueblo humillado!

Sonriendo, encantado por el espectáculo que ofrecía el duque entregado a su encendido discurso, el sultán no paraba de apurar copa tras copa. De manera que no tardó su regordete rostro en tornarse más encarnado todavía. El gran visir, sin embargo, permanecía rígido, distante y completamente sobrio.

Entonces comprendí por qué el duque quiso que yo estuviese presente en aquella ceremonia extraña: era la gran demostración de su poder. Lejos de plantearse siquiera regresar a la cristiandad, Nasí manifestaba un desprecio infinito hacia Occidente, al que consideraba la causa de todos los agravios sufridos por los hebreos. Exhibiendo su eficaz influencia sobre el gran turco delante de su gente y de mí, hacía ver que había llegado la hora de resarcirse. Y era evidente que deseaba que su majestad tuviese pronto noticia de ello.

Tomó la palabra el sultán y dijo a sus visires:

—Es el momento de hacer entrega del regalo que he traído para mi amadísimo siervo el Gran Judío.

Declinaba la luz de la tarde cuando, en medio de una enorme expectación y un silencio contenido, se adelantaron dos de los visires miembros del diván y presentaron ante el duque de Naxos una corona de oro y un vistoso estandarte.

El sultán le dijo a Nasí:

—He aquí la corona del reino de Chipre y el estandarte con tu emblema bordado. Ahora es otoño y se avecina el invierno, pero la próxima primavera enviaré a aquella isla mi flota, al mando de Piali bajá, con cincuenta mil de mis mejores guerreros. Tú, *muteferik*, querido siervo mío, serás el rey de Chipre y me honrarás como a tu emperador, rindiéndome tributos y gobernando para mí aquella parte del mundo.

43

Pronto corrió la noticia por toda Constantinopla. En las plazas, caravasares y mercados no se hablaba de otra cosa. La gente turca estaba encrespada, eufórica, relamiéndose al pensar que los ricos emporios venecianos pronto les pertenecerían. Cundía la esperanza de que todo el Mediterráneo estuviera en breve bajo el dominio del sultán. En cambio, sobre el barrio veneciano de Gálata pareció haber caído un velo de desamparo y temor. Decían que el *bailo* representante de la serenísima permanecía oculto, sin que nadie supiera dónde, por temor a que algún exaltado atentase contra su vida. Las casas, almacenes y atracaderos de los súbditos de Venecia que vivían allí se cerraron y todos los negocios cesaron.

Hablé de ello con Melquíades de Pantoja. Me dijo él:

—Lo que sucede es terrible. Hay una gran incertidumbre. Nadie se aventura a navegar desde hace una semana y todo parece indicar que en Venecia ha ocurrido un grandísimo desastre. Cuentan que en Chipre ha triunfado una sublevación promovida por los agentes del Gran Judío y que la isla posiblemente no pertenezca ya a la serenísima. Pero… ¿quién puede saber esto? Llegan muy pocas noticias.

—¿Esperabais algo así? —le pregunté—. ¿Era previsible lo de Chipre?

—Sí. Era un secreto a voces. Desde que subió al trono, el sultán Selim ansió siempre reinar en Chipre y Creta. Y dicen las malas lenguas que fue don José Nasí quien le engolosinó con la idea de poseer los mejores viñedos del mundo en propiedad. Pero detrás de todo esto hay algo mucho más peligroso: es el gran visir Mehmet Solloku quien anima al frágil sultán para que se decida por fin a declarar la guerra total a la cristiandad.

—¡Terrible! —exclamé.

—Sí que lo es. Aquí todo el mundo sabe que el rey católico se afana tratando de aplacar la insurrección de los moros de Granada, a la vez que ha de sostener una guerra en Flandes contra los protestantes calvinistas. Esta es la oportunidad que siempre han esperado los turcos para hacerse con el dominio de la mar entera. Y el Gran Judío ve el momento muy propicio para emplear su cuantiosísima fortuna en perjudicar a quienes humillaron a su familia de marranos.

—¡He de correr a llevar la noticia a su majestad! —le dije—. Debes ayudarme a prepararlo todo lo antes posible para embarcarme.

—Cuenta conmigo.

Esa misma tarde fui a pedir consejo a mi suegro y lo encontré conmovido por lo que sucedía. Nada más verme, me apremió muy apesadumbrado:

—Debéis iros cuanto antes. Las cosas se complican y el invierno se echa encima. El año próximo no sabemos lo que puede pasar.

—Venía precisamente a comunicarte eso mismo. Tengo la intención de aparejar mi barco enseguida.

—Pero considero que debes ir a ver al duque antes de partir —me pidió—. Creo que es oportuno que te despidas de él. Ha sido muy generoso contigo.

—Su forma de ser me desconcierta mucho —objeté.

—Trata de comprenderle. Ha obrado siguiendo el dictado de su conciencia. ¿Iba acaso a ponerse de parte de quienes tanto mal les causaron a él y a su familia? Don José ha interpretado las muertes de la señora y de su hermano como una señal propicia. Ha creído llegado el momento de actuar al fin en favor de los judíos. Si aspira al trono de Chipre no es por agrandar su poder, sino para lograr la consecución del reino ansiado de Israel.

—Todo eso lo comprendo —observé—. Pero temo que se avecina una gran guerra. Mi rey no dejará desamparada a la cristiana Venecia.

—También a mí me asaltan esos miedos. Desde que me enteré de todo esto, no puedo dormir…

El duque me recibió en su palacio con pasmosa naturalidad, como si nada hubiera pasado. Yo estaba tan nervioso que incluso llegué a temer que me impidiera de alguna manera partir enseguida, que se hubiera arrepentido de sus decisiones y todavía pudiese entregarme a los jueces. Así que no me anduve por las ramas y le pregunté directamente:

—¿Vas a dejarme marchar?

—¿Por qué temes? —replicó—. ¿Sigues pensando que soy un pérfido judío…?

—¿De verdad vas a consentir que le comunique a su majestad católica todo lo que he visto y oído?

—¡Qué más me da! Quiero que tu rey tiemble sabiendo que pronto el orbe pertenecerá al gran señor. El destino lo ha dispuesto así. El mundo, su mundo cristiano, será finalmente turco también, como ya lo es Hungría y muy pronto Venecia. Después le tocará al papa tener que doblar el espinazo ante el paso triunfal del sultán agareno…

—¡La cristiandad se unirá!

—No. La cristiandad ya está dividida para siempre. Satanás ha sembrado la discordia entre ellos. Sus maldades les han perdido. Francia jamás se aliará con España, y en Europa crece la discordia entre cristianos. Ha llegado el tiempo en que un poder superior ha de gobernar a todos.

—¡Es una locura! ¡El reino del gran turco es un reinado de esclavos! Tú has vivido en la cristiandad y sabes bien que allí los reyes no se rodean de pobres criaturas mutiladas: mudos, sordos, eunucos… ¡Este es el reino de Satanás!

—¿Y las hogueras de la Inquisición? —replicó.

—¡Esa comparación no ha lugar!

—¡Para nosotros, sí!

—Las consecuencias no serán buenas… —dije con tristeza y enfado.

—La suerte ya está echada —sentenció orgulloso—. El Señor de los mundos resolverá este pleito. No nos corresponde ni a ti ni a mí vislumbrar el futuro, sino a aquel que todo lo sabe.

Dicho esto, se fue hacia un arcón y sacó algo.

—Aquí tienes —me dijo—. Estos son los presentes con los que respondo al rey de las Españas. Él me envió un libro, el *Orlando furioso*, escrito por Ludovico Ariosto y traducido al hebreo precisamente en Venecia. Veo que sus consejeros le asesoraron muy bien en eso. Es un inteligente obsequio, preñado de intención, en el que adivino que tu rey quiere hacerme ver que no debo fiarme de los sentidos ni de los juicios meramente humanos. He aprendido la lección. Y yo le envío como contestación otro libro: *Calila e Dimna*, una antigua colección de cuentos que, a pesar de haber sido escritos en Castilla hace tres siglos, casi nadie conoce. Fue el árabe español llamado Al Mugaffa quien lo ideó, basándose en una antiquísima obra de la India, el *Panchatantra*. Es un libro que todo príncipe de este mundo debería leer, para llegar a comprender que el hombre no sabrá jamás evitar las decisiones del destino, a pesar de sus denuedos. Tu rey, como los monarcas de todos los tiempos, deberá conducirse en su reino con libertad, pero cuidándose de pretender tener atado y bien atado hasta el último cabo. Todo poder es limitado, excepto el del Eterno. Dios es uno y todopoderoso, que recompensa el bien y castiga el mal. Nadie tiene el dominio sobre su voluntad y nadie debe ejercer en nombre suyo autoridad alguna…

—Debería pues leerse también ese libro el gran turco —observé con ironía.

—El gran señor no lee nada de nada —contestó con desdén—. Ya nos encargamos otros de hacer eso por él.

Dicho esto, me mostró algo más.

—Y esto son rubíes —explicó, dejando un puñado de brillantísimas piedras preciosas de color rojo vivo sobre la mesa—. El rey envió a doña Gracia esmeraldas traídas del Nuevo Mundo que posee allende el océano.

Yo le devuelvo el regalo en nombre de la señora, que descansa en paz; son las más preciadas joyas del mundo, traídas desde la India a través del Camino de la Seda. Por esta parte de la Tierra también hay señoríos para conquistar. ¡Solo Dios sabe qué emperador dominará el orbe entero al final de los tiempos!

44

Me pasé todo el día en el puerto de Gálata disponiendo lo necesario para la partida. Melquíades de Pantoja tenía mucha experiencia y me facilitó una tarea que para mí, hombre de tierra adentro, suponía todo un mundo. A su vez, Isaac Onkeneira se encargó de solicitar los permisos y de pagar las tasas. El dinero se me agotaba y ya apenas me quedaba lo necesario para el viaje de vuelta. Me pasaban tantas cosas por la cabeza que temí volverme loco. Deseaba estar solo para pensar, pero no tenía más remedio que encargarme de los múltiples preparativos.

A última hora de la tarde no me apetecía otra cosa que abandonarme en los brazos de Levana. Pero la encontré en su casa sumida en la melancolía de la despedida. Habían acudido todos sus familiares y los recuerdos estaban prendidos en el aire como el perfume de una flor marchita. Ella apenas me hizo caso en medio de la aflicción de los suyos y comprendí que ellos necesitaban más consuelo que yo. Así que decidí dejarle pasar la última noche con sus padres; no iba a robarle ese postrero cariño.

Iba camino de mi casa para darle las últimas órdenes a mi servidumbre, cuando me crucé con una muchedumbre enardecida que bajaba desde la mezquita de Aya Sofía hacia el puerto de Eminönü profiriendo gritos de amenaza.

—¿Qué sucede? —le pregunté a un muchacho.

—¡El muftí Abú Saud ha declarado la guerra santa! Venimos de la gran mezquita y vamos a proclamarlo por toda la ciudad. ¡Alá es grande!

Más tarde supe que el jefe religioso de Estambul había lanzado una fetua aprobando la empresa de Chipre, con el argumento de que la isla estuvo en la antigüedad sometida a los musulmanes. Esa bendición del proyecto de don José Nasí suponía un gran apoyo. Ya difícilmente se volverían atrás. Por lo que urgía aún más mi partida, antes de que empezasen los movimientos guerreros.

Cuando llegué a mi casa, me aguardaba otra sorpresa. Hipacio me abrió la puerta y gritó nada más verme:

—¡Adivine vuestra merced quién ha venido!

—No lo sabré si no te apartas y me dejas pasar.

—Entre vuaced y verá quién está aquí.

En el vestíbulo, con la piel curtida por el sol septembrino, delgado, amojamado, aguardaba con ojos delirantes el caballero de Malta, Juan Barelli.

—¡Oh, Santo Dios! —exclamé—. ¡Tú aquí, precisamente ahora!

Dio él un salto hacia mí y me aprisionó entre sus antes fornidos brazos.

—¡Hermano mío, qué alegría volver a verte!

También yo me alegraba por la sorpresa. Pero enseguida me preocupé.

—¿Has venido solo? ¿Te habrá visto entrar alguien? —le pregunté.

—¡No te apures, hombre! He venido desde Tesalónica y nadie puede sospechar… ¡Oh, hermano —exclamó con entusiasmo—, qué revuelto está todo! Por fin se avecina la guerra que ha de poner a cada cual en su sitio…

Reparando en que Hipacio andaba cerca y recordando lo inoportuno que era, le di un ligero codazo a Barelli y le susurré al oído:

—Después hablaremos. Ahora veo que estás agotado, sucio y seguramente hambriento. Vamos a reponer fuerzas. También yo lo necesito.

De camino hacia la cocina, le pregunté:

—¿Cómo has dado con mi casa?

—¡Eres un mercader! —respondió con guasa—. Pregunté en el caravasar.

Mientras devorábamos con avidez un pescado asado, y luego entre cucharada y cucharada de garbanzos, le manifesté que mi encomienda estaba concluida, que ya había cumplido con todo lo que su majestad me mandó y que me disponía a partir para España.

Miró en derredor y se percató de que los criados tenían embalados ya los pertrechos. Soltó la comida y, mirándome con unos interrogantes ojos abiertos, inquirió:

—¿Cuándo?

—Mañana, si Dios quiere.

—¡Nada de eso! —dio un puñetazo en la mesa—. ¡Imposible!

—Chis… No te alteres, por santa María…

—¡Antes debo cumplir mi cometido aquí! —rugió—. ¡Es lo acordado! Mi segunda encomienda depende de la tuya.

—Calma, calma, hermano —imploré—. Hablemos con tranquilidad. No nos pongamos más nerviosos de lo que ya estamos.

Entonces logré que me contara con cierta tranquilidad cómo se había desenvuelto la primera parte de su misión, la que debía realizar en la Morea. Todo había acabado en un gran fracaso. Tras el encuentro en Patras con su tío arzobispo y con el noble moraíta Nicolás Tsernotabey, que debían encabezar la sublevación de los griegos, alguien los traicionó poniendo en conocimiento de la autoridad turca el plan. Advertido Barelli del gran peligro que corría, huyó apresuradamente de allí y se embarcó en uno de los puertos del lado oriental del Peloponeso. Después de navegar durante todo el verano de isla en isla, anduvo errabundo por las costas del mar Egeo, buscando la manera de atravesar los Dardanelos para llegar a Constantinopla.

—¿Puedes imaginar los peligros que he tenido que arrostrar? —exclamó con enfado—. ¡Solo gracias a Dios conservo la vida!

—Lo mío tampoco ha sido fácil —repuse—. Ambos sabíamos que este menester sería muy arriesgado.

—Por eso hemos de concluirlo juntos —manifestó—. ¡Debes esperarme! ¡No puedes irte mañana!

—¡Deja de discutir! —le pedí con desesperación—. He de explicarte lo que sucede. Vamos, bebe un poco de vino, cálmate y presta atención a lo que he de contarte sin interrumpirme lo más mínimo.

Logró controlarse y aproveché para contarle con detenimiento mi peripecia. Ambos sabíamos que la segunda parte de su misión en Estambul dependía del logro de la mía, de manera que hube de hacerle comprender lo difícil que me había resultado cumplir lo que su majestad me pidió en persona primero y después por medio del embajador español en Venecia. Barelli debía saberlo, pues de ello dependía su misión en Constantinopla.

El caballero de Malta suspiró y permaneció pensativo durante un rato, como si intentara ordenar sus pensamientos después de escuchar los nombres, lugares, conversaciones y demás datos que yo le había dado. Al cabo, preguntó aturdido:

—Entonces… ¿El marrano ese obedecerá o no a la llamada del rey católico? ¿Volverá a Portugal con su fortuna?

—No. Y por eso he de regresar cuanto antes a España. Su majestad debe saber lo que aquí se urde. La cristiandad está en peligro y solo él podrá socorrerla.

—He comprendido —dijo con impaciencia, poniéndose en pie—. Eso que me has contado supone que debo apresurarme para cumplir la segunda parte de mi encomienda.

—¿En qué consiste? —le pregunté muy preocupado.

—No puedo perder ni un instante. ¡A partir de ahora el tiempo es oro! —Corrió impetuoso hacia la salida.

—¡Barelli, dime de qué se trata! —supliqué tratando de detenerle.

—¡Tú encárgate del barco y deja lo demás de mi cuenta!

Como una exhalación, salió a la calle y se perdió en la oscuridad de la noche.

45

Pasé la peor noche de mi vida. Hizo un calor pegajoso que me mantuvo envuelto en sudor y no pude dormir ni un momento sumergido en un torbellino de suposiciones. Como otrora me sucediera en Venecia, me aterraba la impetuosidad de Juan Barelli. Sin saber cuál era su misión en Constantinopla, me desgarraba por dentro el pensar que pudieran echarse a perder mis planes después de tantos desvelos. No me quedaba más que un día y no tenía tiempo para dudar, ni para complicarme en menesteres arriesgados sin la debida reflexión.

Había dado órdenes a la servidumbre para que tuvieran todo dispuesto a primera hora del día. El barco ya debía de estar carenado, cargados los pertrechos más pesados y la tripulación esperándome a bordo, mientras iba yo a recoger a Levana a su casa.

Antes de que amaneciera, atravesaba el Bósforo, dividido entre mis dudas y certezas, en dirección a la orilla del Gálata. Me sobresalté al encontrarme a los oficiales y a los guardias del puerto en el atracadero, discutiendo con el maestre de mi barco.

—¿Qué sucede? —pregunté.

—Señor, hay orden de que no se permita zarpar a nadie sin un permiso especial.

—¡Por Alá! —exclamé—. Tengo todos los papeles en regla y he pagado las tasas obligadas.

—Nada tiene que ver eso —replicó el funcionario—. La guerra contra Venecia ha cambiado las cosas.

—¡Cómo que han cambiado las cosas! —grité angustiado—. ¡Debo partir hoy!

—Señor, cumplimos órdenes. Ningún barco zarpará si no es con el permiso oficial de la Sublime Puerta. Esa es la ley.

Le llevé aparte y le mostré un puñado de aspros.

—¿Estáis loco? —replicó entre dientes a la vez que me propinaba un empujón—. No me jugaré la cabeza hoy. Esta no es una simple norma del agá que gobierna el puerto. ¡Son órdenes directas del gran visir!

—¿Y qué puedo hacer? Necesito zarpar antes de la puesta de sol…

Recogió con disimulo parte del dinero y después me susurró con falsa comprensión:

—Hoy zarpa el visir Ishag bey con destino a Atenas para organizar la defensa del Egeo. Esa será vuestra única oportunidad, si lográis que os incorporen a su comitiva. Como comprenderéis, esa flota tiene todos los permisos de la Puerta.

—¿A qué hora zarparán?

—Eso no lo sé. Las galeras son aquellas de allí. Como veis, hay movimiento de esclavos cargando la impedimenta y la chusma ya está encadenada a los remos.

Corrí hasta donde permanecían expectantes mis hombres y les ordené:

—¡Esperadme con todo preparado!

A bordo de un veloz barquichuelo, recorrí en poco tiempo las escasas dos millas que hay desde allí hasta Ortaköy; aunque, en medio de mi ansiedad, me pareció un viaje eterno.

Cuando aparecí en casa de Isaac Onkeneira, las mujeres prorrumpieron en un griterío estremecedor al percibir que llegaba el triste momento de la separación de Levana. Todos la abrazaban y ella me pareció prodigiosamente bella en su palidez, a pesar de las azuladas ojeras que rodeaban su brillante y desconsolada mirada.

Me quedé paralizado y con la mente en blanco, sintiendo que todo se precipitaba en una concatenación vertiginosa de emociones y temores.

Entonces escuché la voz llena de autoridad del trujamán que trataba de poner orden en aquel alboroto:

—¡Deben partir cuanto antes! ¡Vamos! ¡No los entretengáis!

Volviendo en mí, gracias a sus apremiantes recomendaciones, me fui hacia él y le comuniqué angustiado:

—Isaac, no me dan permiso para salir del puerto. ¡Todo se ha complicado!

—Ya me ocupé de ello —contestó él con calma, poniendo en mi mano los papeles—. Ayer, con las prisas y entre tanta pena, olvidé decírtelo. Menos mal que me enteré de la necesidad de este documento especial.

—¿Cómo lo has conseguido?

—Una vez más, mi amo el duque ha intervenido en tu favor. Si no tuviera fe, me preguntaría por el significado de todo esto…

—Gracias a Dios —susurré—. ¡Qué interés tan

grande debe de tener Nasí en que a mi rey le lleguen noticias suyas!

—¡Vamos, se hace tarde! —urgió él.

Por la tarde, Estambul se hallaba cubierto por oscuras nubes; el aire era denso y ardiente. El agua se agitaba en los atracaderos y los barcos subían y bajaban movidos por el oleaje, de manera que las tareas a bordo resultaban dificultosas. El puerto se veía animado. Centenares de esclavos acarreaban los pertrechos bajo las encendidas órdenes de los arráeces y maestres, mientras los escribientes y contables hacían sus anotaciones y revisaban cuidadosamente todo lo que era embarcado. Levana y yo aguardábamos todavía en tierra, acompañados por la familia Onkeneira, a que se dispusiera la partida.

Cuando tronó y brillaron en el cielo los cárdenos relámpagos, llegué al colmo de la preocupación, temiendo que la tormenta nos impidiera zarpar. Por otra parte, no había vuelto a tener noticias de Juan Barelli y me desazonaba pensar en que debía dejarle allí abandonado a su suerte. Pero no me quedaba más remedio que unirme a la flota del bajá que iba a Grecia, si quería servirme del permiso conseguido por mi suegro.

Por eso, cuando el maestre de mi barco vino a comunicarme que se acababa de dar la orden de partida en la nao capitana, di un respingo y exclamé:

—¿Con la tempestad que hay?

—La tormenta no afecta a la mar —señaló él—; está agarrada a la parte de tierra. El Mármara está sereno. Abandonaremos el Bósforo a golpe de remos y pronto iniciaremos la singladura, con viento favorable y corrientes propicias, hacia los Dardanelos.

Cuando el aviso fue dado en firme y conocido en todos los navíos, el ajetreo se intensificó en los muelles. Empezaron a acudir las tripulaciones para ultimar los preparativos y los contramaestres se encaramaron en los puentes de mando.

—Subamos a bordo, querida —le rogué a Levana.

—Rezaré todos los días de mi vida por vosotros —dijo el trujamán con lágrimas en los ojos.

Nos abrazamos y llegó el momento de ir hacia la pasarela. El gentío que abarrotaba el muelle también se despedía a nuestro alrededor y hubimos de abrirnos paso a empujones. Todavía con nuestros pies en tierra firme, escuchábamos a nuestras espaldas los gritos de la madre, las hermanas y las cuñadas de mi amada.

—El ambiente en cubierta no es adecuado para una dama —le sugerí a ella—. Mejor será que los mires por última vez y después te refugies en la carroza del barco, donde he mandado preparar para ti una confortable estancia.

Aunque aquel postrero instante fue muy triste, en un abrir y cerrar de ojos estaba ella en la alcoba, donde por la mañana esparcí una exquisita esencia cuya fragancia permanecía impregnando las cortinas, el diván y la mullida cama. Toda atención me parecía poca para mitigar el dolor que le provocaba la separación de su familia.

Ella se quedó tranquila y me regaló una sonrisa para hacerme ver que no se arrepentía de su decisión. Eso me tranquilizó mucho.

Pero los sustos no iban a terminar aún durante aquel larguísimo día. De repente, oí gritar a Hipacio:

—¡Barelli! ¡Es Barelli!

Corrí a la barandilla de estribor y miré hacia el

muelle. Ya estaba recogida la pasarela y los marineros soltaban las amarras mientras nos retirábamos del atracadero. Al borde mismo del agua, el caballero de Malta me hacía señas con desesperación.

—¡Alto! —ordené—. ¡Echad de nuevo la pasarela!

Abarloó el barco y subió a bordo Barelli con extasiada alegría, ante mi estupefacta mirada.

—¡Increíble! —exclamé cuando estuvo a mi altura.

—Dios no me deja de su mano —dijo feliz como un niño.

—¿Y la misión? —susurré.

—Espera y verás —contestó guiñando el ojo.

Zarpó la flota en perfecto orden: la nao capitana al frente con los pabellones del gran turco y del bajá Ishag bey ondeando al viento, seguida por las galeras de guerra, doce en total; y detrás pusimos proa hacia poniente una veintena de navíos mercantes turcos, franceses y griegos, todos los que lograron el permiso especial de la Puerta.

Mi corazón empezaba por fin a sosegarse, cuando se formó un gran alboroto a bordo.

—¡Hay humo en Gálata! ¡Fuego! ¡Fuego en los puertos!

Miré en la dirección que señalaban y vi alzarse una columna de humo negro en la misma punta de Karaköy, al pie de la colina.

—¡Es en el puerto de Pera! —indicaron.

Barelli, que estaba a mi lado, miraba hacia allí con aguzados ojos de halcón.

—Lo consiguieron —susurraba—. Esos diablos arderán hoy en el infierno.

Le agarré por el brazo y le llevé a un rincón.

—¿Qué tienes que ver tú con ese fuego? —inquirí.

Entonces me explicó que aquel humo era la señal de que su misión estaba cumplida. La segunda parte de la encomienda, que debía realizarse en Constantinopla, consistía en ponerse en contacto con el renegado de origen griego llamado Mustafá Lampudis, el cual ostentaba un alto cargo en el atarazanal del puerto de Pera, donde se armaban las principales flotas del gran turco. El caballero de Malta había traído consigo el dinero suficiente para sobornarle, con la intención de que reuniese gente afín a la causa y lograse incendiar el arsenal.

—Si ha de haber guerra el año próximo —dijo con delirante satisfacción en el rostro—, el gran turco necesitará equiparse convenientemente. Arreglar ese estropicio le costará tiempo y dinero. Nuestro rey católico estará contento cuando sepa que se puede perjudicar a su mayor enemigo en el núcleo de sus dominios.

Era la última hora de la tarde, cuando los faroles de los barcos comenzaban a encenderse porque el sol ya había desaparecido apagándose en el mar. Hacia levante, resonaban las explosiones del arsenal mezclándose con los truenos y el griterío confundido. Un fuego brillante resplandecía al borde de las aguas oscuras de los fondeaderos reflejándose en ellas. Algunas galeras también ardían.

La flota permanecía detenida a una milla de distancia, vacilando, con los remos quietos y los timoneles esperando a que el bajá decidiese si se proseguía o se retornaba.

Entonces empezó a llover violentamente.

—¡Qué fatalidad! Ahora se apagará el fuego —se lamentó Barelli, desilusionado como un crío con su juguete favorito roto.

387

—No todo está en nuestras manos —sentencié.

La capitana retomó el rumbo inicial y yo suspiré aliviado cuando comprobé que ya no regresaríamos. Los tambores marcaban el ritmo de la boga y los comitres se esforzaban arreando latigazos a la chusma de remeros.

A pesar de quedarse atrás Constantinopla, mi desazón no se aplacó del todo. Empapado, tiritaba de frío en la cubierta y los cortantes vientos de mi conciencia soplaban causándome un extraño pesar.

Entonces me acordé de que ella iba en el mismo barco que yo. Fui hacia la carroza de popa y entré en la estancia donde me aguardaba. Levana estaba asustada y sola. Se aspiraba allí la exquisita fragancia aliada con el aroma de su cuerpo. La sensación de los abrazos y su ternura me hundieron en la dicha del deber cumplido.

FINAL VENTUROSO DE ESTA HISTORIA

Donde se narra el viaje que hizo el caballero de Alcántara de regreso a España y lo que sucedió cuando estuvo en presencia del rey católico.

46

Siempre me apenará recordar el desdichado y fatigoso viaje que hube de hacerle padecer a Levana de regreso a España durante aquel otoño de cielos de plomo y espesas nieblas. Bien es cierto que pareció que la Providencia nos guiaba por los mares de Grecia a merced de vientos constantes y favorables. Tampoco hasta Sicilia se sufrió mayor contratiempo que algún leve temporal. Pero, en la travesía desde Nápoles hasta Valencia, hube de arriesgarme con desesperada resolución a tomar la única nave que se aventuraba a hacerse a la mar en tales alturas del año. De manera que nos embarcábamos en una vieja y destartalada carraca de treinta y tres codos de quilla y altísimo bordo, cuyas maderas crujían estremecedoramente.

Zarpamos con muy buen tiempo y nos alcanzó un viento largo que nos puso pronto a la vista de Cerdeña. Mas, no bien habíamos atravesado el estrecho de Bonifacio después de hacer la escala, cuando se armó una gran tempestad que nos obligó a amollar en popa, dejando correr el barco a sotavento peligrosamente, mientras la proa subía a los cielos y bajaba luego tan hondo que llegó a temerse que se quebrara la quilla por la mitad. Así transcurrió una noche completa, hasta que amainó el viento al amanecer. Pero a medio día nos alcanzó otra terrible borrasca que nos causó aún mayor pánico que la anterior. Entonces resolvió el maestre buscar abrigo en las Baleares para aguardar a que remitiera. Y no se pudo levar anclas hasta pasados seis días.

Milagro nos pareció alcanzar al fin el golfo de Valencia, cuando se contaba ya más de una semana desde que se declarara el *mare clausum* en las postrimerías de octubre.

Después de echar pie a tierra, de viaje por los montuosos parajes que hay hasta Madrid, no fueron mejor las cosas. Llovió frecuentemente y los ventarrones soplaban en los oteros pelados helándonos las carnes. Mi amada palidecía agotada, aunque no salía queja alguna de su bella boca, sino que se manifestaba determinada a proseguir la marcha para no entorpecer mis planes. A pesar de lo cual, resolví que nos detuviéramos durante algunos días en Tarancón para reponer fuerzas.

Era diciembre cuando llegamos a las puertas de la Villa y Corte. Y no por ello acabaron nuestras fatigas, pues enseguida supe en los reales alcázares que su majestad se había ausentado para celebrar las fiestas de la Natividad de Nuestro Señor en Toledo. Nadie podía atenderme en su nombre, ya que los secretarios tampoco se hallaban en Madrid. Así que no quedaba otro remedio que aguardar a que concluyeran las fiestas.

A primeros de enero se anunció que el rey iba con toda su corte hacia el sur, para atender personalmente a los asuntos militares que requerían su presencia a causa de la guerra de Granada. ¿Qué hacer sino ir en pos de él para darle alcance?

Nos pusimos en camino, y en Oropesa nos enteramos de que su majestad había pasado por allí dos jornadas antes y que avanzaba por las sierras hacia Guadalupe para encomendarse a la Virgen en la empresa que se avecinaba. Así que apretamos el paso con el fin de darle alcance, temerosos de que prosiguiera pronto su marcha llevándonos sin resuello en pos suyo.

Poco antes de llegar a Guadalupe, desde un altozano que remontaba la calzada y que ofrecía la primera visión del monasterio abajo en la quebrada, me asaltó un arrebato de emoción cuando divisé en la distancia los campamentos y los reales estandartes.

—¡Su majestad está en el santuario! —exclamé.

Hipacio se echó entonces de bruces al suelo y besó la tierra, feliz por encontrarse cerca de su casa.

Nada más llegar, busqué al prior para comunicarle la urgencia que traía de ponerme en contacto con los secretarios del rey. Y fui conducido ante don Francisco de Eraso sin dilación, así como estaba, con la suciedad de los caminos pegada al cuerpo y vestido con ropas poco presentables.

El secretario de su majestad se asombró cuando le expliqué quién era yo y lo que debía comunicar al rey sin tardanza. Cuando hubo comprendido mis razones, se le iluminaron los ojos y dijo con entusiasmo:

—Su católica majestad se alegrará mucho al saber que vuestra caridad está aquí.

—He de comunicarle el resultado de los negocios

que me encomendó. Insisto en que nuestro señor me ordenó acudir a su augusta presencia en cuanto regresare a España.

—¡Naturalmente! —asintió con nerviosismo—. Su católica majestad tiene mandado que estos asuntos secretos se ventilen en su conocimiento directo. Iré a anunciarle lo antes posible que vuestra caridad está en Guadalupe. ¡Cuánto le placerá la noticia!

—¿Sabe vuecencia cuándo se me dará audiencia?

Se quedó pensativo y, después de observarme de arriba abajo, contestó:

—Ahora es media mañana. Su majestad almorzará con sus íntimos después del rezo del ángelus y... ¿Quién sabe? ¡Vaya vuestra caridad a buscar ropas más adecuadas y póngase curioso! Yo le avisaré...

No me costó trabajo conseguir un hábito de Alcántara entre los caballeros de mi orden que acompañaban al séquito real. Acudí al barbero del monasterio y me arreglé el cabello y las barbas.

Nos hospedábamos en la minúscula alcoba que conseguí alquilar en un caserón que servía de fonda improvisada, pues no quise que se supiera por el momento que ella había venido conmigo.

Cuando Levana me vio de aquella guisa, se le arrancó una carcajada que me desconcertó.

—¿Me darás un beso? —le pedí.

—No uno, sino tres —contestó colgándose de mi cuello.

—Quisiera verte feliz —le dije.

—Todo esto resulta muy raro para mí —observó con deliciosa luz en la mirada—; pero confío en ti...

En tanta premura y excitación, su delicada presencia era para mí como un bálsamo.

Por la tarde, estaba yo en el claustro del monasterio aguardando a que se me dijera lo que debía hacer, mientras mi alma agitada pugnaba intentando poner en orden tantas emociones.

Entonces pasó por delante de mí la fila de monjes que acudían al rezo de vísperas. Delante iba la cruz procesional con los ciriales portados por los acólitos. El órgano tronaba ya en el templo y me alcanzó el aroma del incienso mezclado con el de la cera quemada. Me santigüé.

Mi hermano Lorenzo, que era sacristán mayor, dirigía el orden de la comitiva. Me vio y se aproximó a mí abandonando la solemnidad de la procesión.

—Sube al coro detrás de mí —me indicó.

Así lo hice, incorporándome a la hilera de la parte derecha, y avancé por el corredor para ascender luego por una escalinata que conducía directamente al coro. Las notas graves de la melodía se intensificaron cuando penetrábamos en la nave de la basílica, frente a la sillería.

Entonces advertí súbitamente la presencia de su majestad, que estaba arrodillado en un reclinatorio con la mirada fija en el altar mayor, apenas a cuatro pasos de mí, solo y sumido en la oración, como ausente, y me pareció percibir que ni siquiera reparaba en la irrupción de los monjes que comenzaban a entonar un solemne canto.

Se desveló en ese momento la imagen de santa María y me conmoví hasta lo más hondo. Los sahumerios aumentaron y ocultaron durante un instante la visión de la sagrada imagen, que no tardó en reaparecer como resurgida de una nube, saludada por un clamor de admiración y suspiros fervorosos.

El canto sereno y grave proclamaba:

*… natura mirante, tuum sanctum Genitoren,
virgo prius ac posterius, Gabrielis ab ore
sumens illud Ave, peccatorum miserere.*

En la penumbra del templo, a pesar de las muchas velas y lámparas encendidas, parecía que Nuestra Señora brotaba de la nada, entre los humos, los resplandores del oro, la platería, las cintas, guirnaldas, flores, telas y bordados. Estaba la Virgen rodeada de exvotos de cera: cabezas, pies, manos y cuerpos, y de bastones, muletas, vendas, mortajas y cabellos cortados. Pero, de entre todo ello, me sobrecogía la visión de una infinidad de grilletes, cadenas y anillos traídos por los cautivos liberados del suplicio de sus prisiones tras reclamar el auxilio de la Virgen de Guadalupe.

En ese momento, los monjes entonaron el salmo:

*Magnificat anima mea Dominum:
Et exultavit spiritus meus in Deo, salutari
meo…*
[Proclama mi alma la grandeza del Señor, se alegra mi espíritu en Dios mi salvador…]

Se me saltaron lágrimas del agradecimiento y sentí calor en el alma, a pesar de que hacía un frío de enero que helaba los huesos.

Para mí era como si una parte de la vida se cerrase, siendo consciente de que una nueva puerta se me abría en ese preciso momento.

Concluido el rezo con las bendiciones, reparé otra vez en la inmediata presencia del rey. Era la señal que necesitaba para hallar la realidad implacable. Me pareció su majestad de aspecto muy severo, puramente humano, sin el adorno de la estampa que suponía indispensable en su augusta dignidad: vestido de negro riguroso, el rostro grave, las sienes de plata, pálido, la frente arrugada y aquellos ojos azules, tristes, ojerosos, extraños...

47

Al día siguiente a mi llegada a Guadalupe, cuando se contaban veintiún días del mes de enero, era domingo y llovía. El cielo de plomo se aclaraba a veces y entonces el sol brillaba haciendo resplandecer los montes de las Villuercas con la primera luz de la mañana. Pero enseguida se ocultaba de nuevo y el agua, con persistencia, se derramaba sobre los tejados, ora con finas gotas, ora con un crepitar intenso.

Apesadumbrado porque nadie me indicaba el momento en que debía encontrarme con su majestad, encaminé mis pasos hacia el monasterio, cruzando la plaza de la Villa, y me dirigí, sin previo aviso, hacía las dependencias donde se hospedaba el real séquito.

En el claustro reinaba un aire de pesadez y tristeza. Las fuentes cantaban suavemente acompañadas por el chorrear de los canalones. La fría humedad lo impregnaba todo y un ambiente turbio me envolvió mientras se adueñaba de mí el desánimo.

—¡Eh, señor caballero! —me llamó alguien a las espaldas con voz comedida.

Me volví y vi venir hacia mí a un monje pequeño de afilado rostro.

—Espero órdenes de don Francisco de Eraso —le dije.

—Ah, comprendo. Espere vuestra caridad, que iré a ver… ¿A quién debo anunciar?

—Luis María Monroy, de la Orden de Alcántara.

—Ah, es vuestra merced el señor hermano de fray Lorenzo Monroy.

—El mismo.

Inclinose el monje con respeto y desapareció por una de las puertas.

Al cabo se presentó el prior con mi hermano Lorenzo, el cual me preguntó con cara de disgusto:

—¿Es verdad, hermano, que has traído contigo a una hebrea turca?

Desconcertado, contesté:

—¿Quién demonios te ha ido con ese cuento? —Pero reparé enseguida en la respuesta y añadí—: ¡Ese condenado Hipacio!

—Quien lo haya dicho es lo de menos —replicó mi hermano—. Su majestad está aquí y no sería conveniente un escándalo ahora que debes solicitar tu profesión como caballero de Alcántara una vez concluida la misión.

—¡Anda, hermano —protesté furioso—, ahora me vas a venir con esas, con lo que llevo a cuestas! Déjame ahora en paz y ya te explicaré con mayor sosiego cuando consiga hablar con su majestad. Hay cosas mucho más importantes de momento que lo que ese chismoso de Hipacio te haya podido contar.

—¿Todavía andamos así? —dijo entonces el prior, sorprendido—. ¿Aún está vuestra caridad sin verse con el rey nuestro señor?

—Ya ve, padre…

—Ande, véngase conmigo, hermano —me pidió—, que no hallará mejor ocasión.

Me condujo el prior hasta un gabinete que daba a los huertos.

—Aguarde aquí, que ya iré yo a enterarme de lo que ha de hacerse.

Era una estancia descuidada, desde cuya ventana se veían los árboles movidos por la fuerza del viento y un castaño enorme, desnudo, con el tronco retorcido, aterido, brotando de un lecho de hojas muertas y almagradas. Hacía más frío allí dentro que en el claustro.

Cuando pareció que se habían olvidado de mí, se presentó un caballero alto y delgado que me pidió sin formalidad alguna:

—Sígueme.

Obedecí y fui en pos suyo por un laberinto de corredores oscuros hasta una pequeñísima sala, donde me indicó que debía esperar de nuevo.

Me senté en una de las dos únicas sillas que había y, con el corazón agitado, repasé en mi mente todo lo que debía contarle a su majestad, para tratar de establecer un orden en la información y que no se me olvidara nada importante.

Luego tuve tiempo sobrado de contemplar el único cuadro que colgaba de la pared: una escena de la Anunciación de Nuestra Señora; ella muy quieta, humilde, doblando la rodilla con dulzura a los pies de un arcángel san Gabriel vigoroso y de rostro indulgente que sostenía un ramo de azucenas.

El caballero regresó y me indicó que debía pasar a un salón contiguo por una puerta que abrió delante de mí. Entré y me topé de frente con la visión de su majestad, que estaba sentado en un sillón al lado de una chimenea.

Doblé la rodilla ante él. El secretario Eraso, que estaba junto a un escritorio, anunció:

—Majestad, el caballero de Alcántara frey don Luis María Monroy que regresa de su misión en Constantinopla.

EPISTOLARIO A MODO DE EPÍLOGO

Cédula de Provisión

Al comendador mayor de la Orden de Alcántara

Yo don Felipe, por la gracia de Dios Rey de Castilla, de León, de Aragón, de las dos Sicilias, de Jerusalem, etc., etc. Administrador perpetuo de la Orden y Caballería de Alcántara por autoridad apostólica, hago saber a frey don Luis de Ávila y Zúñiga, comendador de la dicha orden, marqués de Mirabel, que Luis María Monroy de Villalobos me hizo relación diciendo que su propósito y voluntad era ser de la dicha orden y vivir en su observancia y so la Regla y disciplina della por devoción que tiene al señor san Benito y a la dicha orden, suplicándome le mandase admitir y dar el hábito e insignias della, o como mi merced fuese. Y yo acatando su devoción, méritos y buenas costumbres y los servicios que me ha hecho a mí y a la dicha Orden y espero que hará de aquí en adelante, y porque por información sobre ello por mi mandado habida y vista en él mi Consejo de las ordenes pareció y constó que en el dicho novicio concurren las calidades que se requieren para le dar el dicho hábito de por vida, túvelo por bien; y por la presente os doy poder y facultad para que en mi nombre y por mi autoridad de administrador susodicho, juntamente con ciertos algunos comendadores y caballeros de la dicha Orden de Alcántara podáis armar y arméis caballero della al dicho Luis María Monroy con los autos y ceremonias que en tal caso se acostumbran hacer, y así armado por vos caballero, encomiendo y mando al reverendo y devoto padre prior o al suprior del convento de la dicha Orden de Alcántara que le dé el hábito e insignias della con todas las solemnidades y bendiciones que la Regla de la dicha orden dispone; y así dado, mando al dicho Luis María que vaya a residir, y esté y resida en el dicho convento los tres meses de su aprobación dependiendo de la Regla de la dicha orden y las ciertas cosas que los caballeros della deben saber.

Y otrosí, mando al dicho prior o suprior que le haga instruir en ella, y que antes que los dichos tres meses se cumplan me envíen relación de sus méritos y costumbres para que, si fueren tales que deba permanecer en la dicha orden y habiendo un año cumplido que tiene el dicho hábito, sea recibida la profesión expresa della, y proveer acerca dello lo que según Dios y la Orden deba ser puesto.

Dada en el Bosque de Segovia, a diez y siete de enero del año de mil y quinientos setenta y un años.

Yo el Rey

Yo, Francisco de Eraso, secretario de su majestad, la hice escribir por su mandado.

404

Nota de la provisión del hábito, respecto al expediente habido

En la villa de Madrid, a veinte y ocho días del mes de marzo de mil y quinientos y setenta y un años, se despachó provisión del hábito de caballero de la Orden de Alcántara para Luis María Monroy, natural de Jerez de los Caballeros, firmada de su majestad y señalada del presidente y los del Consejo de las órdenes.

CARTA DE DON LUIS MARÍA MONROY DE
VILLALOBOS A FREY DON MIGUEL DE SILES,
SUPRIOR DEL SACRO CONVENTO DE SAN BENITO
DE ALCÁNTARA

Magacela, a 17 de diciembre de 1571

Muy magnífico y reverendo señor y padre mío.
Sea con vuestra paternidad Dios Nuestro Señor y
páguele las muchas mercedes que me hizo siendo prior
de ese convento de San Benito, al considerar mi humilde
persona para la alta misión que su majestad me encomendó en favor de su cristianísima causa, que es la de
la orden y caballería a la que ambos servimos. Bien es
menester. Porque sepa que ha más de un año que se
cumplieron con buen fin los propósitos de nuestro rey
católico, no por mis méritos, sino porque Dios estuvo
servido dello, y así creo que ha oído las oraciones de tantas almas que imploraron su auxilio en la difícil empresa que afrontó la cristiandad en el presente año que
ahora acaba y que nos trajo la gracia de la memorable
victoria en Lepanto. ¡Gracias sean dadas a Nuestro Señor
y a su Santísima Madre!
Vuestra carta recibí, devoto señor. Siempre me da
mucho contento saber de vuestras caridades y ver cómo
sigue nuestra Santa Orden de Alcántara en sus buenas
miras atendiendo a las cosas de ese sacro convento de
San Benito del que tan buena memoria conservo. Dios
los guarde con la santidad que yo le suplico.
Como ya le conté a vuestra paternidad en larga
conversación en aquella casa durante los días previos a
mi profesión como caballero de nuestra Santa Orden,
su majestad estuvo servido de atenderme con sobrada

paciencia y comprensión el día que Dios me hizo la gran merced de que me recibiera en audiencia en el monasterio de Guadalupe, cuando nuestro señor el rey se dirigía a ponerse al frente de la empresa de Granada. Escuchó el relato de mi peripecia y todas las informaciones que le di acerca del negocio principal de mi encomienda.

Sorprendiome la serenidad de su semblante a medida que le daba pormenores sobre las amenazas del gran turco y sus pérfidos deseos de alcanzar el dominio de todo el Mediterráneo. Quedose impasible su majestad asimismo cuando le expresé sin ambages la certeza codiciosa que tienen muchos en aquella corte agarena de que todo el orbe ha de ser señorío suyo en breve, porque así lo dispone el dios de sus creencias, al que consideran dueño de todos los destinos, y están muy seguros de que tiene ya decretada la ruina de la cristiandad.

En cuanto al asunto principal de mi encomienda, cual era entrar en conversaciones con el Gran Judío, me pareció percibir que se quedaba algo perplejo el rey nuestro señor.

Terminada la relación que llevaba yo muy bien aprendida de memoria, hízome su majestad muchas preguntas. Unas pude contestar, mas no otras tantas, con harta lástima por no tener en mí todas las informaciones que requería la cosa. Aun así, quedose muy satisfecho el rey y me preguntó con cariño qué le pedía en premio por haberle servido en esto. Entonces yo, como era menester, le dije que no esperaba recompensa alguna, que no había hecho otra cosa que cumplir como cristiano y súbdito suyo.

En ese momento, su majestad se dirigió a don Francisco de Eraso, su secretario, y le mandó que se despachara inmediatamente una orden para el comendador mayor de nuestra Santa Orden, frey don Luis de

Ávila y Zúñiga, disponiendo que se me armase caballero de Alcántara lo antes posible. Lo demás al respecto, ya se conoce ahí.

Sepa vuestra paternidad que ya concluí el memorial que se me ordenó para epilogar los principales sucesos de la misión, el cual debía enviar ahí para que llegue a manos de don Antonio Pérez. Lo he revisado una docena de veces y tengo para mí que no es necesario dar más detalles por escrito ahora. Aunque, como ya le dije al visitador, haré relación más detenida y aparte de algunas cosas que pueden tener interés en otros menesteres. Ya se lo explicará él.

En el envoltorio van también mis cartas con los ruegos al comendador mayor para que tenga a bien solicitar de su majestad que se me otorgue licencia para contraer matrimonio con doña María Guadalupe de Onkeneira, mi prometida, una vez que haya recibido el santo sacramento del bautismo. Quedo a la espera de que se me comunique lo que ha de ser oportuno para no incurrir en desobediencia ni pena alguna. Ya que nuestro señor el rey, aquel memorable día en Guadalupe, tuvo a bien comprender mi enamoramiento de la que otrora se llamaba Levana, hija del hebreo Isaac Onkeneira que tantos favores me hizo en Constantinopla.

Padre y señor mío, quédese con Dios y hágale Nuestro Señor tan santo como yo le suplico y nuestra venerable orden ha menester.

Son hoy 17 de diciembre

Indigno siervo y súbdito de vuestra paternidad,
Luis María Monroy

BOSQUE DE SEGOVIA, O SITIO REAL DE VALSAÍN, A 21 DE ABRIL DE 1572. LICENCIA DE CONTRAER MATRIMONIO CON DOÑA MARÍA GUADALUPE DE ONKENEIRA

Por cuanto por bula concedida por Su Santidad a los caballeros de la Orden de Alcántara, cuya administración perpetua yo tengo por autoridad apostólica, se permite que los que tomaron el hábito desde el día de la concesión de la dicha bula en adelante se puedan casar, según y como los caballeros de la Orden de Santiago lo pueden hacer, y por parte de vos Luis María Monroy, caballero de la dicha Orden de Alcántara me ha sido hecha relación que vos tenéis voluntad de os casar con la dama doña María Guadalupe de Onkeneira; por ende que me suplicabais os mandase dar licencia para ello, o como la mi merced fuese; y yo túvelo por bien; y con acuerdo de los del mi Consejo de las órdenes, por la presente, como administrador susodicho, os doy licencia y facultad para que os podáis casar y caséis con la dicha dama, o con la persona que por bien tuvieseis, sin caer ni incurrir por ello en pena ni desobediencia alguna.

Hecha en el Bosque de Segovia, a veinte y uno días del mes de abril de mil y quinientos y setenta y dos años.

Yo el Rey

Por mandado de Su Majestad, Francisco de Eraso.

NOTA HISTÓRICA

La España de Felipe II

Cuando subió al trono Felipe II, tuvo que asumir la enorme responsabilidad de administrar el mayor imperio conocido. Aunque es cierto que heredó algunas de las maneras de su padre el emperador Carlos V, fue un monarca bien diferente a su antecesor y debió adaptarse a los nuevos tiempos luchando contra numerosos residuos que persistían de la etapa anterior.

España, y sobre todo Castilla, habían sufrido durante años el ser fuente de recursos militares y económicos para unas guerras lejanas y difíciles de justificar localmente. Incluso las riquezas americanas iban directamente desde América a los banqueros holandeses, alemanes y genoveses sin pasar por las arcas castellanas.

Tal vez por esos motivos el más firme y leal baluarte de la ambiciosa política de Felipe II, que era España, es en esta época el más despoblado y pobre de sus señoríos. Había muy pocas ciudades grandes y realmente importantes. Madrid había pasado en poco tiempo de ser una villa de apenas 5000 habitantes a una población tumultuosa que crecía sensiblemente cada año. A pesar de no tener aún las características de una gran ciudad destacable en el conjunto de Castilla, la villa fue elegida en 1561 como sede de la corte por Felipe II, siendo la primera capital permanente de la monarquía hispánica. Desde ese momento, campesinos, mercaderes, artesanos, servidores, soldados y mutilados de guerra llegan a la nueva corte en busca de trabajo o subsidios, lo que supuso pasar de los 10 000 o 20 000 habitantes de la ciudad en 1561, a 35 000 o 45 000 en 1575. A finales de siglo, fallecido ya Felipe II, la cifra se situó en 100 000.

Entre todas las ciudades descollaba la opulenta Sevilla con 108 000 habitantes. Fuera de las vegas riquísimas de Valencia, Murcia, Granada y el Guadalquivir, la zona cultivada en la ancha España debía de ser muy escasa. Destacaban los viejos núcleos urbanos de ilustre historia, forjados en la Reconquista, en estrechas zonas de huertas, en las márgenes de las corrientes fluviales o rodeados por campos de cereales, olivares y viñedos. Pero podemos deducir en general de las descripciones de los viajeros y de los viejos censos, como el de don Tomás González, archivero de Simancas, que España sería en este siglo XVI un desierto silencioso y grande, con bellos núcleos de población no muy numerosa donde brillaban el arte y la tradición.

Esta peculiaridad configura una estructura social que habrá de prevalecer durante casi dos siglos. Los grandes señores ya no tienen poder por sí mismos, sino que lo reciben del rey. En esta época, el poder de la Corona ya no es discutido. Los nobles siguen ahora a la Corte, buscando situarse cerca del monarca, que es donde reside la preeminencia social. Los castillos, que antes eran el lugar donde ejercían un dominio las grandes casas, quedan ahora abandonados como inútiles armatostes y las villas muradas empiezan a quedar olvidadas residiendo en ellas solo los hidalgos y el pueblo llano.

Los grandes señores reúnen inmensas posesiones y riquezas, muy mal administradas, y habitan en enormes residencias donde mantienen un verdadero pueblo ocioso de parientes, damas, dueñas, gentileshombres, escuderos y pajes. A pesar de las ceremonias externas y el aparato de súbditos y sirvientes que acompaña a la alta nobleza, sufrían la misma penuria económica que es característica de esta España del siglo XVI y que alcanza desde el rey al último hidalgo. Es la clase de los caballeros la que aporta las más altas dignidades de la iglesia y la milicia, y los hidalgos son la gran cantera que nutre conventos, monasterios, órdenes militares, clerecías, catedrales, y el grueso de los soldados principales del tercio. Tener un apellido de cristiano desde algunas generaciones atrás daba ya el derecho de cierta distinción. Este tinte aristocrático de la sociedad alcanza incluso a los últimos estamentos populares: labradores y pastores de los campos, villanos y tenderos de las ciudades buscan tener apariencia hidalga. Son el clero, los hidalgos y el pueblo de las Españas de uno y otro lado del océano los que dan la sangre abnegada y el oro necesario para que los altos ideales del rey católico puedan llevarse adelante.

El número de hidalgos (baja nobleza) es muy elevado en estos tiempos. La Corona acrecienta la venta de títulos de hidalguía, lo cual se refleja en la novela picaresca del XVI: desprecio al trabajo, sentido de honor, etc. Muchos hidalgos están arruinados y se dedican a las armas, la emigración a América o las órdenes religiosas.

Es notable la adhesión popular a la política imperial que caía sobre las gentes de España de forma abrumadora gravando sus vidas con un continuo gasto del cual apenas se obtenía beneficio alguno. El pueblo español se creía instrumento de la Providencia para contener al protestantismo y al islam, así como el gran misionero llamado a llevar la fe a las Indias Occidentales. El rey es el jefe designado por Dios para esta alta misión. De manera que servir al rey católico en cualquier empresa es un gran orgullo y motivo suficiente para sobrellevar cualquier sacrificio por grande que sea: viajes, guerras, cautiverios y la misma muerte. Y este sentir hispano se amplifica enormemente por el inmenso orgullo que suponía para un español tener posibilidades reales de actuar en Nápoles, Milán, Sicilia, Cerdeña, en los Países Bajos o en el Rin, en los territorios del norte de África, en las islas de los mares de Oriente, en las Indias Occidentales y en el Levante turco.

El linaje de los Monroy

La poderosa familia de los Monroy fue muy significada en Extremadura desde el siglo XV. Se sabe muy poco sobre el origen de este linaje, pero los hechos más destacados la vinculan a Alfonso de Monroy, conocido como el Clavero, su hermano Hernán de Monroy, apodado en las crónicas como el Gigante, y un primo de ambos nombrado como el Bezudo. Su afán guerrero llevó a los Monroy a mantener continuas contiendas por los señoríos familiares. Estas guerras se sucedieron paralelas a las que tuvieron lugar con los Álvarez de Toledo de Oropesa, con Portugal en tiempos de los Reyes Católicos, y con los Gómez de Cáceres y Solís, por la sucesión del maestrazgo de la Orden de Alcántara.

El linaje, dejando aparte estas luchas encarnizadas y banderías, fue extenso e influyente. Muchos Monroy ocuparon importantes cargos en el ejército, en la política y el clero a lo largo de todo el siglo XVI. El padre del conquistador Hernán Cortés era, por ejemplo, Monroy y gran militar. Aparecen numerosos miembros del linaje en las listas de la milicia de la época y los segundones se fueron situando por toda Extremadura, merced a matrimonios con damas nobles, el ingreso en el clero o la recepción de prebendas por servicios militares.

JEREZ DE LOS CABALLEROS

En el extremo sudoccidental de la baja Extremadura, sobre un terreno accidentado y agreste que mira a Andalucía, se alza una ciudad verdaderamente singular: Jerez de los Caballeros. En un medio natural cubierto de tupidos encinares, dehesas, monte bajo y otras especies propias del bosque mediterráneo, la visión de este núcleo urbano, asentado sobre dos colinas, como un conglomerado de murallas, fortificaciones, iglesias y torres, no puede resultar más sugerente. Fue cabeza del poderoso Bayliato de los caballeros templarios hasta la

415

disolución de la Orden del Temple en 1312. Pasó luego a integrarse en la Orden de Santiago y, convertida en cabeza de partido, recibió de Carlos V el título de «muy noble y muy leal ciudad» en 1525. Con ello se inicia una época de pujanza económica y social que la convertirán en uno de los centros más sobresalientes de toda la región.

Durante todo el siglo XVI se configurará un peculiar núcleo urbano que perdura hasta hoy, con destacadas construcciones de iglesias renacentistas y barrocas, ermitas, conventos, dos hospitales y una arquitectura señorial repleta de palacios y casas solariegas de nobles fachadas, que exhibían los blasones de los ilustres apellidos que proporcionaban constantemente hombres de armas a las empresas guerreras del emperador.

LA EDUCACIÓN DE UN FUTURO CABALLERO EN EL SIGLO XVI

Durante el siglo XVI perviven muchos de los ideales que constituían la base de la sociedad medieval. El espíritu caballeresco y militar es un pilar fundamental en la vida de gran parte de la nobleza, tanto urbana como rural. Los futuros caballeros, soldados principales del ejército imperial, nacían en el seno de familias con tradición caballeresca. Muchos de ellos solían ser nobles rurales que pasaban la mayor parte del tiempo en sus posesiones, en la residencia de su padre dentro de la hacienda familiar. En ocasiones, estas familias vivían en diferentes casas según la época del año, para asegurarse de que su condición de señores fuera reconocida y respetada en todas sus posesiones. Aunque ya en decadencia, algunas familias conservaban la costumbre de habitar en los castillos de sus antepasados. Pero es esta la época en que esta forma de vida tan genuinamente feudal empieza a caer en desuso.

Durante los primeros años de su vida, los futuros caballeros o militares estaban al cargo de las mujeres de la casa. Cuando tenían siete u ocho años, eran confiados a un señor y se criaban junto a otros hijos de caballeros. Allí se les comenzaba a instruir en el arte de las armas, la equitación y la esgrima. Primero hacían de pajes, aprendían a servir la mesa y realizaban algunas tareas domésticas. Era frecuente también que aprendieran a tocar algún instrumento musical, el canto y la danza. Herencia de los siglos precedentes era el gusto por los poemas de trovadores, los romances y los cantares de gesta.

Cuando llegaban a la adolescencia, los muchachos ascendían en la jerarquía del castillo o casa señorial y se convertían en escuderos. Durante este período perfeccionaban el arte de la montura y se los adiestraba en el manejo de todas las armas. Debían aprender buenos modales y se iniciaban en otros aspectos más sutiles de la vida cortesana, como trinchar la carne, servir a su señor en la mesa, practicar la caza, participar en banquetes, cantar, bailar... En ocasiones aprendían a leer y adquirían afición por la música y la literatura; esta última incluía, además de los libros de instrucción militar, tratados de caza, crónicas de los reinos y de la nobleza y libros de caballería. La vida palaciega permitía a muchos de estos jóvenes llegar a ser entendidos en los ceremoniales de la corte y en ropajes lujosos, armas y armaduras.

Al llegar a la edad apropiada, los jóvenes eran incorporados a la hueste de su señor, a una orden militar o a los tercios como soldados principales. De entre ellos se nutría luego la alta oficialía del ejército.

LAS ÓRDENES MILITARES EN TIEMPOS DE FELIPE II

Las órdenes militares surgieron en la Edad Media como agrupaciones con fines hospitalarios, en una época de grandes inseguridades y desprotección de las personas, coincidiendo con la gran pugna entre el cristianismo y el islam. En un principio, el ideal básico consistía en defender los santos lugares frente al infiel, pero el auxilio no tardó en extenderse a otros ámbitos más amplios. Por lo tanto, distinguir entre órdenes militares y hospitalarias resulta muy artificial.

Se trataba de conjugar la religiosidad de la vida monástica con el ideal del caballero de la Edad Media, con el gran fin de recuperar Tierra Santa como centro del mundo y eje de peregrinaciones, manteniendo la virtud cristiana de la caridad manifestada hacia personas necesitadas. Reunidos en conventos que eran al mismo tiempo cuarteles, combinando la disciplina y el orden de los soldados con la sumisión y humildad del religioso, conviviendo hermanados superiores y subordinados, estas órdenes superaron, en efectividad y cohesión, a los cuerpos más famosos de soldados escogidos que se hayan conocido, desde las falanges macedonias a los jenízaros otomanos.

A pesar de ello, primaba lo religioso sobre lo militar, de manera que los caballeros de las grandes órdenes militares fueron considerados en la Iglesia análogamente a los monjes, cuyos tres votos profesaban y de cuyas inmunidades gozaban. Los superiores solo eran responsables ante el papa; tenían templos propios, clérigos, cementerios particulares y se desenvolvían aparte de la jurisdicción del clero secular. Sus tierras gozaban de la exención del pago de diezmos y no se sujetaban a los interdictos tan frecuentes de los obispos.

Sin embargo, no todas las órdenes militares seguían la misma regla monástica: la del Temple y las que de ella se generaron seguían la reforma cisterciense, mientras que los Hospitalarios escogieron la regla de san Agustín. En el caso de las órdenes españolas, llamadas «castellanas», Montesa, Alcántara y Calatrava quedaban integradas en la *familia* cisterciense, en cambio la de Santiago siguió la regla agustina. De hecho, el Císter no perdía ocasión de resaltar que las tres órdenes eran *hijas* de la misma *madre* y por ello, obviamente, *hermanas*. Realmente la proximidad jurídico-religiosa que se daba entre ellas no existió nunca entre Calatrava y Alcántara respecto a Santiago.

En cambio, la organización militar de las órdenes fue uniforme, desde sus orígenes, debido a las leyes de la guerra que obligaban a mantener un aparato militar adecuado a los tiempos. La fuerza de un ejército radicaba en su caballería, conformándose a ella el armamento y las tácticas de las órdenes militares. Los caballeros nunca fueron muy numerosos; formaban un cuerpo de elite que estaba al frente de la gran masa de los cruzados.

Andando el tiempo las reglas se fueron relajando, y la Santa Sede introdujo mitigaciones a favor de los hermanos legos, especialmente en lo referente a la norma del celibato que ya no se impuso en todo su rigor, sino que se les permitía a los caballeros, en algunas órdenes, casarse una vez y solo con solteras.

La importancia adquirida por las órdenes militares en el curso de la Edad Media puede medirse por la extensión de sus posesiones territoriales, diseminadas a través de Europa. En el siglo xiii, nueve mil fincas pertenecían a los Templarios; trece mil a los Hospitalarios. Su perfecta fiabilidad les reportó la confianza consiguiente de la Iglesia y de los monarcas, que veían en ellas a fieles, abnegados y píos servidores, dispuestos siempre para las misiones más arriesgadas. La perfección cristiana les dirigía hacia el sacrificio hasta la muerte, apostando por el amor y practicando la tolerancia. El papado las empleó en el recaudo de subsidios para las cruzadas; los príncipes no dudaban en confiarles sus propiedades personales. También en este aspecto las órdenes militares fueron instituciones modélicas.

El ideal caballeresco

El monacato cisterciense fue un movimiento de renovación, tanto de la vida monástica como del hombre mismo. Se trataba de lograr que el cristiano se despojase de lo viejo para hallar al hombre renovado: un programa evangélico que recogía ya el *Exordium parvum*, el primer documento cisterciense. El hombre nuevo desprecia los valores que el mundo convierte en absolutos: dinero, fama, poder, vanagloria…, no porque desprecie al mundo, sino porque sitúa aquellos valores en su justa relatividad. El monje cisterciense vive su vocación monástica estrictamente en el *nuevo* monasterio, auténticamente, ateniéndose en su rigor a la regla de san Benito. Y la vive alejado del mundo, en el *desierto*. Se trata de una vida de milicia en la lucha contra el mal.

Por un lado, puede decirse que los caballeros de las órdenes militares eran monjes en sentido pleno, pues profesaban los votos de pobreza, castidad y obediencia; se congregaban en verdaderos conventos, organizaban su vida de acuerdo con una regla monástica y dependían directamente del papa. Pero al mismo tiempo que monjes eran también *milites*, militares, al ejercer el oficio de las armas y estar motivados por el ideal de cruzada.

En España, una vez terminada la Reconquista del territorio peninsular, las órdenes militares perdieron parte de esta primitiva esencia. A la par que se fue abandonando el sentido de milicia, se produjeron hondas transformaciones en la vida conventual, desligándose sus miembros del celibato, previa dispensa de los pontífices. Los Reyes Católicos adoptaron la decisión de incorporar los maestrazgos de las órdenes españolas a la Corona. En 1487 el rey Fernando el Católico asumió la administración de la de Calatrava, que Adriano VI confirmó a perpetuidad en 1523. En cuanto a la de Santiago, a mediados del siglo XV surgieron disensiones en su seno, estando a punto de producirse un cisma en la Orden, que pudo evitarse al hacerse cargo los monarcas de la suprema jurisdicción. A partir de este momento, las órdenes comenzaron a decaer, aun cuando conservaron privilegios, propiedades y rentas. Solo la

Orden del Santo Sepulcro fue suprimida por bula de Inocencio VIII en 1489.

En cambio, la Orden de San Juan de Jerusalén, por su carácter más universal, siguió su propia trayectoria y mantuvo su autonomía y prestigio. Después de ser expulsados sus caballeros por los turcos en 1522 de la isla de Rodas, en marzo de 1530 Carlos V concedió la soberanía plena de la isla de Malta a dicha orden, a condición de que se opusiera al progreso del Imperio otomano y ayudase a defender el Mediterráneo de sus ataques y de los de las miríadas de corsarios que estaban asociados a él.

La Orden de Alcántara

A mediados del siglo XII, Suero Fernández Barrientos y varios caballeros fundaron la llamada Orden de San Julián del Pereiro, en los territorios limítrofes entre los reinos de León y Portugal. En principio, se trató de una congregación monástica, pero pronto pasaría a pertenecer al grupo de las órdenes militares que desenvolvían su actividad dentro de la órbita cisterciense, al estilo de las del Hospital y el Temple.

Reconquistada la villa de Alcántara, la Orden recibió del rey Alfonso IX la custodia de la plaza y decidió su traslado a aquel lugar, afincándose definitivamente en él y mudando su nombre por el nuevo de Orden de Alcántara.

La autoridad suprema dentro de la Orden la ejercía el gran maestre. Pero en los tiempos modernos, como hemos dicho, esta dignidad pasaría a la corona para estar bajo la administración del rey. A partir de entonces fue el comendador mayor quien asumiría la representación civil y militar de la Orden en nombre del real maestre.

Era el prior del sacro convento de Alcántara quien ostentaba la segunda dignidad en la jerarquía de la Orden. El cargo estaba reservado solo para clérigos, como el de sacristán mayor, que le seguía en importancia. Sin embargo, había otros cargos que podían ser ejercidos por laicos, como el de clavero, cuya función era custodiar el convento de San Benito, sustituir al maestre en su ausencia y coordinar las actividades de administración interna.

Los territorios de la Orden estaban organizados en espacios denominados «encomiendas», especie de señoríos gobernados por los caballeros, a cuya cabeza estaban los comendadores.

Tras su ingreso en la Orden, los caballeros podían aspirar a los beneficios, rentas y cargos diversos propios de la administración de la hacienda alcantarina. Pero inicialmente lo más normal era que el caballero recibiera salarios por trabajos concretos, tal y como se advierte en las nóminas de Alcántara que se guardan en los libros correspondientes a las órdenes militares custodiados en el Archivo Histórico Nacional.

El proceso para ingresar en la Orden de Alcántara difería poco del que se seguía en otras órdenes. Se enviaba solicitud de ingreso al maestre y generalmente se hacía uso de una carta de presentación. Tras ser admitido al noviciado, el aspirante se recluía en el convento de San Benito y permanecía en él durante el tiempo necesario para su formación, transcurrido el cual, se le imponía el hábito de Alcántara. En la ceremonia, el novicio renunciaba a su «legítima» en manos de su padre, junto a los votos de castidad y pobreza. Pero estos compromisos variaron años después, como ha quedado dicho, al poder casarse los caballeros y disponer libremente de sus bienes en el testamento.

Cuando el prior y el capítulo lo estimaban conveniente, el novicio era llamado a profesar solemnemente en la Orden, quedando unido a ella de por vida.

Las obligaciones dentro del convento eran las que establecía la regla para regular la vida conventual: rezo de los oficios, honestidad de frailes y prior, hábitos, misas, capellanías y ornamento, trabajos, estado en la enfermería, administración de rentas, beneficios y economía del monasterio, etc. Con respecto a los caballeros alcantarinos, ya estuviesen en las encomiendas o desempeñando cualquier labor, debían comprobar los visitadores su obediencia a la regla de la Orden: rezos, comunión y confesión; si vestían los hábitos previstos; la asistencia a sus obligaciones encomendadas y el estado de los bienes que administraban. Incluso debían averiguar con cierta discreción la fama personal que tenían.

Los caballeros podían ser llamados a acudir junto al rey en sus guerras, quedando obligados a concurrir con sus hombres y vituallas. En el tiempo en que se desenvuelve esta novela, por ejemplo, hubo apercibimiento de guerra a los comendadores en 1569, con motivo de la guerra de Granada, como queda puesto de manifiesto en el Archivo de las Órdenes Militares ya citado (libro 338-C, f. 276).

De la importancia que tuvo la orden y el sacro convento de San Benito de Alcántara dan fe las vías del correo ordinario de la época: la sexta vía era la vereda de Extremadura, que transcurría por Maqueda, Escalona, Talavera, Plasencia, Alcántara, Badajoz, Jerez de los Caballeros (duques de Feria), Mérida y Trujillo.

EL SACRO CONVENTO DE SAN BENITO DE ALCÁNTARA

Tras establecerse la Orden del Pereiro, desde comienzos del siglo XIII, en Alcántara, cambiando su inicial denominación, fue erigido en esta villa el convento, sede de la Orden y centro administrativo y religioso principal. La casa tuvo diversos emplazamientos, el primero de los cuales ocupó la antigua alcazaba árabe reconquistada. En el siglo XV se acometió la tarea de construir un nuevo convento, que también sería abandonado, porque pronto se vio que el lugar escogido no resultaba adecuado.

Sería en el capítulo de 1504, celebrado en Medina del Campo, cuando se acordó elegir el definitivo emplazamiento y encomendar la realización del proyecto a Pedro de Larrea. Conseguido el beneplácito real, se iniciaron las obras a las que se incorporaría, como maestro mayor, Pedro de Ybarra en 1545, permaneciendo al frente de las mismas hasta su fallecimiento en 1570. Este célebre maestro está ligado a monumentos tan significativos como el palacio de Monterrey y el colegio Fonseca de Salamanca, así como a las catedrales de Coria y Plasencia.

La fábrica del edificio es soberbia, majestuosa, mezclando los estilos gótico, renacentista y plateresco. El claustro (patio cuadrangular con una galería porticada) tiene dos plantas de estilo gótico. En el interior, se destacan la capilla mayor y la capilla de Bravo de Jerez.

La desamortización del siglo XIX sumió al convento en el olvido. Desapareció el mobiliario y la ruina se cernió durante décadas sobre el monumento, hasta que en marzo de 1866 el edificio fue subastado y vendido a particulares. El 16 de marzo de 1914, tras el informe realizado por D. José Ramón Mélida Alinari, fue declarado por real orden monumento nacional.

En la actualidad es sede de la Fundación San Benito de Alcántara y lugar de múltiples actividades culturales, encuentros de estudio e investigación, así como de un célebre Festival de Teatro Clásico.

Para documentarme acerca de los detalles y descripciones que aparecen en la novela durante los capítulos correspondientes al noviciado de Luis María Monroy, me he servido de dos trabajos muy precisos: *El sacro y real convento de San Benito de Alcántara. Un tesoro heráldico ignorado (Cinco blasones al exterior)* de Pedro Cordero Alvarado (Alcántara: revista del Seminario de Estudios Cacereños, n.º 27, 1992, págs. 25-44) y *El sacro convento de San Benito de Alcántara*, de Salvador Andrés Ordax (Fundación San Benito de Alcántara, 2004).

DON FRANCISCO DE TOLEDO

Don Francisco de Toledo fue uno de los más célebres vástagos de la linajuda casa de Oropesa. Fue el cuarto y último hijo de los condes don Francisco y doña María, y sus primeros años de vida transcurrieron en la villa de Oropesa, en el palacio-fortaleza donde nació. En 1535 profesó en la Orden de Alcántara, no por razones de encumbramiento social, sino por verdadera vocación, como bien demostraría por el ascetismo y la espiritualidad de su vida, que parece inspirada por el misticismo propio de la época, no desprovisto, sin embargo, de sentido práctico. En su juventud se formó al lado del emperador Carlos V, a cuyo servicio permaneció un cuarto de siglo, llegando a ostentar la dignidad de mayordomo suyo. Fue comendador de Esparragal y de Acebuche y clavero de Alcántara. Durante unos años estuvo también en Roma en calidad de procurador de la Orden. Entonces pudo demostrar su aguda inteligencia y esa perspicacia que había adquirido en el trato con los hombres a través de los cargos que desempeñó en la orden militar a la que siempre se sintió lealmente vinculado. Parece ser que, a pesar de gozar de dichas virtudes, también fue célebre por su severidad, a veces inflexible y rigorista, y por cierta acritud de carácter, no muy adecuada para atraerse la simpatía de quienes entraban en relación con él.

En 1568 fue nombrado virrey del Perú. Antes de emprender viaje, participó en las deliberaciones de una junta extraordinaria convocada en Madrid para examinar a fondo los problemas que afectaban a la buena administración de los dominios en las Indias, y muy en especial la crisis por la que atravesaba el virreinato peruano, que por diversas causas todavía no había logrado su definitiva estabilidad.

Para los detalles necesarios sobre su persona, así como para otros concernientes a la Orden de Alcántara, me he servido del libro titulado *El virrey del Perú don Francisco de Toledo* (Toledo, 1994), escrito por León Gómez Rivas.

De este ensayo he obtenido una cronología muy precisa, que me ha proporcionado, entre otros, el dato de la noticia que tuvo Toledo de su nombramiento como virrey del Perú a finales de 1567, y también abundante información sobre los documentos de la Orden de Alcántara y sus actividades precisamente en el período en que se desenvuelve la novela.

La amenaza turca en tiempos de Felipe II

Cuando Felipe II renunció a la Corona imperial en favor de su tío Fernando I, solo heredó dos de los tres enemigos de su padre el emperador Carlos V: la Reforma y el islam. El tercer adversario era Francia, pero ya en 1559 la paz de Cateau-Cambrésis con el rey francés Enrique II y, sobre todo, las guerras entre católicos y protestantes iniciadas en el vecino país, neutralizaron casi por completo el enfrentamiento entre las dinastías Valois y Habsburgo, tan intenso durante el reinado anterior.

La hegemonía en Italia y la relativa calma en Alemania tras la dieta de Augsburgo (1555), propiciaron que los primeros años del reinado de Felipe II fueran en cierto modo tranquilos. Sin embargo, el enemigo secular de la monarquía española, el islam, sigue causando enfrentamientos bélicos más o menos graves cada cinco años. En 1560 se produce el desastre español de los Gelves (isla de Djerba) y en 1565 el asedio de la escuadra otomana sobre la isla de Malta, sede de la Orden Hospitalaria de San Juan de Jerusalén. Después podemos decir que hay un período continuado de guerra contra el turco comprendido entre 1565 y 1573: por el Danubio desde 1565 y en el Mediterráneo entre 1571 y 1573. A esta amenaza se suma un peligro grave en el propio territorio peninsular por la rebelión morisca de las Alpujarras en 1568. En cualquier caso, la hegemonía del poder otomano en el Mediterráneo alcanzó su auge en el segundo tercio del siglo generando una gran inquietud en la monarquía española.

Durante los primeros años de su reinado, Felipe II prestó poca atención a su gran rival islámico. Renunció a una guerra a fondo e incluso a una defensa efectiva de las costas españolas e italianas, dedicando sus esfuerzos preferentemente a la política atlántica y europea. Pero en 1557 la pérdida de Trípoli supuso el punto de arranque de las campañas contra los musulmanes. Las alianzas del Imperio otomano y los moros del norte de África ponían en peligro las costas españolas y las rutas marítimas. La monarquía católica no estaba dispuesta a perder las preciadas conquistas logradas en tiempos de Fernando e Isabel y se hacía consciente de la grave amenaza.

Este temor y sus consecuencias era expresado, por ejemplo, en las Cortes de Toledo de 1558, en las que se dijo que «las tierras marítimas se hallaban incultas y bravas y por labrar y cultivar, porque a cuatro y cinco leguas del agua no osan las gentes estar, y así se han perdido y pierden las heredades que solían labrarse en las dichas tierras y todo el pasto y aprovechamiento de las dichas tierras marítimas, y es grandísima ignominia para estos reinos que una frontera sola como

Argel pueda hacer y haga tan gran daño y ofensa a toda España».

El rey tenía que enfrentarse con el formidable poderío turco, que fomentaba la piratería en el norte de África, lo cual imposibilitaba el comercio en el Mediterráneo y mantenía en constante alarma a todo el extenso litoral. Por otra parte, la persistencia de una población musulmana en la península favorecía la comunicación de los moriscos españoles con los puertos musulmanes y alentaba la esperanza de una nueva invasión, como sucedió tantas veces en la Edad Media, para restaurar el imperio del islam.

El año 1568 de tan infausta memoria para su majestad

El año 1568 es considerado forzosamente el *annus horribilis* en la vida de Felipe II, por los tristes avatares familiares que afligen al soberano y por los acontecimientos internacionales concatenados que afectan a la monarquía. Dos focos de rebelión se encienden, uno en el norte y el otro en el sur, ambos con connotaciones religiosas, aunque de muy dispar signo: la revuelta promovida por la Reforma protestante de Calvino, en el ámbito cristiano, y el alzamiento musulmán de la población morisca granadina. La primera deparó la expedición del duque de Alba y la persecución de los disidentes, que culminó con la dramática ejecución de los condes de Egmont y de Horn.

Además, durante ese mismo año tan cargado de problemas para Felipe II, se produce la muerte de su hijo el príncipe heredero don Carlos, en circunstancias oscuras y muy penosas para el monarca. Y poco después, muere su esposa la reina Isabel de Valois.

La rebelión de la Alpujarra

Este problema de la persistencia de una población musulmana era gravísimo al advenimiento de Felipe II en 1556, porque se tenía muy arraigada la idea de que la defensa contra el islam seguía siendo la más angustiosa de las urgencias del pueblo español, a pesar de haberse concluido simbólicamente la Reconquista en 1492 con la rendición de Granada. Y el rey tuvo que enfrentarse irremediablemente con ello, porque amplios territorios ganados al moro en tiempos de sus bisabuelos los Reyes Católicos seguían estando con el enemigo en su más hondo sentir. Los moriscos españoles mantenían permanente contacto con los puertos musulmanes del Mediterráneo y albergaban la esperanza de una nueva invasión desde África, como tantas veces sucedió en la Edad Media, para restaurar los antiguos reinos de Valencia, Murcia y Granada.

A todo esto se unía el hecho de que los moriscos veían cómo empeoraba su vida y se veían obligados a recurrir a la emigración al norte de África, disminuyendo la población y los ingresos que los señores y el estado obtenían de ellos. Por tal motivo, en 1518 el emperador Carlos V publicó una pragmática que, entre otras disposiciones, establecía la prohibición del uso por los musulmanes de la lengua y hábitos árabes y los obligaba a tener abiertas las puertas de sus casas los viernes, sábados y días de fiesta, así como a que en los desposorios y matrimonios no usasen ceremonias de moros sino que se celebrasen con arreglo a las órdenes de la Iglesia católica.

Los moriscos enviaron repetidas comisiones para evitar el cumplimiento de esta ley, y lograron que el emperador firmase finalmente el llamado *Veredicto de la Capilla Real* el 7 de diciembre de 1526, en el que se admite que los moriscos no eran responsables de su débil incorporación a la comunidad cristiana por el escaso empeño evangelizador de los castellanos, y se ordena una nueva campaña de evangelización que además de prohibirles mantener los ritos usuales de sacrificios de animales y el uso de la lengua árabe hablada y escrita, suprime el régimen tradicional de transmisión de bienes por herencia y establece que, en las bodas y bautizos de moriscos, los padrinos sean necesariamente cristianos viejos.

Aun así, nuevos cristianos bautizados descendientes de moriscos resisten en su patria y siguen trabajando la tierra y manteniendo industrias como la seda o la pasa que aporta grandes beneficios a la Hacienda española. Una treintena de años después sigue perviviendo el árabe coloquial, los usos gastronómicos y las ropas y los baños musulmanes.

Pero las cada vez más frecuentes incursiones de los piratas berberiscos en las costas, unidas a las malas cosechas a partir de 1555, y una violenta epidemia de tifus, llevaron a los cristianos viejos a cargar su ira contra los moriscos.

El 1 de enero de 1567 se publicó la renovación del edicto imperial de 1526. Fue entonces cuando, tras un año de infructuosas negociaciones, la población morisca granadina decidió levantarse en armas en 1568. Aunque en la capital no recibieron mucho apoyo, la rebelión se extendió rápidamente por los agrestes territorios de las Alpujarras. Era preciso un jefe y los conjurados celebraron en Cadiar una asamblea en septiembre de 1568. Un morisco rico y noble, don Hernando el Zaguer, conocido como Abenjaguar, propuso a su sobrino, el joven caballero llamado don Hernando de Córdoba y Válor, que se decía descendiente del profeta por los califas omeyas. Por lo tanto, fue proclamado rey con el nombre de Abén Humeya. Don Hernando, mozo rico y de poco seso, estaba a mal con la justicia y disgustado con la nobleza granadina y se avino al papel de fundador de una dinastía que viniese a sustituir a la vencida de los nazaríes. Un año más tarde fue asesinado, ocupando el puesto de rey su primo Abén Aboo.

La rebelión fue apoyada militar y económicamente desde Argelia y siempre se temió que viniera en su socorro la armada turca, lo cual habría supuesto un serio peligro en España. De los iniciales 4000 rebeldes alzados en 1569 se pasó a 25 000 al año siguiente, incluyendo musulmanes africanos y turcos llegados con el objetivo de debilitar a Felipe II.

La diplomacia en el siglo XVI

El equilibrio entre las potencias surgidas de los estados modernos exigía la organización de una estructura diplomática eficiente para evitar la hegemonía de unas respecto a otras.

Ya los Estados Pontificios solían tener legados permanentes en las principales capitales cuando, al finalizar el siglo xv, Venecia, Milán y Nápoles, todavía no sometidas al dominio español, empezaron a mantener embajadores estables en España, Francia, Inglaterra y el Imperio. Pero, aparte de Italia, fue España el primer país en adoptar el sistema desde que los Reyes Católicos establecieron embajada en Roma y desde 1480. Poco después, sus sedes diplomáticas pasarían a estar en Venecia, Génova, Viena, Lisboa, París y Londres.

Sin embargo, ni Carlos V ni Felipe II mantuvieron representantes permanentes en la Constantinopla turca, lo cual no significa que se careciera de informaciones en la monarquía española sobre los movimientos del gran turco. Hubo algunos contactos de carácter no oficial y verdaderas treguas concertadas de manera irregular entre ambos antagonistas. Pero, sobre todo, muchas pesquisas secretas canalizadas fundamentalmente a través de Venecia, Nápoles y Sicilia.

Los secretarios de estado de Felipe II

Felipe II confió en sus ministros y asesores pero nunca dejó los asuntos más importantes entre sus manos, al menos durante los últimos años de su mandato. Sus decisiones eran siempre consultadas. Aunque una vez tomada la decisión, por terrible que fuera, jamás se volvía atrás.

Después de abdicar el emperador Carlos V en 1556, el sucesor nombró secretario de Estado para los asuntos de fuera de España al clérigo Gonzalo Pérez, y para los asuntos de España a Juan Vázquez de Molina, al que sucedió Francisco de Eraso. A la muerte de Gonzalo Pérez, en 1566, Felipe II decidió reestructurar la secretaría de Estado. Un año después la dividió en dos: la secretaría del norte, que concedió a Gabriel de Zayas, y la de Italia y Flandes, que fue para el hijo de Gonzalo Pérez, el célebre y controvertido Antonio Pérez.

Este último, hombre inteligente, astuto y capaz, de maneras florentinas, menudo, de salud delicada y, al parecer, una desenfrenada afición por los placeres mundanos, constituye una de las figuras más enigmáticas de la historia de España.

EL IMPERIO DEL GRAN TURCO

Lo que en Occidente conocemos como Imperio turco duró aproximadamente desde 1300 hasta 1922, y fue un dominio territorial que en su mayor extensión llegó a abarcar tres continentes, aunque su centro de poder se encontraba en la región de la actual Turquía y su capital en Estambul, lo que fue la antigua Constantinopla, sede del Imperio bizantino. Su nombre deriva de su fundador, el guerrero musulmán turco Osmán (o Utmán I Gazi), que estableció la dinastía que rigió el imperio durante su historia, la otomana, también llamada dinastía osmanlí.

Como sucede en todo imperio, la principal ocupación del estado otomano era la guerra. Y su institución más importante la constituía su ejército, que estaba compuesto por una caballería, los *spahis*, pagada a través de concesiones en tierras, los *timares*. Cuanta más tierra era conquistada, más ingresos tenían los turcos musulmanes. Pero también los otomanos comenzaron a reclutar tropas de mercenarios, esclavos, prisioneros de guerra y, desde mediados del siglo xv, una leva de jóvenes cristianos de los Balcanes, los *devsirmes*. A partir de estas nuevas incorporaciones se creó la disciplinada infantería otomana, los jenízaros, que fue el factor principal de los éxitos militares turcos desde finales del siglo xv en adelante.

La dominación otomana se extendía sobre un conjunto enorme de pueblos heterogéneos que debían convivir bajo la égida del sultán, incorporados al Imperio en el transcurso del permanente proceso de conquista. A esta diversidad étnica se añadía la religiosa. La comunidad mayoritaria y dominante era la musulmana, de obediencia mayoritariamente sunnita, aunque en la periferia del Imperio pudieran encontrarse también minorías chiitas y sufíes. Entre cristianos, la comunidad griega ortodoxa era la más extendida, conviviendo con minorías católicas, armenias y monofisitas, resultando que en la parte europea del Imperio los cristianos constituían la mayoría de la población. Los judíos eran también muy abundantes en todo el Imperio y se repartían entre diversas sectas.

El sultán gobernaba como señor de pueblos muy diversos, pero aspiraba también al dominio universal. Esta ideología imperial hundía sus raíces en la tradición islámica, en la medida en que era obligación religiosa de los monarcas musulmanes la extensión del islam a costa de las tierras de los infieles. Aunque en el caso de los sultanes otomanos se unía también a esta aspiración el hecho de que se consideraban herederos de los emperadores romanos y de sus pretensiones a un dominio universal.

La legitimidad de los sultanes se determinaba en base a la dinastía, lo cual tiene su lógica. Ahora bien, al tener la consideración de aspirantes legítimos al trono todos los descendientes masculinos del sultán reinante, a la muerte de este se planteaba siempre un delicado problema sucesorio que provocaba la lucha por el poder entre los pretendientes, y aquel que conseguía alcanzar el trono mandaba ejecutar a sus hermanos varones para consolidar su posición. Fue Mehmet II, el conquistador de Bizancio, quien institucionalizó esta práctica con la famosa *ley del fratricidio*, proclamada con el apoyo de los ulemas musulmanes, con la que se pretendía prevenir las guerras sucesorias.

El sultán Selim II el Beodo

La dinastía otomana había logrado formar uno de los imperios de mayores dimensiones de la historia, pero sería en el largo reinado de Solimán el Magnífico cuando se alcanzó el momento de mayor esplendor y expansión territorial. Ciertamente, el imperio cristiano gobernado por sus máximos rivales, los Habsburgo, era aún mayor, pero resultaba mucho más disperso.

En cambio, el sucesor de Solimán, su hijo Selim II, que gobernó después de acceder al trono tras intrigas palaciegas y disputas familiares, se convirtió en el primer sultán carente de interés por lo militar y delegó sus funciones gubernativas a favor de sus ministros, a condición de que lo dejaran dedicarse a sus excesos y libertinajes. Llegó a ser conocido entre sus súbditos como Selim el Borracho o Selim el Beodo, y fue su inteligente gran visir Mehmet Sokollu quien controló los asuntos estatales. Uno de sus mayores logros, alcanzado dos años después de la ascensión de Selim, sería un tratado honorable firmado en Constantinopla el 17 de febrero de 1568, por el cual el emperador Maximiliano II consentía en pagar un tributo anual de 30 000 ducados al sultán y le cedía los territorios de Moldavia y Valaquia.

La Sublime Puerta

Con este nombre, Bab-i Ali o Sublime Puerta, se nombraba en general al gobierno otomano. La puerta era un símbolo de poder y en ella se tomaban las grandes decisiones del Imperio. El país estaba sometido a una jerarquía que recordaba a la de un ejército. El sultán estaba auxiliado por el gran visir, cuatro ministros o visires y el *reis-effendi*, encargado de los negocios extranjeros. Alrededor de él había agás exteriores o comandantes de las tropas y el *kapudan-bajá*, jefe supremo de la flota y gobernador de las islas. Toda la administración estaba a su servicio: el *nisanji* o secretario de Estado, los *defterdars* o tenedores de los libros de impuestos, los *cadi-el-asker* o jueces de los soldados. Estaban además los ulemas u hombres de leyes, doctos del Corán, los jurisconsultos y profesores de Derecho.

Con las provincias o *sandjaks*, las relaciones se establecían por mediación de los *beylerbeys* y los bajás.

Una vez en el trono, el sultán gozaba de unos poderes sin parangón posible con los reconocidos a cualquier monarca occidental coetáneo. Gobernaba como señor de pueblos muy diversos, pero aspiraba también al dominio universal. Los miembros de la clase dirigente otomana y lo más granado de su ejército eran considerados esclavos del sultán y, en su condición de tales, su persona y bienes estaban a la entera disposición de aquel. Por otro lado, todos ellos o bien eran cautivos de guerra que el sultán reclamaba para sí o bien procedían de la *devchirme*, institución antigua que consistía en la elección cada tres o siete años de los niños más capacitados de las familias cristianas de los Balcanes y de Anatolia, sobre todo, para la educación como *käpikullarï* o servidores del sultán, previamente convertidos al islam. De entre ellos salían después los dignatarios del Estado, grandes visires y gobernadores, así como la caballería formada por los *spahis* de la Puerta y los jenízaros, que era la temible infantería del ejército turco.

En relación al gobierno despótico del sultán otomano, frente a la realidad de los monarcas occidentales, hay un texto del *Viaje de Turquía* que lo dice todo por sí mismo. Pedro de Urdemalas (el cautivo cristiano) conversa con su amo Zinán bajá acerca de las maneras de gobernar tan diferentes del rey español y el sultán turco:

> *Después de haberme rogado que fuese turco, fue quál era mayor señor, el rey de Françia o el Emperador. Yo respondí a mi gusto, aunque todos los que lo oyeron me lo atribuyeron a necedad y soberbia, si quería que le dixese verdad o mentira. Díxome que no, sino verdad. Yo le dixe: Pues hago*

saber a Vuestra Alteza que es mayor señor el Empe-
rador que el rey de Françia y el gran turco juntos;
porque lo menos que él tiene es España, Alemania,
Ytalia y Flandes; y si lo quiere ver al ojo, manda
traer un mappa mundi de aquellos que el embaxa-
dor de Françia le empresentó, que yo lo mostraré.
Espantado dixo: Pues ¿qué gente trae consigo?; no te
digo en campo, que mejor lo sé que tú. Yo le respon-
dí: Señor, ¿cómo puedo yo tener quenta con los ma-
yordomos, camareros, pajes, caballerizos, guardas,
azemilleros de los de lustre? Diré que trae más de
mil caballeros y de dos mill; y hombres hay destos
que trae consigo otros tantos. Díxome, pensando
ser nuestra corte como la suya: ¿Qué, el rey da de
comer y salarios a todos? ¿Pues qué bolsa le basta
para mantener tantos caballeros? Antes, digo, ellos,
señor, le mantienen a él sin menester, y son hombres
que por su buena graçia le sirben, y no queriendo se
estarán en sus casas, y si el Emperador los enoja le
dirán, como no sean traidores, que son tan buenos
como él, y se saldrán con ello; ni les puede de justi-
çia quitar nada de lo que tienen, si no hazen por
qué. Zerró la plática con la más humilde de las
palabras que a turco jamás oí, diziendo: bonda
hepbiz cular, *que quiere decir: acá todos somos es-*
clabos.

Me lleva esto a pensar que las ideas de libertad y
democracia de nuestra Europa no son un invento de la
Ilustración, como algunos quieren hacer ver, sino el fruto de todo un proceso histórico en el que, salvando las
distancias, subyace una visión cristiana del mundo y del
poder.

En 1453, el sultán Mehmet II el Conquistador entró en la Constantinopla bizantina y la convirtió en la nueva capital del Imperio otomano que luego recibiría el nombre de Estambul. Un siglo después, bajo el reinado de Solimán el Magnífico, el Imperio consiguió su más alto nivel de poderío y su más brillante civilización. La ciudad alcanza un esplendor singular gracias a una enorme actividad arquitectónica dirigida por el genial arquitecto Mimar Sinam, constructor de fabulosas mezquitas como la de Sehzade, la de Solimán y la de Selim, además de baños públicos y otros edificios.

El sultán se entregó a repoblar Estambul sistemáticamente haciendo venir pobladores de todas las regiones del imperio para instalarlos sobre todo al sur del Cuerno de Oro.

A medidos del siglo XVI, se estima que la población superaba los 600 000 habitantes. La ciudad tomó entonces el aspecto característico de las ciudades islámicas, con sus redes de callejuelas y laberintos complejos, con vías sin salida, en medio de las cuales resaltaban las soberbias mezquitas. Los barrios fueron invadidos de casas de madera con pisos, parecidas a las viviendas de las zonas rurales extendidas por las regiones pónticas pobladas de árboles. Estambul parecía un inmenso campamento.

Le descripción de Constantinopla que hace el manuscrito del *Viaje de Turquía* nos da una idea de la forma de la ciudad en aquel tiempo:

En la ribera del Hellesponto (que es un canal

*de la mar la cual corre desde el mar Grande, que
es el Euxino, hasta el mar Egeo) está la çibdad de
Constantinopla, y podríase aislar, porque la mes-
ma canal haze un seno, que es el puerto de la
çibdad, y dura de largo dos grandes leguas [...].
La excelencia mayor que este puerto tiene es que
a la una parte tiene Constantinopla y a la otra
Gálata. De ancho, terná un tiro de arcabuz
grande. No se puede ir por tierra de la çibdad a
la otra si no es rodeando quatro leguas; mas hay
una gran multitud de barquillas para pasar por
una blanca o maravedí cada y quando que tubie-
redes a qué.*

Puede sorprender en la novela, a la cual sirve de
explicación esta nota, que aparezcan en aquella ciudad
musulmana cristianos moviéndose con libertad, dedi-
cados a sus negocios e incluso asistiendo a los oficios
religiosos católicos.

En la descripción del manuscrito citado, se dice lo
siguiente al respecto:

*También me acuerdo de haber dicho que
será una çibdad de quatro mill casas* [se refiere a
Gálata], *en la qual viven todos los mercaderes
venetianos y florentines, que serán mill casas; hay
tres monasterios de fraires de la Iglesia nuestra
latina, Sant Françisco, Sant Pedro y Sant Benito, en este no hay más de un fraire viejo, pero es
la iglesia mejor que del tamaño hay en todo Levante, toda de obra mosaica y las figuras muy
perfectas.*

442

LOS PECES DE TIERRA EN AQUELLA ASOMBROSA CIUDAD

Una de las curiosidades que pueden visitarse hoy día en la ciudad de Estambul es la cisterna Yerebatan, que es la más grande de las sesenta cisternas que fueron construidas en Constantinopla durante la época bizantina. Está situada frente a la gran basílica de Santa Sofía. El motivo de esta monumental obra es la de proveer de un enorme aljibe a la capital de Bizancio, ya que no había agua dulce suficiente dentro de las murallas que rodeaban la ciudad. Durante siglos la traían de las fuentes y ríos desde el bosque de Belgrado, a unos veinticinco kilómetros de distancia. Pero, cuando había asedios, los enemigos destruían los acueductos o envenenaban el agua, por eso se vieron obligados a depositar el agua potable en estas cisternas y, de este modo, utilizarla en caso de necesidad.

Para su construcción se utilizaron diferentes tipos de columnas romanas de distintas épocas. Consta de trescientas treinta y seis columnas repartidas en doce hileras de veintiocho y situadas a cuatro metros unas de otras que nos recuerda a un bosque de piedra. Ocupa un área de 10 000 m^2, tiene ocho metros de altura y aproximadamente su capacidad es de unos 80 000 m^3. En el extremo izquierdo de la cisterna, se descubrieron dos columnas cuyas bases esculpidas con óvolos clásicos reposan sobre dos extrañas cabezas de Medusa.

Fueron utilizadas hasta el siglo xiv, durante todo el Imperio bizantino y, tras la conquista otomana, su rastro desaparece durante cientos de años. Un viajero francés que visitó Constantinopla en el siglo xvi escribió una amplia descripción de la ciudad, en la que dejó constancia de una curiosidad digna del mayor asombro: en el centro mismo del barrio más noble, en los aledaños de Santa Sofía, los muchachos abrían un agujero en el suelo y pescaban peces que parecían provenir de las profundidades de la tierra. No era otra cosa que acceder al ya olvidado espacio subterráneo, correspondiente al inmenso aljibe bizantino que seguía intacto con su agua y sus peces aclimatados y hechos a vivir en la oscuridad.

Ya en el siglo XIX, el estudioso francés Petrus Gylius comienza a investigar a partir de ciertas historias sobre gente que pescaba en los sótanos de sus casas. Bajó a través del pozo de una de ellas y redescubrió el aljibe, uno de los sitios más evocadores de la mítica Constantinopla.

Tras las restauraciones realizadas en el año 1987 se reabrió para el turismo. Hoy puede contemplarse iluminado, lleno de agua clara y ofreciendo la sobrecogedora visión de los peces blanquecinos surcando las profundidades.

LOS ESPÍAS DEL REY CATÓLICO

Ya hemos visto en los apartados anteriores cómo las sucesivas campañas militares y, especialmente el desastre militar español de los Gelves de 1560, llenaron de prisioneros españoles e italianos los puertos turcos. A Estambul llegaron miles de estos cautivos y se convirtieron en una mano de obra esclava muy útil, así como en una fuente de ganancias sustanciosa merced a las operaciones comerciales de rescate.

Esta presencia de cautivos en la capital otomana, así como el ir y venir de comerciantes y emisarios encargados de negociar los rescates, propició la organización de una compleja trama de espionaje que facilitó la llegada de interesante información al rey de España, la cual sería después de gran utilidad a la hora de programar las principales victorias de la flota cristiana en el Mediterráneo: Orán, Malta y Lepanto.

Es sabido que Felipe II puso un gran interés siempre en obtener información complementaria de cuanto ocurría en sus vastísimos dominios, pues no se fiaba del todo de los documentos oficiales. En este sentido, puede ser considerado como el precursor de los servicios de información españoles, al crear un verdadero cuerpo de agentes en todos los países europeos. También se preocupó de conocer las intenciones de sus enemigos y no dudó en utilizar cuantiosos fondos para sostener verdaderos entramados de informadores secretos en los puertos corsarios, en los presidios turcos y en la mismísima capital otomana.

Ya hemos tratado anteriormente sobre la importancia de una diplomacia y un ejército permanentes en la política exterior de Felipe II. Esta misma lógica se sigue en la consolidación de unos servicios de inteligencia permanentes.

Desde el mencionado desastre naval de la isla de Djerba (Gelves) y el hundimiento de una escuadra española en la costa malagueña en 1562, se tuvo conciencia de cierta indefensión ante un posible ataque a mayor escala combinado, que reuniera a la potente armada turca, a los piratas berberiscos y a los moriscos de Andalucía. Por tal motivo, los avisos enviados por los espías desde Levante son aguardados con ansiedad en

Nápoles, Sicilia, Venecia y España, para conocer con tiempo suficiente cualquier rumor sobre las intenciones de la armada turca para la campaña veraniega anual.

Sobre ningún monarca español se ha escrito tanto como acerca de Felipe II. Se llega a tener la sensación de que es uno de los personajes históricos mejor conocidos, dentro y —sobre todo— fuera de España. Al igual que otros monarcas de su época, era consciente de la importancia de la información para el mantenimiento de su política interior y exterior. Los requerimientos de noticias a sus ministros eran continuos: *Habéis de tener particular cuidado en saber y entender por todas las vías, modos y formas que pudiereis las nuevas que hubiere*, escribía a su embajador en Venecia, Diego Guzmán de Silva, en 1569. Felipe II tuvo fama de ser el monarca mejor informado de su tiempo y no dudó, frente a los enviados extranjeros, en jugar con la ventaja de conocer algunos acontecimientos antes que ellos. Quería estar al tanto personalmente de todos los detalles, por insignificantes que pudieran parecer a simple vista. Aunque contaba con el asesoramiento de sus secretarios de Estado, el rey hacía pasar todo por su mano y se reservaba siempre la última palabra hasta en los más nimios asuntos.

Y es harto sabido que para Felipe II el secreto era la condición consustancial al propio hecho de gobernar. Como señalara Braudel, «gobernar es también escuchar, espiar, sorprender al adversario, y el gobierno de los Habsburgo, desde este punto de vista mucho más avanzado que los Estados rivales, dispone desde la época de Carlos V de una vasta red de espionaje».

En su relación de 1593, el embajador veneciano Tomás Contarini comentaba:

Guarda en todos sus asuntos el más riguroso secreto, hasta el punto de que ciertas cosas que podrían divulgarse sin el menor inconveniente quedan sepultadas en el más profundo silencio. Por otra parte, nada desea tanto como descubrir los propósitos y los secretos de los demás príncipes, y en ello emplea todo su cuidado y actividad: gasta sumas considerables en mantener espías en todas las partes del mundo y en las cortes de todos los príncipes, y con frecuencia estos espías tienen orden de dirigir sus cartas a S.M. mismo, que no comunica a nadie las noticias de importancia.

Francisco Vendramino, que le sucedió en el cargo, insiste dos años después en los mismos términos señalando el interés de su majestad de estar permanentemente informado.

En su correspondencia se hace muy visible esta obsesión por conocer detalles directos en cualquier negocio para tomar decisiones. Esto le llevó a asumir personalmente la dirección de los servicios secretos. «*En todos los casos proponía y daba el visto bueno a las misiones de espionaje, aceptaba o rechazaba la contratación de espías, autorizaba los pagos y controlaba la distribución de los gastos secretos, dictaba las normas sobre la utilización y cambio de la cifra, coordinaba la información y daba instrucciones sobre su canalización mediante el correo y, por último, ordenaba todo lo relativo a las precauciones y medidas de seguridad que debían acompañar a las actividades de inteligencia*». Así se pone de manifiesto en el interesantísimo trabajo publicado bajo el título *Espías de Felipe II*, escrito por los historiadores Carlos Carnicer y Javier Marcos (Madrid, 2005), en el que se pone al corriente con acierto y todo lujo de detalles de la ingente trama de espionaje a la que aludimos.

La gran mayoría de los espías españoles en Levante eran «hombres de la frontera», griegos, albaneses, renegados y mercaderes, que se ofrecían movidos por la codicia, casi siempre con dudosas intenciones, para poder introducirse en Italia, en Venecia o en Estambul, o simplemente para seguir la frecuentísima carrera del espía doble. Todo esto obligaba a extremar las precauciones, «y más con tanto bellaco renegado que dicen mil mentiras», en palabras del cautivo español en Túnez Juan de Zambrana, testigo privilegiado de estos hechos.

Por eso inspiraban en las autoridades españolas tan poca confianza la gran mayoría de los confidentes en Levante y se concedía poca credibilidad a las informaciones que enviaban. Ello motivó que para las más secretas y complejas misiones se emplearan otro tipo de efectivos, como bien pudieran ser los miembros de las órdenes militares, que tanta seguridad proporcionaban al monarca en muchos otros asuntos.

Constantemente los virreyes de Nápoles y Sicilia y los representantes en la embajada de Venecia expresan en su correspondencia la preocupación que tenían por el control de los confidentes y la comprobación de la veracidad de la información. Uno de estos hombres de plena confianza de Felipe II fue Diego Guzmán de Silva, embajador de España en Venecia. Él mismo lo expresaba con lucidez en una carta al rey en 1573: *Como por acá hay gente mudable y es esta la causa de particularidades semejantes, no doy aviso a Vuestra Majestad algunas veces porque son tantos los burladores que es menester gran tino para no ser engañado.*

Sería por este riesgo tan evidente que Felipe II creyó necesario que los espías contratados no se conocieran entre sí, si no era estrictamente necesario, para evitar ponerse de acuerdo en transmitir información falsa y «poder entender mejor la verdad». Y se llegó a eludir cualquier tipo de colaboración en materia de espionaje con los aliados venecianos, dada su permanente actitud ambigua.

Espías y mercaderes

En aquellos tiempos de tanto movimiento de agentes secretos entre Oriente y Occidente, comercio y espionaje se solapaban de una manera natural. De manera que el hábito de mercader era el más empleado como disfraz por los espías. El caballero de Malta Juan Barelli consiguió pasar a Levante haciéndose pasar por mercader. Y lo mismo hizo Acuña. Pero sucedía que, en otros muchos casos, los espías eran realmente mercaderes y el viaje se aprovechaba tanto con fines de espionaje como comerciales.

La embajada española en Venecia

El movimiento que tuvo la embajada de España en Venecia, durante el período correspondiente al reinado de Felipe II, refleja perfectamente el papel que desempeñaron los representantes diplomáticos en el fichaje y en el control de las intenciones y de los recursos ocultos de los espías. De entre todas las legaciones del monarca en el extranjero, la que se estableció en la serenísima fue el caso más claro de que los asuntos de inteligencia tenían preferencia sobre cualquier otro negocio, hasta el punto que puede llegar a pensarse que la principal razón de ser de la embajada española en Venecia era facilitar los asuntos del espionaje. Así lo expresa el propio monarca cuando le indica a Guzmán de Silva en una carta que su función principal es *saber y entender por todas las vías, modos y formas que pudiereis las nuevas que hubiere.*

Hay numerosos episodios que son prueba de ello. Como el ofrecimiento que hizo un tal Juan de Trillanes al secretario en Venecia, García Hernández. Trillanes, natural de Valladolid, había sido hecho cautivo en el desastre de los Gelves y conducido a Constantinopla, donde llegó a convertirse en secretario del embajador del emperador ante la corte otomana. Es muy posible que, como muchos otros cautivos, hubiera renegado del catolicismo convirtiéndose en espía turco por puro interés.

García Hernández escribió a Antonio Pérez refiriéndose a él en estos términos: *Los espías más fieles fingen y los demás son dobles, porque yo les tengo bien contados los pasos.*

La red de espionaje en Venecia estaba centralizada en la propia embajada, por mandato directo del rey, y sus actividades se centraban en la captación de información en la propia ciudad, sobre los movimientos en ella de importantes personajes franceses, turcos, griegos o judíos. Pero manteniendo siempre la atención hacia las noticias que pudieran llegar desde el Imperio otomano, los posibles movimientos de su armada y los planes de cara al futuro.

Para este complejo menester, eligió el rey a personas de su estricta confianza, como al secretario García Hernández, que permaneció al servicio de la embajada durante más de dos décadas, recibiendo el encargo de poner en funcionamiento las sociedades de conjurados o conjuras, que era así como se designaba en los documentos a las redes de espionaje.

Es lamentable que haya sido tan poco reconocida y estudiada esta genial intuición de Felipe II a la hora de solucionar muchos de los graves problemas de su reinado. Sin duda, el trabajo de investigación más arduo, completo e interesante al respecto, además del ya mencionado de Carlos Carnicer y Javier Marcos, sea el patrocinado por el profesor Emilio Sola de la Universidad de Alcalá. Ya tenía yo conocimiento de sus pesquisas a través del *Archivo de la Frontera*, un serio esfuerzo de recuperación de muchas informaciones contenidas sobre todo en los legajos del Archivo General de Simancas. Y recientemente, el citado profesor ha publicado un interesante libro que resume sus investigaciones: *Los que van y vienen. Informaciones y fronteras en el Mediterráneo clásico del siglo XVI* (Universidad de Alcalá, 2005).

LA CODICIADA ISLA DE CHIPRE

Después de fracasar en su intento de invadir la isla de Malta, Solimán el Magnífico intentó el desquite invadiendo Hungría, pero el viejo guerrero murió en su campamento ante Szigeth el 8 de septiembre de 1566. El sucesor, Selim II el Beodo, prefirió, sin embargo, buscar el dominio en el Mediterráneo oriental antes que cualquier intrépida aventura europea. Con tal motivo puso su mirada en el último vestigio del poder de los cruzados en Oriente: la isla de Chipre.

El 13 de septiembre de 1569 tuvo lugar en Venecia una terrorífica explosión que se escuchó a treinta millas de distancia. Un almacén de pólvora había estallado y ardió el arsenal. Cuatro iglesias e innumerables palacios quedaron destruidos. Sin embargo, la armada de la serenísima solo había perdido cuatro galeras, aunque en Estambul se pensó que toda la flota estaba arrasada. Selim interpretó esto como la señal por la que Alá le revelaba que era el momento de apoderarse de Chipre. Y empezó a cundir la sospecha de que el judío Joseph Nasí, impaciente por reinar en la isla del dulce vino que Selim le había prometido, era quien envió a Venecia a unos sicarios para que provocaran la explosión.

El gran muftí de Estambul, Abu Saud, bendijo el proyecto, justificándolo en el hecho histórico de que la isla había estado sometida al islam en el pasado remoto y proclamó una fetua aprobando la empresa y convirtiéndola así en una guerra santa. El *bailo* veneciano, muy alarmado, escribía a su gobierno en estos términos el 23 de noviembre de 1569: *Me informan de diversos sectores que don José anda diciendo que este señor llevará adelante la empresa de Chipre, con tal seguridad como si ya estuviera decidida.*

El despliegue de fuerzas para el asedio que organizó el sultán fue sobrecogedor. Entre los meses de marzo y mayo de 1570 partieron más de ciento cicuenta galeras, doce fustas, ocho mahonas, cuarenta barcos de transporte para caballos y otros cuarenta de tropas, además de bastimentos y aparatos de guerra. Al mando de la expedición terrestre iba Lalá Mustafá, mientras que el renegado húngaro Piali bajá era el comandante en jefe de la flota.

En 1570 el rey Felipe II se hallaba en Córdoba, estableciendo allí la capitalidad de sus dominios para enfrentarse a la rebelión de los moriscos granadinos. El papa le escribió entonces unas instrucciones que envió del emisario romano Luis de Torres: *Las fortalezas venecianas son el antemural de las plazas fuertes del rey católico*. Venía esto a poner en guardia al monarca frente a la amenaza turca contra los dominios venecianos en el Mediterráneo, en especial Chipre, aprovechando la movilización granadina, rompiendo una paz con Venecia que se remontaba a treinta años atrás. El pontífice advertía a España de que no debía consentir en verse acorralada e iniciaba con ello una política de alianzas que culminaría en la Liga Santa.

Ante los preparativos guerreros turcos, la serenísima república se preparó para defenderse y reunió una flota de noventa galeras y tres mil hombres para socorrer Chipre. Por otra parte, se formaba una coalición con el resto de reinos de la Europa occidental. El papa, que aportó dos galeras, emprendió la labor de concienciar a las potencias occidentales.

¿QUIÉNES FUERON LOS MARRANOS?

Se denomina marrano al judío convertido al cristianismo que observa secretamente los ritos judaicos. Según algunos autores judíos, la palabra proviene del odio popular hacia los hebreos, a los que se designaba con el mismo término que al cerdo, como insulto y desprecio. Sin embargo, otros afirman que se trata de un término de raíz hebrea que hace referencia a la conversión forzosa. Pero parece más adecuado afirmar que «marrano» derive del verbo «marrar», del latín *aberrare*, «desviarse de lo recto». La voz se aplicó en España desde principios del siglo xv a los cristianos nuevos que guardaban de forma oculta el ritual hebreo. El vocablo se extendió más tarde al conjunto de los judíos conversos y se empleó para denominar al puerco.

Las prácticas judaizantes de las comunidades de origen hebreo fueron las que impulsaron a los Reyes Católicos a decretar, el 31 de marzo de 1492, el destierro de los judíos públicos: «Consta y parece el gran daño que a los cristianos nuevos se ha seguido y sigue de la participación, conversión y comunicación que han tenido y tienen con los judíos, los cuales se prueba que procuran siempre, por cuantas vías y maneras pueden, de subvertir y sustraer de nuestra Santa Fe católica a los fieles cristianos, y apartarlos de ella, y atraer y pervertir a su dañada creencia y opinión, instruyéndolos en las ceremonias y observancias de su ley… Y como quiera que de mucha parte de esto fuimos informados antes de ahora, y conocimos que el remedio verdadero de todos estos daños estaba en apartar del todo la comunicación de los dichos judíos con los cristianos nos…».

Aunque fueron numerosos los judíos públicos que salieron de España, muchos optaron por hacerse cristianos, habida cuenta de las ventajas que ello entrañaba. Sin embargo, una buena parte de los neófitos siguió profesando el judaísmo ocultamente y, lo que era más importante, muchos de sus descendientes continuaron haciéndolo durante siglos.

La emigración sefardí al Imperio otomano alcanzó su mayor desarrollo en la primera mitad del siglo XVI. Muchos de ellos se establecieron en Salónica, convertida entonces en el «centro judío de mayor irradiación en Europa». Con relación al tema, dice Dubnow que «durante el siglo XVI se fundaron en la Turquía europea y asiática multitud de comunidades judías. En la capital, Constantinopla, había unos 30 000 hebreos y 44 sinagogas», existiendo una división grupal de acuerdo a la procedencia: «castellanos», «aragoneses» y «portugueses».

Con mucha frecuencia los judíos importantes, hombres cultivados, ocupaban altas posiciones en la corte otomana como consejeros o médicos. En tiempos del sultán Solimán, desde 1520 a 1566, se afianzaron las comunidades hebreas en Estambul, alcanzaron su máximo esplendor e hicieron grandes aportes al Imperio. Menciona Dubnow que «hicieron conocer a los turcos las últimas invenciones, como la pólvora y los cañones, prestando así un señalado servicio a la clase militar».

Hace notar el historiador Cecil Roth que los cristianos nuevos residentes en la zona de Italia no controlada por España espiaban en favor de los turcos. William Thomas Walsh escribe que «en 1542, la Dieta de Bohemia expulsó a los judíos de Bohemia, fundándose en que informaban a los turcos de los preparativos militares de los cristianos. Los exiliados pasaron a Polonia y Turquía». Pero también en el reino de Nápoles, donde el número de judíos públicos superaba al de conversos, a principios de 1534 se descubrieron muchos actos de complicidad con los turcos. Esta connivencia fue uno de los factores determinantes de la expulsión de los judíos públicos del reino de Nápoles el 31 de octubre de 1541. La mayoría de ellos se estableció en Turquía.

También cuenta Roth cómo los conversos proveían de armamento a los turcos: «Durante el sitio de Metz, Carlos supo que los marranos de España y Portugal enviaban armas y municiones secretamente a los turcos, en guerra contra el cristianismo y el imperio». En una carta de fecha 25 de junio de 1544 el emperador denunció que ricos mercaderes cristianos nuevos huían a Turquía llevando clandestinamente armas a los turcos.

Ante estas realidades, se comprende que Felipe II manifestase una permanente inquietud y que estuviese muy interesado en que sus espías le proporcionasen la mayor información posible acerca de las actividades y los planes de los marranos huidos a los dominios del gran turco.

Los Mendes

El clan de los Mendes fue fundado por los hermanos Francisco y Diego, que llegaron a ser importantísimos comerciantes en toda Europa desde Lisboa, donde estaba Francisco, y en Amberes, donde vivía Diego. Establecieron juntos un verdadero y propio imperio financiero a nivel internacional: dominaban en particular el campo de las especias y de la pimienta. Asimismo, se ocupaban del transporte de capital clandestino de muchos marranos de la península Ibérica que, en un azaroso viaje, atravesando Europa y Venecia, decidían dar el paso de ir al Levante, a Tesalónica o Constantinopla.

Los judíos portugueses, como los españoles, empezaron entonces a ser acosados por la Inquisición. En 1536, a la muerte de Francisco, su mujer, Beatriz de Luna, decide dejar Lisboa y refugiarse en Amberes, donde vivía su cuñado Diego con su esposa Brianda de Luna, que muchos autores sostienen que pudiera ser hermana de la primera. Ambas tenían una hija cada una, la de Beatriz de nombre Brianda y la de Brianda, Beatriz. La viuda de Francisco Mendes, Beatriz de Luna, marrana como su marido, y con el nombre secreto de Gracia Nasí, llegó a Amberes acompañada de su sobrino, un joven de inteligencia dispuesta y de porte noble, que se llamaba Juan Micas.

En Amberes, en la corte de Carlos V, los Mendes vivían en el bienestar y el florecimiento. Aunque, y a pesar de la amistad de mucha gente importante en una nueva patria, empezaron de nuevo a soportar la precariedad de resultar sospechosos de ser secretamente hebreos. Ya en 1532 Diego Mendes había sido encausado por herejía y en 1540 muchos colaboradores suyos de origen marrano fueron arrestados e interrogados.

En 1544 una nueva amenaza se cernía sobre ellos en Amberes. Al parecer, el anciano noble don Francisco de Aragón, favorito de Carlos V, aspiraba al matrimonio con la bella Brianda de Luna, hija de Beatriz de Luna, que en realidad se llamaba Gracia Nasí.

Con decisión imprevista, considerando incompatible ese matrimonio con la propia condición marrana, la viuda de Francisco Mendes decide abandonar Amberes con su hija, con su hermana y con su sobrina, dejando al joven Juan Micas la entera gestión de los negocios de la potente empresa familiar.

Juan empieza entonces a reducir, con habilidad y

discreción, gradualmente los negocios de Amberes y Flandes, diversificando la actividad comercial en Francia, en Lyon y en Ratisbona.

Sus tías habían ya llegado a Venecia en marzo de 1544, gracias a un salvoconducto concedido expresamente por el Consejo de los Diez, concedido no solo a la estrecha familia, sino también a su servidumbre, hasta un total de treinta personas. El salvoconducto del Consejo rezaba así: «*Le otorgamos la patente de manera amplia y consentida como si se tratara de los demás habitantes de esta ciudad nuestra*». Así lo recoge Riccardo Calimani en *Storia del Ghetto di Venecia* (Milán, 1995).

Beatriz (Gracia de Luna) será en todo momento la administradora de la fortuna familiar, y Brianda (cuyo verdadero nombre era Reina) terminó por no soportar más esta situación. Entonces se inició un pleito entre ambas hermanas, cuando esta última acudió a la autoridad veneciana para pedir que se le otorgase la mitad del patrimonio de los Mendes. El pleito duró al menos cinco años: una primera sentencia del tribunal veneciano es de septiembre de 1547 y otra definitiva de diciembre que cede a Brianda la mitad de la herencia de los Mendes, quedando depositada en las oficinas de la Zecca veneciana hasta que la otra Beatriz, hija de esta, alcanzase los dieciocho años.

Gracia Nasí no se sintió ya segura en Venecia, y repentinamente, durante la noche de 1549, decide huir a Ferrara. Reina fue denunciada por un agente francés empleado de los Mendes a quien ella sobornó en su anterior litigio. Fue detenida y llevada a prisión, y las jóvenes, Brianda y Beatriz (en realidad Reina la Joven y Gracia la Joven), recluidas en un convento. Entonces, como tantas veces, José empleó sus notables destrezas diplomáticas para lograr que el sultán turco exigiera la liberación de Reina.

Reconciliadas al fin ambas hermanas y con sus hijas nuevamente bajo su custodia, la familia entera se reunió en Ferrara. Allí, en 1550, Gracia se despojó de su identidad cristiana y confesó abiertamente su judaísmo. A partir de ese momento fue conocida como doña Gracia Nasí, en lugar de Beatriz de Luna, e intensificó su ayuda a los expatriados marranos. Además, financió la publicación de numerosos libros, entre ellos, la primera traducción de la Biblia hebrea al español, así como otras obras en hebreo, español y portugués, y se empleó intensamente socorriendo y animando a la comunidad judía.

Pero el clima de intolerancia cristiana en Europa se intensificaba. Los judíos pudientes empezaban a mirar hacia Constantinopla, donde eran mejor recibidos por el sultán turco Solimán, a quien Gracia Nasí le estaba agradecida por facilitarle sus gestiones en favor de los hebreos huidos. En 1553 trasladó su familia y su fortuna a la capital del Imperio otomano. Allí las comunidades judía y marrana de la ciudad los recibieron con gran magnificencia, como si de príncipes se tratara, pues para ese entonces se habían convertido en una verdadera leyenda para el pueblo hebreo en la diáspora.

Doña Gracia se estableció en una imponente mansión en los suburbios, en el célebre barrio de Ortaköy, donde celebraba lujosos festejos, recibía a sus congéneres y ofrecía comidas gratis a ochenta pobres cada día. El comercio de lana, sedas y especias prosperó en el Imperio turco, tal como lo había hecho en la Europa cristiana. Y ello propició que la señora, como ya se la conocía entre los judíos, pudiera continuar sus buenas obras como patrona de sabios, academias y sinagogas en Constantinopla, Salónica y otros lugares.

Y en Turquía cumplió una promesa que le había hecho a su difunto esposo: que vería la manera de darle sepultura en la Tierra de Israel. Al hallarse Palestina bajo el dominio otomano, logró que los restos de su esposo salieran secretamente de Lisboa y fueran enterrados nuevamente al pie del Monte de los Olivos.

Cuando en 1554, la Inquisición llegó a Ancona, decenas de marranos que ejercían el comercio en aquel puerto fueron arrestados y torturados. Con la ayuda del sultán, doña Gracia logró que algunos de ellos fueran liberados por ser súbditos turcos, aunque la mayoría fueron obligados a confesar su error, y veinticuatro de ellos que se negaron a renegar de su fe murieron en la hoguera.

Como represalia, los Mendes organizaron un boicot general del puerto de Ancona por parte de la comunidad financiera judía del Imperio otomano. Pero, a pesar de que muchos líderes judíos apoyaron su propuesta, finalmente fue rechazada al oponerse el rabino de la Gran Sinagoga de Constantinopla.

Doña Gracia Nasí se había pasado la vida trasladándose de un refugio inseguro a otro y, como tantos judíos, soñaba con la reconstrucción del verdadero hogar de su pueblo, la patria de Israel. En 1560, los Nasí propusieron al Sultán que le fuera vendida la tierra de Tiberíades con siete aldeas adyacentes, a cambio de recaudar allí los impuestos y de una cuota anual de mil ducados.

Solimán accedió y don José Nasí fue nombrado gobernador de Tiberíades. Este envió entonces a José ibn Adret como delegado suyo para que supervisara la reconstrucción de la ciudad y sus murallas.

Se conservan documentos que acreditan que por entonces doña Gracia estableció una academia talmúdica que atrajo eruditos, rabinos y sabios en diversas materias, así como que mandó construir un palacio para sí misma cerca de las fuentes termales de Tiberíades. Por su parte, don José importó ovejas y moreras para producir lana y criar gusanos de seda que aportasen la base de una rentable industria textil en la ciudad que sustentase a la población judía llegada desde todo el mundo. Sin embargo, los Nasí no se adaptaron a la vida allí y no tardaron en regresar a Constantinopla.

Doña Gracia murió en el verano de 1569 a la edad de cincuenta y nueve años, dejando un hondo pesar en las comunidades judías. Su memoria se perpetuó en publicaciones eruditas y fue alabada en las sinagogas, siendo comparada con las grandes heroínas bíblicas: «la corona de la gloria de las mujeres virtuosas».

Don José Nasí

Cuando la familia judía conversa Mendes fue acogida en la corte de doña María de Hungría, hermana de Carlos V y regente de los Países Bajos españoles, doña Beatriz de Luna llamó a su sobrino mayor, Joao Miques (después José Nasí), cuyo padre había sido médico del rey de Portugal. El joven marrano fue admitido en el círculo íntimo de Maximiliano de Habsburgo, que más tarde heredaría el trono del Sacro Imperio romano, llegando a ser su camarada y compañero de torneos.

Entonces iniciaba su ascenso vertiginoso este judío, que adoptó luego el nombre de José Nasí (príncipe, en hebreo) y llegaría a ser uno de los hombres más ricos, célebres y poderosos del siglo XVI. Se le llegó a considerar un verdadero monarca entre las comunidades hebreas y mantuvo por toda Europa agentes y amistades que constantemente le informaban cuanto ocurría en la cristiandad.

En 1553 se establecieron en Constantinopla Gracia de Luna y su parentela. Posteriormente se les uniría José Nasí, el cual se casó con su prima Raina. Allí alcanzaría la cima del poder. Influyó decisivamente en el sultán turco, intervino en asuntos de la mayor envergadura política y llegó a vengarse de España alentando la revuelta de los holandeses. Se le concedió el ducado de Naxos y de las Siete Islas, que gobernaba por medio de sus servidores, y gozó en Constantinopla, donde residía, de prerrogativas principescas. Ningún judío de su tiempo pudo soñar siquiera alcanzar tanto poder.

El comerciante alemán Hans Dernschwam nos habla de él en estos términos:

El mencionado portugués, como otros españoles de la corte imperial, debe de haber practicado en justas y torneos. Se ha traído toda suerte de equipos, como armaduras, yelmos, armas de fuego, lanzas largas y cortas, así como hachas de combate y horquetes, grandes y chicos. Y hasta en su jardín de Gálata ha conservado esta momería de hacer que sus servidores lidien y jueguen.

Resulta cuando menos sorprendente que una historia tan apasionante, que parece sacada de los cuentos de *Las mil y una noches*, sea tan poco conocida y pertenezca hoy casi exclusivamente a los muy reducidos círculos de los eruditos.

Por esas casualidades de la vida, tuve la suerte de dar en una librería especializada de Venecia con algunos documentos muy interesantes acerca de los judíos sefardíes que se instalaron en la serenísima república en el siglo XVI. De entre ellos, me llamó la atención la singular historia de los Mendes portugueses. Comencé a seguirles la pista y hallé una sustanciosa información en tres libros: dos de ellos de Riccardo Calimani, *Storie di marrani a Venezia* (Milán, 1991) y *Storia del guetto di Venezia* (Milán, 1995); el tercero es un vasto ensayo de Brian Pullan que lleva por título *Gli ebrei d'Europa e l'Inquisizione a Venezia dal 1550 al 1570*.

Se ha escrito con frecuencia que Nasí y sus parientes huyeron a Turquía por haberse negado doña Gracia de Luna a que su hija se desposara con el anciano don Francisco de Aragón. Según el historiador judeobritánico Cecil Roth, que es quien con mayor detenimiento ha estudiado a los Mendes, ese argumento no es válido, dado el poder que tenían y que se mantenía intacto cuando Nasí se encontró con el emperador en Ratisbona, casi dos años después de la partida de sus familiares. Dubnow afirma que la familia de Nasí escapó de la Inquisición y que este se instaló en Constantinopla por requerimiento de Solimán. «*El sultán Solimán* —escribe— *notó las aptitudes de José y lo atrajo a su corte*». Sin embargo, todo parece apuntar a que decidió establecerse en la capital turca porque existían fundados elementos para creer en una posible victoria del gran turco sobre Occidente. Y para muchos, Solimán II el Magnífico, el adversario jurado de la cristiandad y particularmente de España, parecía estar llamado a gobernar un inmenso imperio que abarcase también los territorios que un día pertenecieron a los emperadores romanos. Si se cumplía este sueño de los musulmanes, el judaísmo podría albergar la esperanza de alcanzar una patria. Por eso tantos marranos emigraron a Turquía, ocupando allí posiciones influyentes, y contribuyeron a la causa del islam espiando para ella.

Dice Roth que «debió de haber sido una persona singularmente fascinadora en esta época. Contemporáneos suyos sin ningún motivo para lisonjear atestiguan su planta vigorosa, su hermoso aspecto y su encanto personal. A todo esto se sumaba una gran fortuna, maneras refinadas y una amplia experiencia. Su conocimiento del mundo era memorable. Había sido una figura familiar en la corte de Bruselas. Había conocido íntimamente a la reina regente de los Países Bajos, al rey Francisco I de Francia, y hasta al mismo Santo Emperador romano, el severo, fanático Carlos V, que lo había hecho caballero, y a su hijo, Felipe II de España».

Tras la muerte de Solimán en 1566, Selim II el Borracho fue proclamado sultán. En la ceremonia de entronización José Nasí ocupaba un lugar principal. El nuevo sultán «lo elevó al rango de *muteferik* o "caballero del séquito imperial"… y en los documentos oficiales se le mencionaba constantemente como Frank Bey Oglu, o Príncipe franco (esto es, europeo), o si no Modelo de los notables de la nación mosaica».

Y no podía ser de otra manera, ya que don José lanzaba constantemente llamamientos a los judíos de todo el mundo para reunirlos en una nación. Todo hebreo podía instalarse en el territorio judío independiente establecido en el siglo XVI en Palestina bajo la protección del sultán otomano. El rumor de que se había levantado una nueva ciudad sobre las ruinas de Tiberíades, y de que se construía una patria judía en Éretz Israel, impresionó a los judíos de Europa y los llenó de esperanzas. El entusiasmo cundió entre las masas perseguidas y errantes que veían una luz mesiánica en José Nasí.

El intento de Felipe II de devolver a la cristiandad a los Mendes

La información que constaba en España acerca de Joao Miques (o Juan Micas, como se le llama en los documentos) decía que era un judío de origen portugués —y, más lejano, español— que residió en Amberes desde 1530 y en Venecia entre 1549 y 1553, hasta su expulsión, entre otras razones, por ser acusado de espiar para los turcos. Y que luego se instaló en la corte de Solimán, donde ganó la confianza del sultán sobre todo por sus habilidades como espía.

Andrés Laguna —cautivo en Constantinopla poco tiempo atrás— hace referencia a él en su obra autobiográfica *Viaje de Turquía*:

> *Los primeros días que Juan Micas estuvo viviendo en Constantinopla como cristiano, fui a verlo diariamente y le rogué que no hiciera una cosa tal como convertirse al judaísmo por cuatro reales, pues algún día el diablo se los quitaría. Lo encontré tan firme (en su fe) que naturalmente me*

fui de allí consolado; pues me aseguró que no volvería a visitar a su tía, y que deseaba regresar (a Occidente) en seguida. Puede usted juzgar mi sorpresa cuando supe que se había convertido ya en uno de los del diablo. Cuando le pregunté por qué lo había hecho, me dijo que era para no quedar expuesto a la Inquisición española. Le contesté: «Pues sepa usted que estará más expuesto a ella aquí, si vive; pero no creo que sea por mucho tiempo, y enfermo y arrepentido de ello».

También el comerciante alemán Hans Dernschwam habla de él en sus escritos:

Ha estado en la corte del emperador del Santo Imperio romano. Los prisioneros cristianos lo conocen de vista… Los judíos que lo rodean a diario no están de acuerdo en cuanto a su nombre, a fin de que la gente no llegue a conocer a tales pillos. Se dice que lo han llamado Zuan Mykas, o Six; dicen que su padre era un médico de nombre Samuel. Este pícaro a quien acabo e mencionar llegó a Constantinopla en 1554 con más de veinte sirvientes españoles bien trajeados. Lo atienden como si fuera un príncipe. Él mismo traía ropas de seda bordeadas de marta. Delante de él marchaban dos jenízaros con varas, con lacayos montados, según la costumbre turca, a fin de que nada pudiera ocurrirle. Se circuncidó en el mes de abril de 1554… Es un hombre alto con una barba negra muy cuidada… Los sirvientes que han llegado con él y con las mujeres se han circuncidado también y se han hecho judíos…

Quien más tarde fuera arzobispo de Estrigonia, Antonio Veranzio (Verancsics), que estuvo en Constantinopla en misión diplomática, describió en uno de sus despachos a su vuelta a Nasí como hombre que «tanto por su aspecto como por su trato abierto, el porte de su figura y su conversación se prestaba más para ser cristiano que judío».

José Nasí era uno de los grandes personajes de la corte turca, y su influencia en el sultán no era disimulada. En Constantinopla se le conocía por el Gran Judío. Los embajadores extranjeros lo visitaban con frecuencia y le pedían consejo e intervención en los asuntos, escuchaban con deferencia sus opiniones para saber cosas acerca de la Sublime Puerta. En la correspondencia diplomática de la época se encuentran constantemente referencias a su persona, ya sea bajo el nombre de Giovanni o Jean, Jehan, Joseph, Micas, Nasí, el Gran Judío o el Judío Rico.

Por estas informaciones y otras muchas por el estilo llegadas a la cristiandad, José Nasí (Joao Miques) desde 1569 se convirtió en objetivo de los servicios secretos españoles. Primeramente se buscó la manera de eliminarlo, pero después Felipe II intentó ganárselo para devolverlo a la cristiandad y sacar provecho de su ingente fortuna. El virrey de Sicilia, marqués de Pescara, aconsejaba al rey católico que se ganase al poderoso marrano porque «sería hacerle menos al Turco una cabeza que tanto vale y mano tiene en los negocios de por allá [...] cuando más que tendría en él Vuestra Majestad, por su mucha experiencia y noticia que ha alcanzado de las cosas de Levante, grandísimo caudal por la razón de saber los secretos del enemigo que podrían excusar trabajos con prevenirlos».

En el ensayo *Espías de Felipe II*, escrito por los historiadores Carlos Carnicer y Javier Marcos (Madrid, 2005), se afirma que «en 1570 el propio Micas, a través de un espía también judío, Agustín Manuel, que luego se haría sospechoso de agente doble, entró en contacto con los españoles para proponerles pasar a tierras de Felipe II con todos sus deudos y su enorme patrimonio acumulado, convertirse al cristianismo y entregar la plaza de Castelnuovo». Las conversaciones secretas en este sentido se alargaron sin éxito. Y las autoridades españolas, empezando por el propio Felipe II, sospecharon que la operación fuera una treta, porque los contactos tenían lugar en un momento en que José Nasí animaba al sultán a que atacara Chipre e incluso llevara su flota hasta la península en apoyo de los moriscos sublevados por aquellos años.

Isaac Onkeneira y su familia

Don José Nasí, como ya hemos señalado, vivía en Constantinopla rodeado de servidores, como si fuera un verdadero príncipe. Tenía un séquito muy numeroso. Tres «caballeros» de servicio personal lo acompañaban siempre: don Abraham, otro don Samuel y don Salomón. El médico Daoud era su representante para asuntos oficiales en la Corte. Yosef Cohén, o Cohén Pomar (Ibn Ardut) era su secretario y amanuense, y a veces actuaba como apoderado suyo para transacciones oficiales.

Por último, es de destacar el erudito Isaac Onkeneira, miembro de la famosa familia de Salónica de ascendencia española, que estaba a su servicio como trujamán o intérprete. De él se habla constantemente como el «agente de confianza nombrado para el santuario del noble Duque». Sabemos que una hija suya, cuyo nombre es desconocido, casó con un mercader europeo y abandonó Constantinopla.

El dulce y embriagador vino de Chipre

Ya hicimos referencia más arriba al apodo que maliciosamente quedó unido para siempre al nombre del sultán Selim II el Beodo. Se contaba una curiosa historia acerca del modo en que el sucesor de Solimán el Magnífico, cuando todavía era solo príncipe, se aficionó a la bebida. Al parecer fue José Nasí quien aficionó al sultán al vino de Chipre e incluso le embelesó con la idea de conquistar la fuente misma de la que manaba tan delicioso licor. Contaban que, en una ocasión, mientras disfrutaba embriagado el sultán, llegó a abrazar efusivamente a su favorito judío y le prometió: «En verdad, si mis deseos se cumplen, serás el rey de Chipre».

Es sabido cómo la ley islámica, muy indulgente con otras debilidades carnales, prohíbe rigurosamente a los fieles musulmanes beber vino. Esa restricción no siempre se cumplió a rajatabla en unas tierras donde abundan los viñedos. Andrés Laguna, en el citado libro *Viaje de Turquía*, hace relación de la variedad y exquisitez de los vinos que se podían degustar en el barrio de Gálata: dulce malvasía y moscatel de Creta, vinos blancos de Galípoli, tinto de Asia Menor y de las islas griegas.

El príncipe Selim debió de acostumbrarse a los placeres y a condescender con pocas privaciones. Dice Roth que don José era un gran conocedor de los vinos y que se dedicó con interés y éxito a su comercio, hasta el punto «que finalmente adquirió su monopolio en el Imperio turco». Importaba vinos seleccionados de toda Europa y su bodega era famosa. Se dice asimismo que poseía viñedos en Quíos y Chipre. Incluso cuando Alejandro Lapuseanu recuperó su feudo de Moldavia en 1563 dio una fiesta en Constantinopla para celebrarlo y Nasí obtuvo una ganancia de 10 000 ducados por la provisión de vino.

El duque de Naxos enviaba con frecuencia al sultán cajones de exquisiteces en los que iban empacadas botellas de vinos seleccionados.

FELIPE II Y LA EMPRESA DE GRECIA

Ya ha quedado puesto de manifiesto el hecho documentado de que la década que transcurre entre 1560 y 1570 constituye la época con mayor movimiento de espías, agentes dobles, corresponsales y avisos entre un extremo y otro del Mediterráneo. Junto a estas informaciones secretas, que se mueven en una enorme tensión, surgen también infinidad de proyectos de verdadero sabotaje y guerra oculta: intentos de quemar puertos, ayuda a sublevaciones, envenenamientos, captar a hombres con mando en las galeras enemigas, etc. En fin, todo lo que suele acompañar a los conflictos entre naciones en los momentos que preceden a las guerras propiamente dichas.

De entre estos planes, generalmente muy ambiciosos pero poco realistas, destacan los intentos por parte de Felipe II de sublevar a las regiones cristianas de los Balcanes para apoderarse de enclaves en el Adriático, la Morea o la costa norteafricana y la estrambótica maquinación de un gran sabotaje en los puertos de Constantinopla para destruir la armada turca.

En cuanto a la pretensión de levantar en armas contra los turcos a los griegos, diversos factores contribuyeron al fracaso repetido de todos los intentos de sublevación. Por un lado, España —y quizá más exactamente Castilla— no tenía por tradición histórica ningún interés en el Mediterráneo oriental. Después de la Reconquista, la lucha contra el islam seguía principalmente la costa septentrional de África: Marruecos, Argel, Túnez y Trípoli. Por lo que el Imperio turco era enemigo de España en la medida en que se inmiscuía en dicha franja costera alentando y protegiendo a sus corsarios, ayudando a los moros africanos o amenazando las posesiones españolas en Italia. Por lo demás, se le consideraba lejano, como en otro tiempo Bizancio, al cual había venido a sustituir, y con el que Castilla no había tenido apenas contacto, a diferencia de lo que ocurría con los territorios de la antigua corona de Aragón.

En alguna ocasión se llevaron partidas de armas y municiones a algunas regiones: Chimarra, en el Epiro septentrional; Maina, en Morea, como mucho acompañadas de dinero. Pero jamás se pasó a una guerra de ocupación, al menos tras la experiencia fallida de Corón (1532-1534). Se iba solo ocasionalmente, se efectuaban rápidas razias, se tomaba alguna ciudad, se saqueaba y se abandonaba inmediatamente.

Esto no beneficiaba en absoluto a los griegos, sino que les causaba perjuicios y mayores problemas con sus dominadores y así lo manifestaron en más de una ocasión a las autoridades españolas a las que presentaban sus proyectos.

Fue el rey Felipe II quien cayó en la cuenta por primera vez de que España necesitaba a los griegos como informadores privilegiados y, sobre todo, como elemento de inestabilidad en los amplios dominios del gran turco. Con frecuencia, el rey o sus ministros ordenan a los encargados de tratar con los embajadores griegos que no se les den falsas esperanzas, pero que se mantenga la plática.

EL CABALLERO DE MALTA JUAN BARELLI

En los años que preceden a la gran batalla de Lepanto, se despiertan las esperanzas de los griegos sometidos de diversas regiones por los turcos. Se conservan numerosos documentos que dan fe de la frecuencia con que hacen llamadas a España y Venecia para que apoyen sus proyectos de sublevación.

Uno de los agentes más destacados al servicio de España en cuestiones orientales fue el caballero de la Orden de Malta Juan Barelli. Entró al servicio de la Corona a través del marqués de Pescara, virrey de Sicilia, y propuso en Madrid una empresa que contó con la aprobación del secretario de Estado Antonio Pérez: sublevar a los griegos de la Morea contra el gran turco. El plan no era idea exclusiva suya, sino también del antiguo gran maestre Parisot de La Valette y del clérigo griego ortodoxo Juan Accidas. En ella estaba implicado el patriarca ecuménico Metrófanes y el noble moraíta Nicolás Tsernotabey.

Destaca José Manuel Floristán que Juan Barelli procedía de una familia de Corfú, algunos de cuyos miembros en este siglo nos resultan conocidos. A él pertenecieron al parecer los veintidós códices que su hermano Nicolás Barelli donó para El Escorial a través de don Diego Guzmán de Silva, embajador en Venecia, y que hoy se custodian en el real monasterio.

El caballero de Malta presentó en persona a Felipe II su plan múltiple que pretendía, no solo levantar a la Morea, sino también destruir la flota otomana y envenenar al hijo del sultán.

El Consejo de Estado aprobó sus propuestas y Barelli partió de Sicilia, con dirección al Levante. Diversos inconvenientes hicieron que su viaje terminara en fracaso. Los griegos no se sublevaron y el intento de envenenar al hijo del sultán resultaba una quimera de imposible consecución. Pero sabemos que casi logró incendiar el puerto de Pera con la ayuda del renegado de origen griego Mustafá Lampudis, que ostentaba un alto cargo en el atarazanal de Constantinopla. Aunque este episodio está envuelto en las brumas del tiempo, se conservan datos vagos de su realidad que pasaron a lo legendario en las generaciones que exaltaron la gloria de Lepanto.

A su regreso, como no pudiera justificar Juan Barelli detalladamentc los gastos de su viaje, fue condenado a la cárcel de la ciudadela de Palermo por malversación de fondos públicos. Su encierro no duró mucho, pues pudo pronto recuperar la confianza de los ministros del rey.

Los planes de la Corona que siguieron a la victoria

de Lepanto hacían necesaria la colaboración de cuantos expertos había en cuestiones orientales. El embajador español en Venecia, Diego Guzmán de Silva, escribió al duque de Terranova, nuevo virrey de Sicilia, intercediendo por el caballero de Malta confirmando que, al parecer, no había existido fraude alguno. Barelli salió de su encierro en noviembre de 1571 y se puso a disposición de don Juan de Austria el 26 de ese mes.

ESTANCIA DE FELIPE II EN EL MONASTERIO DE GUADALUPE EN 1570

Como consecuencia de la sublevación de los moriscos de Granada, el rey Felipe II, profundamente preocupado por el desarrollo de los acontecimientos, decidía a principios de 1570 acudir a Andalucía para estar cerca del lugar de las operaciones militares.

En los primeros días de enero, con los caminos en mal estado a causa de un invierno muy lluvioso, partió de Madrid y se dirigió al monasterio de Nuestra Señora de Guadalupe (Cáceres), donde consta que recibió un correo del ejército con el primer despacho favorable sobre la guerra granadina desde hacía varios meses.

Durante su estancia en Guadalupe, el rey subía a un aposento alto, junto al órgano, desde donde contemplaba la imagen de la Virgen y se encomendaba a ella mientras los monjes rezaban completas y maitines. Le acompañaban sus dos sobrinos hijos de la emperatriz, su hermana doña María, y dos príncipes de Bohemia (fray Sebastián García O.F.M., en *Guadalupe: historia, devoción y arte*, Sevilla, 1978).

La visita se prolongó hasta el día 8 de febrero, en que emprendió viaje con toda su corte, con el tiempo aún muy en contra, para atender cuanto antes a sus generales que batallaban en las sierras de la Alpujarra.

Poco después, en abril del mismo año, entraba en Córdoba, en plena floración del azahar, para celebrar la Semana Santa. Y allí atendería el día 19 a una misión especial enviada por el papa Pío V, en la que el pontífice rogaba a su sacra y católica majestad que se uniera en Liga, con Venecia y la Santa Sede, para hacer frente a la amenaza del Turco que acababa de atacar la isla de Chipre. Felipe II daría su consentimiento incondicional el día 24, cuando se disponía a salir de Córdoba para ir hacia Sevilla.

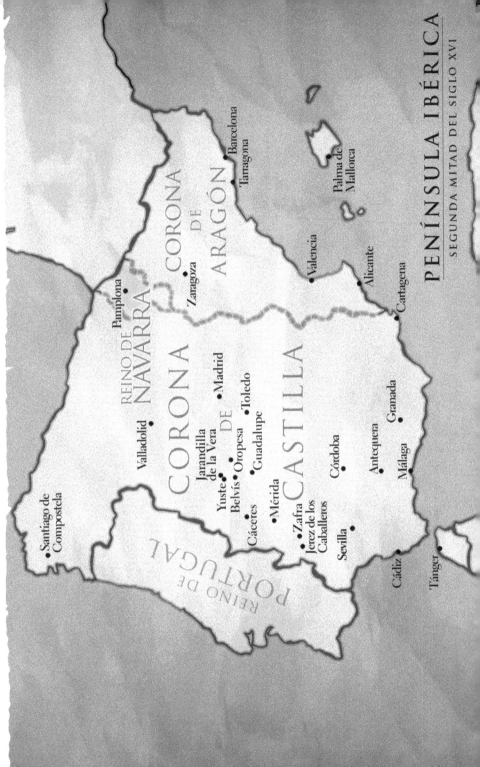

PENÍNSULA IBÉRICA
SEGUNDA MITAD DEL SIGLO XVI

Santiago de Compostela

REINO DE NAVARRA
Pamplona

CORONA DE ARAGÓN
Zaragoza
Barcelona
Tarragona

Palma de Mallorca

Valencia
Alicante
Cartagena

Valladolid

CORONA DE CASTILLA
Madrid
Jarandilla de la Vera
Yuste
Belvís
Oropesa
Toledo
Guadalupe
Cáceres
Mérida
Zafra
Jerez de los Caballeros
Sevilla

Córdoba
Granada
Antequera
Málaga
Cádiz

Tánger

REINO DE PORTUGAL

Printed in the USA
CPSIA information can be obtained
at www.ICGtesting.com
LVHW090438290624
784284LV00001B/3

9 788419 883964